見ること

ENSAIO SOBRE A LUCIDEZ

José Saramago
ジョゼ・サラマーゴ
雨沢泰＝訳

河出書房新社

見ること

毎日、ピラールに
生きているマヌエル・ヴァスケス・モンタルバンに

遠吠えをしろ、と犬が言った。

——声の書

投票にはまずい天気だ、と十四番投票所の所長は濡れそぼった傘《かさ》を激しくふるって閉じ、ほとんど役に立たないレインコートを脱ぎながらこぼした。駐車場所から四十メートル走り、心臓をどくどくさせながらドアを抜けてたどり着いたところだ。一番遅かったかな、と彼は事務官に声をかけた。こちらは、水びたしの床と吹きこんでくる雨をよけてドアから少し離れて立っていた。副所長がまだですけど、時間は十分ありますので、と事務官がなだめた。この雨じゃ全員の顔がそろうだけでもたいしたもんだよ、二人で投票室に入りながら所長が言った。彼はまず開票検査官を務める同僚に、それから各政党の代表立会人と副代表に挨拶《あいさつ》をした。どの人にも同じ言葉を使い、表情や声の調子で自分の政治的、思想的傾向を悟られないように注意した。こうしたごく普通の投票所でも、所長というものは、どんな状況であれ厳正な独立心で事にあたらなければならない、言い換えれば、体裁をととのえる必要があるのだ。

　ただでさえ蒸し暑いのに、屋内だけあってすでに空気は重苦しく、おまけに部屋には晴れても薄暗い中庭に面した細い窓が二カ所しかないため、土地特有の表現を使うなら、落ち着かない感覚はナイフで切れそうなほどだった。選挙を延期したほうがよかったんじゃないですか、と中道党（P

ＤＭ）の立会人が言った。雨は昨日から降りつづいてるし、至るところで地すべりや洪水が発生してる、これでは棄権者数がはねあがるでしょう。右派党（ＰＤＤ）の立会人が同意してうなずいたが、発言するなら慎重にすべきだと感じた。もちろん、その危険を過小評価するつもりはないですが、過去いろんな状況で何度も発揮されてきた人びとの市民精神を考えるなら、首都の将来をになうこの地方選挙の重大性にだれもが気づいてます、そうです、絶対的に気づいてる、とわれわれは自信を持っておりますよ。中道党と右派党の立会人はそれぞれの感想を言うと、左派党（ＰＤＥ）の立会人のほうへ、いったいどういう意見を思いつくのかと、半分疑わしげに、半分皮肉をこめて顔を向けた。ちょうどそこへ副所長が、まわりに雨水をまき散らしながら部屋に飛びこんできたが、これで投票所の運営メンバーがそろったので、案の定、副所長は普段より温かく迎えられた。というわけで、わたしたちが左派党の立会人の見解を聞くには至らず、とはいうものの、いくつかの先例を参考にするなら、彼らは明快な歴史的楽観主義の線に沿って、たとえば次の一文のようなことを表明したはずだ。わが党の支持者はこの程度のささいな困難にひるみ、天から四つのわずかな雨粒が落ちてくるからと家に引きこもるような人たちじゃありませんので。実際は四つのわずかな雨粒ではなく、バケツをひっくり返したような土砂降りの、ナイル川の、イグアスの滝の、揚子江の雨量だったのだが、人は信じれば、たぶん永遠に祝福されてその力の恩恵を受ける人びとの行く手から山々をどかし、激流に飛びこんでも濡れずに出てこられるのである。

　テーブルの所定の場所に、男女からなる選挙管理スタッフ、事務官、立会人などがすわり、所長が正式な投票所である布告に署名をして、これを規定のとおり建物の外に貼りだしてくれと事務官に頼んだが、彼は一般常識を持ち合わせていることを披露して、紙のインクはあっというまににじんでしまい、一分間も外壁にとどまることなく風に吹き飛ばされるだろう、と指摘した。それなら、屋内の壁に貼りたまえ、法律はこうした状況のことを何も指示していないし、大事なのは文書が掲示されて見えることだよ。所長は選挙管理スタッフらに同意を求め、全員が承認したが、右派党の立会人が、後日問題になると困るのでこの決定を記録に残してくれと要求した。事務官が湿気《しけ》った任務から戻ると、所長が外の様子はどうだとたずね、相手は肩をすくめて、おんなじです《ノ・メズマ》、かたつむりみたいに《コモ・ア・メズマ》、と答え、投票に来る人はいたかね、という問いにはこう返した、影も形もありません。所長は立ちあがり、選挙管理スタッフと各政党の立会人を投票室へ招きいれて、その部屋が、これから夜までおこなわれる政治的選択の純粋さを汚すどんな要素も排除されていることを確認した。この形式的な手続きが終わると、彼らは席に戻り、選挙人名簿をあらためて、そこにも不法な点や、見落とし、疑惑を招く要素といったものが残っていないかどうか確認した。このとき厳粛な瞬間があったとしたら、やはり所長が投票箱を開けて、からっぽであることを見せたときだったろう。これによって、選挙民の自由で独立した政治的意思を台無しにする犯罪行為が真夜中になされなかったことを、必要があれば明日証明できるのである。悪事をたくらむ者や共犯者どもによって、事前であれ、最中であれ、事後であれ、忘れもしないあの絵に描いたような大量不正《シャペラーダ》と呼ばれる歴史的な詐欺（帽子のシャポーに由来する手口）が、ここで繰り返されることのないように。からっぽの投票箱は新品同様、汚れひとつなかったが、それを見て確認する一般有権者はここに一人もいなかった。おそらく有権者の何人かは、投票権を持つ市民であることを証明する書類を胸にしっかりと抱きかかえながら、荒れくるう雨や吹きすさぶ風と闘って歩いているのだろうが、いまの空模様を見ると、ここに到達するにはまだ時間がかかりそうだった。かりに彼らが家に戻ってしまい、黒い車で家まで送りとどけて後でまた拾いにくるというバックシートにすわる人びとに市の運命を任せる気にならないかぎり。

　さまざまな書類の点検作業が完了すると、国の法律によって定められたようにこの投票所でも所長がすぐに投票をおこない、選挙管理スタッフや立会人、各政党の代表立会人および副代表も、この地区で投票権を有する選挙民ならばそれに続くことになっていた。時間を引きのばしてみたものの、投票箱が最初の十一人の投票を受けるのにかかった時間はたったの四分だった。それからは長い待ち時間が始まり、他にすることもなかった。開始から三十分もたたない時点で、不安にかられた所長がスタッフの一人に、人影があるかどうか見てこないかと提案したが、それは、ドアが閉まっているのを見た人たちが、政府は投票を延期にするなら市民に伝えるくらいの良識を持ってほしい、そういう告知にはラジオやテレビが便利に使えるのに、などと愚痴《ぐち》をこぼして帰った可能性がある、と考えたからだ。事務官が答えた。でもドアが風で閉まれば三万の悪魔のような大音響をたてますし、そんな音はだれも聞いてません。選挙管理スタッフは、行くんですか、とためらったが、所長は、頼むから行ってみてくれ、濡れないように注意して、とゆずらなかった。ドアはしっかりと開いており、ストッパーのくさびも緩んでいなかった。スタッフは外へ首を突きだし、さっと左右を見てから引っこめたが、頭はシャワーを浴びたようになっていた。彼はよき選挙管理スタッフになりたいと願ったのだ。初めて投票所に起用されたのだから、所長を喜ばせ、迅速かつ効果的に仕事をすることで褒められたい、いずれ時がたち経験を積んだら、自分も投票所の所長になれるかもしれない、そしてこの野心が神の摂理の空を超えたことを、だれもが当たり前だと思うことだろう、と。彼が戻ってくると、所長はなかば後悔し、なかば楽しんでいるような口ぶりで、おい、そこまで濡れなくてもいいだろう、と声を張りあげた。いえ、なんでもありません、とスタッフは上着の袖《そで》で頬《ほお》をぬぐった、通りはまるで水の砂漠みたいです。所長は立ちあがり、ためらいがちにテーブルのまわりを少し歩いてから投票室に向かい、なかをのぞいて戻ってきた。中道党の立会人が、棄権者数がはねあがるという先ほどの予言を持ちだし、またもや右派党の立会人がなだめ役にまわって、有権者は一日中好きな時間に来られるから、いまは雨が小降りになるのを待っているのだろう、と言った。左派党の立会人は黙っていた。先ほど言いかけたときに副所長が到着して呑《の》みこんだ、わが党の支持者は四つのわずかな雨粒ごときで棄権をしませんよ、という言葉をここで口にしても惨《みじ》めだとわかっていたからだ。そこで一同から期待の目を向けられた事務官が選んだのは、実際的な提案だった。他の地域ではどういう状況なのか、内務省に問い合わせるのも一案ではないでしょうか、市民の停滞現象が至る場所で起きているのか、有権者の投票という社会的啓発行動が見られないのはここだけなのか。右派党の立会人が腹をたてて立ちあがった。たったいま事務官が有権者に言及した際の無礼な態度と揶揄《やゆ》する口調は、断固受け入れられないと強く抗議し、議事録に記録することを求めます、有権者こそ民主主義の守護者であり、彼らがいなければ、われわれの祖国も独裁政治に、世界に数多《あまた》ある独裁政治に支配されていたでしょう。事務官は肩をすくめて、右派党立会人の発言を記録しましょうか、と所長にたずねた。いや、それには及ばない、いまはわれわれも神経が高ぶり、とまどい、まごついている、こうした心理のときは思わぬことを口にするものだ、それは全員が承知しているし、そもそも事務官本人が責任を自覚する有権者なのだから、だれかを攻撃する意図がないことはわたしも確信している、むしろ、われわれ同様果敢に義務を果たそうとする熱意が表れたものだろう、とはいえ、いくら誠実であっても、ここにお集まりの方々の個人的もしくは政治的感性をゆさぶりかねないコメントは差し控えたほうがよく、そのうえで引き続き熱心に職務を遂行してもらえばそれに越したことはない。右派党の立会人がそっけない身ぶりで応じ、所長がそれを和解のしるしと受けとると諍《いさか》いは終わりとなった。中道党の立会人が事務官の提案を引きついで、まあ、われわれは大海の難破船みたいなもんです、帆もなければ羅針盤もない、マストもオールもない、タンクには燃料だってありません。そのとおり、と所長が答えた。わたしが内務省に電話しましょう。電話は離れたテーブルにあり、彼は数日前に受けとった選挙管理実施要項を持って歩いていった。書類には有益な情報の他に、内務省の電話番号が書かれていた。

　電話は短かった。こちらは十四番投票所の所長です、じつは心配してまして、いまのいままで投票に来た人がゼロという異例の状況になっております、一時間近くたつというのに、はい、一人もです、たしかに嵐を止める手立てはありません、ええ、はい、この雨ですから、風も、大水も出て、はい、わかります、辛抱強くですね、このまま待つしかないと、言うまでもなくそれがわれわれの職務です。ここから所長はただ聞くだけになってうなずき、声を上げて相槌《あいづち》を打ち、言葉を三つ四つはさんだときも、一文を言い終えることはなかった。受話器を置いた所長は部下たちのほうを向いたが、まるで見ておらず、完全にからっぽの投票所と完璧な投票者名簿からなる風景に出会ったような目をしていた。実際には選挙管理スタッフ、事務官たち、政党立会人らが、この状況ではだれが勝ちそうでだれが負けそうなのかと油断ならない視線をかわしており、少し離れたところに、外を見てだれも来ないと報告した職務熱心なスタッフがずぶ濡れで立っていた。役所はどう言ってます、と中道党の立会人がたずねた。向こうも首をひねってます、悪天候のせいで多くの人が家から出ないのは自然ですが、市内全域でほとんど同じことが起こっていて、彼らも説明ができないのですよ。ほとんど同じ、とはどういう意味ですか、と右派党の立会人がただした。少しは投票者がやってきた投票所もあるらしいですが、無きに等しい数で、こんなことはどこでも初めてだそうです。で、全国的にはどうです、と左派党の代表がたずねた。だって、雨が降ってるのは首都だけではないでしょう。それがじつに奇妙で、ここみたいに激しく降ってるところでも、人は投票にやってきています、天気がよい地域ではさらに多くの投票者がいるでしょうし、気象予報によれば、このあと昼にかけて天気は回復してくるそうです。でも、弱り目に祟り目ってこともあるように、昼間の雨はひどくなるかもしれません、とここまで黙っていたもう一人の選挙管理スタッフが言った。沈黙が落ちた。事務官が上着のポケットに手を入れると、携帯電話を取りだした。彼はだれかが応答するのを待ちながら、これはちょっと山とマホメット*みたいな話でしてね、と言った。つまりこちらは有権者をよく知らず、なぜ投票に来ないのか聞けませんから、よく知る自分の家族に、なぜ投票に来ないのか聞いてみようというわけです、もしもし、ぼくだ、そう、ええと、どうしてまだ家にいるの、雨降りだ、ぼくもズボンがぐっしょり濡れてる、うん、そうだ、すまなかった、そう言えばお昼を食べた後で来るって言ってたっけ、もちろんだ、いや、ただちょっとこちらがややこしい状況でね、そう、想像もつかないだろう、まだ一人も投票に来ないんだ、ありえないよ、それじゃよかった、待ってるから、キスを。彼は電話を切って、皮肉そうに言った。これで一人は確保しました、妻が午後にやってきます。投票所長とスタッフと立会人たちは顔を見合わせた。当然この先例を見習うべきだったが、そんなことをしたら機転の速さや問題処理能力において事務官に後れをとったことになるので、だれもが一番目になりたくなかったのだ。外に雨の様子を見にいったスタッフは、帽子からウサギを取りだしたマジシャンのように携帯電話からさりげなく一票の投票を取りだした事務官に対抗するには、山をなすパンと塩を食べなければならないと即座に察知した。部屋の隅に引っこんで携帯で自宅に電話をかけはじめた所長や、私用の機器でそっと静かに話しはじめた同僚を見て、ドアのスタッフは一同の律義さをひそかに賞賛しないわけにはいかなかった。使用目的を公務に限った固定電話を使わず、立派に国家の金を節約している。ただ一人携帯電話を持っていない者、すなわち左派党の立会人は、仕方なく他の人たちからの知らせを待っていたが、本人は首都に独り住まいで、家族は地方に暮らしており、電話する相手がいないことも付け足しておくべきだろう。あちこちの会話はだんだん消えていった。一番長いのは所長のもので、いますぐ投票所に来いと相手に命じている様子がうかがえた。その顚末《てんまつ》がどうなるのか、本来なら最初に話すのは所長であってもよかったのだが、残念ながらこれまでの経緯でおわかりのようにあの

＊　山がマホメットのもとに来なければ、マホメットが山に行くしかない、というオスマン・トルコの格言。何かができなければ別の方法を考えよ、の意。

事務官が先を越してしまったので幸運を祈るしかない。彼がもしわたしたち同様上下関係に敬意を払っていたなら、上司にこんな手があると伝えたところで止めておいたのだが。所長はこらえていたような大きな溜息をつき、携帯電話をポケットにしまって、で、みなさん何かわかりましたか、と問いかけた。これは不要であると同時に、言ってよければ、ちょっとずるい不誠実な質問でもある。というのも、そもそもだれもが何か情報をつかんだのは当然だし、本来なら所長こそ真っ先に情報の交換を始めるべきなのに、自分の責任を転嫁《てんか》するため優位的立場を利用したのが明らかだからだ。所長がついた溜息と、電話中の不平たらたらな口調を憶《おぼ》えておいでなら、電話の向こうの家族のだれかと思われる人と交わした会話は、彼の市民としての、そして投票所長という公人ならではの当然な関心とくらべると穏やかでも有益でもなかったと、さらには、急いででっち上げた即興のコメントをまず口にしたことが冷静さを欠いていた証拠だと、推察してよいだろう。このように配下の者たちから先に言わせて難題を回避するのは、上司のやりがちな、より現代風の手法でもある。選挙管理スタッフや各党立会人の話は、情報を得られず話を聞くしかない左派党の立会人をのぞけば、家族がずぶ濡れになりたくないとか、晴れるのを待っているとか、あるいは事務官の妻のように投票を午後に予定している、というものだった。ただドアのスタッフだけが、成果を誇らしく思って自己満足の表情を浮かべていた。それを言葉に置き換えるなら、だれも電話に出なかった、ならばここに向かう途中としか考えられない、のだ。所長は席に戻り、ふたたび待機が始まった。

　最初の投票者がやってきたのは、一時間後のことだった。漠然とした期待に反して、またドアの外を見てきたスタッフががっかりしたように、それはだれとも関係のない男だった。彼は雨水で光るビニールのレインコート姿で長靴をはいたまま、水のしたたる傘を持ってホールから部屋に入ってくると、テーブルに向かって歩いてきた。所長が唇に笑みを浮かべて立ちあがったのは、この投票者が年配でありながら、まだ頑健そうで、右派党の立会人がのべたように、こうした統一地方選挙の重要性を意識した市民たちが、いらだちもせずゆっくり列を進む、通常の状態に戻る合図のように思えたからだ。男が身分証と有権者カードを所長に見せると、所長は声高に、うれしそうにも響く声でカードの番号と氏名を読みあげ、選挙管理スタッフが選挙人名簿をめくって、男の名前と番号を見つけだし、こんどは彼らがそれを声高く繰り返した。男はまだ雨水をぽたぽた落としながら、投票用のブースに入り、少しすると四つ折りにした投票用紙を手に戻ってきた。それを所長に手渡し、所長は厳粛に投票箱へ入れ、男は身分証と書類を受けとって傘を持って出ていった。二人目の投票者が来たのはその十分後だったが、それからはずっと、木の大枝から枯葉が離れるように、熱気もなく、投票用紙がひらりひらりと投票箱に落ちるだけだった。所長とスタッフが、どれだけ遅らせようと時間をかけても、投票所に列はできず、最大でも三、四人しか待っていなかった。いくらなんでも三、四人では行列と呼ぶわけにもいかない。ほら、言ったとおりです、と中道党の立会人が言った。棄権の数がおそろしく増えますよ、こうなったら結果が出てもだれもが認めないし、唯一の解決策は選挙のやり直しです。嵐も弱まるでしょう、と所長が壁の時計を見ながら祈るように言った。そろそろ正午になる。これまでドアのスタッフと呼ばれてきた男が決然と立ちあがり、いま投票者がいませんので、もし許可をいただけるなら、天気の様子を見てまいりますが、と所長に言った。あっというまに任務は済み、スタッフは左足で離れたかと思うと右足で戻ってきて、雨は小降りというか、ほとんど上がってますし、青空ものぞいてます、とうれしそうに良い知らせを持ってきた。選挙管理スタッフや政党立会人の面々はすぐに抱き合わんばかりとなったが、歓喜も長くは続かなかった。まばらにやってくる投票者の流れは変わらず、一人帰ると、一人がやってくるといったしまつで、ドアのスタッフの妻、母、叔母がやってきたかと思えば、右派党立会人の兄が現れ、所長の義母はやってきたものの、投票の手順にまったく敬意を払わず、おまけに娘は午後遅くにならないと来ないと気落ちした義理の息子に告げて、非情にもこう言い足したのだ。あの子、映画に行くって言ってたわよ。副所長の両親もやってきたし、関係者とは無縁の家族もやってきたが、彼らは退屈そうに入ってきて、退屈そうに出ていった。右派党の政治家が二人到着すると、投票所の空気はにわかに活気づき、数分後には中道党の政治家も姿を見せ、どこからともなく魔法のようにテレビ報道のカメラが現れて、いくつかの場面を撮影すると、また煙のように消え去った。あるジャーナリストが、ひとつ質問してもいいですか、投票状況はどうなんでしょう、と聞いた。所長は、だんだんよくなると思います、天気が変わりはじめてますから、投票も増えることを確信しています、と答えた。われわれが市内数ヵ所の投票所で取材した印象では、今回棄権がとても多くなりそうですね、とジャーナリストが言った。まあ、わたしは楽観的に見ております、選挙システムにおける気象の影響を前向きにとらえたいですし、午後に雨が上がれば、嵐に盗まれた午前中の遅れはすぐに取り戻せるでしょう。ジャーナリストは記事の副題に使えるいいフレーズを聞いたと、満足して帰っていった。選挙管理スタッフと各政党の立会人は腹ごしらえをする時間になったので、かわるがわる片目で選挙人名簿を見ながら、もう一方の目でサンドイッチを見てランチをとった。

　雨はやんでいたが、市政に関する所長の期待が投票箱によってかなえられる予兆は何もなく、投票用紙は箱の底がぎりぎり隠れるほどしかたまっていなかった。だれもが同じように、すでに選挙は恐ろしい政治的失敗を遂げたのだという思いを抱いていた。時は過ぎた。事務官の妻が投票にやってきたとき、塔の時計が午後三時半の鐘を鳴らした。夫と妻は用心深く、なんとも言えない共犯関係のほほえみを交わし、その笑みに所長は落ち着かない体内の緊張をおぼえたが、それは自分はもうだれともああいう笑みを交わさないだろうという羨望《せんぼう》の痛みだった。三十分後、彼は腕時計を見て、まだ肉体のひだに、魂の奥に痛みが残っていたが、妻は映画によく行くのだろうかと自問した。ここには来るだろう。だが、やってくるとしても、たぶん最後の最後の終了時刻間際にちがいない。人が悲劇を回避する方法はたくさんあり、大半は役に立たないが、一番ありがちな対策は最良の結果になるように最悪の場合を考えてみることだ。やってみる価値はあると言いたいところだが、いまの場合、信頼できる情報源のおかげで投票所長の妻が実際に映画に行っており、少なくとも、この時点では彼女も投票するかどうかわからないので通用しない。さいわいにも、よく言われるように、宇宙を軌道に乗せ惑星を正しく進ませてきたバランスの必要性から、片方で何かが減ると、多少の差はあれ、もう一方ではこれに匹敵する同質のものが、うまくすると同じ割合で増えるので、扱いが不公平になってもそれほど不満が積みあがることはないのである。そうでなければ、なぜ午後四時きっかりに、遅くも早くもなく、肉とも魚とも言わず、それまで家で静かにしてまるきり選挙を無視していた有権者が、街の通りに出てきたのか説明がつかない。ほとんどは自力でだったが、なかには消防士とボランティアの助けがなければ出てこられなかった人もいた。というのも、彼らの住む街はあちこちで冠水して通行不能になっていたからだ。そして全員、そう、全員が、健《すこ》やかなる者も病める者も、歩ける者も車椅子の者も、ストレッチャーに乗った者も救急車で来る者も、それぞれの地区の投票所へと、まるで海の他に行く先を知らない川のようにまっすぐに流れていった。何か利益が得られると期待することによってのみ奇跡を信じる、懐疑的な、もしくは単なる疑り深い人びとにしてみれば、現在の状況が前述したバランスの必要性の表れだというのは厚かましい歪曲《わいきょく》だと思えるだろう。すなわち、所長の妻が投票に来るか来ないかという即席の疑問は、地球上の数ある都市のひとつで、あらゆる年齢や社会的背景を持つ何千、何万という人が、政治的思想的違いについて事前に合意することなく、投票するために家を出ると決めた予想もできない動員と釣り合いを求める相手として、宇宙的観点からすれば、あまりに重要性を欠いているというわけだ。こうした異議をとなえる人は、いつも宇宙がそれ自体の法則を持っており、そのすべてが人類の相反する夢や欲望には無関心だということを忘れている。人が不器用に名づけた、釘とか、麻布とか、それと似たり寄ったりの言葉は別として、わたしたちは法則の定式化にほとんど貢献していないのだが、つねにわたしたちの理解を超越した目的のために、この法則がすべてのことについて使われているように思われるのだ。この特定の時点で、投票箱から所長のおそらく思いやりのない妻の投じる票が奪われるかもしれないが、さしあたり、そうなるかもしれないだけで、これと、すでにそちらへ向かっている夥《おびただ》しい数の男女たちとの、あきれた不釣り合いを、かりにわたしたちが初歩的な分配の正義に照らして受け入れがたいとしても、思慮をもって最終的な判断をいったん棚上げにし、始まったばかりの出来事を疑わずにただ注視することにしよう。それこそまさに、新聞、ラジオ、テレビなどのジャーナリストたちがしていることだった。彼らは職業的熱狂とニュースへの飽くなき渇望に駆《か》りたてられて、あちこちを走りまわり、人びとの顔にテープレコーダーやマイクを突きつけ、どうしてあなたは四時に家を出て投票しにいったんですか、みんなが一斉に通りに出てきたのを異常だとは思いませんか、などと聞き、以下のような無愛想な、あるいは攻撃的な返答を受けとった。たまたま投票に行こうと決めたのがその時間だったんだよ。自由な市民なら人は好きなときに行き来できるのよ、人に説明する必要なんかないでしょ。そういうバカな質問をすると、あんたはいくら貰《もら》えるんだい。何時に家を出ようが出まいが、かまわないだろう。その質問に答える義務があるっていう法律があるの。悪いな、うちの弁護士がいなければ話せない。もちろん、そうしたとげとげしい態度をとらずに答える人もいたが、やはりジャーナリストの激しい好奇心を満足させることはできず、ただ肩をすくめて、みなさんの仕事は尊敬してますし、少しはいいニュースになるように手助けしたいけど、でも、まあ、時計を見て四時だったから、家族に、よし、行くか、いまを逃したら行けないぞ、と言ったんですよ。どうして、いまを逃したら行けないと。それは難問ですね、ただそう思っただけなんで。ちょっと頭を使って考えてみてください。いや、それは無駄でしょう、他の方にお聞きになればわかるんじゃないですか。でも、これまで五十人の方に聞きました。それで。だれも答えられませんでした。やっぱりね。でも、何千もの人が同じ時刻に家を出て投票しにくるなんて、奇妙な偶然だと思いませんか。たしかに偶然ですね、でもそんなに奇妙だとは思いません。なぜです。ああ、それはわかりませんけど。さまざまなテレビ番組で選挙の過程を追ってきたコメンテーターたちは、分析の基盤となる確かな情報を持たないまま、鳥の飛び方と歌から神々の意思を推察したり、獣の生《い》け贄《にえ》がもはや非合法となり、びくびく震えるその内臓から時間《クロノス》の化身と運命の秘密を解読できなくなったことを残念がったりしながら、知識にもとづいた推論を展開するのに忙しかった。とはいえ、偶然の符合を議論して時間を浪費するのも教育的使命にふさわしくないと思えたので、突然彼らは投票数の暗い見通しによって投げこまれた無気力モードから目覚め、祖国の民主主義の歴史上、空前の数にのぼる棄権が、政権のみならず、さらに深刻に言うなら、制度自体の安定をゆるがす大変な脅威になろうとするとき、首都の住民は大挙して投票所に現れることによって地方への好例となるような良き市民精神を発揮したのだと、オオカミが飛びかかるように褒《ほ》めたたえた。内務省の出した非公式のコメントは、そこまで大げさではなかったが、どの文言からも安堵《あんど》感《かん》が伝わっており、また選挙にかかわる三つの政党、右派党、中道党、左派党も、予想外の市民の行動から生じる得失をすばやく計算したあと、形式的な社交辞令とともに、民主主義は賞賛される理由が十分にあることを確認したと、祝福の声明をそれぞれ発表した。宮殿では大統領が、公邸では首相が、背後に掛けられた国旗とともに、コンマの有無はあるものの、ほぼそっくりの言葉をのべた。各投票所の入口では有権者の列が三重になり、街角をまわって見えなくなるまで続いていた。

　十四番投票所の所長は、首都の他の投票所長と同様、自分が貴重な歴史的瞬間に立ち会っていることをはっきり自覚していた。内務省は投票時間を二時間延長したあと、投票所の建物に詰めかけた有権者が投票権を行使できるように、さらに三十分延長せざるをえなくなった。深夜、疲れはてて腹をすかせた選挙管理スタッフ、政党立会人などの運営者たちは、ようやく二つの投票箱から取りだした投票用紙の山のそばに立っていた。二つ目の投票箱は内務省から非常要請があったもので、彼らは莫大な量の職務を前にして、まさしく叙事詩的とも英雄的とも躊躇《ちゆうちよ》なく言える感情の高ぶりから身震いしており、まるで祖国の栄《は》えある亡霊たちが投票用紙のなかで息を吹き返したかのようだった。投票用紙の一枚は所長の妻のものだった。彼女は奇妙な衝動に駆られて映画館を飛びだし、カタツムリのように進む行列に何時間も並んで、ついに夫の前にやってきた。そして彼が自分の名前を読みあげるのを聞いて、たぶん昔の幸せの影を心で感じ、ささやかなものだとしても来たかいがあると思ったのだ。開票作業が終わったときには午前零時を過ぎていた。有効票は二十五パーセント以下で、得票率は右派党が十三パーセント、中道党が九パーセント、左派党が二・五パーセントだった。無効票が数票あり、棄権はさらに少なかった。それ以外のすべて、総投票の七十パーセント以上が白票だった。

当惑と麻痺感《まひかん》、そして冷笑と侮蔑《ぶべつ》が、この国を端から端まで覆いつくした。悪天候による部分的な遅れをのぞいて事故も混乱もなく投票がおこなわれた地方自治体では、わかりやすいまじめな投票者、頑固な棄権者の数が通常と変わらず、無効票や白票の数もとくに目立つものではなかった。こうした地方自治体は、これまで選挙における公共心の最も純粋な例を地方に見せつけるように行進した中央集権主義者の勝ち誇った態度に屈辱を味わってきたのだが、いまや、たまたま首都に住んでいるだけで腹に王様がいると思っている紳士諸君《セニョーレス》の厚かましい愚かさを笑って、平手打ちを食わせることができたのである。この紳士諸君という言葉は、軽蔑がにじみでるように、すべての文字とまでは言わないが音節ごとに口の端を曲げて発音されたが、午後四時まで家にいたにもかかわらず抵抗しがたい命令を受けたかのように突然投票しようと飛びだしてきた人びとに対してではなく、あまりにも早く国旗を掲げた政府や、まるで白票をブドウ畑とみなし自分たちが収穫人であるかのように襲いかかった各政党や、あたかも彼ら自身がこのような創世記の大惨事に積極的に関与していなかったかのように、カピトリヌスの丘で賞賛しながら（カピタル＝首都を連想したしゃれ）タルペーイアの岩*から人びとを投げるがごとくいとも簡単に態度を変えた新聞や他のマスメディアに対して向けられたものだった。

嘲笑《ちょうしょう》する地方の人びとにはそれなりの正当な理由があったとはいえ、彼らが思うほど正しくもなかった。爆弾を求めて首都を駆けめぐる火薬の導火線のような政治的動揺の裏に、仲間同士、あるいは個人のあいだや、親しい者同士、政党の党員と党組織、政府と政権で交わされる内輪の議論は別として、声を大にして話すのがはばかられるような不安が感じられた。再選挙になった場合、次回はどうなるのかと、だれもが眠れる竜を起こさないように、押し殺したひそひそ声でたずねていた。政府や地方議会にいる右派党員のなかには、怪物の肋骨《ろっこつ》のあいだに槍を突きたてるのを我慢し、そのまま何も起こらなかったふりをするのが最善の策だと感じる人もいただろう。たとえば政府が首都に非常事態宣言を発令し、その結果、あらゆる憲法上の権利の保障を棚上げにしながら、しばらく時間を置いたあと、立った埃《ほこり》がおさまり、悲劇的な事案すべてが過去の忘れ去られた事件リストの仲間入りをした段階で、新たな選挙を準備し、と同時に、大小の違法行為や、こうした問題で名高い専門家がすでに社会政治的催奇形性と派手に名づけている現象が繰り返される可能性についてはあまり心配せずに、どんな犠牲をはらっても、まじめな誓いと公約で山盛りの慎重に練りあげられた選挙キャンペーンを打ちはじめればよいではないか、と。一方で、まったく違う見方をする人びともいる。法律は神聖だ、そこに書かれたことはだれが傷つこうと守るべきで、もしも人がごまかす道を選び、裏工作に走ったりしたら、まっしぐらに大混乱へと、道義心の終わりへと、転落するだろう、ようするに、かりに自然災害に遭遇したら選挙の投票を八日後、つまり次の日曜日に、再度実施しなければならないと法律が定めるならば、それは神の思《おぼ》し召《め》しであり、そのために神がいるのだ、と。とはいえ、政党というものは意見を表明するにあたって、つねにすべての人を喜ばせようとする精神から、極端なリスクを取りたがらないことは書いておくべきである。あるものには花を、あるものには馬蹄を使うという具合に、はいと言うかと思えば、いいえと答えるのだ。右派党の指導者たちは、政府にいる者も地方議会を率いる者も、文句なしのこの切り札で銀皿に盛った勝利をものにできると見込み、外交手腕を帯びた静観戦術を採りいれて、法の尊重に責任を持つ政府を信じることにした。確固たる民主主義制度の下では、それこそが論理的で自然だと彼らは結論したのだ。中道党の指導者たちも法が尊重されることを望んだが、不可能だとわかりきったことを政府に求めた。つまり、次回の投票では何らかの厳格な手段をとって、これを適用し、必ず正常な結果を出せ、すなわち普通の結果が出るようにしろ、というのである。今回この都市が全国に、そして世界中に見せた恥ずべき光景を、ふたたび繰り返さないため、という主張だった。左派党はと言えば、最高幹部全員が集まり、長い議論のすえに、次回の投票では、新たな発展の時代と社会の進歩をもたらす必須の政治条件が獲得できることを断固として希望する、という声明を書きあげて公表した。彼らは選挙で勝ち、議会で第一党になることを期待するとは言わなかったが、それがほのめかされていた。その夜、首相はテレビを通じて、現行の法律に従い、今回の地方選挙は次の日曜日に投票をやり直すこととし、明日の午前零時から金曜日の午前零時まで四日間を新たな選挙運動期間とする、と発表した。首相は真剣な表情で、強調する音節に力をこめながら、次のように言い足した。政府は再投票をするにあたって、首都の住民が過去に発揮した威厳とマナーをもって市民の義務を果たすことを信じている、いつもは明快な首都の有権者の判断が予想外に混乱し、ゆがんでいるが、まだ解明されていないその理由は現在すでに調査が進められており、それが完了するまで今回の選挙結果は法的に無効と宣言する、と。国家元首である大統領のメッセージは、選挙運動が終了する金曜日の夜まで待つことになるが、締めくくりの言葉はすでに選ばれていた。愛国者のみなさん、日曜日は上天気になるでしょう。

＊　同丘にある崖。共和政ローマ時代に処刑場として使われた。

実際に上天気になった。テレビ局のリポーターたちのすばらしい言葉を借りるなら、早朝から澄みきった青を背景にしてまぶしく黄金色に輝く見事な空に守られ、有権者は家をあとにして、一週間前の盲目的な集団ではなく、それぞれが単独で行動しながら地区の投票所へと向かった。そして閉ざされたドアが開く前から、誠実に、熱心に並んで投票を待つ市民の長い長い列がすでにできていた。ただ、残念ながらこの穏やかな集団は、すべてが清く正直とは限らなかった。市《まち》のさまざまな場所に生まれた四十を超える行列のなかに、人びとの話に聞き耳をたてたり記録したりするスパイが一人以上まぎれこんでいない行列はひとつもなかったのだ。警察当局は、たとえば医者の待合室で起こるように、待ち時間が長く延びればやがて人びとの口がゆるみだし、わずかであっても、うっかり有権者の心を動かす秘密をもらすことがあると確信していた。スパイの大半はプロであり、情報機関に属していたが、残りはボランティアで加わった者だった。この愛国的なアマチュア工作員は、サインした宣誓書にあるように無報酬で奉仕するためにやってきたのだが、ごく少数とはいえ、人を糾弾《きゅうだん》できる病的な喜びに惹《ひ》かれる者もいた。わたしたちがあまり考えずに人間性と呼んで満足しているものの遺伝形質は、有機的なデオキシリボ核酸、つまりＤＮＡ、の螺旋《らせん》にまで単純化することはできない。その仕組には、もっとたくさん言うべきことがあり、こちらに語りかけるものが多いのだ。これは比喩的《ひゆてき》に言うならば、さまざまな学派の多くの心理学者や精神分析医がボルト錠を抜こうと骨を折ってきたにもかかわらず、いまだにわたしたちが幼稚園から出られない相補性の螺旋にすぎないのである。こうした科学的な考察も、現在あるいは将来の価値はともかく、不安をかきたてる今日の現実を忘れさせてはくれない。たとえばその現実とは、行列のなかで人びとの話を無関心そうに聞いたり記録したりするスパイだけでなく、行列のそばをまるで駐車場所を探すように徐行する車である。車には人目につかないように解像度の高いビデオカメラと最先端技術を持つマイクが載せてあって、人はそれぞれ考えていることが違うと信じる人びとが集まってささやき交わすおしゃべりに隠された感情を画像に変換することができる。言葉が録音されると、その奥にある感情も写される。安全な人は一人もいない。投票所のドアが開き、行列が動きだすまで、録音機が記録したのはそれほど重要な言葉ではなく、せいぜい朝の美しさと気持ちのよい気温、あるいは手早くすませた朝食のこと、母親が投票所に来るあいだ子どもたちをどうするかという重要問題についての短いやりとりなど、ごくありふれた話題ばかりだ。そのあいだは父親が面倒を見るのよ、唯一の解決策は交代制だから、最初はわたしで、夫はそのあと。だって、夫婦一緒に投票したいけど、それは無理でしょ、ほら、治せなくても手を打つしかない、って言うし。うちは一番下のチビをおねえちゃんに頼んだわ、そう、これがうちの人よ。初めまして。こちらこそ。いい朝ですね。だれかがわざと作った朝みたい。いずれこうなると決まってたんじゃないかな。朝のそよ風に、白い車、青い車、緑の車、赤い車、黒い車のアンテナを揺らしながら、高感度のマイクが行ったり来たりを繰り返したにもかかわらず、そうした無邪気な日常表現の皮膚の下から首をもたげてくる疑惑は、少なくとも表面的にはひとつも浮かばなかった。しかしながら、最後の二つの台詞《せりふ》の、だれかがわざと作った朝みたい、と、とくに次の、いずれこうなると決まってたんじゃないか、という言い方の不自然さに気づくのに、疑い深い博士や怪しむ大学院生である必要はない。曖昧さはおそらく意図的でも意識的でもないが、まさしく、だからこそ潜在的によりいっそう危険であり、二つの言葉を発した声の調子を詳細に分析して対比することが重要だ。とりわけ結局は、最近の理論を信じるなら、この二つの台詞が発生させる、ここでは小声と呼んだ周波数帯域を考慮するべきであり、それがなければ、口から発した会話の理解度は必然的に不十分、不完全、限定的なものになるだろう。そこにいたスパイは、同僚たちもみな同じだが、こうした場合にどうすべきか正確に指示を受けていた。それによれば、けっして容疑者から離れてはならず、隠し持った録音機器の感度に関係なく、二重に保険をかける意味で投票者の列の三、四人後方にいて、投票所長が容疑者の名前と番号を読みあげるとそれを記憶しなければならない。そのあと、忘れ物をしたふりをしてそっと列を離れ、外の通りへ出て電話でこの事案について本部へ報告し、また狩場に戻って、列の後ろに並ぶ。この行為は、厳密に言って射撃演習とは比較できない。ここではチャンス、運命、幸運、などなどお好みの言葉で呼んでもらってかまわないが、それによって射撃の前に標的が置かれることを期待するのである。

　刻々と時間が過ぎるにつれて、情報は雨のように作戦本部に降りそそいだ。とはいえ容疑を受けた有権者が、明快な、反論できない態度をとったので、投票の意図を暴いたものはひとつもなかった。リストアップされた会話は先ほど例にあげたようなものばかりであり、もっとも疑わしい、いずれこうなると決まってたんじゃないか、も、元の文脈に戻せば危険性は大幅に薄らいだ。これは二人の男の会話から片方が最近離婚したことに関するもので、周囲の好奇心を刺激しないように遠回しに話しており、ちょっとした恨みと、ちょっとした諦めと、離婚した男の胸からもれた震える溜息で締めくくられた。敏感なスパイならだれもが、もちろん敏感さがスパイの最大の特性だと仮定してだが、あきらかに捨てられるはずの言葉だった。スパイがこれを記録するには値しないと考えたり、録音機が捉えなかった可能性があるという事実は、たんなる人間のミスや、機械の不具合のせいにできることを示している。人間とはどういうものかを知り、かつ機械の性質にも注意が働かないわけではない有能な裁判官が裁いたら、それを考慮に入れざるをえないし、たとえこの事案に関する文書のなかに容疑者が無罪である兆しが少しもないことに一見衝撃を受けたとしても、実際にはまともな正義がもたらされるだろう。とはいえ、明日この無実の男が尋問されたら、その身に何が起こるかと思うとわたしたちもゾッとする。おまえは一緒にいた人に、いずれこうなると決まってたんじゃないか、と言ったことを認めるんだな。はい、そうです。では、答える前によく考えるんだぞ、そのときは何の話をしていたんだ。わたしが妻と別れた件です。別居なのか、離婚なのか。離婚です。離婚については、どう感じていたのか、いまはどう思ってるのか。半分が怒りで、半分が諦めです。怒りと諦めと、どっちが大きい。たぶん諦めのほうです。だったら、溜息をつくほうが自然だね、友達相手にしゃべってるんだから。いや、溜息をつかなくはなかったような、よく憶えてませんけど。ついてないよ、われわれは知ってるんだ。そこにいなかったのに、どうして知ってるんです。どうして、われわれがあそこにいなかったと言えるんだ。たぶん、わたしが溜息をついたことを友達が憶えてますよ、聞けばわかります。きみの友情はたいして深くないんだな。どういう意味です。その友達をここに呼んだら、彼が何かと面倒なことになるよ。ああ、それはまずいです。いい答えだ。もう、帰ってもいいですか。どういうつもりだ、まあ、そんなに急ぐな、きみはまだわれわれの質問に答えてないじゃないか。どんな質問です。あれを友達に言ったとき、本当は何を考えていたかだ。もう答えましたけど。別の答えを言ってくれ、あれじゃだめだ。答えはあれしかありませんよ、本当のことですから。きみがそう思ってるだけの話だ。ここで創作してほしい、ってことですか。そうだ、やってみてくれ、きみが好きなように答えを作ってくれればいいんだ、時間と忍耐力と、適切なテクニックを使ってくれたら、われわれが聞きたい答えができるだろう。じゃ、聞きたいことを教えてください、それで終わりにしましょう。いや、それじゃおもしろくも何ともないし、われわれをだれだと思ってるんだ、って話になるだろう、これでも尊重すべき科学的な威厳があり、守るべき職業的良心もある、われわれがもらう報酬と日々のパンにふさわしいことを上司に対して示せるかどうかも、すごく重要なんだ。どういうことか、わかりません。急ぐ必要はないんだよ。

　街の通りや投票所の有権者たちは印象的なほど静かだったが、大臣室や政党本部では同じ精神状態を映しているとは言えなかった。彼らは今回の棄権率がどうなるかを一番心配しており、そこにこの国が一週間以上おちいっている社会的政治的難局から救われる鍵があると見ていた。棄権率が前回の投票時にくらべてやや高いか、過去最高を超えたとしても高すぎなければ、いわゆる選挙の有効性を信じない人たちや、天気がよければこれ幸いと海辺や田舎へ家族と遊びに出かけるか、ゆるぎない怠慢によって家から出たがらない人たちが一定数いる、平常時の選挙に戻ったことになるからだ。投票所の外にいる人の群れは前回よりも大きく、棄権率がかなり下がるか、ゼロに近くなるのは間違いなかった。むしろ政府当局がやきもきし、頭に血がのぼりそうになったのは、投票者たちがほぼ例外なく、投票所の出口調査でどこに投票したかと聞かれても頑なに沈黙して答えないことだった。ただ統計をとる目的なんです、お名前もご職業もうかがいません、と声をかけても、疑い深い投票者たちを説得することはできなかった。八日前は、とにかくジャーナリストも返事だけはもらえた。そこで返ってきたのは、ときには焦《じ》れた、ときには皮肉な、あるいは横柄な答えであり、なかには沈黙同然のものもあったのだが、言葉のやりとりはあり、一方が質問すれば、もう一方も答えるふりぐらいはして、沈黙の壁が立ちはだかることはなかった。それはまるで、だれもが共有する謎《なぞ》のまわりに立てられた、だれもが守り抜くと誓った壁のようだった。これには驚く人が多いだろう。ありえないばかりか、たがいを知らない、同じ考えを持たない、異なる社会階層に属する、ようするに政治的にも右派、中道、左派、あるいは無党派だったりする何万もの人が、偶然同じ行動をとり、開票が始まるまでは何も言わないと決意を固めて、秘密のヴェールをかけたままにしておくのだから。これが、事態の正常化を大いに期待する内務大臣が首相に話したかったことであり、首相が急いで国家元首である大統領に伝えた内容だった。大統領は年長で、経験豊富で、百戦錬磨という、いわば人生の達人だったので、ただ皮肉っぽく答えるにとどめた、みんなが話す気がないとしても、あとで話す気になる根拠があれば教えてくれないか。国の最高責任者からバケツで冷水を浴びせられても首相と内務大臣が気力をなくさず、絶望の淵に沈まなかったのは、ほんの一時的にしろ他にすがるものがなかったからだ。内務大臣は選挙の過程で不法行為がおこなわれる可能性を恐れていたが、まったく根拠のない心配だったという事実が判明したにもかかわらず、それを口に出さずにいた。大臣はすべての投票所に別々の警察署から起用した二人の私服警官を派遣し、彼らには開票作業を監視する権限を与えるとともに、万一ひそかに何かで共謀する関係になったときに、その政治的性質が誠実なものか、あるいは小さな裏切りのマーケットで取引を交わすようなものか、たがいの同僚をそれぞれ見張るように命じていた。当局はこうしてすべてをコントロールするべく、スパイと、警官による監視、録音機、ビデオカメラをとりそろえ、選挙の純粋さを汚すどんな悪意ある干渉からも守れるようにしたつもりだったが、そのゲームもいまや終わり、あとはただ腕組みをして、最後の投票結果を待つしかなかった。十四番投票所について、わたしたちはこれまで所長など管理者側の働きぶりから一部の個人的事情までを、献身的な市民に捧げる敬意をもって大きな喜びとともにまるまる一章を費やしたわけだが、この十四番をはじめ、他の一番から十三番まで、十五番から四十四番までの各投票所では、所長たちがテーブルとして使っていた長い台の上に投票箱の中身を空けることとなった。そのとき市の全域で響いた猛烈な雪崩《なだれ》の音は、やがて起こる政治的大地震の前ぶれだった。家庭でも、カフェでも、居酒屋でも、バーでも、テレビやラジオのある場所で、首都の住民のうち、ある人びとは他の者より落ち着いて開票の最終結果を待っていた。だれもがごく身近な人はもちろん、最愛の人や親友にも、どう投票したのかを打ち明けずに沈黙を守っていた。いつもおしゃべりな人でさえ言葉を忘れているようだった。ついに午後十時となり、首相がテレビに登場した。まる一週間にわたって眠れない夜を過ごしたせいで、首相の顔は変わり、目の下には隈《くま》があって、健康的に見えるメーキャップにもかかわらず肌は血の気がなかった。手には紙を持っていたが、読んではおらず、話が途切れないようにときどきちらりと目をやるだけだった。国民のみなさん、本日首都でおこなわれた選挙の結果は以下のとおりです、右派党八パーセント、中道党八パーセント、左派党一パーセント、棄権は零票、無効は零票、白票八十三パーセントとなりました。首相は横にあるグラスの水を飲んで続けた。政府は本日の選挙結果から、先週の日曜日に見られた傾向を確認し、その傾向が悪化したことを認識して、このような問題ある結果の原因を徹頭徹尾、本格的に捜査する必要があるという点で一致しました、国家元首である大統領閣下と協議のうえ、現政権の正統性においては何の問題もないとも確認しました、今回の投票結果がたんなる一地方のもの、というだけでなく、この一週間に目撃された異常な出来事について綿密な捜査を始めることが喫緊《きっきん》の課題であるという理由により、政府は非常事態を宣言するものであります、この出来事のあいだ、わたしたちは呆気《あっけ》にとられた証人であり、恐れ知らずの利害関係者でした、こんなことを口にするのは深い悲しみです、というのも今回、国民の個人的、そして集団的生活を支える正常な民主主義に荒々しい一撃をくらわせた白票は、空から降ってきたものでも、地底から噴出したものでもなく、この市《まち》の有権者百人のうち八十三人のポケットから、愛国心のない手によって投票箱に投じられたものだからです。首相はもうひと口、水を飲んだ。こんどは急に喉《のど》の渇きを感じたのだ。この壇上からわたしは首都の全住民のみなさんに呼びかけます、誤りを正す時間はまだあります、現在の状況を考えると、無駄なばかりか非生産的な再選挙という方法ではなく、良心の厳格な審査が必要です、ある者は頭上にぶらさがる恐ろしい脅威から自分の身を守るため、他の者はその意図が有罪か無罪かは別として、何者かによって引きずりこまれた邪悪なおこないをやめられるように、あるいは政府が大統領からの求めに応じて発出する非常事態宣言下で予想される制裁の直接の標的になることを避けられるように、もちろん、まずは明日、臨時閣議を招集し、それから議会に諮《はか》り、予想される全会一致の採決をもって大統領閣下に宣言を要請します。ここで首相は口調を変え、腕をやや広げて、両手を肩の高さまで上げた。政府は確信をもって白票を投じなかった残りの国民の結束を友愛の証しと受けとめます、みなさんは選挙期間中ずっとそれにふさわしい市民感覚で臨み、正常に義務を果たされました、わたしはここで、慈悲深い父親のように、まっすぐな細道から外れた一部の首都のみなさんに、放蕩息子《ほうとうむすこ》の逸話から得られる崇高《すうこう》な教訓を思い出してもらい、真摯《しんし》な悔恨と、全面的な改心さえあれば、人間の心に赦《ゆる》されない過ちはないのだ、と申し上げます。首相が最後に選んだ言葉、あなたを見まもる祖国に栄光あれ、は太鼓の連打とラッパの響きに飾られて最高にカビくさい愛国的なレトリックの屋根裏部屋から出てきたものだが、おやすみなさい《ボアズ・ノイテス》、という完全に嘘《うそ》くさく聞こえる一言によって台無しになった。とは言うものの、単純な言葉がすばらしいのは、何ひとつごまかしがきかないところである。

市《まち》では、家、バー、居酒屋、カフェ、レストラン、各種協会、あるいは右派党、中道党、左派党の各政党本部など、さまざまな場所に有権者が集まり、首相のメッセージが、当然ながら別々の方法やニュアンスで議論された。首相のパフォーマンスに一番満足したのは右派党の党員たちで、その野蛮な言葉の数々はこの寓話の語り手ではなく彼らの仲間内のものだった。党員らはたがいに片目をつぶり、リーダーが採用したすぐれたレトリックを自慢した。この論法は奇妙なことに、こん棒とニンジン、とよく呼ばれるもので、むかしは主としてロバやラバに適用したのだが、かなりの成功をおさめたので現代では人間相手に再利用されている。しかしながら、一部の武闘派《フェラブラス》やほらふ《マタ・モ》き屋《ウロス》は、首相が非常事態宣言を持ちだしたところで切り上げるべきだったと考えた。そのあと首相が話したことはすべて、悪党はぶったたけ、手ぬるくしたらにっちもさっちもいかないぞ、敵には水もやるな、といった強い表現とともに不必要だったとされた。なかには、それほどひどくもなかったよ、リーダーにはそれなりの思惑があるのだろう、と反論する同志もいたが、こうした平和主義者たちはつねに考えが甘く無邪気で、頑として妥協しない仲間の乱暴な反応が、党員の戦闘ムードを活性化しつづけるための巧妙な作戦行動だとは気づかなかった。合言葉は、つねに備えよ、なのである。一方、野党第一党である中道党の党員たちは、スピーチの基本的な部分、つまり責任者を見つけだし陰謀の犯人もしくは共犯者を処罰するのが急務、という点では賛成だったが、非常事態宣言はとくに終わりが見えない点で不合理だという考えだった。さらに理路を突きつめて言うなら、権利を行使したことを犯罪として裁き、その人から権利を奪うのは、むちゃくちゃな話だとした。かりにある市民がこの件を憲法裁判所に持ちこむことを思いついたらどうなるのか、というのである。そして、下手な宣言など出さず、すべての党の代表で構成する救国内閣をスタートさせるのがより知的で愛国的だ、と彼らはつけくわえた。なぜなら実際に行政上の非常事態が起きているならば、首都を包囲したところで解決せず、すでにあぶみを失《な》くした右派党政権はいずれ馬から転げ落ちるだろうから。左派党の活動家たちは党が連立政権に参加する可能性があることを笑ったが、実のところその一方で、選挙で劇的に落ちこんだ得票率をごまかす解釈をどうしようか思い悩んでいた。前回の選挙では五パーセントだったのが、今回の投票では二・五パーセントとなり、やり直し投票ではみじめにも一パーセントしか取れず、党はわびしい未来に直面した。分析の結果、ひとつの声明を出すことになったのだが、そこに書かれていたのは、白票が国家の治安もしくは社会制度の安定性への攻撃を意図するものだと考えられる客観的な理由がない以上、このように表された変革への望みが、まさに左派党のマニフェストに含まれる成長戦略に一致したと読みとれる、というものだった。ただ、ごたくを並べたというわけだ。

　首相が話し終えると、すぐにテレビを切った人びともいた。寝る前に座を囲んで自分たちの生活について話しあう人たちや、さもなければ、夜のあいだずっと紙を破って燃やす人たちがいた。

　彼らは何もたくらんでおらず、ただ恐れているだけだった。

軍歴のない文官の防衛大臣は、非常事態宣言についてあまり知らなかったので、真の包囲状態にするのが望ましいと考えていた。つまり、反乱を隔離でき、徹底的に反撃するときには壊せる移動壁のような、どこから見ても疵《きず》のない本当の意味での非常事態における包囲でなければならない、と。疫病と壊疽《えそ》がまだ健康な全国各地へと広がる前に、と防衛大臣は警告した。首相は事態がはなはだしく深刻であること、国が議会制民主主義の根幹をゆるがす卑劣な攻撃の被害者であることを認識していたが、防衛大臣は失礼ながらとあえて異をとなえた。わたしはむしろ制度に対して発射された魚雷と呼びたいくらいです。たしかにその通り、しかし、大統領閣下はこの件についてわたしと同意見だ、切迫した危険な状況にあることは承知しているが、臨機応変にさまざまな手段や目的に応じた必要な作戦をとることを考えている、ここはもっと隠密に、あまり目立たない行動をとるほうが、たぶん街に軍隊を送りこみ、空港を閉鎖して首都からの出口にバリケードを築くより効果的だろう。その手段とは何です、と防衛大臣はいらだちを隠そうともせずに聞いた。きみたちが知らないものじゃない、軍部はそれぞれ自前の情報機関を持っているということだ。われわれは防諜と呼んでおります。同じことだよ。なるほど、おっしゃることはわかります。察してもらいたい、首相はそう言って内務大臣をうながした。内務大臣が話を引き継ぎ、作戦の詳細はご存じのように極秘事項《マテリア・レゼルヴァーダ》で、トップ・シークレットとも呼べますが、わたしの省が立てたこの計画は、適切に訓練された工作員による住民への広く組織的な潜入活動を主眼にしたもので、これによって、事態の裏にある事情がわかり、悪の芽を摘むのに必要な措置をとることができるでしょう。悪の芽ですかね、わたしの見たところ、すでに芽ではなく実ですよ、と司法大臣が口をはさんだ。ただのたとえです。内務大臣は少しいらだった口調で答えて、先を続けた。ちょうどこの閣議で伝えるよい機会ですので、わたしの指揮下の、もしくは管轄する省の情報機関によれば、厳重かつ完全な機密事項であることと、少々過剰であることを断ったうえで言いますと、今回の事件は根っこが海外にあり、われわれの見ているものが、アナーキストの発想する社会の不安定化を狙った国際的陰謀の巨大な氷山の一角であり、理由は不明だとしても、最初の実験台にわが国が選ばれた可能性を捨てきれない、というのです。なんだか妙な話ですね、と文化大臣が言った。わたしの知るかぎり、アナーキストは理論上でも、こんな性質の、これほどの規模の行動を起こすことは決してありません。いや、ありえます、と防衛大臣が皮肉っぽく言った。おそらくわが同僚の知識はいまだに彼の祖父母の牧歌的な時代のものだから、奇妙に思えるのでしょう、状況はあれからかなり変わりました、たしかに以前は無政府主義《ニヒリズム》がロマンティックな色を帯び、それほど血なまぐさくない場合もありましたが、現在われわれが直面しているのは純粋な正真正銘のテロリズムですよ、顔も表情も全然そうは見えないが本質は同じです。そんなふうに誇張して一方的に決めつけるのはどうですかね、と司法大臣が口をはさんだ。テロリズムのレッテルを貼るのは、乱暴とは言わないまでも少し危険だと、わたしには思えます、とくに純粋な正真正銘のテロリズムとまで、投票箱から少し白票が出てきたくらいで。少しだと、少しだと、と防衛大臣は呆気にとられて麻痺したように口ごもった。百票のうち八十三票あったものを、どうしたら少しと言えるのか教えてもらいたい、その一票一票が水面下の魚雷だと気づいて、認識すべきときなのに。おそらくわたしの無政府主義に関する知識は時代遅れだろうし、否定はしません、と文化大臣が言った。さらに海戦の専門家だとも思いませんが、魚雷はつねに水面下で襲ってくるもので、言い換えれば、他の能力など持ち合わせていないし、それだけのものでしょう。内務大臣が突然バネ仕掛けのように立ちあがった。たぶんそのばかげたコメントと、政治的にまとまらない閣議の場を糾弾しようとしたのだろうが、そこで首相がテーブルを激しく手で叩き、一同の静聴を求めた。文化大臣と防衛大臣が言葉の厳密な解釈についてそんなに熱心になるなら、両名はどこか別の場所で議論してもらおう、いいかね、立法議会以上に民主主義の力と権威の心臓部を代表する閣議の場にわれわれが集まったのは、過去数百年でもっとも深刻な危機から祖国を救う決断を下すためなのだ、政府が直面するとてつもない難局において、言葉の解釈がどうのといった、われわれの責任とは無縁なくだらない話は控えてもらいたい。ここでいったん黙ったが、口をはさむ者はいなかった。首相が続けた。一方でわたしから防衛大臣に明言しておくと、内務省の有能な部局がまとめた計画を、この危機の初期段階で採用することに大統領が乗り気だとしても、それが首都を包囲して都市封鎖をおこなう可能性を完全には排除しない、すべては事態がどの方向へ進むのか、首都の住民の行動、そして全国各地の反応、さらに、ときとして政権と対立する予測不能な勢力の動向にかかっている、この場合の勢力とは、すでに失うものが少なく危険な賭《か》けに出てもおかしくない左派党のことだがね。でも、得票率が一パーセントしか取れない政党など心配しても仕方ないでしょう、と内務大臣が見下すように肩をすくめて言った。彼らの声明を読んだか、と首相がたずねた。もちろんです、政治上のコメントを読むのは仕事であり義務ですから、なかにはアシスタントを雇って先に味見をさせる者もいますが、わたしは保守派でして、間違えることがあっても直接自分の頭に線をつなぎます。きみは閣僚が政府の長たる首相の最終的なアドバイザーだということを忘れてるな。首相閣下、その一人であることを名誉に思っております、ただ違うのは、大きく違うのは、われわれがあなたに提供するのは、消化した食べ物なんです。まあ、ひとまず消化の過程における美食と化学変化の話は置いて、左派党の声明に戻ろう、きみはあれをどう思った。敵を倒せないなら敵に加われ、という古い処世訓の甘くて雑な焼きなおしですよ。現在の状況に当てはめれば。現在の状況に当てはめればですね、首相、投票があなたのものでないなら、それを自分たちのもののように見せればいい、のです。だとしても、やはり警戒すべきだ、左派寄りの住民の一派にやつらの小さなごまかしが影響するかもしれない。といっても現時点では実際に知りようがありません、と司法大臣が言った。むしろわれわれがおおっぴらに口にしたくないのは、認めたくないのは、あの八十三パーセントという投票の大多数を占める人のなかに、わが党の支持者も、中道党の支持者もいることです、いま自問すべきなのはなぜ大勢の人びとが白紙の票を投じたのかで、状況の深刻さはそこにあり、左派党が思いつきそうな巧妙で素朴な作戦ではないでしょう。そのとおり、と首相が答えた。ただきみも検討すればわかるだろうが、われわれの戦術も左派党のものとそれほど違わない、つまり、票の大半がこちら側のものでないなら、野党側のものでもないとイメージづけるだけだ。言いかえれば、と運輸通信大臣がテーブルの端から声を上げた。どこも同じ戦法で来るというわけですか。たぶんわれわれの置かれた状況を処理する方法としては拙速にすぎるし、どこまでも政治的な観点だが、あながち意味がないわけでもない。首相はそう言って閣議を終わらせた。

　非常事態宣言のすばやい導入は、すべてが丸くおさまる神業による見事な裁決《センテンサ・サロモニカ》のように、一回目投票の不吉な結果と二回目の劇的な結果以来、マスコミ、とくに新聞各紙が、大なり小なり巧みに、大なり小なり繊細《せんさい》に、けれどもなるべく努力を悟られないように最大限気配りをしながら懸命にほどこうとしていた難題の結び目《ノ・ゴルディオ》を、一刀両断した。その一方で各紙は、みずからの役割を果たすべく、それは報道の初歩のようなものだが、社説や特別寄稿の論考記事などで、奇妙かつ破滅的な錯誤によって国の上質な利益を無視した有権者の予想もしない無責任なふるまいを、市民精神の怒りを帯びたエネルギーとともに非難した。つまり、国民の生活をどんなに明るい光さえ出口が見えない真っ暗な路地へ追いこんで、前代未聞のレベルまで複雑にし、悪化させた、という具合に。と同時に、読者が長年にわたって持ち、完璧に調和していた根気強い愛読者意識を損なわないように、かりそめにも新聞が、裏切り者め、愚か者、などと呼ばれないように、感情に注意をはらい、ひとつひとつの言葉を吟味して、いわば二歩進んで一歩さがるという配慮もおこたらなかった。非常事態宣言をひとたび口にすれば、問題に直結するさまざまな権力はすべて政府のものとなる。憲法で保障された権利がすべて一時停止されると、新聞社の編集長や経営者の頭に垂れこめていた不快な重荷や脅威の影もとりのぞかれた。きびしく制限された表現や通信の自由と、つねに編集長の肩ごしにのぞく検閲によって、彼らはまさしく最高の言いわけと、完全無欠の正当化を手にしたのである。以下のように。敬愛する読者の方々にわたしたちが心から提供したいのは、みなさんの当然の権利でもありますが、とりわけ目下の微妙な状況下で、理不尽なばかげた干渉や不愉快きわまる制約によって限定されることなくニュースと意見にアクセスする可能性です、そしてこうした現状において、一日二十四時間、実際に監視されながら働かされる苦痛を知るのは、ジャーナリズムという名誉ある職業についた者だけでしょう、しかしながら、忌憚《きたん》なく申しあげれば、この事態にもっとも責任があるのは首都の有権者であって、それ以外の有権者、つまり地方の有権者ではありません、にもかかわらず、残念なことにわたしたちの嘆願にもかかわらず、首都に検閲版を届け、地方には無検閲版を届けることを政府は許可しません、つい昨日内務省の高官から、検閲は太陽みたいなもので、昇るのはすべての人のためだ、という話がありました、すでに世界がどう動くか知っているわたしたちには目新しくもありませんが、つねに罪人《つみびと》の報いをこうむるのは正義の人なのです。このように、表現と文意の両面で多大な注意が払われたにもかかわらず、たちまち新聞を読みたいという市民たちの気持ちはひどく低下した。いくつかの新聞は、あらゆる方向へ撃ち、狩りをしたいという当然の衝動に駆られて、新しい至福の楽園のヌード写真を持ちこみ、女たち男たち、グループだったり一人だったり、ペアやシングル、静かなポーズや動きのある瞬間など、さまざまに紙面を飾って売れ行き不振を打破しようと考えた。だが、どんなに色やスタイルのバリエーションをとりそろえても、はるか古代でさえ陳腐だった性欲《リビドー》の探求には最小限の刺激しかなく、写真にうんざりした読者は、引き続きよそよそしく、無関心で、しまいには吐き気までもよおして、新聞の発行部数も販売部数も落ちつづけた。新聞各紙は、あらゆる下劣なスキャンダルや大騒ぎの記事、最近まで必ず観客の受けがよかった、あるいはいいところを見せようと売り込む人のさまざまな企画、たとえば私的な悪徳に仮装した公《おおやけ》の美徳や、公《おおやけ》の美徳に仕立てあげた私的な悪徳といった古いゲームを、陽気なメリーゴーランドのように試して回転させたが、救いがたいどん底にある毎日の貸借対照表《バランスシート》に好ましい影響を及ぼすものではなかった。実際、首都の住人の大半が、生活の趣味とスタイルを変えたかのようだった。これから明らかになるように、白票を投じたのは大きな間違いとなるだろう。彼らは清潔さを求めたいと思い、それを手に入れることになるのだ。

　政府、とりわけ内務省は、確固とした意向を持っていた。大衆のなかにこっそり潜入させる工作員の選抜は、一部は情報機関から、その他は公共団体から、迅速かつ効果的におこなわれた。彼らは宣誓したあと、自分が模範的な市民である証拠を見せるため、投票した政党名と、嘘がないことを明言してサインし、ふたたび宣誓して人口の大きな割合を占める道徳的疫病の感染者には絶対にならないと書類に書きこんだ。まず男女からなるすべての工作員は、というのも通例あえて言及されないので断っておくと両性を採用するのは悪行を働くのが必ずしも男とは限らないからだが、学校のように四十人ずつのグループに分けられ、モニター画面による訓練で電子機器に記録されたものを認識、識別、解釈する方法を身につけたあと、最初の任務は、二回目の投票の際に行列に並んで盗み聞きをし、あるいはビデオカメラと集音マイクを持って車で徐行しながらスパイが収集した膨大な量の材料を、少しずつ片づけることだった。工作員は熱意をかきたて、猟犬のように嗅《か》ぎ、実地調査をする前に、ただちに密室で調査する根拠を与えられ、まずは集められた情報のはらわたを漁りまわる任務から始めることになった。その内容は数ページ前で簡単ながらご覧にいれたようなものである。いつもは投票などしないが、今日は来た。こんなことして何かいいことがあるかしら。水差しは何度も水場に行ったあげく、最後は壊れてしまったんだ、驕《おご》れる者は久しからずさ。このあいだも投票しましたよ、でも四時まで家を出られませんでした。これは宝くじのようだな、たいてい白くじが出る。それでも、やりつづけないと。希望は塩みたいなものよ、栄養はないけどパンをおいしくするわ。こうした山のようにある、無難で、どっちつかずで、無邪気な言葉を、延々と何時間ものあいだ拾いだし、音節にまで分解して、揉《も》んだり裏返したりしたあげく、臼《うす》に入れて質問のすりこ木ですりつぶした。水差しとは何のことか説明してくれ。なぜ、水場で取っ手が壊れたんだね、行き帰りの途中じゃなく。いつもは投票しないのに、どうして今回はしたんだ。もし希望が塩のようなら、塩を希望のようにするにはどうすればいい。緑色の希望と白い塩、この色の違いをどう説明するのかな。投票用紙と宝くじが同じものだと、本気で思ってるのか。白という言葉を言ったとき、どういう意味で使っていた。それはどういう水差しだね。喉がかわいたから水場に行ったのか、それともだれかと会うためか。水差しの取っ手は何を象徴してる。料理に塩を入れると、あなたは希望を入れてると思うのか。なぜ白いシャツを着てる。結局あれはどういう水差しなんだ、水差しそのものか、それとも隠喩、つまり水差しと言いながら別の物を示しているのか。それと陶器の色は、黒、それとも赤。無地か、それとも模様があったのか。水晶は嵌《は》めこまれていたのか。水晶がどんなものか知ってるね。宝くじに当たったことはあるのか。なぜ一回目の投票のとき、二時間以上雨が降ってないのに四時まで家を出なかった。この写真のきみの隣にいる女性はだれだ。あなた方二人は何がおかしくて笑ってる。投票という重要な行為をするときに、責任あるすべての有権者は重々しくまじめで切実な顔でいるべきだと思わないか。それとも、民主主義はわれわれを泣きたい気持ちにさせるとでも。笑うほうか、泣くほうか、どう思う。もう一度水差しについてだが、なぜ取っ手がまたくっつくと思わなかったのか、それ用の接着剤があるのに。あれは、あなたも取っ手をなくしてる、という意味なのか。どっちだ。きみは自分が生きてるこの時代が好きか、それとも別の時代に生きたかったのか。もう一度塩と希望の話に戻ろう、あなたが欲しい食べ物を不味《まず》くしないためには、どれくらいの量を足せばいいと思う。疲れを感じてるか。家に帰りたいんだね。急がないでいいよ、急ぐのは質《たち》の悪いカウンセラーだ、あなたが助言をよく考える余裕がなければ結果は最悪になるかもしれないな。いいや、あなたは途方に暮れてない、まだわかってないようだが、ここは人が迷わず、自分を見つけるところなんだ。心配いらない、われわれは脅しちゃいないよ、ただ急いでほしくないんだ、それだけだ。この時点で、追いつめられ疲れはてた獲物に、彼らは運命を決する質問を投げるだろう。じゃあ、あなたがどう投票したか話してもらおうか、つまり、どの政党に入れたかを。というわけで、投票の列から拾われた五百人ほどの容疑者が尋問を受けるために呼びだされていた。これは集音マイクと録音機によって捕捉された、説得力ある例としてこれまでお目にかけてきたたぐいの会話にもとづく、あきらかに実態のない告発がふりかかった点で、わたしたちのだれもが陥る可能性のある状況である。そこでの答えが、問題となる統計的宇宙の幅の広さを考慮するなら、投票先に応じた割合で分配されるのは、自然な小さい誤差はあるとしても無理のないところだろう。つまり、四十人は誇らしげに政権をになう右派党に投票したと宣言し、同数の者たちが回答にちょっとした抵抗の風味づけをしようとその名にふさわしい唯一の本物の野党、つまり中道党に入れたと言い、そして五人、たったの五人が、追いつめられ、身動きもできず、わたしは左派党に入れたと、自分の矯正できない頑固さをあやまるような口ぶりながら毅然としてのべるのだ。残る巨大な四百十五人の返事は、得票率の様相論理《ロジカ・モーダル》からすれば、わたしは白票を入れた、となるはずである。この明快な回答は、推測あるいは慎重さによるあいまいさのない、コンピューターもしくは計算機が出すようなもので、だとすれば、それらコンピューター・サイエンスや機械工学の頑固で正直な性質によると言えるのだが、ここでわたしたちが扱うのは人間であって、人間は嘘をつける唯一の動物であることがあまねく知られている。たしかに動機としても、恐怖から、あるいは利益を得られるときに、人はときどき嘘をつくし、あわやという瀬戸際で、真実を守るには他に道がないと気づいてそうすることもある。結果として、見かけから判定すれば内務省の計画は失敗に終わっていた。実際最初の瞬間、政府顧問たちの当惑ぶりはみっともなく完膚《かんぷ》なきものだった。というのも、予想のつかない妨害をかわす方法が、すべての人に服従を強《し》いる命令を出す以外になさそうだったからだ。それがよくないことは、そうした中世的手段に頼らなくても、同じ目的を達成するくらいの技術を持つ民主主義国家ならびに法治国家ではだれでもわかる一般常識である。この複雑な状況にまぎれて、内務大臣はおそらく今後さらに名をあげる予感があればこそ、政治家としての大きさと、戦術的戦略的に並はずれた柔軟性を見せつけたのだろう。大臣は二つの決定を下したが、どちらも重要なものだった。ひとつは、のちに度が過ぎたマキャベリズムと非難されるもので、内務省が作成した公式のメモを国営機関を通じてマスメディアに配布し、そこに、五百人もの模範的な市民がさっそく出頭し、二回の投票で明らかになった異常な事態の捜査が進展するべく忠実な支援と協力を惜しまないと申し出たことに対して、政府全体になりかわって感謝する次第である、とのべたことだ。内務省はこの初歩的な感謝の表現とともに、数々の質問を予期して、いなくなった愛する家族から連絡がなくても、驚いたり心配したりする必要はないという注意喚起をおこなった。なぜならこの慎重さを要する作戦に与えられた最高機密扱いの性格を考えれば、沈黙こそ彼ら個人の安全を保障する鍵だからだ。もうひとつの決定は政府内限定として公表されず、これまでの計画を完全に逆転させるものだった。つまり白紙投票の問題、秘密、なぞなぞ、パズル、あるいはどんな呼称でも、それを解明する卓越した手段は大衆の内部に工作員を大量に潜入させることだ、という路線を捨てたのである。まず、工作員は数的に不均等な二つの集団に分けられた。人数の少ないグループは実地調査にあてられるが、正直な話、もう大きな成果は期待できない。その一方で人数の多いグループは、抱えこんだ五百人、お気づきのように拘束された五百人ではない、に対する尋問を続け、すでに被疑者たちが掛けられている肉体的心理的な圧力を必要によって増やすようにした。何世紀も言われてきたことわざのように、茂みにいる五百一羽の鳥より、手にした五百羽のほうに価値がある。これを裏付けるのに長くはかからなかった。工作員たちはすぐれた外交手腕を発揮し、何度も周囲をめぐったり探りを入れたりしたあと、現場、つまり街でようやく最初の質問にこぎつけた。だれに投票したか、よければ教えてくれませんか。彼がもらった返事は、よく学習された、一字一句法律に書いてあるようなメッセージだった。どんな名目であっても、投票先を明かすことはできないし、どんな職権であろうと人にそれを聞くことはできません。そして工作員は、この話題をとくに重要視していない口調で、次の質問をした。申しわけないが興味が湧いてしまって、ひょっとしてあなたは白票を入れたんじゃありませんか。返ってきた答えは、質問の照準をたくみに単純な学術的問題にそらしていた。いえ、そうじゃありませんが、もしそうしていたとしても、リストにあった政党のひとつに投票したり、あるいは首相の諷刺《ふうし》漫画を描いて無効票にしたりするのと同様、法律の範囲内だったわけですよね、白紙を投票するのは、選挙の無制限の権利として法が認めるしかないですしね、知りたがり屋さん、白票を投じてもだれ一人迫害は受けないと明記されています、でも、これであなたの気が休まるなら繰り返しますが、わたしは白票を入れた一人ではありません、たんなる話のための話ですし、学術的な仮説であって、それ以上のものじゃないんです。普通の状況であれば、こうした返事を二、三回聞いてもあまり重要だとは思わないだろう、ただ法律の世界を知っている人が、少ないながらもおり、あえて自己主張しているにすぎないくらいに。だが、それを眉ひとつ動かさず、落ち着いて、連綿とつづく祈りのように、百回も、千回もとなえられたら、ひどく困難な任務にそなえてきた者にしてみれば続ける我慢の限界を超えていた。こうした投票者の規則正しい妨害行為によって、一部の工作員が神経をコントロールできなくなり、侮辱と暴行を浴びせるようになっても驚くにはあたらない。彼らが獲物を怖がらせないように単独で行動すること、そして、とくにいわゆる怪しげな地域では他の投票者が攻撃された者を助けにくるのが珍しくないことを考えると、実際、こうした出会いが無傷ですむとは限らず、その結果も容易に想像がつくだろう。工作員たちが作戦本部に送りとどける報告書は情けないほど中身が薄かった。一人も、ただの一人も、白票を入れたことを認めなかった。ある者は理解できないふりをし、他の者はもっと時間があれば話すかもしれないが、いまは店が閉まる前に急いで行かなければと断った。最悪なのは老人たちで、なんともはや、難聴の感染症が彼らをそろって防音カプセルに閉じこめたかのようだった。工作員が裏をかくような創意工夫で紙に質問を書いても、厚かましいだれそれどもは、何某《なにがし》たちは、眼鏡が壊れたとか、手書きだと判読できないとか、単純に読み方がわからないなどと言うのである。なかにはもっと熟練した工作員もおり、潜入を文字通りの意味で真剣にとらえて、バーに入りびたり、人に酒をおごり、ポーカーで無一文になった人に金を貸し、とくに人気があって観客スタンドに大勢の人が詰めかけるサッカーやバスケットボールといったスポーツの試合に何度も出かけ、近所の人とおしゃべりをし、サッカーの場合ゼロ対ゼロの引き分けになったら、至高の狡猾《こうかつ》さで言葉巧みに白紙の結果だね、となぞらえて何かが起こるかもしれないと様子を見ていたりした。結果は、やはり何ひとつ起こらなかった。遅かれ早かれ質問の時間はかならずやってくる。投票した政党がどこか教えてくれませんか。申しわけないが興味が湧いてしまって、あなたは白票を入れたんじゃありませんか。そして独唱もしくは合唱で、おなじみの答えが繰り返される。わたしが。驚いちゃうね。わたしたちが。バカも休みやすみ言いたまえ。そして彼らはすぐに条文やら条項といった法的な根拠を出してくる。しかも、首都の選挙権を持つ住民すべてが国内外の選挙法に関する集中講義を受けたのかと思うほど、すらすらと。

　日が経《た》つにつれて、最初はほとんど感知されなかったものの、白、という言葉が、卑猥《ひわい》なもの、あるいは人聞きの悪いもののように使われなくなり、代わりに遠回しな、まわりくどい言い方が採られていることに人びとは気づきはじめた。たとえば、一枚の白い紙は色が欠けていると言われ、ずっと白かったタオルはミルクの色になり、白いマントにたとえられなくなった雪はこの二十年でもっとも大きな白い重荷となり、学生たちは頭が真っ白になったと言わなくなった。彼らはその件に関しては何も知らない、とただ告白したのだが、何よりも興味深いのは、世代から世代へと、両親、祖父母、叔父叔母、隣人、といった人びとが子どもの知性と推理能力を刺激してきたと思われるなぞなぞが、突然消え失せたことだった。めんどりが産む白いものはなあに、である。このなぞなぞは、あの言葉を拒んだら全然形にならないと人びとは気がついた。なぜならめんどりは、どんな品種のものでも、どんなに頑張ったところで卵以外のものは産めないからだ。以上のようなわけで、内務大臣に約束されていた高い政治的地位は生じたとたんに切り捨てられ、もう少しで太陽に手が届きそうだったのに、みっともなくもヘレスポントス*で溺《おぼ》れる運命に落ちたのだが、しかしその夜、また別のアイデアが稲妻のように光り、大臣はふたたび立ちあがることになった。すべてが失われたわけではなかった。彼は現場を担当していた工作員を本部に戻せと命じ、熟慮もせずただちに契約を解除、部下の事務官たちを叱りとばして仕事にとりかかった。

　この都市が嘘つきのシロアリの巣であること、彼の手の内にある五百人もまた口のなかのあらゆる歯を通じて嘘をついていることは明白だった。ただ、両者のあいだでひとつ違うのは、前者が家を自由に出入りでき、ウナギのようにつかみにくく逃げやすく、現れたり消えたりするのに対して、後者は内務省の地下に降りていきさえすれば世界一簡単に扱えることだった。もちろん五百人全員がそこにいるわけでも、屈服してもいなかったが、ほとんどに別々の捜査班が紐《ひも》をつけており、なかでも五十人ほどは常に監視下に置かれているので最初に処理する数としては十分だった。懐疑派の専門家からは機械の信頼性が疑われ、一部の裁判所は得られた結果を証拠として採用しなかったにもかかわらず、内務大臣はこの道具を使えば、捜査が首をつっこんだまま停滞した真っ暗なトンネルから抜けだすための小さな火花になるかもしれないと期待した。すなわち、みなさんのご想像どおり、いわゆる嘘発見器と呼ばれる有名なポリグラフのことだ。より科学的な言葉で言えば、さまざまな心理学的、生理学的動きを同時に記録するものであり、さらに具体的に説明するなら、ヨウ化カリウムとデンプンを染《し》みこませた紙に被験者の生理反応を電気信号に変えてトレースする装置である。ごちゃごちゃとした電線、腕バンド、吸着盤などで機械につながれた被験者は、とくに痛みは感じないが、真実を、正直に、ただ真実のみを話さなければならず、また、太古の昔からわたしたちの耳のなかで鳴り響いている普遍的な主張を、意志があれば何でもできるというたわごとともに、信じてはならない。というのも、厚かましくそれを否定した場合どうなるかは、細かく語らなくても以下の現象でわかってもらえるはずだ。どんなにあなたが意志の力を信じていて、それまで強固に証明できていたとしても、筋肉の痙攣《けいれん》はコントロールできず、不都合な発汗はとめられず、まばたきを抑えられず、息づかいも調節できないのである。結局、彼らはあなたが嘘をついたと言うだろう。あなたはそれを否定して、真実を、正直に、ただ真実のみを話したと誓う。それは真実かもしれない。嘘はつかなかった。でもあなたは、たしかに意志強固だとしても、かすかな

＊　ギリシャ神話より、ヘレの海の意。エーゲ海とマルマラ海の間の海峡で、ダーダネルス海峡の古称。

風に揺れる葦《あし》のようなとても神経質な人間だ。彼らはもう一度あなたを嘘発見器につなぎ、さらに事態は悪くなる。彼らはあなたが生きているのかとたずねる。もちろん生きている、とあなたは答えるが、体は抗議し、否定し、あなたの顎先《あごさき》の震えが、いいえ、死んでいる、と言っている。ひょっとしたら、それが正しいのかもしれない。たぶん体があなたより先に、彼らに殺される、と悟っているのだ。こんなことが内務省の地下で起こるのは不自然である。ここに来た人びとがしたことは白票を入れただけだから普段なら問題にならない。ところが、その数があまりに多く、いや、多すぎるというか、ほとんど全員ならば、いくらそれが人から奪うことのできない権利でも与えられないのだ、と彼らは告げるだろう。ホメオパシー療法*の用量のように一滴ずつしか行使できない、あふれるほど白票を入れた水差しは持ちこめないし、だから取っ手もとれてしまう、われわれはいつもあの取っ手は疑わしいと思っていた、つねにたくさん運べるものであればほとんど運べなくても満足するし、それは賞賛に値する謙虚さだ、あなたは野心に負けたのだ、太陽まで飛んでいけると思ったが、ダーダネルス海峡へ真っ逆さまに落っこちたのだ、と。同じことを内務大臣についても言ったことを思い出してもらえるだろうが、でも彼は違う種類の人間に属している。男っぽく、雄らしく、髭《ひげ》が硬く、頭を下げようとしない。では、あなたが嘘のハンターからどうやって逃げおおせるか、見てみることにしよう。ヨウ化カリウムとデンプンを染みこませた紙にあなたが残した大なり小なりの不幸の数々がどんな痕跡になるのか。自分は特別だと思っていたあなたも、これにかかれば人間の至高の品格と称えられたものが、湿った紙と同等のところまで貶《おとし》められるかもしれない。

　さて、ポリグラフは時間を前後に行き来して、事件ごとに、被験者は嘘をついた、被験者は嘘をつかなかった、と教えるディスクを装備した機械ではない。かりにそんな機械があれば、有罪や無罪を言いわたす裁判官ほど楽な仕事はないだろう。警察署は機械化された心理学の部署に置き換わり、顧客をなくした弁護士は公証人の部屋へと零落し、法廷は別の用途が見つかるまでハエの群れがたかったままになるはずだ。ポリグラフは、よく言われることだが、助けを借りなければどこにも行けない。紙に出力された線を解析する熟練した技師がそばにいる必要がある。でも、それはこのいわゆる検査技師が真実の鑑定家だということではない。彼が知っているのは目の前にあるものだけで、監視下にある被験者への質問が生みだした、アレルギー性反応と呼べるようなもの、あるいはやや想像力に欠けているものの、より文学的な言い方をすれば、嘘の素描《スケッチ》、にすぎない。とはいえ、ひとまず収穫はあったはずだ。少なくとも最初の選択には進めたのだ。こっちは小麦、あっちはもみ殻《がら》、という具合に。そして、一部は自由と家庭生活を回復し、拘束された施設の混雑を緩和し、機械に否定されることなく、白票を入れたのかという質問にいいえと答えて汚名を晴らすこともできただろう。一方に残った人、選挙上のモラルの逸脱について罪悪感を持つ人びとは、法的な心裡《しんり》留保**や禅などに見られる精神修養が役に立たないとわかる。なぜなら、彼らに白票を投じたことを否定させたり、どこかの政党に入れたことを認めさせたりすると、無神経な執念深いポリグラフがすぐさま嘘を暴きだすからだ。人は状況が有利であれば、ひとつの嘘なら押しとおせるが、それ以上は押しとおせない。とはいえ、念のため内務大臣は、結果がどうあれ当面はだれも釈放するな、と命じておいた。そのまま放っておけ、人間の悪意はどこまで行くかわからない、と。そのとおり、彼は悪魔のような男だった。いつも同じ、いつもそっくりな質疑応答が何百回も繰り返されたあと、観察された被験者全員の魂のふるえが殴り書きのように引っかかれた痕跡を残す記録紙

* 一例として、健康な人が飲むと発熱する薬を、発熱している患者に極少量投与すると熱が引く、という現象を利用した治療法。

** 何かをするつもりがないのに「する」と意思表明したことが法的に有効になること。

が何百メートルもたまったあとで、まだ若く、ほとんど誘惑に慣れていない秘密情報部の捜査官が、ポリグラフ・テストで嘘をついて騙《だま》しているという結果の出た美しく若い女から挑発されて、生まれたばかりの子羊のように手もなくやられることになった。マタ・ハリ（第一次大戦中の女スパイの代名詞的存在）が言った。この機械は自分が何をしてるかわかってない。なぜわかっていない、と捜査官が聞き返したが、そのとき彼は聞かれたことが職務の範囲外であることを忘れていた。だって、だれもが疑われてるこんな状況じゃ、あなたが白という言葉を口にするだけで、他に何もしなくても、人が投票したかどうかを聞かなくたって、よくない反応や驚くほどの苦痛が生じるに決まってるでしょ、取り調べを受ける人がどんなに完璧で純粋な無垢の化身だとしてもね。そんなでたらめ、信じはしないぞ、と捜査官は自信たっぷりに反論した。良心のある心穏やかな人なら、単純に真実を話すだろうし、ポリグラフ・テストも簡単に通過できるんだ。わたしたちはロボットでも物言う石でもないのよ、捜査官さん、と女が言った。それに、人間の真実にはどれもすべて苦痛や苦悩が入ってるの、それはわたしたちが小さく、いつ消えてもおかしくない揺れる炎であるとか、命のはかなさについて言ってるだけじゃなく、わたしたちは恐れてる、何にもまして恐れてるということなのよ。そこが違うな、わたしは恐れてなどいない、どんな状況下でも恐怖を克服するように訓練してきた、それにそもそも自分は臆病者《おくびょうもの》でもない、幼い子どもの頃から、と捜査官は言った。だったら、ちょっとした実験をしてみない、と女が持ちかけた。あなたをその機械に接続して、わたしが質問するのよ。何を言うんだ、捜査官はこっちで、そっちが容疑者なんだぞ。じゃ、あなたは怖がってるわけね。言っただろう、恐れてなどいない。それなら機械につながってみなさいよ、あなたがどういう人間で、真実の姿がどうなのか見せてちょうだい。捜査官が女を見るとほほえんでおり、検査技師を見るとこちらは笑みを隠そうとこらえていた。彼は言った。いいだろう、一度くらいなら実験してみようじゃないか。技師がケーブルをつなぎ、固定具を締め、吸着盤を取り付けた。準備が終わりましたので、いつでも始めてください。女は深呼吸をして、三秒ほど肺に空気をため、だしぬけに言葉を放った。白。質問ではなかった、ただの強い言い方にすぎなかったが、針は動き、紙を引っかいた。休止のあいだも、針は完全には止まらず、石を水に投げいれたあとの波紋のように震えながら小さな痕跡を残しつづけた。女は拘束された男ではなく、そちらを見ていたが、ふと、そう、ふりむきざまに彼の目を見て、やさしそうな声で静かにたずねた。教えて、ねえ、あなた白票を入れたの。いいや、入れてない、そんなことはしなかったし、将来もしない、と男は強く答えた。針の動きは敏感で、すばやく、激しかった。また少し間があいた。どうだ、と捜査官がたずねた。技師がなかなか返事をしないので、捜査官がまたたずねた。どうだ、ポリグラフは何と言ってる。あなたが嘘をついていると言ってます、と技師はとまどいながら答えた。ありえない、と捜査官が叫んだ。わたしは真実を話したんだ、白票など入れなかった、プロの秘密情報部で、国家の利益を守る愛国者なんだ、この機械は壊れてる。むだに騒がないで、自分を正当化するのはやめて、と女は言った。わたしは正直に言ったと信じるわ、あなたは白票を入れなかったし、将来も入れない、でも、肝心なのはそこじゃなくて、わたしはただ人が自分の体を信じすぎてはならないことを、あなたに体験してもらいたかっただけ、うまく行ったけど。いや、すべてそっちのせいだ、緊張させた。もちろん、わたしが原因よ、誘惑する女に原因がある、でも、あのヘンテコな機械につながれても、緊張してますか、なんて聞く人はだれもいない。おまえが緊張するのは罪悪感があるからだ。そうかもしれない、でも、上司に聞いてごらんなさい、なぜあなたが疑われた悪事について無実なのに、有罪の反応が出たのかを。上司に言うことなど何もない、ここでは何もなかったんだからな、と捜査官は答えた。それから技師のほうをふりむいて、紙をよこせ、生まれたことを後悔したくなければ一切口外するな。わかりました、ご安心ください、口は閉じておきます。わたしも何ひとつ言わない、と女が言った。でも、ずるい手は使い物にならないと大臣に伝えて、わたしたちは嘘をついたら、だれもが嘘をつき続けるのよ、彼もそうだし、あなたもそう、いま想像してみて、もしわたしが、いっしょにベッドに行きたいか、と聞いていたら、あなたは何と答えたかしら、ポリグラフは何と言ったかしら。

防衛大臣のお気に入りの言いまわしは、制度に対して発射された魚雷、というもので、これは潜水艦に乗って静かな海を三十分ほど航海した忘れられない往時の歴史的な体験から少しは触発されて思い浮かべたのだが、しだいに注目されはじめ、力を持つようになっていた。というのも、内務大臣の打つ手は、一、二件ほど小さな成功をおさめたものの、全体的にはこの状況下で特筆するほどの重要性を示せず、つまり首都の住民を説得するという根本的な問題解決には力不足だと判明したからだ。より正確に言うなら、白票を投じた変節者、義務不履行者、破壊分子が、自分たちの過ちを認め、赦しを乞うと同時に、新たな選挙法を願い、指定された時刻に、二度としませんと愚行の罪を清めに大挙してやってこさせるには力が足りなかった。疑問を抱いている司法大臣と文化大臣をのぞく内閣全員が、緊急に新たな締めつけを必要とすることで一致した。あれほど期待していた緊急事態宣言が、政府の望んだ方向に進む効果をまったく挙げていない以上、なおさらだった。この国の住民は憲法で保障された権利を主張する健全な習慣を持たないため、自分たちの権利が停止状態になっていることに気づかないのが当たり前で、むしろ自然ですらあるのだ。それならば、外出禁止令、劇場や映画館の閉鎖、陸軍による集中的市街地パトロール、五人以上の集会の禁止、そしてだれも出入りを許さない市境界線の封鎖といった、見せかけではない本物の都市封鎖を強いること、と同時に、負わせた屈辱をより深く思い知らせるため、地方に課されていたはるかに緩やかな制限を解除し、首都との違いを際立たせることが必要だ。政府としてやつらに言いたいのは、と防衛大臣が力説した。おまえたちは信用できないから、こんな扱いを受けるしかない、それを最終的に理解させるぞ、ということですよ。内務大臣は配下の情報部員の失敗をごまかす必要に迫られて、すぐさま首都を封鎖する戒厳令を発令することに賛成し、さらに自分にはまだ打つ手がいくつかあり、ゲームから手を引いていないことを示すため、閣僚の面々に、国際刑事警察機構《インターポール》の綿密な協力を得て徹底的に捜査した結果、国際的な無政府主義者の運動だと結論した、と告げた。それは壁に書いたジョークほどの効果しかなく、大臣は同僚たちのわけ知り風の笑い声に少し黙ってから、彼らにも自分にも同じくらい満足して締めくくった。われわれが犠牲となった選挙ボイコットに、そうしたものが決定的に関与していないなら、たんなる国内問題ですがね。こんなことを言っては申しわけないが、と外務大臣が言った。その決定的にという副詞はあまり適切ではないでしょう、すでにここで起きていることが現代の黒死病《ペスト・ネグラ》のように国境を越えて広がるという懸念を、多くの国々が表明していると閣僚の方々に周知しておきます。白だ、そうだろう、白だよ、と首相がなだめるような笑みを浮かべて訂正した。そうですね、と外務大臣は受けて、たしかに、安定した議会制民主主義に対して放たれた魚雷について、たんにこの国だけでなく、地球上のすべての国で話すことができるでしょう、とまとめた。内務大臣は昨今の流れから政府内で上がってきた自分の中心的役割が低下していると感じとり、足場を完全にはなくさないように、まずは余裕たっぷりに気遣いを見せて外務大臣に礼をのべ、そのコメントの正しさに感謝しながら、自分にも微妙きわまる言葉の解釈ができることを見せようとした。われわれが気づかないうちに言葉の意味が変わり、以前とは正反対の意味でその言葉を使うこともよくありますが、一方ではまるで消えていく響きのように元の意味が残りつづけることもあって、言葉を観察するのは興味深いことですよ。それは、たんなる通常の意味処理*の場合でしょう、と文化大臣がつぶやいた。その話のどこに白票問題が関係してるんです、と外務大臣が問いかけた。白票問題とは無関係ですが、首都の包囲と大いに関係があります、と内務大臣はすかさず言いなおした。よくわからないですね、と防衛大臣が言った。とても単純なことですよ。あなたにとっては単純でしょうが、こちらにはさっぱり伝わりません。いいですか、いいですか、包囲という言葉の意味は何でしょう、これは純粋に言葉の問題ですから、答えてもらう必要はありません、包囲とは封鎖であり嫌がらせ行為だ、とだれもが知っている、そうじゃありませんか。二たす二が四であるように、ですか。そう、言うなれば包囲を宣言するのは、首都が敵に包囲され、封鎖されるのも同然ですが、じつを言えば、この場合の敵は外にいない、内側にいる敵と言えるんです。閣僚たちは顔を見合わせ、首相は反応を見せずに書類をぱらぱらとめくっていた。だが、防衛大臣はこの意味論的論争に勝って終わろうとした。別の見方もあります。それは何です。この反乱が、まあ現在起きている出来事を反乱と呼んでも誇張には当たらないと思いますが、首都の住民は現状でも包囲され、封鎖されているのですよ、どんな言葉を使おうとわたしはかまいませんがね。ちょっと閣僚のみなさんに一言よろしいでしょうか、と司法大臣が言った。白票を投じると決めた市民たちは、明確に法で認められた権利を行使したにすぎません、ですから、この一件を反乱と呼ぶのは重大な意味の誤りですし、また、法的な観点からも、わたしの管轄外の領域について失礼ながら申し上げても、まったくのナンセンスです。権利は抽象的なものじゃありません、と防衛大臣がひややかに言った。人は権利に値するか、値しないかのどちらかであり、彼らは値しない、それ以外の話は無駄です。おっしゃるとおり、と文化大臣が言った。権利は抽象的

* 構文処理の結果に基づき、単語や文章の曖昧性を取り除き、意味の確定をおこなう操作。意味解析。

なものではありません、尊重されなくても存在しますよ。おやおや、哲学で来ましたか。哲学はお嫌いなんですね、防衛大臣。わたしが関心を持つ哲学は軍事的なものだけです、さらに言えばわれわれに勝利をもたらすものです、みなさん、わたしは兵舎の現実主義者なんですよ、みなさんが気に入るかどうかは別として、わたしに言わせればパンはパン、チーズはチーズだ、でも、この場で小バカにされる前に、説明してもらえればありがたいですよ、これが四角い領域を同等の円に変形できるかどうかという問題じゃないとしたら、どうしたら尊重されない権利が存在できるのですかね。とても単純なことです、防衛大臣、その権利は尊重され、行使されることを担保する義務のなかに潜在的に存在しているのです。怒らせるつもりは毛頭ないが、そういう市民権の説教というか、デマみたいなものは、議論を停滞させるばかりだ、ともかく一発、首都を包囲して、やつらが痛手を受けるかどうか見てやろうじゃないですか。もちろん、こちらがしっぺ返しを食《くら》わなければ、ですな、と司法大臣が言った。どんなふうに。まだわたしにもわかりません、しかし答えは待つしかないでしょう、わが国で起きていることが、まさか世界のどこかで起こりうることだとは、だれも想像していなかった、われわれはそうした事態に直面し、ほどけない結び目のようなものを前にして、対策を決めようと協議しているところです、たしかに危機に対処する有効な処方薬としてさまざまな提案がなされたが、いまのところ決定打はありません、ここは首都を包囲して住民がどう反応するか、結果が出るのに時間がかからないことを期待しようではないですか。それを聞いたら黙ってはいられない、と内務大臣がすぐさま割りこんだ。これまでわれわれが取った手段は閣議で満場一致により決まったものです、記憶のかぎりでは、だれ一人、違う意見やよりよい提案を持ちださなかった、破滅的状況《カターストロフ》という重荷、そう、わたしはこれを破滅的状況と呼び、重荷と呼んでいる、閣僚の一部から誇張だと思われても、まあ、これまでの独りよがりで、皮肉なムードがはっきりと物語っているが、繰り返すと破滅的状況という重荷はまず一義的に、自明のとおり、大統領閣下と首相にのしかかったものであり、第二には責任を持つべき任務を所管する防衛大臣、ならびにわたしが負うもので、他の方々については、とくに司法大臣と文化大臣においては、たしかにご親切にもわれわれに啓蒙的なお説を披露していただく時間はあったものの、いまだにじっくり検討できるような提案をひとつも聞かせてもらってないのが実情じゃありませんか。その啓蒙という言葉を借りるなら、わたしがこの閣議に光をもたらしたとしても、それは自分のではなく法のものです、法の光そのものです、と司法大臣が言い返した。この揚げ足とりの大盤ぶるまいのなかで、至らないわたしと自分の役割について言えば、と文化大臣も加わった。みじめな予算額しかもらえない以上、もっと出せと言われても無理でしょう。やっぱりお二人が無政府主義者寄りだとよくわかりましたよ、と内務大臣が辛辣《しんらつ》に言った。どのみち、諸君は冗談で終わりにするわけだ。

　首相は書類を最後までめくり終えた。ボールペンで水のグラスを軽く打ち鳴らして、一同に静聴を求めた。諸君のおもしろい議論を中断したくはないが、ちょっと気が散らされはしたけれども、いろんなことがわかった、というのも経験上、張りつめた緊張を解放するのに白熱した議論ほど有効なものはないからだ、とくにどうしても何か手を打たねばならないが、それが何かわからないという、いまこの場のような状況ではね。首相はここで黙り、いかにもいくつかメモを確かめるそぶりを見せてから続けた。さて、諸君が少しは頭を冷やし、いくらか興奮を鎮めたところで、われわれは最終的に防衛大臣の提案を採りいれることにする、つまり、無期限で首都を包囲すると宣言するのだ、これは発表後ただちに影響が出るだろう。おおむねこれに賛同するつぶやきが聞こえたが、なかにはそれとは違った調子の出所不明の反応もまざっていた。防衛大臣はすばやく端から端まで見まわして、食い違いや、熱意の温度差をとらえようとした。首相は続けた。経験から言えば、残念ながら考え抜かれた完璧なアイデアでも、いざそれを実行に移す段になると失敗することがある、最後の瞬間に迷いが出たり、予想と実際がかけはなれていたり、肝心なときに状況が制御できなくなったりなど、いまは時間がないため細かく検討しても意味のない無数の理由によるのだが、だからこそ、代替案、あるいは二の矢というべき、最初の手段を補う案がなくてはならない、この状況なら十分起こりうることだが、なんとしても権力の空白だけは避けなければならない、別の言い方をするなら、さらに恐ろしい表現だが、破滅的な結果をもたらす街場の権力だけは。閣僚たちは首相の三歩進んで二歩下がる、あるいは論点をずらす、といった巧妙な弁舌に慣れているので、すべてを説明する最終的で決定的な結論をしっかりと待っていた。そうはならなかった。首相は口を湿すと、上着の内ポケットから取りだした白いハンカチでぬぐい、メモを見るような仕草をしたが最後にはそれを脇へ置いて、口をひらいた。首都の包囲を遂行した結果が低調に終わったら、つまり、国会議員の軽率な不注意のせいで、逆説を恐れずに言えば、法の濫用《らんよう》と分類するのが妥当なものへと扉を開いた選挙法をバランスのとれた良識的な形で使うという、正常な民主主義に市民を連れ戻せなければ、そのときには、首相のわたしに別のプランがあることをこの閣議で周知しておきたい、われわれがいま採用した首都の包囲を宣言するという手段を心理学的に強化するとともに、わが国の乱れた政治的尺度を調整して、われわれが陥った悪夢をきれいに終わらすことができると確信している。ここでまた首相は黙り、口を湿して、ハンカチでぬぐってから続けた。そこで諸君はなぜかと聞くだろう、首都の包囲などという手間をかけ時間を無駄にしないで、それをただちに実行すればいいじゃないかと、都市を包囲したら住民は罪人も無実の人もともに困窮することは予測がつくのにと、疑問はもっともだ、しかし、そこには明らかにわれわれが無視できない重大な問題がある、純粋にプラン実施の問題もあれば、それ以外のこともあるが、問題の主なところはその影響だ、こうした極端な手段を突然取れば相当な傷跡を残すことになるだろう、わたしは行動に段階を設けるべきだと感じる、まずは首都の包囲からやろう、と。首相はふたたび書類をめくったが、水のグラスにはさわらなかった。諸君の好奇心をかきたてたとは思うが、と首相は言った。この件についてはこれ以上明言しない、ただし、これだけは言っておく。今朝大統領閣下に拝謁をゆるされた折、わたしの考えを説明したところ、閣下からは全面的かつ無条件の支援を示していただいた、いずれ諸君もすべてを知るときがくるだろう、さて、この実りある閣議を終えるにあたって、もちろん全員にだが、防衛大臣と内務大臣の二人にはとくに一致協力し、責任をもって事にあたるようお願いしたい、というのも首都の包囲を宣言し、これを実現するためには、同じ目標に向けた不断の精力的な働きが不可欠であり、それがなければ手間のかかる複雑な作戦は遂行できないのだ、軍隊と警察隊は、それぞれが特定の権限の範囲で行動する場合も、統合作戦で同時に行動する場合も、たがいに厳しく敬意を払い、けっして先陣争いなどで諍いを起こしてはならない、それはただわれわれの目標を台無しにするだけだ、わが祖先が親しんだ牧歌的伝統に深く根ざす表現を使わせてもらうなら、軍と警察の任務は愛国心をもって迷える羊を導き、囲いに戻すことである、そして、肝《きも》に銘じてもらいたい、当面のあいだの対抗者にすぎない人びとが祖国の敵にならないように、諸君はあらゆる手立てを尽くさなければならない、諸君の神聖な任務を神がお導きになりますように、そして、ふたたび協調の太陽がわれらの仲間である市民の良心に光をあて、失われた調和が彼らの日々の暮らしに戻るよう、神のご加護がありますように。

首相がテレビに登場して、首都の包囲を宣言し、人びとの投票する権利を繰り返し阻害した組織的な反体制グループの行動に起因する現状の政治的かつ社会的な動揺の下では、まず国家的安全保障を確立しなければならない、と事由をのべた。そのあいだに戦車などさまざまな戦闘車両の支援を受けた陸軍歩兵部隊、警察の憲兵隊が協力して、首都の境界線から出ていく道路に検問所を設け、鉄道の駅を占拠した。市の北方二十五キロにある主要な空港は陸軍の明確な管理区域外であり、そのため非常警戒体制が必要だと予測されるとき以外はいかなる制限も付けずに機能させることとした。つまり、旅客機は引きつづき離着陸できたが、国民の旅行や移動は厳密な意味で全面的に禁止されてはいないものの、個別に精査された特別な事情がないかぎり自粛することが強く求められた。こうした軍事作戦の映像が、リポーターの言う、止められないストレート・パンチのように、とまどう首都の住民の家々へと侵入した。たとえばそれは命令を発する将校であり、部下を怒鳴ってバリケードを築かせる軍曹であり、バリケードを建てていく工兵であり、救急車、通信装置、幹線道路を最初のカーブまで照らす投光器、長期にわたる消耗戦にも対処できるように寸分の隙《すき》なく武装し、軍用トラックから飛び降りて配置されていく大勢の兵士たちだった。家族が働いたり勉強したりしている首都の家庭では、人びとがテレビの画面に映る戦時中のような光景に首をふり、つぶやきをもらした。彼らは頭がおかしいぞ。だが、毎朝父親か息子を市の外にある工場団地へと送りだし、毎晩そこから帰ってくる家族を迎える人たちは、もし市《まち》からの出入りが禁じられたらどうやって生きていけばいいのかと首をかしげた。たぶんあちらさんは市外に職場のある人に通行手形を発行するんじゃないかな、と大昔に引退した老人が言った。彼はいまだに普仏戦争など、古い戦争時代の元兵士めいた言いまわしを使っていた。とはいえ、この賢い老人の意見はあながち的はずれでもなかった。まさに翌日には、それぞれの商工事業連合会が実際的な懸念を政府に表明することになった。われわれは今般政府のとった強硬手段が、へたくそに隠された有害な体制転覆行為への決定的な対抗策として、救国のため絶対的に必要だと率直に支持します、と彼らは言った。しかしながら、最大の敬意をもって具申させていただくならば、関連する省庁においてただちにわれわれの雇用する従業員への通行証の発行を求め、かりに要望が通らなければ、わが国の商工業および経済活動全般に、取り返しのつかない深刻な損害が生じると思われます。同日の午後、防衛省、内務省、経済省から共同コミュニケが発表された。政府は雇用主の持つ正当な懸念に対して理解と共感を表明するが、各企業が望むような形ではどんな通行証も出すことはできない、というのも、政府側からそうした自由を提供すれば、首都を取り巻く新たな境界を守る陸軍部隊の堅固さと有効性を必ずやおびやかすことになるからである、しかし、最悪の不都合を回避する寛容さと熱意を示すしるしとして、政府は各企業の通常の経済活動に不可欠な管理責任者および技術スタッフに対してなら、特権によって得られる利益にあずかる人びとが、首都の内外を問わず、また刑事上の観点も含めてその行動にあらゆる責任を持つことを条件に、そうした書類を与える可能性があることを認めるものである、計画が承認されたら、この人びとは勤務日の朝、所定の場所に集まり、警察の護衛付きでバスに乗りこみ、さまざまな市の出口へと運ばれる、そこから別のバスに乗り換えて、それぞれの働く工場や事業所に向かい、当日の終わりに戻ってくることになる、バスのチャーター代から警察の護衛にかかる報酬まで、この輸送業務の費用は利用する企業が負担するものとし、納税の際にはこの支出額が控除される可能性がきわめて高いとはいえ、最終的には財務大臣が実現可能性を精査したうえで、いずれ決定を下すものとする。ご想像どおり、不平不満がこれで収まるはずはなかった。人は飲み食いをしなければ生きていけない、というのが人生の基本的な経験則である。そして、肉は外からやってくるし、魚も外から、野菜も外から、要するにすべてのものが外からやってくることを考慮すると、この都市で産みだし、貯蔵できるものに限れば、一週間も生きのびられないだろう。となると企業に管理責任者や技術スタッフを提供するものと多かれ少なかれ似た供給システムを構築する必要があるが、一部の製品が腐りやすいことを考えると、はるかに複雑になる。病院や薬局についても忘れてはならない。何キロメートルもの包帯、いくつも山をなす脱脂綿、何トンもの錠剤、何百リットルもの注射液、何ダースものコンドームも。そしてガソリンや軽油、それをガソリンスタンドに運ぶ方法も考えなければならない。マキャベリめいた政府のだれかが、首都の住民を歩かせて二重に罰するという無慈悲な考えを持っていれば別だが。何日もたたないうちに、政府は気づいた。包囲作戦には解決すべき問題がたくさんある。ことに、はるか昔のように人びとを本気で飢え死にさせるつもりがなければ、包囲作戦はその場で寄せ集めた思いつきでできるものではないのだ、と。まず、目的が何なのかを、正確に知っておく必要がある。それをどのように達成するのか。結果を検討し、反応を評価し、問題点を熟慮し、利益と損失を計算しなければならない。そうでなければ、各省庁は突然とめどない抗議、苦情、説明要求の洪水に圧倒され、大量の仕事に追いまくられるしかない。そのほとんどすべてについて役所では回答を用意していないのだが、というのも上層部からの指示は包囲作戦の一般原則しか考えておらず、実施について役所が関わる細かい部分をまったく無視しており、そうなるとつねに大混乱が入りこむのである。この状況には、ひとつ興味深い側面があった。それは首都でもっとも機知に富んだ人たちの諷刺の気質と皮肉なジョークが見過ごさなかったものだが、事実においても法律上《ディファクト・エ・ディジューリ》でも、政府は包囲する側であると同時に、包囲される側でもあることだ。政府の部屋と控室、オフィスと廊下、事務局と保管庫、行政のファイルとスタンプは、すべて首都の中心部にあって、それらが有機的に構成されているばかりではなく、公務員は言うに及ばず政府の要人も、とりあえず三名の大臣、数名の政務次官、数名の局長といった政権のメンバーが郊外に住んでおり、自前の交通手段がなく、都市交通の混雑に巻きこまれるのが嫌ならば、どのみち毎朝毎晩、電車、地下鉄、バスなどを使わなければならないのである。というわけで、狩られた狩人とか、ミイラ取りがミイラになる、といったお馴染《なじ》みのテーマを敷衍《ふえん》したたとえ話が必ずしもひそひそ声《ソット・ヴォーチェ》とは限らずに語られ、さらにこのような古き良き時代の幼稚園のユーモアを感じさせる子どもっぽい無邪気さでは物足りず、万華鏡のように数々のバリエーションが生みだされた。そのいくつかは、きわめて基本的な品位に照らしても目を覆いたくなるほど下品な、ふとどきにも糞便趣味《スカトロジー》の類いだった。残念ながら、政府を傷つけようとするこうした皮肉な論評、当てこすり、からかい、パロディ、諷刺といったものの効果は限定的で、構造的に弱いという証拠をわたしたちはここで見ることになる。つまり、首都の包囲作戦は解除されず、供給問題も未解決のままだった。

日が過ぎた。難題は増えつづけ、さらに悪化し、数もふくれあがった。そのさまは足元に伸びる雨後のイバラのようだったが、住民の倫理観は強固で、自分をおとしめもせず、合意の上で形成された意見が何であれそれに従わず、正しいと考えて投票で表明した単純な権利を放棄する方へは向かわなかった。一部のオブザーバーは、その多くが海外メディアから緊急取材のためにやってきた特派員で、職業上の通称としてそう呼ばれていたが、地域の特異性をほとんど考慮せず、実際には争いがあったにもかかわらず、まったく住民間の争いがないという面くらうようなコメントを出していた。現実には国際情勢の不安定化をもくろむ工作員たちの数々の行動があり、これまで採用されなかった飛躍的手段、つまり首都包囲から戦争状態への動きがあったのだ。あるコメンテーターは独創性を発揮しようと、この事実をかつてないイデオロギーの完全な一致の好例であり、唯一無二のケースだとのべた。だとしたら、首都の住民は研究する価値のある、とても魅力的な政治的怪物という事例になるだろう、と。この見方は、どう考えてもナンセンスであり、状況を反映していない。この惑星の他の場所と同じく、ここの人びともそれぞれ違い、考え方が異なっていて、全員が貧しいわけでも裕福なわけでもなく、裕福な者のなかにも比較的楽な者と苦しい者がいる。彼らが事前に議論することなく一点だけ合意した問題は、わたしたちにとっていまさら振り返るまでもないことだ。とはいえ好奇心から知りたいと思うのも当然で、この疑問は国内外の別を問わずジャーナリストたちから何度も出された。それは白紙を投票した人とそうでない人のあいだで、いまに至るまで、なぜ喧嘩《けんか》、諍い、さらにひどい暴力沙汰や乱闘が起きなかったのか、である。この疑問は、ジャーナリストが職務をきちんと果たすためには算数の初歩的な知識がどれほど重要かを示している。白票を投じた人が首都の人口の八十三パーセントであり、そうでない人は合計十七パーセントだったことを思い出せば十分だろう。さらに、議論を呼んだ左派党の主張も忘れてはならない。白票と彼らの投じた票は、たとえて言えば一心同体だというあれである。そして、わたしたちはすでに結論を出しているのだが、もし左派党の支持者全員が白票を投じていないとしても、二回目の投票で多くがそうしたのは明らかだ。ただ指示する言葉がないから彼らはそうしたのである。かりに十七人が八十三人に立ち向かったと言ってもそれを信じる人はいないし、神の助けで戦いに勝つ時代も遠い昔になった、ということである。さらに、自然な好奇心から知りたくなることがもう二点ほど浮かんでくる。ひとつ目は、投票所の列に並んで内務省の工作員に会話を盗聴された五百人がどうなったのか。彼らはその後尋問されて苦しめられ、嘘発見器にかけられてプライベートな秘密を暴露される苦痛を味わった。ふたつ目は、秘密情報部の捜査員と下位ランクのアシスタントの狙いは何か、である。ひとつ目については、疑問を持つだけで、答えを知るすべがない。ある者たちによれば拘束されたあの五百人は、例の警察の婉曲《えんきょく》表現を使うなら、事実を解明するために当局に協力を続けているという。また別の者によれば、彼らはあまり注意を惹かないように一度に数人ではあるが、徐々に釈放されているという。とはいえ、もっと懐疑的な観測筋は第三の見方をして、彼らは首都の外に移送され、成果はゼロだが現在もどこかで取り調べを受けているのだという。だれが正しいかは、わからない。ふたつ目の秘密情報部の捜査官のとる行動については、確実にわかっている。立派で尊敬に値する雇人《やといにん》の例にもれず、彼らは毎朝家を出ると、市内を端から端まで歩きまわり、手がかりを探し、魚が食いつきそうだと思えば、回りくどい言い方をせず聞き手にずばりとたずねる新しい戦術を試すだろう。ここだけの話、ぼくも友達と同じく白紙を投票したけど、きみもそうかい、などと。最初、聞かれた相手はただ、人はだれも自分の投票先を言えと強制されるいわれはない、といった返事をする。どんな権力にも聞かれる筋合いはない、と。かりにある人が機転をきかせて、好奇心旺盛で無作法な質問者に、そういうあなたはどこに所属する何者で、どういう権力を背景に聞いているのかと問いつめたら、秘密情報部の捜査員がしっぽを股のあいだにはさんで急いで退散する愉快な光景を楽しむことができるはずだ。まさか彼が財布から縁が国旗の色をした公印の捺《お》してある写真入りの名刺を出して身分を明かすなど、だれの頭にも思い浮かばない。だが、前にも書いたように、これは最初の頃のことである。ある時点から、こうした状況では質問してくる者を無視し、たんに背を向けるか、それでも食いさがってきたら大声ではっきりと、ほっといてくれ、とか、それが好みでなければ、より成功が見込める言い方としてさらに単純に、クソくらえ、などと対応するのが一番よいということになった。当然、秘密情報部の捜査員たちは上司への報告書でこうした肘鉄砲をくらったことをカモフラージュし、失敗を隠蔽して、疑わしい住民たちはあいかわらず頑固かつ組織的に協力精神の欠如を見せつけている、とお茶を濁した。人はこの状況をこんなふうに考えるかもしれない。同じ力を持たされた二人のレスラーが、一方が押すともう一方が押しかえし、まるで最初に組み合った場所から一歩も動かない、というか、ともに指の長さほども前進できないようなものだから、これではどちらか疲れ果てたほうが相手に勝利をゆずるだろう、と。秘密情報部のもっとも直接的な責任を負う主要な捜査員の意見では、膠着《こうちゃく》状態は他のレスラーが加勢に入ればたちまち解消するという。つまり、この特殊な状況ではこれまで採用していた説得戦術を捨てて、激しい武力の行使を排除せず、これまで制止し留保していた方法に踏みきるという意味である。たびかさなる過ちによって首都が包囲作戦の対象となり、社会秩序に深刻な混乱が生じた場合、それに応じて規律を課し、前進するのが軍隊の責任だとしたら、そして最高司令部が決断するときには躊躇しないと名誉をかけて責任を取るならば、秘密情報部は政府がこれまで寛大にもさまざまな平和的手段をとり、繰り返しになるが、説得によって回避してきた激しい弾圧を正当化するのにふさわしい騒乱の震源を自分たちでつくりだすだろう。造反者たちがあとで文句を言えなくする、それが権力側の狙いであり、彼らはそれを手にしたのだ。内務大臣がこの案を、先ごろ発足した制限内閣もしくは危機管理内閣の閣議で表明したとき、首相は紛争を解決する未採用の武器がまだひとつあると想起するようにうながし、ありえないことだが万一それが失敗したら、新しい案だけでなく、他のあらゆる案を考慮することになろう、とのべた。内務大臣は、時間の無駄です《イスターモズ・オ・ペルデー・テムポ》と簡潔に四語で反論し、防衛大臣は、軍が義務を果たせる範囲をさらに広げる許可が必要だとした。わが国の長い歴史を通して、軍はつねに犠牲をいとわず、そうしてきました。このように微妙な食い違いが残され、まだ果実は熟していないようだった。そのとき、片方のレスラーが辛抱しきれず、一歩足を踏みだした。ある朝、首都の街は、黒地に赤い文字で、わたしは白票を投票した、というステッカーを胸に貼った人びとで埋まった。あちこちの窓からは赤地に黒い文字で、わたしたちは白票を投票した、と書かれた大きなポスターが吊りさげられた。しかし、とりわけ驚かされるのは、進むデモ参加者の頭上ではためく白い旗が、果てしない流れとなって続いている光景だった。それを見て度を失ったある特派員は電話へと走り、新聞社に首都は降伏したと知らせた。警察のラウドスピーカーが、五人以上の集会は許されていない、と大音響でがなりたてた。だが、そこにいるのは五十人、五百人、五千人、五万人だった。このような状況では、だれにも五人ずつなど数えられなかった。警察隊の隊長は催涙ガスと放水車が使えるかどうか、陸軍北部師団の司令官は戦車隊を派遣すべきか、南部師団の将軍は空挺《くうてい》部隊が出撃できる状況か、あるいはパラシュートが屋根に落ちる危険がある以上推奨できないのか知りたがった。戦争が、いまにも勃発しそうだった。

このタイミングで、首相は内閣にプランを明かした。元首である大統領閣下の主宰する全員出席の閣議でこうのべたのだ。いよいよ抵抗勢力の背骨を折るときがきた、心理戦によるゲームも、スパイ作戦も、嘘発見器やさまざまな技術を用いた仕掛けも使うのをやめよう、内務大臣の立派な尽力にもかかわらず、こうした手法はすべて問題解決に寄与しなかった、ひとつ言い足しておくと、われわれが何としてでも回避すべきは大量殺戮《さつりく》であり、その不都合を考えるなら、わたしは軍隊の直接的な介入も不適切だと考える、そこで、提案するのは、多角的な撤退作戦にほかならない、なかにはバカげていると感じる諸君もおられるだろうが、この一連の行動がわれわれに完全な勝利、そして、正常な民主主義への回復をもたらすと確信する、重要な順に言うと、まず政府をただちに別の都市へ移転し、そこを新たな首都に定める、また配備された軍隊はすべて撤退する、いかなる警察も一隊残らず撤退する、この過激な行動によって反逆する首都は一人放置され、時間が経つにつれて、国家の神聖な統一から切り捨てられた代償の大きさがつねにのしかかってくるはずだ、そして、孤立にも、屈辱にも、軽蔑にも耐えられなくなったとき、街の暮らしが大混乱におちいったとき、彼ら罪を犯した住民たちは頭を下げてわれわれに赦しを乞うだろう。首相は周囲を見まわした。これがわたしのプランだ、諸君の検討と議論にゆだねるが、言うまでもなく全員一致による賛成を期待している、大規模な病気には、大規模な治療がなされるべきだ、わたしの治療が痛みをともなうとすれば、それはわれわれを攻撃する病気が、まさしく単純に、死に至る危険性を持つからだ。

ここで首相が提案したのは、ただでさえ危なっかしい人類の生存を脅かす病気の重大性と多様さにまるで気づいていないわけではない比較的無知な階層の人びとにわかる範囲の表現で言うならば、首都の住民の大半を襲ったウイルスから逃げだすことにほかならなかった。最悪なものは、つねにドアの後ろで待つという。もしかしたら残る住民はおろか、最後には国全体がそれに感染するかもしれないのだ。とはいえ首相も、彼の政権も、この破壊的な昆虫に咬まれて汚染されることを恐れてばかりいたわけではない。個人同士で少しぶつかり合いをし、多少の意見の相違を見せたとしても、それは目的というより手段に関するものだった。ずっと困難にみまわれてきた有史以来の世界の長い歴史のなかで、未曾有の災厄に警告もなく襲われた国の運営に責任を持つ政治家たちが、ゆるぎない組織的結束を保ってきた証拠をわたしたちは十分に見てきたのである。一部の嫌味《いやみ》な人びとが考え、あるいは疑いもせずに口にしたこととは反対に、これは臆病な退却などではなく、大胆さにおいて類のない一級の戦略的一手であり、もたらされる結果は、木になる果実のように手でさわれそうだった。この任務の仕上げには、プランを遂行するエネルギーと、それが目的を達成する強固な意思に見合っていることが必要だ。まず、だれが街を出ていき、だれが残るかを決めなければならない。あきらかに国家元首たる大統領をはじめ、次官クラスまでの政府全体が、それぞれの側近とともに移動する。立法作業がとどこおらないように国会議員も撤退する。軍隊と警察も交通警察を含めて退去するが、市会議員は全員が市議会議長とともに残る。不注意やテロ行為で首都が燃えおちないように消防隊は残留し、伝染病が発生しないように首都清掃局は残り、言うまでもなく、暮らしに不可欠な水道や電気の供給も保証される。食糧については、すでに食の専門家や栄養士のグループが、市民を飢えさせないため、包囲状態とその結果起こることがビーチでの休暇と同じではないことを感じさせる最低限のメニューを作るように指示されていた。ただ、政府はそこまで事態が煮詰まると考えていたわけではない。あまり日数がたたないうちに、慣例的に白旗をふる議員の代表団が、首都の外側にある軍の駐屯地に現れるだろうと踏んでいた。その白旗の意図は無条件降伏であり、反乱を表すものではないのだが、両者がともに白だという事実は心底驚くべき偶然である。いまは、わたしたちも立ちどまって考えないとしても、いずれこの問題に立ちかえる理由は十分あるだろう。

　政府の正式な閣議のあと、これは前章の最後のページでくわしく話したとおりだが、危機管理内閣の小さな集まりで、そのうち光を浴びるいくつかの取り決めが了承された。ただし、以前別の機会に注意したと思うが、それは事態の進展によってこれらの決定が無効となったり、他のものに置き換えられたりしなければの話である。というのも、わたしたちがいつも心に留めておくべきことだが、人事を尽くして天命を待つ、という箴言《しんげん》にあるように、計画するのは人間、決裁するのは神、であるからだ。人間と神がともに合意し、一緒に決裁をするのはごく稀《まれ》であり、そのほぼすべてが悲劇に終わっている。なかでも議論が白熱したのは、政府の撤退に関する部分だった。いつ、どのようにするのか。裁量の有無をどう決めるのか。テレビ中継をするのかしないのか。軍楽隊を出すのか出さないのか。車両に花輪をつけるのかつけないのか。ボンネットに国旗を掛けるのか掛けないのか。といった細かい疑問が無限にくりだされ、大統領府儀典について建国以来これほど悩んだことがないほど何度も議論が戦わされた。最終的な撤退計画は戦術行動の傑作だった。基本的には、首都が見捨てられると決まったことへの不快感、不満、憤慨といった感情を表明するためにデモに出てきた人びとをなるべく集中させないよう、撤退ルートを分散させるという細部まで行きとどいたものだった。たとえば、国家元首である大統領には特別なルートがあり、首相のルートも別で、内閣の各大臣にもそれぞれ違うルートを設定したため、ルート数は総計二十七となった。そのすべてに軍と警察の護衛がついており、交差点には武装した戦闘車両が配備され、車列の最後にはあらゆる万一の事態に備えて救急車を従えている。巨大な電光パネルに仕立てられた首都の地図は、調査を専門とする軍と警察の特別チームが四十八時間奮闘したすえに作製されたもので、赤い星から二十七本の腕が伸びており、市を二分する赤道が描かれて、腕の十四本は北半球へ、十三本は南半球へと向かっていた。この腕に沿って公的機関の黒い車列が組まれ、それを護衛と、ウォーキートーキーなる、すでに装備刷新のための予算は承認されているもののいまだにこの国で使われている時代遅れの通信機器が取り囲んでいた。どんな段階であってもこの作戦に関与する者は、すべて絶対的な秘密厳守を誓わなければならなかった。まず右手を聖書に置き、つぎに青いモロッコ革で製本された憲法書に置いて、最後にこの二重の誓約を民間伝承から復活した縛りの強い言葉、もしもこの誓いを破れば、その罰はわが頭に、そして四代にわたる子孫にまで下されましょう、と口にすることで成立させるのである。このようにして秘密は封印され、二日後に決行すると決まった。出発は同時刻、つまり全員が同じ午前三時で、ちょうど深刻な不眠症の人びとだけがベッドで輾転反《てんてんはん》側《そく》をしており、傷ついたまぶたに甘美な罌粟《けし》の香油を垂らしてもらえないかと、夜の息子、死の神《タナトス》の双子の兄弟である眠りの神《イブノズ》に祈りを唱えている頃だ。残された時間のあいだ、スパイたちは閣議の決定事項が、とくに目前に迫った政府の撤退が漏洩していないか調査するため、いっせいに任務の現場に戻っていた。彼らは首都の広場や大通り、街路や小道をくまなく歩きまわり、ともかく住人の鼓動を感じ、隠しきれない意図を探り、あちこちで耳にした言葉をつなぎ合わせようとした。スパイの名に恥じないスパイというものは、誓いなど決して信用してはならない。それが聖なる原則であり、黄金のルールであり、法律であって、誓った者がだれであれ、命を授けてくれた母その人であっても、ましてや誓いが一度ではなく二度ならばさらに、二度ではなく三度ならばいっそう疑わなければならないのだ。とはいえ今回は、職業上ある程度の失望をともないながらも、彼らも公務上の機密がしっかり守られていることを認めないわけにはいかなかった。内務省の中央コンピューター・システムに記録された実証的真実に、これは何百万件にものぼる会話の録音データを絞りこみ、ふるいにかけ、シャッフルし、組み合わせるなどして再構成して得られたものだが、疑わしい兆候はまったく認められなかった。引っぱったその先に致命的な驚きがついている細い糸すら、一本も得られなかったのだ。秘密情報局から内務省に送られた文書はすばらしく心強いものだったが、それだけでなく、かなり有能な軍情報部が民間の競争相手がないまま独自に調査し、防衛省情報心理局の大佐たちに送られた報告書も、文学が古典的とした表現を並べた点で偶然そっくり同じになっていた可能性があった。すなわち、西部戦線異状なし、と。もちろん、死んでいく兵士を除いてだが。大統領から最後尾の顧問に至るまで、ほっと安堵の溜息をつかない者はいなかった。撤退作戦は、ありがたいことに、たぶんすでに説明のつかない煽動的《せんどうてき》行為をある部分後悔している住民に対して、必要以上に心の痛手を与えることなく静かに進められるだろう。とは言いながら、市民は賞賛に値する礼節を見せており、それは明るい未来の予兆でもあるのだが、痛みにみちた、だが必要な分離の時が迫るなか、その正統な指導者や代表たちを言葉や行動によって傷つける意図はないようだった。これがすべての報告書から導きだされた結論であり、実際のところだった。

　午前二時半、大統領公邸から、首相邸宅、さまざまな省庁の建物にいたるまで、そこに縛りつけられていた全員が、ロープを切る準備をすませていた。磨かれた黒い車が並んで待っており、書類のファイルを積みこんだトラックは、大げさに言えば毒矢を吐きだせそうなほど、ものものしく武装した警護兵に囲まれていた。先導する警察のバイクは定位置につき、救急車も待機していた。オフィスでは脱出を監督する指揮官、あるいは脱出者たち、より高尚な言葉で言えば亡命者と言うべき人びとが、まだ最後の食器戸棚の引き出しを開け閉めして、悲しげに思い出の品を集めていた。集合写真、献辞の入った別の集合写真、髪の輪、幸福の女神の小像、学生時代の鉛筆削り、不渡り小切手、匿名の手紙、刺繍《ししゅう》のハンカチ、謎めいた鍵、名前の刻まれた余りものの万年筆、不名誉な書類、また別の不名誉な書類、こちらはしかし隣の部局の同僚のものだ。なかには泣きそうになる人も少しおり、男も女も自分の出世を見とどけてきたこの愛着ある場所にまた戻ってこられるのかと、感情をおさえきれずにいた。一方、運命にあまり助けてもらえなかった者は、これまでの落胆と不当さにもかかわらず、ついに自分にふさわしい場所に配置されるかもしれないと、別の世界を、そして新しい機会を夢見ていた。午前三時十五分前、軍と警察の部隊が二十七ルートのすべてに配備され、要所の交差点には武装した戦闘車両を忘れずに配置すると、撤退を覆い隠すために街灯を暗くする命令が下された。この最後の表現がわたしたちにはやけに耳障りに聞こえるかもしれないのだが。乗用車とトラックの車列が通る予定の街路には、人っ子ひとり見あたらず、私服姿の人間もいなかった。首都のそれ以外の部分については引きつづき情報に変化はなく、人の集まりや、疑わしい動きもなく、深夜家に帰り、あるいは家から出ていく人も、たとえば肩にかついだ旗を高々と振ったり、ガソリンを入れた瓶の首からボロ切れを少しのぞかせたものを隠していたり、こん棒や自転車のチェーンを振りまわしたりといった、心配の種になる動きはしておらず、たまに正道を踏みはずすような振る舞いがあったとしても、過度の飲酒という赦せるたぐいのもので、どう見ても政治的逸脱のせいではなかった。午前三時三分前、車両集団の車がエンジンをかけた。午前三時ちょうど、計画どおりに撤退が始まった。

　すると、驚き、驚愕、かつて見たこともない驚異が生まれた。最初は混乱と困惑、それから不安、さらに恐怖が、大統領の、首相の、大臣の、長官と次官の、国会議員の、トラックの警護兵の、先導するバイクの警察官の、そして、さらに序列は下位だが職業柄最悪の事態に慣れている救急隊員の喉元にも、鉤爪《かぎづめ》を立ててきた。車列が街路を進むにつれて、道に面した建物の明かりが点《つ》いていった。ひとつ、またひとつ、最上階から一階へ、ランタン、照明スタンド、スポットライト、懐中電灯、まだ使われている燭台、たぶん真鍮製《しんちゅうせい》の古いオイルランプもあっただろう。どの窓も大きく開いて輝き、洪水のように光の大きな川を外へ流し、白い明かりでつくられたクリスタルガラスがいくつも連なって、脱出者が道に迷わないように、近道などに逸《そ》れていかないように、案内しながら撤退ルートを示していった。車両集団の安全な移動を監督する責任者たちの最初の反応は、慎重さをかなぐり捨て、アクセルを踏みこんで速度を二倍にしろ、というものだった。だれでもわかると思うが、公務のドライバーにしても二百馬力のエンジンを積んでいるのに牛の歩みで行くのはおもしろくない。そこで抑えがたい喜びとともに、スピードアップが始まったのだが、その勢いも長くは続かなかった。恐怖の産物の例にもれず、決定が唐突かつ性急だったので、すべての撤退ルートの前方や後方で小さな衝突を引き起こした。たいていは後ろの車両が勢いあまって前方の車にぶつかるくらいで、幸いなことに乗客の被害は軽く、顔の傷や、首のむち打ち症といった、戦功十字章や名誉負傷章や同種の授与を正当化できるほどの傷は負わなかった。各所で救急車が先頭へ急行し、医療看護スタッフが走って負傷者の処置にあたった。現場はどこもかしこもひどい状況で大混乱となり、車両集団は徐々に停止し、他のルートではどうなのかと情報を求める電話が飛びかい、あちこちで状況を正確に教えろと問いつめる大声があがり、そのうえ周囲のビルはまるでクリスマスツリーのように照明で光り輝いていた。足りないものは花火と回転木馬くらいのものだったが、同時にどの窓にもそれを見ながら、追突した車に向かって笑ったり、あざけったり、指をさしたりする人の姿はなかった。部下のほとんどがそうだが、目先のことにしか興味がない近視眼的な下位の者は確実にそのように考えるだろうし、おそらく事務官の部下や補佐といった将来性のとぼしい者たちもそうで、そもそも一国の首相の器でもなく、現職本人が見せるような遠くを見据える視野を持つ人ではありえない。医師が首相の顎を消毒し、念のために抗破傷風薬を注射しようかと迷っているとき、首相はビルの明かりが初めて点灯した瞬間に感じた心の動揺について考えこんでいた。あきらかにそれは冷静沈着な政治家の焦燥を誘うものだった。さらに疑いもなく不安を掻き立てたのは、というか、もっとまずいのは、あの窓という窓に人影がひとつも見えないことだ。まるで公《おおやけ》の車両集団が愚かしく、何の根拠もなしに逃走しているようではないか。軍と警察が戦闘車両や放水銃まで用意しているのに、敵から見下され、戦う相手さえいないように映ってしまう。ショックの余燼《よじん》はくすぶっていたものの、顎に絆創膏《ばんそうこう》を貼った首相は、平然として抗破傷風薬の注射を断り、まっさきにすべきことをはっと思い出した。大統領に電話をかけて無事を確認し、騒ぐことなく体を気づかわなくては。いますぐ、大統領が純粋な茶目っけと政治的機敏さから、先手を打ってくる前に。文字通りの意味を考えもせず、こちらがズボンを下げてるところを捕まらないように、と首相はつぶやいた。秘書官に電話をしてくれと頼み、向こうの秘書官が答え、こちらの秘書官が首相が大統領と話したいと言い、向こうの秘書官が少しお待ちくださいと言い、こちらの秘書官が受話器を首相に手渡し、首相は職務にふさわしく待っていた。そっちはどうなってる、と大統領がたずねた。軽い接触事故が少し、ですが重大ではありません、と首相が答えた。こちらは何もないよ。追突もですか。ちょっとした事故が少しだ。重大でなければ結構ですが。なんともない、こちらの車両は防弾だから爆弾でも大丈夫だ。いえ、閣下、残念ながら防弾仕様でも爆弾には無理かと。わざわざ言わんでもいい、どんな胸当てをしても槍は刺さるし、堅牢な車両でも爆弾には弱いものだ。お怪《け》我《が》はありませんか。傷ひとつない。車の窓に警察官の顔が現れて、車列の再始動を告げた。撤退を再開します、と首相が大統領に言った。こちらはほとんど停止してないがね、と大統領が答えた。ひと言、申し上げてよろしいでしょうか。かまわんよ。打ち明けますが、ちょっと不安になりまして、最初の投票日よりもずっと。なぜかな。撤退を開始したと同時に、このように明かりが点き、たぶんわれわれが首都を出るまでルートを照らしていくでしょう、しかも人影は皆無です、つまりどの窓辺にもどの通りにも全然人が出ていないのです、これは奇妙です、じつに奇妙ですよ、わたしとしてはこれまでずっと認めまいと拒んできたことを考慮すべきだと思い始めました、今回の出来事の裏には何らかの意図がある、ある考え、ある目的を達成する計画がある、まるで住民が計画に従ってでもいるように、本部があり、そこで調整しているかのように物事が起きています。いや、そうは思わないな、首相、きみのほうが無政府主義者の陰謀説はまったく通用しないことをよく知っているはずだよ、邪悪な異国がわが国に揺さぶりをかけているというもうひとつの説が、それ以上に価値のないことも。われわれは状況を完全にコントロールしていると思っていました、ところがだれも想像しない驚きの一手を彼らは繰りだしてきた、完璧な劇場型の反撃だと認めないわけにはいきません。では、きみはどうするつもりだ。当面はわれわれが組み立てた計画どおりです、今後の展開によって変更を余儀なくされる場合には、新たなデータを徹底的に分析してから実施しますが、それがどんなものであれ、基本を変更する必要はないものと考えます。その基本とは何だね。われわれは議論して合意に至りました、大統領閣下、首都の住民を孤立させ、煮立たせておくのです、遅かれ早かれ彼らのあいだで対立が生じるでしょう、利害が衝突し、生活はさらに苦しくなり、街路は生ゴミであふれます、想像してください、閣下、そんなところに雨が降ればどうなりますか、食糧の供給と流通に深刻な問題が生まれるのはわたしが首相であるように確かですし、場合によっては幸便にわれわれが問題を作ってやることもできるのです。では、首都が長くはもたないと思うのか。そうです、それにもうひとつ重要な要素があります、おそらく一番大事なものが。というと。人びとがどんなに頑張ろうと、どれほど頑張り続けたところで、全員を同じように考えさせることはできません。今回はうまく行きそうだな。夢じゃないのかと目を疑うほどに、大統領閣下。きみがいま仮説としたように、ある秘密組織が、マフィアとか、カモッラとか、コーザ・ノストラ、ＣＩＡ、ＫＧＢ《カーゲーベー》といった組織が実際ここにあったらどうなる。ＣＩＡは秘密組織ではありません、閣下、それにＫＧＢはもう存在しません。たいした違いだとは思わんな、ともかく似たものとして想像しようじゃないか、かりにもっと質《たち》の悪い、マキャベリ的な策略に長《た》けた集団が、何かをほぼ全員一致でするためにどんな手段を編みだすのか、いや、腹を割って言うなら、わたしには想像がつかんよ。白票の投票です、閣下、選挙の白票です。そこまではわたしにもわかる、興味があるのは自分の想像を超えたことだ。疑問の余地はありません、閣下。聞かせてくれ。理論上、あくまでも理論上の話として、一国の議会制民主主義の合法性に逆らい、国家の安全保障を破ろうとする秘密組織が存在する可能性を認めざるをえないとしても、こうした行為は人との接触がなければ実行されません、集会とか、秘密の支部とか、誘導とか、書類とか、そうです、閣下、書類がなければこの世界が何もできないことは閣下もよくご存じのはずです、われわれはいま申し上げた活動についての情報をひとつも持っていないどころか、進め、同志よ、栄光の日がやってきた《ル・ジュール・ド・グロワール・エ・タリヴェ》（フランス国歌、ラ・マルセイエーズの歌詞）、と書かれた日記の一ページすら手に入れていないのです。なぜフランス語なのかね。革命が彼らの伝統だからです、閣下。わが国は並はずれた国だな、惑星上の他の場所では見たこともないことが起きているとは。念を押すまでもなく、大統領閣下、それはいまに始まったことではありません。わたしもそう言ってるんだよ、首相。二つの出来事のあいだに何の関係もないのは明白です。もちろんだとも、共通するのは色だけだ、ひとつは伝染病であり、もうひとつは投票用紙だが。われわれは最初の出来事の原因をいまだにつきとめておりません。今回のもわかっていない。つきとめますよ、大統領閣下、つきとめます。骨折り損にならなければ、の話だ。自信を持ちましょう、閣下、自信が基本です。何に、だれに対して、自信を持つのかね。民主主義の制度に。きみ、そのスピーチをテレビ用にとっておきたまえ、いまこれを聞けるのはわれわれの秘書官だけだ、だからはっきり言えるが。首相は話題を変えた。われわれは街を去るところです、大統領閣下。こちらもそうだが。ちょっと後ろを見ていただけますか、閣下、どうぞ。なぜだね。明かりです。明かりがどうした。まだ点いてます、だれも消しません。あの光から、わたしがどういう結論を出すべきだと思うのかな。いまのところ、わたしにもわかりません、大統領閣下、われわれが通過したら消えるのが自然でしょうが、そうじゃないのです、まだ点いていて、空から見れば二十七本の腕を持つ巨大な星のようではないかと。なるほど、わが首相は詩人だな。わたしは詩人ではないですが、でも星は星であって星であることをだれも否定できません、閣下。で、次にわれわれはどうするんだ。政府は決して手をこまぬいてはおらず、まだ弾薬も尽きていません、矢筒には矢も何本か入っています。標的を間違えないように願うよ。まず敵を射程に捉えることが肝要です。だが、まさにそこが問題だ、われわれはまだ敵がどこにいるか知らない、だれが敵かもわかっていない。姿を現しますよ、閣下、時間の問題です、永遠に隠れていることはできません。時間に不足はない、か。われわれは解決策を見つけます。もう市境に到着した、この続きはわたしの執務室でしよう、午後六時頃に来てくれ。はい、大統領閣下、まいります。

　市の境界線は首都からのすべての出口と同じで、移動可能な重いフェンス、道の両側にはそれぞれ戦車が一台ずつ配備され、数張りのテントが立ち、顔に色を塗った数名の戦闘服姿の武装兵がいた。辺りはまぶしいスポットライトで照らされている。大統領は車から降り、部隊長の申し分ない敬礼に対して文官風のざっくばらんな答礼を返すと、問いかけた。ここはどんな様子だね。何事もなく静かなものです、大統領閣下。脱出を試みた者は。おりません。もちろんエンジン付き車両、自転車、ワゴン、スクーターもだな。はい、エンジン付き車両もであります、大統領閣下。徒歩の人間も。一人もおりません。当然ながら、きみは逃亡者が道を通るだけじゃないと考えただろうね。はい、閣下、ですが彼らは境界線を通過できません、両側にある一番近い二カ所の出口から左右半分ずつの地域を従来のパトロールが巡回監視し、小さな体を検知するように調整すればネズミまで捕捉できる電子センサーを作動させております。優秀だ、きみはこうした状況で何が問われるか確実にわかっている、祖国がきみを見ているよ。はい、大統領閣下、われわれは任務の重大さを知っております。大量脱出が図られたときの対処については指示を受けているね。はい、閣下。どういうものかな。まず、止まれと告げます。言うまでもない。はい、閣下。向こうが止まらなかったら。止まらなければ、空へ威嚇《いかく》射撃をします。それでも前進してきたら。そのときはわが軍の部隊に帯同している警察の機動隊が介入します。機動隊が何をする。それは、閣下、時と場合によります、催涙ガスを使うか、放水するかですが、それに対して軍は責任を持ちません。きみの言葉には少し批判的な調子があるようだが。戦争を遂行するやり方ではないと、個人的に思っているだけです、大統領閣下。おもしろい見方だ、それで相手が引き下がらなかったら。必ず引き下がります、閣下、催涙ガスと強力な水圧の放水には耐えられません。だが、かりにの話だ、引き下がらなければ、その仮定に対してどういう命令を出す。脚を撃ちます。なぜ脚を。わが同胞を殺したくありません。しかしつねに起こりうることだ。はい、大統領閣下、つねに起こりうることです。家族は市内にいるのかね。はい、閣下。前進してくる集団の先頭にきみの妻と子どもがいたらどうする。兵士の家族はどんな状況でも、どうふるまうか承知しています。だろうな、でも無理を承知で想像してみてくれ。命令は絶対です、閣下。すべてにかね。今日に至るまで、わたしに下された命令にすべて従ってきたことは名誉であります。明日は。申し上げるまでもないと考えます、閣下。わたしもだよ。大統領は車のほうへ二歩ばかり進みかけ、ふとたずねた。きみの妻は白票を投票しなかったという自信があるか。火に両手を入れます、大統領閣下。ほんとうに。言葉のあやであります、妻は有権者の義務を果たしたという自信があります。投票によって。はい。しかし、わたしの質問には答えていないね。はい、閣下。では答えてくれ。できません、閣下。なぜできない。法律に縛られております。そうか。大統領は将校をしばらく見てから、言った。ではまた、大尉、大尉でよかったかな。はい、閣下。おやすみ、大尉、いずれまた会うことになりそうだな。おやすみなさい、大統領閣下。きみが白票を投じたかどうか聞かなかったことに気づいたかね。はい、気づいております。車はスピードを上げて走り去った。大尉は顔を両手でぬぐった。額から汗がしたたり落ちた。

最後の軍用トラックと警察のヴァンが首都を出ていくと、明かりはしだいに薄れはじめた。ひとつ、またひとつ、まるで別れを告げるかのように星の二十七本の腕が徐々に消えていき、後にはただ、いつもの夜の普通の明るさに戻すことを忘れた薄暗い街灯だけが残って、人けのない街路にぼんやりと筋を描くだけとなった。やがて漆黒の空が深い藍色のゆっくりとした潮流に溶けだし、視力の良い人なら地平線から昇るものを見わけられるとき、わたしたちはこの街がどれだけ活気にあふれているかを改めて知るだろう。街の建物の各階に住む男たち女たちが仕事へと出かけ、始発のバスが最初の乗客を乗せ、地下鉄がスピードを上げてトンネルをくぐり、店のドアが開いて閉店の看板をはずし、新聞がキオスクに到着するところを見ることになる。この早朝の時刻、人びとは顔を洗い、服を着て、毎朝のミルク入りコーヒーを飲むあいだラジオ放送に耳を傾けている。アナウンサーが興奮した口調で、今朝、大統領、政府、議会は首都から去りました、街に警察はいません、軍も撤退しました、と言っている。そして人びとがテレビをつけると、同じ音声で同じニュースを報じており、さらにラジオとテレビがごく短い間隔でお知らせを繰り返し放送している。朝七時ちょうど、大統領から全国に向けた重要なメッセージが発表されます、もちろん、これはとくに頑固な首都の住民を対象とするものです、と。一方、キオスクはまだ開店していないから、通りに出て新聞を買うわけにもいかず、それより先進的な市民はすでに試みただろうが、大統領の苦言について記事が出ていそうだとインターネットでウェブ検索をかけても空振りするはずだ。公務上の秘密は、数時間前に建物の明かりのスイッチが同時に入れられたことで実証されたように、ときには漏洩や暴露に悩まされることがあるが、重要部局が執行に関わるときはいつもきわめて綿密で、よく言われるように藁《わら》を一本もらうだけでも、怠慢な者たちにすぐさま完全な細かい釈明を求めるだけでなく、首を刎《は》ねたりするのである。午前七時十分前、通勤で街に出ているはずの多くの人びとはまだぶらぶらしているが、それは毎日と違った日もあるということだ。公務員はすでに時間を繰り下げた出勤を許可されていたようであり、民間の勤め人はこの先どうなるのかと様子見をしており、たぶんこのまま一日休業になると思われる。用心深さとチキンスープは健常者にも病人にも決して害はない、という。暴動の世界史がわたしたちに示すように、それが社会秩序の具体的な修正であれ、たんなる脅威であれ、用心深さの何よりの好例は、通常街の店舗を持つ商業や産業からやってくるものであり、破られ、盗まれ、略奪され、破壊行為に見舞われるといった、ほとんどを失うしかない、失うのを避けられない職業活動の場であることを思えば、怖がる態度についてもわたしたちは敬意を払うべきだろう。午前七時二分前、テレビとラジオの担当アナウンサーが状況に応じた表情と悲しげな声で、いよいよ大統領が国民に対してメッセージを発表すると伝えた。続いて、セットの背景が国旗の画像に切り替わったが、その覇気のない動きはゆるく、いまにも垂れさがったままポールを降りていきそうだった。ある家の住人が、この旗を撮影した日は風がなかったんだな、と評した。国歌の最初の和音によって、微風が突然おそらく大海原と勝利の戦いから吹いてきたとしか思えない活気ある風に変わり、国旗の象徴的な紋章がまた立ちあがったかのようだった。もしもこの風がもっと強ければ、もう少しだけ強く吹いていていたら、馬にまたがり英雄を後ろに従えた女神ワルキューレ（北欧神話より、戦死者を決める神）たちの姿が見えていただろう。そのあと映像が奥へとフェードアウトしながら、どちらが連れていくかはともかく国旗と国歌が入れ替わるように消えていくと、机を前にした国家元首が現れ、着席して、厳しい目をプロンプターに向けた。右側には先ほどのものとは違う屋内用の旗が立ててあり、上品にひだを見せていた。大統領は止めることのできない痙攣をたぶん隠すために指を組み合わせた。緊張してるな、と風がないことを評した男が言った。どんな顔をしてわれわれに仕掛けたろくでもない企みを説明するのか見てみよう。人びとは目前に迫った大統領の雄弁な演説を待っていたが、共和国国家元首の原稿作成顧問がスピーチの準備に要した数々の努力については、ひとかけらも想像できなかった。これは演説そのものについての努力ではない。たとえばたんに文体の楽器の弦をちょっとかき鳴らしたら、といった類いでもなく、このタイプの演説をあるべき姿で始める規範に沿った呼びかけについて、であり、多くの場合に非難を生みかねない標準的な言葉遣いについて、である。実際、慎重を要するメッセージの性質を考えると、親愛なる愛国者《クエリドス・コンパトリオータ》へ、尊敬すべき市民《エスティマドス・コンシダードンス》へ、と始めたり、あるいは、ここぞとばかりいかにも愛国心を掻き立てるように声を震わせ、単純かつ厳《おごそ》かに、ポルトガルの男たち《ポルトゲーザス》よ、ポルトガルの女たち《ポルトゲージ》よ、と呼びかけたりするのは侮辱も同然になるだろう。急いで付け足すならば、この最後の呼びかけの言葉は、客観的事実の根拠を欠いた、純然たる仮定から生まれたものであり、いくつかの重大事件の舞台をわたしたちの音色のあまりに細かすぎる細部描写で語ることになったのも、たまたま、偶然、そこが言わばポルトガル男の国、言わばポルトガル女の国だから、あるいは、だったから、なのである。これはただの実例にすぎず、それ以上のものではない。とくにこの国は、つねに賞賛すべき市民的規律と宗教的献身によって選挙の義務を果たしてきたことが世界的に知られているところでもあるので、こちらにやましい意図はないとしても事前に詫《わ》びておく次第である。

さて、わたしたちが監視所を設けた家に話を戻すと、流れから期待されたこととは裏腹に、ラジオヤテレビで聴いていた人のなかに、大統領の口からあれでもなく、これでもなく、他のものでもない、いつもの呼びかけが出ないことに気づいた者は一人もいなかった。おそらくそれは最初の言葉に、前述したどんな口ぐせの呼びかけを持ってきても、やりすぎで、場違いだと、大統領のスピーチライターたちが悟っており、わたしは心を込めてお話しする、という天空に投じた物悲しいドラマ仕立てにしたからだろう。実際、かりに愛情たっぷりに、尊敬すべき市民のみなさん、とか、親愛なる愛国者諸君、などと始めていたら、そのあと、明日からガソリンを五十パーセント値下げします、と発表するように場違いなものに聞こえたはずだ。固唾《かたず》を呑んで身がまえる聴衆の目に投げこまれるのは、まだ脈打っている血まみれでぬるぬるした内臓だというのに。これから共和国大統領が口にする言葉が、またいずれお会いしましょう、さようなら、さようなら、だというのは、すでにだれもが承知しているとしても、彼がどんなふうにブーツを脱ぐのか見てみたいと思う人情はよくわかる。演説の全文は以下のとおり。もちろん声の震えや、思いやるような身ぶり、かろうじて呑みこんだ光る涙、といった言葉では再現不能なものは別として。これからわたしは心を込めてお話をする、理解しがたい亀裂の痛みとともに切り離された者として、お話をする、愛する子らに見捨てられた父親のように、崇高な家族の調和を壊す一連の異例の事件に対して、われわれ全員が同じように混乱し、とまどっている、そしてみなさんはこう言わないでもらいたい、国民から離れていったのは、われわれだと、わたし本人だと、この国の政府だと、選挙で選ばれた国会議員だと、本日の明け方、われわれは別の都市へと撤退し、今後そこが本国の首都となる、これは事実であり、また、すでに首都ではないこの都市を、われわれが厳しい包囲下に置いたことも事実である、その結果、このように重要な、このように物理的にも社会的にも規模の大きい、凝集した、都市部のバランスのとれた機能が、まさに諸般の力によってはなはだしく阻害されることも間違いないだろう、みなさんは包囲されているのだ、市の境界線の内側に閉じこめられ、出ることはできない、脱出をはかれば、ただちに武力で対応されるだろう、それでも、決してみなさんは言ってはならない、これまで平和な、正直な、誠実な民主主義にのっとった論争において、継続的に、自由にあらわされてきた民意が、内なる敵や外敵などあらゆる危険から国家を守るようその命運を託したわたしたちに責任があるなどとは、そう、罪があるのはみなさんなのだ、あなた方こそ、政府の転覆と無規律というねじ曲がった道を好み、国々の歴史において長く知られた国家の合法的権力に対してひねくれた悪魔的な異議申し立てを選び、国家の調和を拒んだ、われわれに不平を唱えず、自分たちに不平を唱えなさい、わたしの声を通して話す人たちにも、つまり、政府に対しても、政府は繰り返しみなさんに頼んできた、いや、願ったというか、たちの悪い頑固さを捨ててくれと懇願してきた、その最終的な意図は、国家当局がたゆみない努力を傾けて膨大な調査を実施したにもかかわらず、今日もまだ突きとめられていない、何世紀ものあいだ、あなた方は国の頂点であり、国の誇りだった、何世紀ものあいだ、国家的危機や集団的苦難の時代には、われわれの同胞が、この都市、この丘に目を向ける習わしだった、そうすれば、何かしら救いの策や、慰めの言葉や、未来に至る正しい道が見つかると知っていたからだ、みなさんは祖先の名声を裏切った、これこそあなた方の良心を永遠に苦しめるきびしい真実だ、彼らはひとつずつ石を積みあげて祖国の祭壇を築いたのだ、それを壊すことにしたあなた方は、恥を知るがいい、わたしは心の底から、みなさんの狂気が一時的なもので終わると信じたい、長く続くものではないと、悔悟《かいご》の念があなた方の心にやさしく沁《し》みとおり、放蕩息子が父親の家に戻るように、みなさんの心の故郷である国家共同体や法的義務と和解する、そんな明日が来る日はそう遠くないと天に祈っている、あなた方はいまや無法の街だ、こうするべきだ、こうしてはいけないと指示し、どうするべきか、どうしたらよいかと教えてくれる政府はいない、街の通りはあなた方のものであり、通りを守るのはあなた方だ、好きなように使ってかまわない、あなた方を排除したり、役立つ助言をしたりする行政機関はなく、泥棒や、強姦者や、殺人者からあなた方を守る警察もいなくなった、それがみなさんの自由なら、それを楽しめばいい、おそらくあなた方は、自由な意思と気まぐれにまかせれば、われわれが古いやり方と古い法律でやってきたときより、もっとうまく生活を組織化し、守ることができると錯覚しているのだろう、とんでもない間違いだ、遅かれ早かれ、あなた方を治める支配者たちを受け入れなければならない、いずれおちいる避けられない無秩序の混乱に乗じて獣のように突入してくる者たちが、彼らの法を強制する者ではないとしても、その時点で初めて、あなた方はみずからの欺瞞《ぎまん》が招いた悲劇に気づくのだ、おそらく、みなさんは権威主義に束縛された時代のように、独裁政治の不吉な時代のように反抗するだろうが、幻想を持ってはならない、やはりそっくり同じ暴力で制圧され、選挙もおこなわれず、投票すらできないだろう、もしあったとしても、あなた方が冷笑した自由でオープンで正直な選挙にはならない、わたし自身とわが国の政府と一緒に本日みなさんを、あなた方が選んだ運命とともに置き去りにしようと決めた軍隊が、あなた方自身が産み落とした怪物から解放してやろうと戻ってくる日まで、そうあり続けるはずだ、みなさんの苦しみは何にもならない、みなさんの頑固さもすべて無駄だ、たぶん遅きに失するとしても、あなた方はいずれ理解するし、願わくば確信するに至るだろう、権利とは、憲法や、法律や、規則といった形で、ただそれを表現した言葉のなかにのみ、記録された紙の上にのみ存在するのだと、それを誤って、また考えもせずに行使すると、堅固に築かれた社会を激しく揺さぶるのだと、最後には単純な常識によって、権利はたんなる可能性の象徴だと、実際にありうる現実ではないのだと、教えてもらえるだろう、白票を投票することは奪うことのできないみなさんの権利であり、だれもその権利を否定できない、しかし、子どもにマッチで火遊びをしてはいけないと注意するように、われわれはすべての人にダイナマイトで遊ぶのは危険だと警告する、そろそろ話を終わりにしよう、わたしの厳しい警告を、脅しではなく、みなさんの胸にでき、広がった感染性の政治的化膿を焼灼する治療とみなしてもらいたい、われわれはこのような状況にもかかわらず、それでもみなさんに赦しを与えたいと願っているが、わたし、つまりあなた方の大統領の、良き時代にあなた方が選んだ政府の、国民のなかにいる正気で純粋な人びとの赦しを、そして現在のあなた方にはふさわしくない赦しを得る日まで、わたしの姿や言葉を見ることも聞くこともないだろう、その日まで、さようなら、神のご加護を。国家元首である大統領の厳粛で哀れみ深い顔が消え、ふたたび掲げられた旗になった。吹く風が狂ったように旗をはためかせ、そのあいだも後先を考えないまま愛国心の高揚が止まらなかった時代に作曲された国歌が、好戦的な和音と勇ましい強勢を繰り返し奏でていたが、いまはどこか悲しく音が割れているように聞こえた。わかりました《シム・セニョール》、あの人はうまく話したじゃないか、と家族の一番の年長者がまとめた。子どもが火遊びをしちゃいけないと言ったのはまったく正しいな、たしかにベッドで寝小便をしてしまうもの。

　街の通りは、それまでほとんど人影がなく、大半の店が閉まり、通り過ぎるバスもからっぽだったのが、ものの数分のうちに人で埋めつくされた。家にとどまった人たちは、窓から身を乗りだして歩く群衆を眺めていた。すべての人が同じ方向へ歩いているわけではなく、二つの川のように、ひとつは川上へ、ひとつは川下へと流れており、まるで街が祝福しているかのように、市の記念日か何かのように、たがいに相手側へ手を振りあっていた。逃亡した大統領の悪意ある予告とは逆に、泥棒も、強姦者も、殺人者もいなかった。ビルのいくつかの階ではあちこちで窓が閉まっており、ブラインドがあるところは憂鬱《ゆううつ》そうに下ろされ、そのさまはまるで住人の家族がつらい苦闘のすえに傷ついたかのようだった。そうした階では早朝の明かりも点けられず、住人は心臓を締めつけられながら、カーテンの陰から覗《のぞ》いていたはずだ。ここには極右の政治思想を持つ人びとと中道党の支持者が住んでいたので、祝う理由がなかったのだ。というより、反対に街で歌ったり踊ったりしている不道徳な群衆から攻撃され、彼らの家の神聖なドアを蹴りあけられて、家族の思い出が汚され、銀器が奪われるのではないかと恐れていた。この人たちは、歌わせておくさ、いずれたっぷり泣くんだから、と勇気が出るようにたがいを励ました。左派党に投票した者も窓から歓声を上げなかったが、それは彼らも通りに降りていったからで、その証拠にわたしたちがそこにいると、ときおり一本の旗が、まるで脈をとるかのように、流れる頭の川の上に顔を出すのでわかるのである。だれも仕事に行かなかった。スタンド売りの新聞は、どの新聞も大統領の大演説の記事を、それを読んでいるときに撮影した写真とともに一面に載せており、その苦しげな表情からすると、わたしは心を込めてお話をする、と言った瞬間のもので、すべて売り切れになっていた。新聞社の社長、編集長、コメンテーターなどの考えや最新のインタビューに興味を持つ者はほとんどいなかった。各紙の一面はそれぞれ好奇の目を引きつけた。トップの見出しは巨大で、内側にある他の見出しは普通サイズだが、すべてが見出し作りの名人の頭脳から生まれたことを想像させ、つぎに続くニュース記事を読まないでも後悔せずにすむような代物だった。センチメンタルなものでは、首都、夜明けに孤児となる。皮肉なものでは、煽動者の口でクリの実が弾ける。白票投票が真っ黒に。教育的なものでは、反乱の首都に国が教訓を与える。懲罰的なものでは、清算の時がきた。予言的なものでは、これからすべてが変わり、同じものはひとつもなくなる。人騒がせなものでは、無政府状態が待っている。市境であやしい動き。美辞麗句では、歴史的瞬間に歴史的演説。お世辞ものでは、堂々たる大統領、無責任な首都を糾弾。戦時下のようなものでは、軍が市を包囲。客観的なものでは、権力機関の撤退、無事完了。急進的なものでは、市役所にすべての権限が。戦略的なものでは、解決策は自治体主義者《ミュニシパリスタ》の伝統に。二十七本の腕を持つ驚くべき星にふれた記事はわずかしかなく、稀少《きしよう》といってもよかったが、あったとしても見出しには優美さや皮肉さや辛辣さもなく、彼らは電気料金の高さに不平をもらす、という記事の途中で報じられていた。数紙の社説が政府の姿勢に賛成しながらも、そのうちの一紙は、彼らの手は決して痛まない、という見出しで住民に課した市境出入り禁止令のいわゆる妥当性に疑問を投げかけた。ここでもまた、いつものことだが、正義の人が悪者のために、正直者が犯罪者のために代償を支払うことになろう、社会に認められ支持された政治的、思想的選択肢の枠組みを形づくる合法的に組織された政党のひとつに投票することによって、有権者としての義務を几帳面《きちようめん》に勤勉に果たした立派な市民たちが、いま行動の自由を奪われることになったのだ、それは、ある人に言わせると望むものを知らない、われわれの見方では、望むものを十分知っている、そして最後には権力を攻撃しようと準備している、異例の多数派となった問題児のせいである、と。また別の社説はさらに踏みこんで、純粋かつ単純な無記名投票の廃止を主張し、必ず状況はそうなるだろうが、いつの日か何かの手立てにより、あるいは強制的に平常に戻ったとき、投票所の所長が公用私用の別なくあらゆる法的な目的に適《かな》うよう、人がどんな政党に投票したかを確認する有権者手帳を作成するべきだとして、それが本心からであることを証明するため、わたしは名誉にかけてこれに署名する、と提案していた。もしそうした手帳がすでにあれば、もしも国会議員が投票権の濫用の可能性に気づき、完全に透明な民主主義制度の意図と形式をつなげてこの段階に進んでいたなら、右派党、もしくは中道党に投票した人びとは、いとも簡単に搾りとれる人をつねに両腕を広げて受けいれる真の祖国へ移住するため、バッグに荷物を詰めこんでいるだろう。車とバスの、ヴァンやトラックの車列が、それぞれ違う党の旗を掲げ、パッパー、パッパーと、クラクションを鳴らしながら、政府の先例をすぐに追いかけて市境にある軍の検問所へと進んでいく。少年や少女は窓からお尻を突きだし、反乱派の歩行者に叫ぶだろう。よだれを垂れ流してろ、みじめな裏切り者め。戻ったらぶん殴ってやるぞ、くそったれ悪党ども。腐りきったろくでなし、と。あるいは、民主的隠語のなかでも最大級の侮辱が叫ばれる。非国民、非国民、非国民と。もちろん国籍はあるから国民であり、彼らが怒鳴りつける相手は自分の選挙手帳を家に持っているか、持ち歩いているのだ。ただし恥ずかしいことに、そこには焼き印を捺したように、記載され、スタンプが残されている。白票を投票、と。巨悪を治すのは巨大な解決策しかないのだと、この論説委員は天使のように結論した。

祝賀気分は長くは続かなかった。だれもが仕事に行かないことにしたのは確かだが、状況の深刻さに気づいたせいか、喜びのデモはやがて静まり、こんなことを考える人もいた。わたしたちはどこが幸せなのかな、彼らがわたしたちをペスト患者のように隔離して、武器を構えた軍隊で監視し、市を出ようとする人を銃撃すると言ってるのに、喜ぶ理由がどこにあるだろう。別の人たちはこんなことも言った。わたしたちは組織化しなければならないが、彼らはその方法や、だれと、何のためにするのかがわからなかったのだ。ある人たちは、グループで市長のところへ話しにいくべきだ、と意見をのべた。忠実に協力すると市長に申し出て、白票を投票した人びとには市政のシステムを破壊したり権力を奪ったりする意図がないことを説明しよう、と。権力を握ったところで、彼らはそれをどう使うか知らないし、あんなふうに投票したのは幻滅したからであって、幻滅がどこまで深まるか他に知りようがなかったからだ、彼らは革命も起こせたはずだが、そんなことをしたら多くの人が死んでいただろうし、決してそれは望まない、これまでの人生、ずっと彼らは辛抱強く投票箱に票を入れてきた、その結果が見てのとおりのものだった。これは民主主義ではないですよ、市長さん。一方で、事実をもっとよく考えるべきだという意見の者もいた。先に市議会から最初の発言をさせる方がいい、こちらが出向いて、そういう説明やアイデアを口にしたら、向こうは背後に陰で人をあやつる政治組織があると考えるだろう、そうじゃないことを知っているのはこちらだけだし、状況は向こうにとっても簡単ではないことをわたしたちの方も心にとめておくべきだ、もし政府が彼らの手に熱いイモを残していったなら、こちらがそれ以上熱くしてはならないよ、ある新聞が市議会はすべての権限を引き受けるべきだと提案したが、どういう権限を、どのように担えというのか、警察は去り、交通を監督する人間もいない。市会議員が道路に出て、これまで命じていた仕事をするのを期待するわけにもいかない、すでに市のゴミ収集サービスがストライキに入るといううわさが流れてるし、そうなっても驚きはしない、それが市議会自身の主導によるものか、政府が命じたものか、そちらの方がもっと可能性が高そうだが、それがたんなる挑発行為であることは明白だ、彼らはいろんな手でわたしたちの暮らしを悲惨にしようとするだろう、だから、いまありえないと思えることも含めて、あらゆることに備えなければならない、彼らは袖の奥に隠したカードはもちろん、カードをひと揃い持っているのだから。また、他に心配性の悲観主義者たちがおり、その人たちはこの状況から抜けだす道はないと思った。失敗するに決まってる、結局いつもそうなるのだ、だれもが自分優先、残りの他人はどうでもいい。人類のモラルが不完全だというのはわたしたちも以前よく言ったものだが、マリア・カシューシャ*の時代からの歴史的なもので、いまに始まったことでもない、いまわたしたちは団結しているように見えるが、明日は喧嘩を始め、つぎの段階では不和になり、対立し、開戦するかもしれない、一方、向こうのやつらはといえば、リングサイドにすわり、わたしたちがいつまで粘れるか賭けをして楽しむだろう、長く持ちこたえたら上出来ですよ、でも、敗北は確定しているし、保証できます、などと言って、実際、このような行動がうまくいくとだれが想像できるだろう、だれからの指示も受けず、自発的に、大勢の者がいっせいに白票を投票するなど、常軌を逸している、しばらくは政府も混乱から抜けだせず、ぜいぜいと息を切らしていたが、いまは最初の勝利をつかんでいる、わたしたちに背を向け、地獄に落ちろとののしり、向こうに言わせればわたしたちはそれにふさわしく、こちらは外国からの圧力も考慮しなければならない、現在、世界中の各国政府や政党が同じことを考えている、彼らは愚かではない、これは導火線になるかもしれず、こちらで火がついたらあちらで爆発に至るのだ、ともかく、彼らにしてみればわたしたちはクソなのだ、だったらとことんクソになろうじゃないか、一致協力して。向こうがわたしたちをクソだと言うなら、少しはやつらもそれを浴びるだろうから。

翌日、うわさは本当であることがわかった。ゴミ収集車が出なかったのだ。ゴミ収集清掃員は給料の支払いを要求して全面ストライキを宣言し、市役所の広報官がただちに駆けつけて、まったく受け入れられない、とはねつけた。今回はなおさらだ、と彼は言った。市が現在、かなりの問題をともなう前例のない危機に見舞われているのに。同じ人騒がせな行動として、創刊以来中道党から右派党まで、その中間層も含めてどんな政党色の政権であろうと、政府の戦術と戦略を一貫して拡大する技をもっぱら磨いてきた新聞が、編集長の署名入り社説で、首都の住民による反逆は、あらゆることから予想がつくように、頑迷さを捨てなければ流血の惨事で終わるだろうとのべた。以下引用すると、政府の忍耐が考えられないほど限界に近いことはだれも否定できない、これ以上求められないくらいだ、これを欠けば、円満な二項式としての権力＝服従は、おそらく永遠に失われるだろう、もっとも幸福な数々の人間社会はこの光のなかで栄えたのであり、歴史が十分に証明しているように、それなしにはどれひとつ実現しなかったはずである。この社説は読まれ、ラジオで抜粋が報道され、編集長はテレビでインタビュー取材を受けた。そうこうするうちに、ちょうど正午になると、市内のどの家からも女たちがホウキと、バケツと、シャベルを持って出てきた。そして黙々と住居ビルの額《テスターダ》を、ドアから通りの真ん中まで掃きはじめた。そして中央まで行くと、同じ目的、同じ武器をたずさえた向かい側の建物から進んできた女たちと出会うのだった。さて、辞書によれば、ここで言うビルの額とは建物の前にある街路もしくは通りの部分のことで、これ以上に正確な説明はないのだが、もうひとつ、少なくともある人に言わせれば、あなたの額を掃く、というのは、あなたから責任あるいは罪を消すという意味になるそうだ。うっかり屋の文献学者と辞書編纂者《へんさんしゃ》さん、あなた方は間違っている、あなたの額の掃除も、以前母や祖母が村でしていたよう

＊　十九世紀ポルトガルの流行歌。非常に古いもの、廃れたものの意。

に、いま首都の女たちがしていることから始まったのだ。昔の女は、この女たちのように、身から責任を取り去るためにしたのではなく、責任を取るためだった。たぶん同じ動機から、三日目に清掃員が通りに出てきた。制服ではなく普段着姿で。ストライキをしているのは制服であって、自分たちじゃない、と彼らは言った。

ストライキを発案した内務大臣は、ゴミ収集清掃員が自然発生的に戻ってきたのが気に入らなかった。大臣から見れば、この態度は道路掃除を名誉の問題だとする立派な女たちとの連帯を示すものというより、公平な観察者すら犯罪の共謀すれすれだとためらわずに認める事実なのである。悪いニュースが届くと大臣はすぐ市長に電話をし、政府通達を軽視した責任をとらせ、ただちに罰則つきで命令に従わせるように指示したが、それをわかりやすい言葉にすると、さっさとストライキに戻れ、であり、もし不服従が続くなら、略式の懲戒《ちょうかい》手続きをとって無給の停職あるいは即時免職など、法と規則で規定したあらゆる罰則を適用せよ、ということだった。市長は、つねに問題というものは遠くから眺めると簡単に解決するように見えるが、現場にいる者、労働問題を解決しなければならない者は、決定を下す前に彼らから慎重に話を聞くべきだ、と答えた。たとえば、大臣、わたしがこの命令をあの男たちに出すところをご想像ください。わたしは想像などしないよ、やれと言ってるんだ。はい、大臣、もちろんです、ではともかくわたしに想像させてください、たとえば、彼らにストライキに戻れとわたしが言うと、彼らがおまえはサルでも梳《と》かしてろと言い返すのです、その場合大臣ならどうするでしょう、どうやって彼らにやらせますか。第一に、だれもわたしにサルを梳かせなどと言う者はいない、第二に、わたしは現時点でも将来にわたってもきみの靴は履かない、つまり大臣であって市長ではないのだ、それにパン生地に手をつっこんで以来わたしは市長に対して、法によって縛られた、つまりは当然わたしに与えられるべき公式な制度上の協力と、さらに欠如が顕著に感じられる政党精神もあわせて期待する、と言っておくよ。大臣はつねにわたしの公式な制度上の協力を当てにできますし、義務についても承知しています、ただ政党精神についてはふれないほうがよいかと、この危機が終わるとき何が残るか見てみましょう。きみは問題から逃げ腰だな、市長。いえ、そうではありません、大臣、どうしたら清掃員をストライキに戻せるのか知恵をお借りしたいのです。それはきみの仕事だ、わたしのではない。それは、わたしの尊敬する政党同志が問題から逃げる、ということですね。わたしは政治家人生において、一度たりとも問題から逃げたことはない。この問題からは逃げております、あなたの命令を実行するのに使える有効な手段がわたしにはありません、警察を呼べというなら別ですが、思い出してもらえるならここには警察がおりません、軍隊とともに市《まち》からいなくなり、どちらも政府が運び去りました、さらに言えば、これは同意してもらえるでしょうが、良くも悪くも、というより悪いほうが勝るとしても、潜入工作など、さらに繊細でない方法で、つねにストを破る手段として使われてきた警察を投入して、ストライキを続けろと労働者を説得するのは大変異常なことです。驚いたな、右派党の党員はそんな話はしないが。大臣、何時間かたって夜が来たら、わたしは夜だと言わなければなりません、昼だと言ったらバカか視覚障害のどちらかです。それがストライキとどういう関係があるんだ。好むと好まざるとにかかわらず、大臣、それは夜なのです、真っ暗な夜です、われわれの理解を超えた何かが起きており、それはわれわれの乏しい経験を凌《しの》ぐものですが、いまだに昔ながらの小麦粉を昔ながらのオーヴンで焼く昔ながらのパンを相手にしているふりをしているのです、そうではないのに。きみに辞表の提出を求めるかどうか、真剣に考えなければならないな。求められたら、肩の重荷がおろせます、心からの感謝をお返しできます。内務大臣は即答せず、数秒ほどして冷静さを取り戻してからたずねた。われわれはどうすべきだと思うかね。何もありません。頼むよ、この状況で政府に打つ手がないとは言えないだろう。このような状況では、政府が統治しているのではなく、統治しているように見えるだけだと言わせていただきます。それには同意できない、この事件が始まってから、われわれはいくつか行動を起こしているのだ。はい、釣り針にかかった魚のようにです、われわれは身をくねらせ、釣り糸を揺すり、ぐいっと引っぱりますが、なぜ曲がっただけのシンプルな針金に捕らわれ、押さえこまれているのか理解できません、たぶん自由にはなれるでしょうし、逃げられないとは言いませんが、釣り針がわれわれの内臓に食いこむ危険も冒《おか》しています。本音を言えば、とまどうばかりだな。できることは、ひとつしかありません。何だね、さっきは何もできないと言わなかったか。首相の戦術が効果をあげるように祈るのです。どの戦術だ。彼らを弱火で煮え立たせておけ、と首相は言いました、ただ、それでもこちらに跳ね返る恐れもあると。理由は。それは料理を主導するのが彼らだからです。じゃ、われわれは腕組みをしていようか。真剣な話です、大臣、政府は地上軍と空軍部隊で市を攻撃して、この包囲作戦という茶番劇を終わらせるつもりですか、先例を作るために一万、二万という数の住民を死傷させて、三、四千人を投獄し、罪を犯していない人びとを何のことかわからない罪に問うのですか。われわれは内戦をしているのではない、われわれはただ人びとを正気に戻したいだけだ、彼らが犯し、はまりこんだ過ちを思い知らせるのだ、白票を無制限に行使すれば民主主義のシステムが制御できなくなることを彼らに気づかせる、それを実現するのが残る課題だ。いまのところ結果は明るいものではありません。時間が必要だよ、しかし最後には人びとも光を見るだろう。大臣、あなたに神秘主義的傾向があるとは思いませんでした。いいかね、きみ、事態がこのように複雑で絶望的になると、われわれは何でもつかむんだ、閣僚のなかには、それが役立つならば、巡礼に出かけ、ロウソクを手に聖堂で誓約をしてもいいとさえ思う者もいるだろう。それをおっしゃるなら、少し性質は違いますがここにある複数の聖堂にも、ロウソクを持って、来てもらえればありがたいです。どういうことだ。新聞各紙、テレビやラジオに、これ以上火に油《ガソリーナ》をそそぐのをやめるように言っていただけませんか、こちらが知恵と知性を欠いたら、すべてを吹き飛ばしかねません、今日の政府系新聞の社説をお読みでしょうが、愚かにも、これは流血の惨事で終わるなどとのべる始末です。あれは政府公報ではないよ。わたしの意見をもうひとつ許していただけるなら、大臣、別の答えを聞きたいところでした。あの小さな男は限度を踏みこえたのだ、求められたことを人が熱心にやりたくなると、つねにそういうことが起こるものだ。大臣。なんだね。わたしは最終的に市の清掃局の雇用人をどうしたらいいのでしょうか。働かせておけ、そうすれば住民にとって市役所の印象はよくなるし、われわれにとっても将来的に役立ちそうだ、ストライキはたんなる戦術の一要素にすぎず、必ずしも最重要とは限らない、われわれもそう認識すべきだな。かりに市役所が市民を敵とする戦争の武器に使われたら、いまも将来も、市のためにはなりません。この状況で市役所が当事者を免れるわけにはいかないぞ、とにかく役所はこの国の一部なのだ、他の国にあるわけじゃない。べつに当事者から外してくれと頼んでるわけではありません、わたし自身が責任をもって権限を行使するとき、政府にどんな妨害もしないでほしいと頼んでいるのです、そうすれば人びとは、こんな表現を許してもらえるなら、市役所をたんなる抑圧的政策をとる道具だ、という印象を持たないでしょう、まず市役所はそういうものではなく、将来もそうあってはなりません。なるほど、どうやらわたしは全然理解していないか、理解しすぎるほどよく理解しているか、どちらとも言えそうだ。大臣、いつかわからないとしても、この都市が首都に戻る日は来るのでしょうか。可能性はある、確実ではないが、彼らがどこまで反抗するかによるな。いずれにせよ市役所は市長がわたしであろうと他の者であろうと、たとえ間接的であっても、血の弾圧の片棒かつぎや、共犯者に見られてはならないのです、命令を出す政府は結果を引き受けるしかありませんが、この市役所は市のものであり、市は市役所のものではありません、大臣、それをはっきりさせておきたいと思います。大変はっきりしている、きみにひとつ質問をさせてくれないか。何なりとどうぞ。きみは白票を投じたのかね。もう一度、お願いします、よく聞こえなかったもので。白票を投票したかどうか聞いたんだ、投票箱に入れた票は、白紙だったのか。お答えしません、大臣、答えはありません。これが終わったら、きみとじっくり話したいものだ。もちろんです、大臣。それでは。失礼します。そこに行って、きみの耳を引っこ抜きたいね。もうそんな年齢ではございません、大臣。きみが内務大臣になったら、耳を引っぱるにも他の懲罰にも年齢制限がないとわかるだろうよ。いまの言葉が悪魔に聞かれていないように祈ります、大臣。悪魔は耳がいいから、大声で話す必要はないんだよ。では、神のご加護を。無駄だろう、神は生まれつき耳が聞こえないのだ。

　こうして内務大臣と市長の落としどころのない厄介《やっかい》な会話は、たがいの立場や意見の相違を言い合う形で終わったのだが、おそらく読者を混乱させている可能性がかなりあると思われる。はたして二人は、それまで考えられていたように、実際同じ右派党に所属しているのかどうか、と。この党はまさしく行政上の権力者として、集団レベルでは、首都を政府命令によって封鎖状態にするという屈辱的な目に遭《あ》わせ、個人レベルでは、厳しい尋問、嘘発見器、脅迫、あるいは正体不明の最悪な性質の拷問《ごうもん》をするなど、ひどい弾圧政策を実行しているのである。ただし真実が言わせることだが、そうした拷問がおこなわれたとしても、わたしたちはその場に立ち会っていない以上証言はできない。ただし、さらに考えれば乾いた土地になった紅海を渡ったことも、わたしたちはそこにいなかったのに、だれもが本当に起きたと誓って言うのである。内務大臣については、防衛大臣との静かな競争のなかで誇示していた不屈の戦士の鎧《よろい》に、微妙な傷がある、というか、もっとわかりやすく言えば指が一本入るほどの亀裂があることにお気づきになっただろう。そうでなければ、つい先ほどの会話で確認できたように、彼の計画が次々に失敗し、その剣の刃《やいば》がすばやく簡単にこぼれていくのを、わたしたちは見ることもなかったはずだ。控えめに言っても、登場するときはライオンのようだが、退場するときは羊であり、しかもそこには、神は生まれつき耳が聞こえない、と言ってのける敬意のなさも見受けられる。市長については、内務大臣の言葉を使うなら、大臣が首都の有権者に見てほしいと思う光ではなく、いわゆる白紙投票者たちがだれかに見てほしいと待ち望む光を見た人であるのは、わたしたちにも喜ばしいことだ。こうした、こちらが盲目的にわけもわからずつまずいている時代に、この世で一番よくあるのは、わたしたちがすぐそこにある街角を曲がったとき、存在と繁栄の成熟期にある男女に出くわすことだろう。彼らは十八歳のときに笑いさざめく流行の春を過ごしただけでなく、同時にまた、たぶん何にもまして、祖先の制度を打倒し、かわりに仲間たちの楽園にしようと決意した大胆な革命児でもあったのだが、いまはやはり同じような確固たる信念と活動によってその筋肉を温めたり曲げ伸ばしをしたりしながら、さまざまな形の穏健な保守主義を経験したあげく、最後にもっとも恥知らずで反動的な身勝手さに行きついた人たちなのである。さらに儀礼的でない言葉で言うと、こうした男女は、人生の鏡の前に立ち、毎日昔の自分の顔に向かって、いまの自分の唾を吐きかけているのである。だから右派党に所属する政治家で、歳は四、五十代の男、証券取引所のエアコンで生き返り、株式市場の蒸し暑い微風であやされた伝統の傘の下《もと》でこれまでの人生すべてを送ってきた男が、行政を担う任務を拝命してきた市《まち》で起こった大人しい反政府活動の深い意味に目覚めた、もしくはその単純な証拠を得たのは驚くべき事実であり、それは特異な現象に不慣れなわたしたちにとって書きとめておく価値のある、そしてあらゆる感謝に値するものである。

　とくに目の肥えた読者や聞き手は見逃さないだろうが、この話の語り手はゆっくりとした動きが起こる場所に、なくはなかったとしても、ほとんど注意を払ってこなかった。最初の章は別で、あの章では投票所の部分で描きこんだ絵筆のさばきが観察できるし、ドア、窓、テーブルに限ってもそうであり、また嘘つきを捕まえる機械の嘘発見器《ポリグラフォ》のあたりは例外だとしても、それ以外の少なくない部分は、登場人物がまったく実体のない世界に住んでいるかのように進み、彼らのいる場所の快適さや不快さに気づきもせず、ひたすら話すことに専念していた。政権の内閣が、一度ならず国家元首である大統領の臨席のもと、たびたび状況を議論し、精神を鎮め、首都を落ち着かせるのに必要な手段を講じるための閣議を開いたその部屋には、間違いなく大きなテーブルがあり、まわりには閣僚たちが快適な布張りの椅子にすわっている。卓上にミネラルウォーターのボトルとグラス、さまざまな色の鉛筆やボールペン、マーカー、報告書、法律書、ノート、マイク、電話など、この種の格調高い場所にありそうな道具はすべて置かれていないはずがない。天井からはシャンデリアが下がり、壁付け照明があり、床には絨毯《じゅうたん》が敷かれ、壁には絵画、アンティーク、モダンなタペストリーが飾られ、間違いなく大統領の肖像画と、共和国を象徴する胸像、国旗もあるはずだ。こうしたものはこれまで語られず、これから語られることもないだろう。ここでも、市役所のかなり控えめな、しかし十分広々とした市長室で、広場を見下ろすバルコニーや、大きな壁に掛けてある市の巨大な空撮写真など、実質的な描写で一、二ページを埋めながら、同時にこれからやってくる大惨事に立ち向かう前に深呼吸のできる喜ばしいひと休みが、ゆったり使えるというわけだ。わたしたちにとってそれよりはるかに重要なのは、市長のひたいに刻まれた不安の皺《しわ》かもしれない。おそらく言いすぎた、と思っているのだろう。内務大臣に、確信まではいかなくても、敵の側の人間だという印象を持たれ、この軽率さによって彼の党内外での政治的キャリアが取り返しのつかないほど傷ついたはずだ、と。もうひとつの可能性としては、想像もつかないくらい遠いものだが、彼の論法が内務大臣を正しい方向にひと押しし、政府が反乱を終わらせるための戦略と戦術を全面的に考えなおす、というものである。彼が首をふっているのが見える。その仮説が愚かなほど素朴で、危険なくらい非現実的だと、すばやく脇へ片づけた確かなしるしだ。市長は大臣と話すあいだずっとすわっていた椅子から立ちあがり、窓へと近づいた。開けはせず、カーテンを引きあけて外を眺めた。広場は普段どおりで、人びとが行きかい、木陰のベンチには人が三人すわっており、あちこちのカフェ・テラスには客がいて、花屋、犬を連れた婦人、新聞を売るキオスク、バスや車といった、いつもながらの風景があった。外に出よう、と市長は決めた。デスクに戻り、主任補佐に電話をかけた。しばらく外出するよ、と彼は言った。所在を聞かれたときだけ役所内の議員にはそう言ってくれ、他の件はきみに一任する。わかりました、市長、お車を玄関にお回しします。頼みがある、そのとき運転手に言ってくれ、自分でするから運転は結構だとね。今日市役所へはお戻りですか。ああ、そのつもりだが、帰らないときは連絡するよ。わかりました。街の様子はどうだい。報告すべきことはあまりありません、いつもどおりで深刻なものはなく、交通事故、渋滞が一、二件、消しとめられた小さな火災が一件、銀行強盗未遂が一件ですね。どうやって処理した、警察がいないのに。犯人がさえない素人でして、拳銃は本物でしたが弾《たま》は装填《そうてん》されていませんでした。どこに連行した。人びとが武器を取りあげて消防署に連れていきました。何のために、留置場などないだろう。まあ、そいつをどこかに入れておかなければなりませんので。そのあとは、どうした。消防士が一時間ほど説諭してから釈放しました。他にできることはないものな。はい、市長、そのとおりです。車が用意できたら、秘書に知らせてくれ。わかりました。市長はまた額に皺を寄せて、待ちながら椅子にもたれた。不吉な予言者の言葉にもかかわらず、この数日間、窃盗も、強姦も、殺人も、とりたてて増えているわけではない。結局、市の治安維持に警察が不可欠というわけでもなく、住民自身が自発的に、あるいはそこそこ組織的に、監視の任務を引き受けているようだった。たとえば銀行強盗のケースを取りあげてみよう。銀行の事件は、と市長は思った。たいしたものじゃない。その男は緊張していたに違いない。自信のない初心者で、銀行員たちはそこで危険な目に遭うとは思わなかった。しかし、明日はそうではないかもしれない。何を言っているのか、明日、今日、現在、直近の数日間、街にはあきらかにこの先も罰せられない犯罪があったのだ。警察がいなければ、犯罪者が逮捕されなければ、捜査も裁判もなければ、裁判官が家に帰って裁判所が機能しなければ、犯罪は増加するだろう。だれもが市役所にこの市の安全保障を引き継いでほしいと思っているようだ。彼らはそれを求め、要求し、治安が悪ければ平穏無事にはすまないと抗議するだろう。しかし、どうすればいいのか。ボランティアを募るか、民兵を組織するか、まさかオペレッタの憲兵のように劇場の衣裳部屋から借りた制服を着て街に繰りだすわけにもいくまい。それから銃だ。どこに銃器があるのか。その使い方だけではない、実際に引き抜いて撃つ方法を知っているのか。わたしや市会議員や市役所勤めの公務員が屋根の上で、真夜中の殺人者と火曜日の強姦魔を、あるいは上流社会のサロンで白い手袋をした泥棒を、追いかける姿がだれに想像できるだろう。電話が鳴った。秘書からだ。市長、お車が参りました。ありがとう、いま行くよ、今日は戻るかどうかわからないが、何か問題があったら携帯電話にかけてくれ。お気をつけて、市長。なぜ、そんなことを言う。この時代、わたしたちはお互いそんなことしか願えませんので。ひとつ、聞いてもいいかな。どうぞ、答えられればですが。答えたくなければ言わなくてもいいんだ。どういう質問でしょう。きみはだれに投票した。だれにもしません、市長。棄権したと。いいえ、白票を入れました。白票を。はい、市長、白票です。そこまで言うんだね。そこまで聞かれましたので。そのせいで、きみは答える自信を得たようだ。ほどほどですね、市長、ほどほどに。わたしの判断が正しければ、きみもそれが危険を招く恐れがあると思っていただろう。そうならないことを願っていました。結局わたしを信じてくれて正解だった。というと、辞職願を出すように言われないのですね。心配いらない、ぐっすり眠ってくれ。眠らないで安心していられるなら、それに越したことはありません、市長。うまい言い方だ。だれもがそう言いますよ、市長、それで学士院賞はもらえません。

ならば、わたしの誉め言葉で満足しなければならないな。それで十分です、市長。じゃ、この辺にしておくが、用があったら携帯に電話を頼むよ。承知しました。また明日、戻らなければ。行ってらっしゃいませ、今日でなければ明日またお目にかかります、と秘書は答えた。

　市長は仕事机に広げられた書類を手ばやく整理した。そのほとんどが、包囲され、政府から見捨てられ、自国の軍隊に封鎖されたこの首都でなく、他の世紀の、他の国に関係したもののようだった。かりにそれを破り、燃やし、ゴミ箱に捨てたとしても、だれ一人責任を問う者は来ないだろう。いま、人びとはそれよりも大事なことを考えなければならなかった。よくよく見れば、この市《まち》はもう知っている世界の一部ではなく、腐った食べ物と蛆虫《うじむし》だらけの鍋であり、自分自身ではない海に押しだされた島であり、感染症が発生した危険なウイルスの温床であり、予防のために隔離され、菌の毒性がなくなるか、殺す相手がいなくなり、みずからを食い尽くすのを待っている場所なのだ。市長は管理人にレインコートを持ってきてくれと頼み、家で検討する書類を収めた鞄《かばん》を持つと、一階へ向かった。待っていた運転手がドアを開けた。なんでも、わたしは必要がないそうですね。そのとおり、今日はもう家に帰りたまえ。それでは、また明日お目にかかります。じゃ、また明日。人がさよならと言い、また明日と答えるのを聞きながら人生の毎日を送るのは、おもしろいことである。そのうち、ある日それがだれかの最後になり、言われた人がいなくなったり、言ったわたしたちがいなくなったりする。今日という日の明日になれば、わたしたちが普通に言う次の日に市長と運転手がまた出会うとき、いかにそれが異例のことかを彼らが理解できるかどうか、また明日と言ったことが疑わしい可能性にすぎないものから確実なものになったことを確認できるかどうかが、わかるだろう。市長は車に乗りこんだ。市内を走ってみるつもりだった。時間をかけて通りすぎる人びとを眺め、ときには駐車して少しばかりぶらつき、人びととの会話に耳を傾け、要するに街の鼓動を感じて、醸成された熱の強さを評価しようとしたのである。彼は子ども時代に読んだ本を思い出した。はるか東方にある国の王には、それが王様なのか皇帝なのかわからないのだが、おそらく時のカリフ（イスラム教国の教主）だというのが一番可能性を持つとして、ときおり変装して宮殿を出ると市井の人びととまじわり、街の通りや広場のあけっぴろげな店先で交わされる庶民の話に耳を傾ける習慣があった。じつを言えば、当時のそうしたおしゃべりはそこまで本音を語っていたわけではない。というのも、評判や、苦情や、批判や、生まれたての陰謀などに聞き耳をたてるスパイが横行していたからだ。権力者の鉄則として、頭というものは、あとで手遅れにならないように、考えはじめる前に切断するのが一番なのである。市長は包囲された市《まち》の王ではない。内務省の大臣《ヴィジール》（イスラム教国の高官）はと言えば、市境の外側にみずから逃れて、いまごろは仲間たちと協議をしているに違いない。したがって市長は顎髭や口髭で変装する必要もなく、額の皺が特徴的なその顔もいつもどおりのままだった。なかには市長だと気づく人も少しはいたが、挨拶する者はほとんどいない。とはいえ、もともと白票を投票した人だけが彼を敵だと見なして、そうした無関心や敵意を示しているとは思わないことだ。彼自身の属する政党にも、中道党にも、支持者のなかにはあからさまな反感ではないとしても、隠しきれない疑いの目を向ける者が少なくないのである。こんなところであいつは何をしてるんだ、と彼らは思うだろう。白者《しろもの》（brancoso＝ブランコーゾの訳語として造語）の屑《くず》どもと話しに出てきたりして。あいつは給料に見合った仕事をするべきだ。おそらく、多数派が変化したから、票を集めにきたんじゃないか。そんな腹づもりだとしても見込みはないぞ、ここでは選挙など当分ないからな。わたしが政府なら、やるべきことはわかってる、市議会は解散して、代わりに政治的に信用できるまともな行政委員会を指名するんだ、などと。話を先へ進める前に、数行前で白者《しろもの》という言葉を使ったことがたんなる偶然ではなく、パソコンのキーボードのタイプミスでもなく、語り手が隙間を埋めるために急いで発明した新造語でもないことを説明しておかなければならない。この言葉は存在している。本当に。どんな辞書にも載っており、問題があるとすれば、それは人が白《ブランコ》という言葉の意味を、その派生語も含めて知っていると思いこんでいる事実にある。だから、語源をわざわざ調べようとしない、もしくは慢性の知的怠惰症候群をわずらう人は、そこで立ちどまって進まず、美しい発見に到達することもない。市内のだれが好奇心旺盛な探索者か、さりげない発見者かを知る人はいないが、確かにこの言葉はすばやく広まり、単純な読み方が刺激するのか、すぐに軽蔑のニュアンスを帯びた。これまで語らずにいた、あらゆる面で嘆かわしいことなのだが、マスメディアさえ、とりわけ国営テレビまで、すでにこの言葉を最悪の強迫観念のひとつであるかのように使っている。この言葉が文字で書かれたとき、そして語幹を見るときにはあまり気づかないのだが、ひとたび発音されるのを聞けば、その軽蔑をともなう嫌悪した唇のゆがめ方を見れば最後、首に縄を巻き、懺《ざん》悔《げ》人《にん》のチュニックをまとい、おのが胸を叩いて昔の行動規範と教訓をうち捨てて逃げださないように、あなたも円卓の騎士のモラルの鎧を身につけなければならないだろう。わたしは白者《しろもの》でした、もう白者にはなりません、祖国よ、お赦しください、神よ、お赦しください、と。赦すものが何もない市長は、王でもなく、将来もけっして王にはならず、次の選挙では候補者でさえないから、赦しを乞われることもない。彼は通行人を眺めるのをやめ、無頓着《むとんちゃく》、放棄、劣化の兆しを探した。とりあえず、一見したところでは何も見あたらない。店舗やデパートは開いているが、商売になっているようでもなく、ときどき小さな渋滞はあるものの車は流れており、銀行の入口には危機のときに必ずできる不安な客の行列はなく、すべてが平常に見える。ひったくり強盗はなく、拳銃やナイフの闘いもなく、ここには明るい午後しかない。暑くも寒くもなく、すべての欲望を満足させ、すべての不安を落ち着かせるために世界にやってきたように思える。しかしあの不安は、より文学的に言うなら、市長の内面の焦燥は別である。通りすぎていく人びとのなかで、そんなことを感じているのは彼一人かもしれないが、それは空気に流れる一種の脅威だった。厚い雲におおわれた空がいまにもやってくる落雷に緊迫の度合いを高めるとき、あるいは、暗闇でドアが軋《きし》みながら開き、氷のような空気が頬をかすめるとき、悪い予感の恐ろしい感覚が絶望の扉を目前で開けるとき、悪魔めいた笑い声が魂の繊細なヴェールを切断するときに、敏感な気質が受けとめるもの。実体は何もない。事実の情報をもとにした客観的な描写もできないが、確かなのは市長が大変な努力をしてこらえても、すれ違う一人目を呼びとめて声をかけるのを止められなかったことだ。気をつけてくれ、何にとか、理由は聞かないで、ただ注意してほしいんだ、悪いことが起こりそうな気がする。責任のある市長のあなたにわからないなら、ぼくなんかにわかるわけがないですよ、あなただって市長に聞くはずです。そんなことはどうでもいい、きみが注意することが大事なんだ。感染症にですか。たぶんそうじゃない。地震とか。ここは地震のある地域じゃないし、地震が起きたこともない。洪水、氾濫ですか。長年、川は堤防を越えていないよ。では、いったい。わからないと言ってるじゃないか。質問してもいいですか。なんなりと自由にしてくれ。べつに責めはしませんけど、ひょっとしたら市長さんは一杯多く飲んでませんか、よく言うじゃないですか、最後の一杯が最悪だって。いいや、わたしは食事時にしか酒は飲まないし、飲みすぎることも、アル中でもない。となると、わけがわかりません。何か事が起きたときに、わかるだろう。いつ起こるんです。いますぐかもしれない。とまどって、相手の男は周囲を見まわした。警官を呼んでわたしを引き渡そうとしているなら、と市長は言った。無駄だよ、もう警察はいないから。警官など捜してませんよ、と男は嘘をついた。ここで友達と会うことにしてたので、ああ、あそこにいる、それじゃまた、どうか気をつけて、遠慮なく言わせてもらえば、ぼくなら家に帰って横になりますよ、眠ればすべてを忘れますので。この時刻に寝ることは、まず、しないな。いつでもベッドに寝るのは快適なものです、うちの猫ならそう言います。ひとつ聞いてもいいかね。どうぞ、市長さん、かまいませんよ。きみは白票を入れたのか。これは調査ですか。そうじゃない、ただの好奇心だよ、したくなければ答えなくていい。男は一瞬迷ったが、まじめに返事をした。ええ、ぼくは白票を入れました、べつに違法じゃないですよね。違法じゃない、だが結果を見ただろう。男は架空の友達のことを忘れているようだった。市長さん、個人的にあなたに対抗する気はないですし、市政の面でも良い仕事をされてると思いますが、おっしゃる結果と呼ぶものにぼくが非難される筋合いはないでしょう、こっちは法の範囲内で自分のしたいように投票しました、そちらはそちらで対処すればいいですし、イモが熱いと思うなら吹いてください。そんなにむきにならないで、ただ警告したかっただけでね。何を注意するのか、聞かせてもらわないと。話してあげたいが、それができないんだ。ぼくの時間が無駄になってますよ。すまない、ご友人が待ってるんだな。あれは終わりにするただの口実です。じゃ、もう少し付き合ってもらえるね。市長さん。無礼など気にしないで、いろいろ言ってくれ。人がどう考えてるか自分なりに推測すれば、あなたは良心の呵責《かしゃく》を感じてますね。しなかったことに呵責を感じるかな。許したことを後悔するなら、それが最悪だと言う人もいます。たぶん正しいね、あとでよく考えてみよう、ともかく注意してくれ。そうしますよ、市長さん、警告に感謝します。何になのかは、いまだにわからないが。信じてもいいと思える人はいるものです。わたしにそれを言ったのは今日二人目だよ。だとしたら、今日はいい日じゃないですか。ありがとう。失礼します、市長さん。ではまた。

　市長は駐車した車に戻った。満足感はあった。ともかく一人の人間にはどうにか警告を発したのだ。あの男がだれかにそれを伝えれば、数時間のうちにどんな緊急事態になろうとも全市が備えることになる。どうも頭がまともに働いてないぞ、と彼は思った。あの男は黙っているに決まってる、あいつはわたしみたいな愚か者じゃないし、それに、愚かさが問題なわけでもない、わたしが感じる脅威を定義できないのはわたしの問題であって、彼のものではないのだ。あの男の助言どおり、家に帰るのが最善の策かもしれない。よい助言をもらい、とりあえずそれを真剣に考えた日は決して無駄にならないだろう。彼は車に乗りこみ、市役所には戻らない、と主任補佐に連絡を入れた。

自宅は市の中心部にあり、東部地区の大部分をカバーする地下鉄線の地上駅からそれほど遠くなかった。外科医の妻はまだ家に帰っていないだろう。今日は病院で夜勤のはずだ。子どもが二人おり、息子は軍隊に所属しているので、おそらくいまはガスマスクを首にかけ、重いマシンガンを持って、市境のどこかを守っているに違いない。娘は国際組織の秘書兼通訳として外国で働いており、それは広大かつ豪華な記念碑的本部ビルをもっとも重要な、もちろん政治的にだが、都市に擁《よう》している組織である。彼女にとって、公式の制度のなかで高く処遇され、恩恵が集まり、支払われ、ほどこされ、報われた父親を持つことが少しは役に立ったろう。このうえない助言でさえ、せいぜい半分守れたらいい方というが、市長も寝るまでには至らなかった。自宅に持ち帰った書類に目を通し、あるものについては決裁し、あるものは今後の検討課題として脇へ取りわけた。夕食の時間が近づいたのでキッチンに行き、冷蔵庫を開けたものの、食欲を刺激する物はなかった。妻が彼のためを思い、飢えさせないようにしてあったが、食卓をセッティングして、料理を温め、そのあとで皿洗いをするのは、今日の彼にとって超人的な努力のように思われた。市長は家を出て、レストランに行った。テーブルにつき、料理を待つあいだに、妻へ電話をかけた。仕事はどうだい、と彼がたずねた。たいした問題はない、そちらは。わたしは元気だ、ちょっと気分が落ち着かないけどね。理由は聞かないわ、この状況だもの。何か別のものだ、体内が震えるみたいな、影がさすとか、嫌な予感がするとか。あなたが迷信深いとは知らなかった。何事にも潮時はある。声が聞こえるけど、どこにいるの。レストラン、そのあと家に帰るか、さもなければそっちに立ち寄ってきみに会うかな、市長ならいろんなドアが開くから。わたしは手術中かもしれない、時間がかかるかも。なるほど、考えておくよ、キスを。こちらも。大きいのを。すごく大きいのを。ウェイターが料理を運んできた。お待たせしました、市長さん、ごゆっくりどうぞ。フォークを口に運んだとき、爆発がビルを揺るがした。最上階から一階まで、ガラスは内側も外側も割れ、砕け散り、テーブルや椅子はなぎ倒され、人びとが悲鳴やうめき声をあげ、何人かは負傷し、そうでなければショックで呆然としており、恐怖で震えが止まらない者もいた。市長はガラスの破片で顔を切り、傷から血を流していた。レストランが爆発による爆風をくらったのは間違いなかった。きっと地下鉄の駅よ、一人の女が立ちあがろうとしながらすすり泣きとともに言った。市長は傷にナプキンをきつく押しあてて、通りへと駆けだした。足元でガラスがばりばりと砕け、前方には分厚い黒煙の柱が立ちのぼり、上がる炎さえ見えたような気がした。これが起きたことだ、駅なのだ、と思った。手で顔を押さえていると動作がのろくなる、そう気づいたときからナプキンを捨てていた。そのせいで血は顔や首を自由につたい、襟《えり》に染みこんだ。緊急電話番号はまだ使えるだろうか、と考えながら市長は足をとめ、携帯電話でナンバーを押した。緊迫した声が出たので、すでに事件は連絡済みなのだとわかった。こちら市長だ、市の東部地区、地上にある地下鉄中央駅のなかで爆弾が爆発した、救助救援に動員できるものはすべて急行させろ、消防士、市民防衛隊員、ボーイスカウト、動ける看護師、救急車、応急処置機器、入手できるものはすべてだ、ああ、もうひとつ、退職した警官の住所を知る方法があれば彼らにも電話をして、援助に来るよう頼んでくれ。消防隊はもう急行中です、市長、われわれは全力で対処してます。市長は電話を切り、ふたたび走りだした。前方には人がおり、彼の脚は重く、鉛のようで、臭い濃い空気を吸うのを肺が拒んでいる感じがした。たちまち気管に痛みが走ると、それは加速度的に増した。駅まであと五十メートルに迫った。炎に照らされた汚い灰色の煙が、猛烈な勢いで立ちのぼっていた。何人が死んだだろう、だれが爆弾を仕掛けたのか、と市長は考えた。消防車のサイレンがぐんぐん近づいていたが、その音は助けに来たというより援助を求めるように苦しげで、角を曲がるたびに金切り声がいっそう鋭くなってきた。一台目が到着したのは、市長が大惨事を見に駆けつけた人込みを縫いながら前に進んでいるときだった。わたしは市長だ、どうか通してください、市長です。何度も繰り返すうちに、彼は痛々しい愚かさを感じていた。市長だからといって、すべてのドアが開くわけではないことに気づいたのだ。実際、すぐ近くにも、すでに永遠に人生のドアを閉じた人びとがいる。何分かして放水が始まるとともに、入口や窓だったところに空いた穴へ激しい水流が噴射され、さらにビルを濡らして延焼を防ぐため上層階に水が浴びせられた。市長は消防隊の指揮官に話しかけた。どう思う、隊長。これほどひどい現場は初めてです、事件の臭いがしますね。まさか、それはないだろう。わたしの印象ですよ、間違いだといいんですが。そのときテレビ局の中継車が現れ、続いて新聞関係者、ラジオ局の人びとがやってきた。いまや市長はライトとマイクに囲まれて、質問に答えていた。死亡者は何人ぐらいになると思いますか。これまでにどんな情報が入ってますか。けが人の数は。火傷《やけど》の被害者は何人でしょう。駅が平常営業を再開するのはいつになりますか。爆破の陰にどんな黒幕がいると思いますか。爆発の前に犯行予告はあったんですか。あったなら、だれがそれを受け取ったのか、そして事前に駅から人を避難させるために取られた方法は。今回の市の反体制運動に関係するグループによって実行されたテロ行為だと思われますか。この種の攻撃がまた起こるとお思いですか。市長として、市のただ一人の権力者として、必要な捜査をするにはどんな手段が自由に使えるのでしょう。質問の雨がやむと、市長はこの状況下で口にできる唯一の答えを返した。わたしの管轄外の質問については答えられないが、ほどなく政府から公式発表があると思う、それ以外の質問については、現在われわれは被害者を救うべく全力で人道的に対処している、としか言えない、とにかく何人かについては間に合うように願うだけだ。でも、死者は何人なんです、と記者の一人が食いさがった。われわれが焦熱地獄に入れたらわかるだろう、これ以上くだらん質問はやめてもらいたい。記者たちが、それはメディアへのまともな対応ではない、情報を提供する義務を果たすため尊重されるべきだと抗議したが、市長はこの共同会見を手短《てみじか》に打ち切った。今日、ある新聞が大胆にも大量の流血になると予言したが、今回それはなかった、火傷で血は流れず、ただ黒焦《くろこ》げになるだけだ、さあお願いだから、ここを通してくれ、これ以上わたしに言えることはない、確実な情報が入りしだいメディアには知らせよう。全体から不服の声がもやもやと上がり、後ろから、自分を何様だと思ってるんだ、という軽蔑にみちた言葉が聞かれた。しかし市長はどこから侮蔑の声が来たのか探そうともしなかった。この数時間というもの、本人も首を傾げていたのだ。わたしは自分を何様だと思っているのか、と。

　二時間後、鎮火が宣言され、さらに二時間ほど余燼がくすぶったが、それでもまだ死者の数は判明しなかった。約三十人、あるいは四十人ほどが、さまざまな程度の重傷者を含めて、爆発の中心から離れた場所にいたため最悪の事態をまぬがれ、病院へ救急搬送されていた。市長は余波がおさまるまで現場にとどまったが、消防隊の隊長に言われて初めて帰ることに同意した。休んだほうがいいですよ、市長、あとはわれわれに任せて、顔の傷も手当しないと、なぜだれも気づかないのかわからないですね、と。たいしたことじゃないよ、みんなもっと深刻なことで大忙しだ。そして彼はたずねた。このあとは。このあとは、死体を探して運びだします、ばらばらの場合もあるし、大半が炭になってます。わたしは耐えられるかな。その様子だと無理でしょう。臆病者だ。臆病かどうかなんて関係ないです、市長、最初はわたしも気絶しました。ありがとう、できることをしてくれ。もう最後の熾火《おきび》を消すだけです、何でもありません。ここに残ってくれるだけでも、ありがたいよ。その顔は煤《すす》けて黒ずみ、凝固した血で汚れており、彼は苦しそうに家に向かって歩きだした。全身に痛みがあった。あのように走り、緊張し、長時間立っていたせいだ。妻に電話をするのは無駄だろう。電話の相手がきっと言うはずだ、申しわけありません、市長、先生はいま手術中でして電話には出られません。通りの両側では、人びとが窓から様子を眺めているが、彼に気づく者はだれもいなかった。本物の市長なら公用車で動き、書類を持つ秘書がいて、道を空ける護衛が三人いるはずだが、そこを行くのはいまにも泣きだしそうな、汚れて臭いのする悲しい浮浪者、シーツを洗うバケツの水さえだれも貸してくれない幽霊だ。エレベーターの鏡には、爆発の瞬間に駅のロビーにいたら黒焦げになっていた顔が映っていた。恐ろしい、恐ろしい、と彼はつぶやいた。震える指でドアを開け、バスルームに入った。戸棚から救急箱を取りだした。衛生綿、オキシドール、ヨード系消毒液、大きなガーゼ付き絆創膏を何枚か。彼は思った。たぶん何針か縫う必要がある。シャツは、ズボンのウエストまで流れた血で汚れていた。思ったより出血していたな。上着をぬぎ、ネクタイの粘ついた結び目をほどいて、シャツをぬいだ。アンダーシャツも血だらけだった。まず体を洗わなければ、シャワーにするか、いや、だめだ、意味ないぞ、そんなことをしたらせっかく固まった血が流れて、また出血する、彼は低い声で言い、そうだ、やるべきなのは、そう、まずはあれだ。言葉はまるで彼がつまずいた死体のようだった。言葉が何をしたいのか、探さねばならなかった。死体を持ちあげなければならない。消防士と市民防衛隊の有志たちが駅に入っていくだろう。彼らは手袋で手を保護し、ストレッチャーを押していく。ほとんどの者が焼死体を運びだすのは初めてだから、その苦労がわかるはずだ。間違いなく。彼はバスルームを出て、書斎にやってくると机に向かって腰を下ろした。電話をとり、極秘の番号にかけた。午前三時になるところだ。声が返ってきた。内務大臣のオフィスです、どなたでしょうか。首都の市長です、緊急の用件なので、できるなら直接大臣に出ていただきたいのですが。少しお待ちください。少しは二分間だった。もしもし。大臣、数時間前に市の東部地区にある地下鉄の地上駅で爆発がありました、死者数はまだわかりませんが、すべての状況から多数であると思われます、負傷者が四、五十人ほど出ています。すでに聞いている。いま、わたしが電話しているのは、いままでずっと現場にいたからです。よくやった。市長は深呼吸をして、たずねた。あなたから話すことは何もないのですか。何について。爆弾を仕掛けたのがだれか、お考えはありますか。白票を投じたきみの友人たちが、直接行動を起こすと決めたのははっきりしているようだが。すみません、その説には賛成しかねます。信じようが信じまいが、それが真実だ。現在はそうであり、将来もそうなる、と。好きなように受けとればいい。大臣、こちらで起きたことは凶悪な犯罪です。それは正しいと思うよ、そう呼ばれてるものだ。爆弾を仕掛けたのはだれです。きみは気が動転しているようだな、よく休んで、昼間にまた電話してくれ、午前十時以降に。爆弾を仕掛けたのはだれですか、大臣。きみは何かをほのめかしてるのか。質問はほのめかしじゃありません、この瞬間われわれが同じことを考えているとしたら、それはほのめかしになるでしょうが。わたしの考えが市役所のトップの考えと一致することはありえない。今回は一致しています。注意したまえ、きみは一線を越えている。いや、越えていません、たどり着いたところです。何が言いたい。爆破事件の直接の責任者と話してるところだと。きみの頭はどうかしているぞ。そうなりたいくらいです。政府の一員を疑うなど前代未聞だ。大臣、たったいま、わたしは包囲された市《まち》の市長を辞めさせてもらいます。明日また話そう、いずれにしてもきみの辞任は受け入れないと憶えておいてくれ。いずれ辞表は受けとっていただきます、死んだものと思ってもらって。その場合、政府を代表して警告するが、きみはひどく後悔するだろうし、この件に関して沈黙を守らなければ後悔する暇さえないだろう、死んだと思ってと自分で言うくらいだ、きみにしてみればたいした犠牲じゃないと思うが。人がここまでできるとは想像もつきませんでした。向こう側で電話が切れた。市長だった男は立ちあがり、バスルームに行った。服をぬぎ、シャワーを浴びた。熱い湯がたちまち傷口を覆う凝血を溶かし、血が流れだした。消防士たちは一人目の焦げた死体を発見していた。

死者は二十三人にのぼった、瓦礫《がれき》の山の下から、さらに何人発見されることになるかわからない、少なくとも二十三人だよ、内務大臣、と首相はテーブルに広げた新聞を右手の手のひらで叩きながら繰り返した。メディアは、白者《しろもの》の反乱に関連するテロリスト集団の犯行だという見方で、ほぼ一致しています、首相。最初に言っておくが、わたしの前で、白者という言葉を使わないでもらえればありがたい、たんなる趣味の問題で、べつに意味はないんだが、第二に、ほぼ一致して、という表現はどういう意味か説明してくれ。それは二つの例外があるという意味です、二つの小さな新聞は、流れはじめた見方を受けいれず、徹底した捜査を要求しているのです。おもしろいね。これを読んでください、首相。首相は声をあげて読んだ。われわれは知りたい、どこから命令が下されたのか。それからこちらも、それほど直接的ではありませんが、同じ方向を指しています。われわれは真実を求める、それでだれが傷つこうとも。内務大臣は続けた。憂慮すべきことではないし、心配する必要もありません、むしろこうした疑惑の声をあげてもらう方が、すべてご主人様の声だと言わせないでおけます。二十三人か、死者の数がそれ以上になっても心配ないのかね。想定内のリスクです、首相。起きたことからすると、かなりまずい想定だ。はい、首相はそう思われるでしょう。われわれとしては、もう少し力の弱い、脅しになるくらいのものを考えていたんだ。残念ながら、任務を伝達する過程に何か欠陥があったに違いありません。原因がそれだけだと確信できればよいが。命令は間違いなく下されました、首相、請け合えます。信じるよ、内務大臣。それだけの価値があります。価値はあるかな。いずれにしても、死者が出ることは確かでした。しかし二十三人ではない。かりに三人ですんだとしても、これくらい死ぬ可能性があったのです、数は問題じゃありません。いや、やはり数は問題だ。お言葉ですが、目的を達成するためには手段を選ばず、です。よく聞く理屈だ。これが最後でもありません、次にお聞きになるときはわたしの口からじゃないとしても。内務大臣、ただちに調査委員会を指名してくれ。どういう結論を出すためでしょう、首相。委員会を立ちあげて、会合を始めるんだ、あとは様子見だよ。大変いいですね。被害者の家族には必要な援助を遺漏《いろう》なくおこなうように、死亡者も、入院した者もな、市役所に埋葬の準備をさせておけ。取り込んでいてお知らせするのを忘れていましたが、市長は辞任しました。なぜ辞任した。正確に言えば、辞任を表明しています。辞任したか、まだなのかはどうでもいい、理由を聞いてるんだ。爆発の直後に駅に到着して、神経をやられ、見たものを認められなくなったのです。だれしもそうだろう、わたしだって認められんよ、内務大臣のきみもそのはずだ、だから、そんなふうに突然辞めるからには別の理由があるんじゃないか。政府がしたことだと考えています、たんに疑ってるのではなく、言い切っています。彼が二つの新聞に入れ知恵をしたのか。正直なところ、首相、そうは思いませんし、その責めはわたしが引き受けます。あの男はこれからどうする気だろう。妻が病院の医者をしています。ああ、わたしも彼女を知ってるよ。彼が職を見つけるまで、二人で生きていかなければなりません。そのあいだは。そのあいだは、首相、おっしゃることがそれならば、最大限厳しい監視下に置きます。あの男の頭でいったい何が起こったのかな、信用できるやつに見えたが、忠実な党員で優秀な政治的キャリアと将来もあったのに。人間の頭は必ずしも住んでいる世界と完全に一致するとはかぎりません、人によっては現実になった事実に適応できなくなります、基本的には弱く混乱した精神に原因があり、自分の臆病さを正当化するため、ときには巧みな言葉でごまかすのです。この件ではきみもなかなかの人間通じゃないか、その知見は自分の経験から得たものかね。そうだとしたら、政府の要職である内務大臣になれたのは、そのおかげでしょうか。いや、そうは思わんな、だがこの世界は何でもありだ、われわれのもっとも優秀な拷問のエキスパートたちも、家に帰れば子どもたちにキスをし、なかには映画を見て泣く者もいる。内務大臣とて例外ではありません、わたしは感傷的な男です。それを聞いて嬉しいよ。首相はゆっくり新聞をめくり、嫌悪と不安を浮かべながら一枚一枚写真を見て言った。たぶんきみは、なぜわたしがきみを解任しないのか知りたいんじゃないか。はい、首相、理由を知りたく思います。わたしがそうしたら、人はどちらだろうかと考える、どちらもきみの罪の性質や程度には関係ないが、ひとつはわたしが本件の直接の責任がきみにあると考えた、もうひとつは、首都にその運命を預けるにあたりこの種の暴力事案が起こることを予見できなかったきみの無能さを罰した、そのいずれかだ。はい、そうした理由は考えていました、ゲームのルールは心得ています。もちろん、三番目の理由はありうることだとしても可能性はないから問題外だ。それはどういう理由です。この襲撃の内幕を世間に暴露した。首相、あなたは内務大臣というものを、だれよりもよくご存じです、世界中のどの国でも、どの時代でも、内務大臣が職務を遂行する際の苦悩、悲哀、裏切り、犯罪について口を開いたことはありません、ですからこの件でも例外はないとご安心ください。もしわれわれが爆弾を仕掛ける命令を出したと知られたら、白票を投票した人びとに、彼らが必要とする最終的な動機を与えることになるだろう。お言葉ですが、首相、それは筋道にはずれた見方だと思います。どうして。こう言ってよければ、首相のいつもの厳しい考え方を反映していません。説明してくれ。発覚しようがしまいが、もし彼らが正しいとなれば、以前から正しかったことになるだけです。首相は新聞を顔から遠ざけて言った。あらゆることが魔法使いの弟子を思い出させるね、自分が動かした魔法の力を制御できなくなる男を。この事件で言えば、首相、魔法使いの弟子はだれでしょう、彼らか、われわれか。両方じゃないかと心配になるよ、彼らは闇の細道に入りこみ、後のことを考えもしなかった。そして、われわれはその後を追っている、ですか。そのとおり、さて、次の動きはどうなるかが問題だ。政府側からすれば圧力をかけつづけるしかないですが、事件の直後ですから新たな行動は起こせません。彼らの方は。ここに来る前に受けとった情報が正しければ、デモを準備しているようです。そんなことをして何を実現したいのか、デモは何の役にも立たないし、そうでなければわれわれも許可を出さないよ。爆破事件に抗議したいだけでしょう、内務省の許可について言えば、今回は申請する手間もはぶけますからね。われわれはこの混乱から抜けだせるのか。首相、これは魔法使いの問題ではありません、師匠や弟子も関係なく、最後には一番強い力を持つ者が勝つのです。最後の瞬間には最強の者が勝つ、か、われわれはまだそこに至っていないし、われわれの力もそこまで強くないかもしれない。わたしは自信があります、首相、組織化された国がこうした戦いに負けることはありません、そうでなければ世界の終わりです。あるいは別の世界の始まりだね。その言葉をどう考えるべきかわかりません、首相。そうだな、首相が敗北主義的な考えだと言いふらすなど考えるなよ。夢にもありえません。それは結構。首相の話はあきらかに仮定のものでしょう。そういうことだ。これ以上必要がないなら、仕事に戻らせていただきます。大統領がすばらしいアイデアを思いついたと言っていた。どんなものですか。くわしくは説明したくない様子でね、状況を見ているのだろう。何かに役立つことを期待しましょう。なにしろ国家元首だからな。心得ております。情報は必ず耳に入れるように。はい、首相。では、のちほど。またお目にかかります、首相。

　内務省に届いた情報は正しく、市ではデモの準備が進んでいた。最終的な死者数は三十四人にのぼった。どこからどのようにして生まれたのかだれも知らなかったが、遺体は普通の死者として墓地に埋葬するのではなく、永遠にいつまでも《ペル・オムニア・セクラ・セクロルム》地下鉄駅前の緑地の墓に弔《とむら》うべきだという考えを、みんながただちに受けいれた。ただし数は多くないものの、右派の政治信念を持ち、メディアが主張するように、爆破が法に背く陰謀に直接関与するテロリスト・グループの犯行だと頑なに信じる一部の家族は、無実の死者を地域社会に引き渡すことを拒否した。そう、彼らには何も罪はない、と声をあげたのだ。故人は自分や他人の市民の権利を尊重してこれまでの人生を過ごしてきた人びとであり、父母《ちちはは》や祖父母のように投票し、秩序を守っているのに悲惨な暴力事件の犠牲になった殉教者なのだからと。彼らはまた別の口調で、たぶんそうした市民的連帯感の欠如があまり騒ぎにならないように、自分たちには歴史的な地下墓所があり、死後もともに暮らしてきた深い根を張る家族の伝統は、それこそ永遠にいつまでも《ペル・オムニア・セクラ・セクロルム》守らなければならないと主張した。したがって集団埋葬は三十四名ではなく二十七名のものとなった。それでも数が多いことに変わりはない。だれに派遣されたのか、内務大臣が後任の指名に必要な承認をするまで指揮官不在となった市役所でないのは確かだとしても、いま言ったようにだれの指示か不明なまま、何本もの腕を持つ巨大な重機が緑地に現れた。いわゆる多目的マシンの一種である。かりに伝統に根ざした墓地の墓掘り人たちが鍬と鋤を使って人力でしようとやってこなかったら、これが巨大な早変わり芸人のように、溜息をついているあいだに一本の木を根こそぎ引っこ抜き、アーメンを唱え終わらぬうちに二十七の墓穴を掘ることだってできたはずだ。重機はじゃまになる六本の木を引っこ抜くために投入されたもので、そのあとローラーで踏み固められ、平らにならされた土地は、生まれたときから聖地であり永遠の休息所であるかのようになり、さらにまたそれが、つまり重機が、別の場所に木々を植えて木陰をつくった。

爆破事件の三日後、早朝に人びとが通りへ繰りだしてきた。彼らは無言で、重々しく、多くが白旗を持っており、全員左腕に白い腕章をつけていた。葬儀屋たちに弔いの象徴が白色であってはならないと言わせてはならない。すでにこの国ではそうなっており、また日本は言うまでもなく中国ではつねにそうだったし、彼らの事件ならいまは全員が青を着るだろうとわかっているのに。十一時、広場はもう埋まっていたが、聞こえるのは群衆の巨大な息づかい、肺から空気の出入りするくぐもった音だけで、入ったり出たり、出たり入ったり、ある瞬間までわたしたちが文を終わらせようとしないのは、ここに来ていた人、生き残った人たちにとって、まだ潮時が来ていないからだ。無数の白い花々が見えた。大量の菊、バラ、ユリ、カラーリリー、半透明の白さのあるサボテンの花、真ん中の小さな黒い点がゆるされた数千本のマーガレット。棺は十五メートルごとに置かれ、それが故人の親戚や友人たちの肩にのせられ、列になってかつがれて墓へと運ばれた。到着すると、埋葬業者の年季の入った指示のもとロープでゆっくりと降ろされ、穴底で半ばからっぽの音を響かせた。駅舎の廃墟はまだ燃えた人体の臭いを放っているように思われた。一部の人にしてみれば、こうした感動的な儀式、集団の悲しみの胸打つ葬送が、この国に根づいたさまざまな宗教団体が推奨する儀式を使うことで間違いなく得られる慰めによって飾られなかったのは、理解しがたいことだったろう。こうして死者の魂からは一番の安らぎが奪われ、生者の地域社会からは迷える住民を囲いへと導くのに貢献したかもしれない教会統一運動の実演チャンスが奪われたのだ、と。この残念な不在の理由は、さまざまな教派の教会が、少なくとも戦術的に、より深刻になれば戦略的に、白い反乱との共謀を疑われて標的にされる恐れを抱いたから、だとしか説明できない。また、首相が個人的にかけた、同じテーマのほぼそっくりな数本の電話も、儀式の不在に無関係だったはずがない。一国の政府にとってはですね、そちらの教会が葬儀に参加すれば、気持ちの上では正当化できても、合理的かつ憲法にのっとった民主主義制度に対して頑固に組織的な離反をしてきた首都の人口の大きな部分を、思想的にではないとしても、政治的に支援したとみなされてしまいますよ、結果的に利用されるというのも大いに残念ですな、などと。したがって埋葬は誠実に宗教色のない世俗的なものだった。とはいえ、それはあちこちで個人的な祈りが無言で捧げられ、その声がさまざまな天に昇って、慈悲深い同情をまじえながら歓迎されなかったというわけではない。墓がまだ開いているあいだに、ある人があきらかに善意から一席ぶつために前へ出てきたが、すぐさま周囲の人びとに制止された。演説は結構です、わたしたちはそれぞれの悲しみを抱え、全員が同じ哀れみを抱いているのです、とそこで物静かに告げた人は正しかった。それに、欲求を満たせなかったある人の考えたことが二十七人の男女と何の歴史もない幼い子どもへの弔辞だとしたら、それは無理な話だったろう。無名の兵士たちなら彼らから生前使っていた名前を奪うこともなく、わたしたちが望めば彼らにふさわしい正当なあらゆる栄誉を与えることができる。だが、身元不明者さえ二、三人いる、多くが特徴をなくした死者たちに何か望みがあるとすれば、それは安らかに眠らせてもらうことしかない。物語の適切な順序に関心のある几帳面な読者は、なぜ通例不可欠なＤＮＡ鑑定がおこなわれなかったのか知りたいところだろう。正直に言うなら、わたしたちはまったく知らない、としか答えようがないのだが、あの有名な酷使された表現を想像することは許されていい。われわれの死者、である。このごく普通の、愛国的な熱弁で使われる決まり文句は、ここでは文字どおりに受けとられていたはずだ。つまり、死者たちは、すべてがわれわれ自身のものであり、特定のだれかを独占的に、とくに、もはや証明するまでもない共同所有権を裏付けるために、血のつながりなどすべての要素を考慮するＤＮＡ鑑定を含めて、個人的なものにするべきではなかった。だからあの男は、かりに女でないとしたらだが、前に記した言葉を口にしたとき、強い動機を持っていたのだ。わたしたちはそれぞれの悲しみを抱え、全員が同じ哀れみを抱いているのです、と。そうこうするうちに、土はシャベルで墓穴に戻され、花々は等分にして配られ、泣く理由のある人は他の人に抱かれ、慰められた。痛みがあまりに近いとき、そうしたことができるものなら。それぞれの人の、それぞれの家族の、愛した人がここにいる。どこにいるのか正確にはわからない。この墓かもしれないし、あの墓かもしれない。だから、精一杯わたしたちにできるのは、すべての墓に向かって泣くことだ。どこで学んだのか知るよしもないが、むかしある羊飼いがとても正しいことを言った。会ったことのない人を泣いて悼むほど尊敬に値するものはない、と。

　こうした物語が脱線するときの難点は、わたしたちが押しつけがましい寄り道に取りこまれているあいだに、ほとんど気づかないまま、当然ながらさまざまな出来事が待っておらず、すでに先行していることを、予想した矢先なのにもかかわらず知るのが遅すぎることである。これから起こることを予告するのは自分の商売を知る物語作家の基本的な義務なのだが、ここでは、すでに起こった出来事を申しわけなく告白する以外に救いの道はなさそうだ。わたしたちの予測に反して群衆は散らばらず、デモは続き、いまは道幅いっぱいに広がっていっせいに移動しながら、叫び声が示すように大統領の宮殿へと向かっていた。その途中にはまさに首相官邸があった。デモの先頭についていた新聞、ラジオ、テレビの記者たちは緊張してメモをとり、電話でニュース編集室に事態を説明しながら、職業人として、そして市民としての懸念を興奮して吐きだしている。だれもがこの先どうなるか、わかっていないようですが、大統領の宮殿に突入するのではないかと十分心配されますし、ということは首相官邸もまた襲撃する可能性がかなり高いのではないか、それだけでなく手前にあるすべての省庁も対象から除外できない、そう言わざるをえません、これはわたしたちが腰を抜かすような世界滅亡の黙示録的予言の果実ではなく、ここにいる人びとの醜悪な顔を見れば十分で、それぞれの顔が血と破壊を求めていると言っても決して誇張ではないことがわかります、そして残念な結論に至るのです、全国のみなさんに向けて声をあげるのは大変つらいことではありますが、他の分野では有能さを発揮して正直な市民たちから賞賛されてきた政府が、今回、怒れる暴徒たちの本能に市をゆだね、街の通りで父親のように説得する警察という存在も、機動隊も、催涙ガスも、放水車も、犬もなく、ひとことで言えば歯止めを欠いたまま首都を去ったのは非難すべき軽率さでした。破滅的状況を報道するメディアの中継は、十八世紀後半様式の建造物である優雅な首相官邸が視野に入ったとき、ヒステリーの最高潮に達し、記者たちの大声は金切り声に変わった。まさに、いま、いまなら何が起きてもおかしくありません、聖母よ、われらをお守りください、祖国の輝かしく畏敬された精神よ、のぼった人の高みからこの怒れる人びとの心をお鎮めください。実際、何が起こっても不思議はなかった。しかし、結局何も起こらなかった。ただデモが止まっただけで、いまは周りに庭園のある官邸が一角をしめる交差点に小さな集団がおり、残りは歩道にあふれだして、あちこちの広場や周辺の街路へと分かれていた。警察の熟練した集計者がまだここにいたら、全部合わせてもせいぜい五万人くらいだと言ったはずだ。正確な数はその十倍だった。わたしたちが一人一人きちんと全員を数えた結果だから、それが正真正銘の人数である。

　デモの動きが止まって、絶対的な静寂に包まれたときだった。抜け目のないテレビ・リポーターが海のような人の頭のなかで顔の半分を大判のガーゼでおおった男に目をとめた。隠されていてもまだ特徴があり、幸運にも、その目から平常時の面影が一瞬のぞいたので、なおさら簡単に確信が持てた。無傷の側と、傷ついた半分とで確かめられたというわけだ。リポーターはカメラマンを後ろに引き連れて、群衆をかきわけていった。両側にいる人びとに、すみません、すみません、通してください、ちょっとどいて、とても大事なことなんで。やがて近くにやってくると、市長、市長、すみません、と言いながらもそれほど丁重な考えは持っていなかった。こいつはこんなところで何をしてるんだ、と。リポーターというものは、たいてい記憶力がよくできている。このリポーターも爆破事件の夜に記者団が公開の場で、市長から不当な怒りを向けられたことを忘れていなかった。いまこそ彼らの痛みを市長が思い知るときだ。リポーターは相手の顔にマイクを突きつけ、こっそりカメラマンに、録画を始めろ、こいつをぼこぼこにしてやれ、という合図を送った。現況からすれば、たぶん両方を同時にという意味だろう。市長、こんなところでお会いするとは呆気にとられました。呆気にとられたとは、なぜだね。いま言ったように、こんな反抗的な場所で見かけるとは。わたしも市民の一人だよ、自分なりに自分を表現できるし、いまは許可を得る必要もないからなおさらだ。でも、あなたは普通の市民じゃありません、市長です。いや、そうじゃない、わたしは三日前に市長を辞めたんだ、もうニュースが流れてると思っていたが。初めて聞きました、われわれはまだ議会からも政府からも公式の告知を受け取ってませんよ。まさか記者会見を開いてほしいなんて言わないだろうね。辞任したんですね。いや、職を捨てた。なぜです。答えはひとつだ、口は開《あ》けない、この口は。首都の人びとは自分たちの市長がなぜそうしたのか、理由を知りたがるでしょう。繰り返すが、もう市長ではない。なぜ彼らの市長が反政府デモに参加してるんですか。これは反政府デモじゃないよ、悲しみのデモだ、人びとは死者を埋葬するために出てきたんだ。死者はすでに埋葬されました、なのに、デモはまだ続いてます、それをどう説明しますか。この人たちに聞いてくれ。いまはあなたの意見に興味があります。この人たちの行くところに、わたしは行くよ、他にはない。あなたは白票の投票者、白者《しろもの》に、共感してるのですか。彼らは思いのままに投票した、わたしが共感するかどうかは関係ない。あなたの政党ですが、あなたがデモに参加したと知ったら何と言うでしょう。政党に聞いてくれ。処分されてもかまわないのですか。そうだ。なぜそんなに自信を持ってるんです。ごく単純な理由だ、わたしはもうその政党にはいない。除名されたと。いや、自分から脱退した、市長の職を捨てたように。内務大臣の反応はどうでしたか。大臣に聞いてくれ。市長の後継はだれですか、そもそも引き継ぎがあるんですか。調べればいい。これからもデモでお会いしますね。来てみれば、わかるだろう。これまでの政治キャリアをずっと築いてきた右派党を出て、左派党に行ったと。いつの日か、自分がどこに行ったのかわかればいいが。市長。そう呼ばないでくれよ。すみません、つい習慣で、正直なところこちらも動揺してまして。気をつけるんだな、モラルの迷いに、見たところきみの困惑はモラルにあるらしい、それが不安に通じる小道の第一歩なんだ、その後はきみたちの大好きな言葉どおり、何が起きても不思議はない。なんだか混乱してます、自分が何を考えてるのかわからないんです、市長。録画を消すことだ、きみの上司はその最後の言葉が気に入らないかもしれない、それに、頼むからもう市長と呼ばないでくれ。すでにカメラは切ってます。それはよかった、きみも手間がはぶける。うわさじゃ、デモは大統領の宮殿に向かうようですが。主催者に聞いてくれ。どこにいるんです、それはだれですか。全員であり、だれでもないのだと思う。指導者がいるはずですよ、こういう運動は集団で組織したものじゃないし、自発的な発生はありえない、ましてやこれほど大規模な大衆行動は。今日までは、ひとつもなかった。つまり、あなたは白票投票運動が自然発生だとは思わないのですね。きみはずいぶん乱暴な推論をするんだな。あなたはこの事態にくわしくないふりをしているが、もっと深く知ってるような印象を受けます。人には、思っていたよりずっと深く自分が知っていたとわかるときが、つねに来るものだよ、さあ、そろそろ解放してくれ、質問する相手を見つけて自分の仕事をしにいってこい、頭の海がもう動きはじめているぞ。どうにも気になるのは叫ぶ声がひとつもないことです、怒鳴り声も、歓声も、悲鳴も、人びとが訴えたいスローガンもなく、ただ背筋が凍りつくような不吉な沈黙しかなくて。恐怖映画の決まり文句は考えなおしたほうがいい、たぶん、結局、人びとは言葉に飽きただけなのかもしれない。人が言葉に飽きてしまったら、わたしは失業です。今日一日、きみはきっとそれより確かなことは言わないんじゃないかな。それじゃ、市長。これで最後だ、市長じゃない。デモの先頭が向きを九十度変えて、いまは急な坂道をのぼりだした。その先には長く広い大通りがあり、それに突きあたって右に曲がると、川からの涼しい風がデモの先頭を吹きぬけていくだろう。大統領の宮殿はそこから舗装道路で二キロほどだった。リポーターたちはデモを追うのをやめ、急いで宮殿前に陣取るよう指示されたが、現場でも、本社報道室の待機組でも、ニュースのプロたちの一般的見方は、大方ニュースのおもしろさという点で今回の取材は純粋に金と時間の無駄だった。あるいは、さらに強い表現を使うなら、メディアのタマへの下品なビンタであり、あるいは、もう少し繊細で高級な言葉を使えば、報道に見合わない貧弱さだった。こいつらはデモが下手だよ、と彼らは言った。せめて石を投げるとか、大統領の肖像画を焼くとか、窓ガラスを何枚か割るとか、昔の革命歌のひとつも歌うとか、世界に自分たちがまだ埋められたばかりの者たちのように死んではいないのだと示すことが何かできるはずだよ、と。このデモは彼らのそうした期待を盛りあげなかった。人びとはやってきて広場を埋め尽くし、三十分ほど黙って閉ざされた宮殿を見つめながら立っていたが、そのうち徐々にあちこちへ散りはじめた。ある者は歩いて、ある者はバスで、ある者は思いやりのある他人の車に同乗して家路についた。

この平和なデモは爆弾ができなかったことをした。右派党と中道党の忠実な投票者たちは不安と恐怖に駆られ、それぞれが家族会議を開き、それぞれの城にいながら、しかし熟考のすえに満場一致で市を去ることに決めた。状況が生みだしたものを検討した彼らは、明日また別の爆弾がどこかで爆発し、街路が何の罪にも問われない人びとに乗っ取られかねないことから、とくに平和の確固とした擁護者と無秩序を煽《あお》る者たちを一緒くたにして同じ厳罰を下すという恥ずべき不当行為に、つまり包囲作戦に、設定された厳格な変数《パラメトロス》の見直しを求めて政府を説得するべきだと考えたのだ。やみくもに冒険に乗りださないように、各省庁に通じている一部の者が、すでに自国内に幽閉された身の上だと言いはじめた十分動機のある人びとの自由な地域への移動ができるように、公認か黙認かはともかく、承認を出しそうな政府の部署に電話で個人的に打診した。回答は全体的にあいまいで、ある部分は矛盾しており、この問題に関する政府の態度の明確なスタンスを引きだすものではなかったが、とりあえず、いくつかの条件が合致し、いくつかの物質的補償が合意されるなら、それぞれに温度差があり、またすべての要望が必ずしもかなわないとしても、脱出の成功は少なくともの想像ができる、言いかえれば少なくとも希望が持てる、有効な仮説として立派に成り立つものだった。車列を組織する責任を負う委員会が、両方の党の違う分野からやってきた同数の武闘派でつくられ、首都のさまざまな道徳的および宗教的機関から迎えたコンサルタントの助言を得ながら、一週間にわたって極秘裏に議論を重ねたあげく、ついに大胆な行動計画を書きあげた。これは中道党の博学なギリシャ人学者の提案により、一万人の集団脱出を記念してクセノポンと名づけられた。* 移住に応募した家族は三日しか準備期間が与えられず、彼らは鉛筆を手に、目尻に涙をにじませながら、何を持ちだそうか、何を残していこうかと決めていった。わたしたちの知る人間性には、わがままな気まぐれの例に事欠かない。動揺するふりをしたり、わざと安手の感傷にひたってみせたり、あざむく誘惑の手管を使ったり、といったものだが、なかには賞賛に値する断念の例もあり、見上げた自制心でこうしたそぶりをつらぬけば、最後には創造という巨大なプロジェクトのなかの小さな役割を果たすことも考えられるのである。脱出は四日目の夜明け前と決まり、ちょうど激しい雨と予報されているので好都合だった。とはいえこれは挫折ではなく、それどころか、この集団移住に記憶に残る英雄的行動という味をくわえて、民族の美徳のすべてが失われてはいない明快な証拠として家族の年代史に刻まれることだろう。天候が穏やかなとき一台の車に一人を乗せて静かに運ぶのと、空から落ちてくる滝のような水を防ぐため狂ったようにワイパーを作動させなければならないのとでは、話が全然違う。委員会で徹底的に議論されることになる深刻な問題は、白票の投票者、通称白者《しろもの》たちがこの大量脱出にどう反応するかだった。ここで頭に入れておくべき重要なことは、懸念をおぼえる家族の多くが共同住宅のビルに住んでおり、そこには他の政治思想を持つテナントも住んでいることである。彼らはもしかしたら嘆かわしい報復主義者かもしれないのだ。

* 古代ギリシャの軍人で哲学者であるクセノポンの「アナバシス」に書かれた故事による。

少し控えめに言えば、脱出者が脱出しにくいようにするとか、より荒っぽく、脱出そのものを阻止するかもしれない。車のタイヤを切られるぞ、と一人が言った。踊り場にバリケードをつくるとか、ともう一人が言った。エレベーターが止められる、と三人目。車のキーホールにシリコンを埋めこむ、と一人目が増強した。フロントガラスを割られる、とこれは二人目。われわれが家を出ると叩きのめしにくるんだ、と次の者が警告した。おじいさんを人質にするそうだ、ともう一人が溜息をついた。無意識のうちに自分がそうなりたいと思わせる手を使ってね。議論は続き、ますます白熱した。そのうちある者が、デモに参加した何万という数の人のふるまいは、どこから見ても非の打ちどころがなかった、と注意をうながした。あれは模範的とさえ言えるし、態度を変えるだろうとあまり恐れなくてもいいんじゃないか。それに、われわれを厄介払いできれば、向こうだって安心するしね。それは大いに結構だ、と疑り深い人が割りこんだ。彼らは規律的で礼儀正しいすばらしい人たちかもしれないが、残念ながらわれわれが忘れてることがあるよ。なんですか。爆弾だ。前のページでのべたことだが、この委員会は、ある人が公民の救出と名づけることを思いつき、すぐに思想的理由だけでなく却下されたように、幅広く代表者が集まっており、二十四人以上にのぼる頭数がテーブルを囲んでいた。このときの反応は書いておく価値がある。出席者はそろってうつむき、そのあとの会議のあいだ、社会の基本ルールを無視した軽率な男をとがめるような視線が黙らせた。絞首人の家でロープの話をするのは無礼だ、というわけである。この恥ずかしい出来事にはひとつの救いがあった。おかげで筋道の立った明快で楽天的な主張に全員が同意したからだ。のちに起きたことで、その正しさは証明された。予定された日の午前三時、政府のときのように、家族たちは家から出始めた。大小のスーツケース、いろいろなバッグ、鞄、紐掛けの荷物、猫と犬、引っぱりだされた睡眠中の亀、日本の金魚鉢の金魚、インコの入った鳥籠、止まり木にとまったコンゴウインコなどを持って。しかし、他の住人のドアは開かず、踊り場に出てきて脱出する様子を見物もせず、冗談のネタにする者も、侮辱する者もいなかった。雨が降っているからではなく、だれ一人として、大急ぎでいく旅の隊列を眺めようと窓辺に出てくることはなかった。当然、さぞかし騒がしかっただろう。あらゆる使い古しの生活道具をがたがたと階段から引きずりおろし、機械音とともにエレベーターで上がり下がりし、ああしろこうしろと声がかかり、突然の注意が飛んだ。ピアノに気をつけろ、ティー・セットに気をつけろ、銀の盆に気をつけろ、肖像画に気をつけろ、おじいさんに気をつけろ。つまり、他の住人たちは当然ながら目覚めていたのである。ただしだれでもベッドから出て、ドアの覗き穴から見ようとはしなかった。たがいにシーツにくるまりながら言っただけだ。出ていくんだな、と。

ほぼ全員が戻ってきた。数日前に内務大臣が使った言葉がそっくりここでも響いており、それは首相に、仕掛けるように命じた爆破物と実際に爆発したものの威力が違っていた理由を説明したときのことだが、この集団脱出行の場合もまた指揮系統に重大な欠陥があったのである。経験上よくあるように、多くの条件とそれぞれの状況を注意深く検討したにもかかわらず、思いがけない逆境におちいり、その責任を被害者自身が分かちあうことは珍しいことでもない。政治的交渉に忙殺されたあげく、やがて判明したのだが、どれもがクセノポン計画の完璧な脱出を実行する点で、適切な意思決定レベルではなかったのだ。忙しい委員会のメンバーは前線に立つ軍には脱出について知らせず、同じくらい重要な根回しもしていなかった。それでもわずか六家族ではあったが、ごく一部はどうにか市境の検問所を通過した。とはいえ、それは指揮担当の若い下士官が、脱出者たちから政府への忠誠と思想的潔白、さらには政府によってこの脱出は承認され、許可を得ているのだと、しつこく何度も訴えられて説得されたからだ。しかし彼は突然疑念に襲われ、それをとりのぞくため近隣の検問所二カ所に電話をかけた。すると、それぞれの同輩が親切にも、彼らの任務は封鎖当初から、たとえ苦境にある父親を救うためであっても、わが子の出産に立ち会うためであっても、だれ一人通過させてはならないのだと教えてくれた。下士官は決定を誤ったと煩悶し、これが命令に対する言語道断かつ計画的な不服従とみなされ、軍法会議と最終的には階級降格処分になることまで思い浮かべた。彼はただちに検問所をブロックしろと叫び、屋根まで荷物を満載した車やヴァンからなる脱出の車列は、そこでも何キロもの長さにわたって路上で立ち往生することになった。雨は降りつづいた。言うまでもないことだが、突然責任に直面した委員会のメンバーは紅海が左右に開くのを座して待つわけにはいかなかった。彼らは携帯電話を手に、それほど苛立《いらだ》たずにベッドから出てくれる有力者たちを起こしはじめた。かりに防衛大臣が猛烈な執念を見せなければ、このもつれた一件も、頭をかかえた脱出者たちの望みどおりに解決して終わった可能性はきわめて高い。大臣は頑としてゆずらず、わたしの命令がなければだれも通さない、と言った。もうお察しだろうが、委員会は彼のことを忘れていたのだ。ただし、必ずしも防衛大臣がすべてではない、防衛大臣の上には服従と敬意が求められる首相がおり、さらに上位にはそこまでの権力はないとしても、同様の服従と敬意が必要な大統領がいる、と言う人もいるはずだ。正直な話、後者はほとんど形式的なものだが。たしかにそういうわけで、首相と防衛大臣のあいだで激しく言い争う場面があり、双方が曳光弾《えいこうだん》を集中砲火で浴びせあうように言い分の火花を散らしたあと、最後には大臣が降伏した。ひどく気を悪くしたのは確かだった。たしかに、とことん不満そうだったが、ともかく引き下がったのだ。答えの出ない議論のなかで、首相がいかにして抵抗する相手を従わせたのか、知りたくなるのは人情だろう。それは単純で直接的な指摘だった。大臣、頭を働かせたらどうかな、われわれに投票した人たちに今日ドアを閉めたら、明日はどんな結果になるか想像するんだ。わたしの記憶では、閣議決定された方針は一人も出すな、です。きみの記憶力はたいしたものだ、しかし命令というものは場合によって幅を持たせなければならない、とくに利害がからむときは、いまがまさにそうなんだ。ついていけません。説明しよう、いずれ破壊工作がつぶれ、この問題が解決して人心が落ち着いたら、われわれはまた選挙をやるわけだ、そうじゃないかね。そうです。そのとき、われわれが拒絶した人たちがまたわれわれに投票するという確信が持てるだろうか。たぶん投票しないでしょう。われわれにはその票が必要なんだ、中道党が追ってきていることを忘れるな。なるほど。だったら、彼らを通すように命令しろ。おっしゃるとおりに、閣下。首相は電話を切ると、腕時計を見て妻に言った。もう一時間半か二時間は眠れそうだ、そして言い足した。あいつは次の内閣改造でお払い箱になるね。あなたも人から見下されないようにしないと、と伴侶が言った。だれからも見下されたりしないよ、ただ気性の良さが悪用されてるだけさ。同じことじゃないの、と彼女は話を終わりにして明かりを消した。五分もたたないのにまた電話が鳴った。やはり防衛大臣だった。すみません、せっかくの寝入りばなを邪魔したくないのですが、残念ながら選択の余地がなく。こんどは何だ。われわれの気づかなかった細かい点が。どういう細かい点だね、首相はわれわれと聞いて苛立ちを隠さなかった。単純ですが、見逃せません。もったいぶるな、時間の無駄だ。首都を脱出しようとする人がすべてわが党の支持者だと、どうしたら確信が持てるのでしょうか、選挙でそう投票したんだと言われて、それが信用できますか、道に延々と待機している何百台もの車列に、わが国の汚染されていない地域を白の感染症で汚染しようとする破壊工作員を乗せた車がないと言えるでしょうか。首相は窮地に立たされたことに気づいて、心臓が締めつけられた。それは考慮すべき可能性だな、とつぶやいた。だからまたお電話をしたのです、と防衛大臣がもう一度ネジこみながら言った。この言葉のあとに続く沈黙は、時間というものの長さが、時計で教えられる時間とは何の関係もないことを改めて実証してみせた。考えもしない歯車と感じもしないバネでできたこの小さな機械は、一、二、三、四、五、と刻まれる五秒間が、片方では苦痛にみちた拷問であり、もう一方では至福の喜びにみちた休息であることを想像する精神に欠けている。首相は縞《しま》模様《もよう》のパジャマの袖で汗に濡れたひたいをぬぐいながら、慎重に言葉を選んで言った。この問題は明らかに違うアプローチが求められてるな、すべての方向から障害を見て注意深く評価をすることだ、近道はミスのもとだよ。わたしもそう考えます。現在の状況はどうなってる、と首相がたずねた。双方の側で緊張が高まっており、ある検問所では威嚇射撃をしなければならない事態になりました。防衛大臣として打つ手はあるかね。もっと状況が良ければ攻めるところですが、あれだけの車が道路をふさいでいたら不可能です。どういう出方をする。たとえば、戦車を前に出します。なるほど、戦車の鼻先が先頭の車と接触したら、いや鼻先などないのは承知だが言葉のあやだ、きみの考えでは何が起こる。普通、前進する戦車を見れば人は恐怖を感じます。だが、いま聞いた話からすると、道路は車で詰まっている。はい、そうです。つまり先頭の車が反対向きになるのはむずかしい。はい、大変困難だと思われますが、いずれにせよ、われわれが入れない以上、彼らはそうせざるをえません。大砲で狙いをつけた戦車が前進してくれれば、確実にパニックを引き起こすが、そんな状況ではまずいな。はい、そうです。要するに、きみには問題を解決するアイデアがないわけだ、と首相は振りだしに戻した。すでに指揮権と主導権を回復したと確信していた。認めないわけにはまいりません、首相。ともかく、おかげで見落としていた一面に気づかせてもらったよ。だれにもあることです。そう、だれにでもだが、そうだな、わたしにあってはならないんだ。首相はたくさん考えることがありますので。いまは防衛大臣が解答を見つけられない問題を解くために、別のことも考えているよ。もしそうすることで済むのなら、わたしは辞任します。それは聞こえなかったし、聞きたいとも思わない。また沈黙が落ちたが、こんどは三秒と短かったものの、至福の喜びと拷問の苦痛は席が入れ替わったことに気づいた。別の電話が部屋で鳴った。妻が出て、受話器をふさぎながら夫にささやいた。内務大臣よ。首相は待てと合図をし、防衛大臣に指示を出した。もう威嚇射撃はするな。必要な措置が取られるまで、事態を安定させておきたい。先頭の人たちに政府が会議を開いて状況を検討している、と伝えろ、ほどなく提案とガイドラインの提示がなされ、すべてが祖国と国家の安全保障に利するべく解決するはずだと、あくまでもこれで押し通すんだ。よろしいですか、首相、車は何百台もあるんです。だから何だ。そのメッセージを全員に伝えることはできません。心配するな、各検問所の先頭車両だけでいい、導火線のように車列の最後まで伝わるさ。わかりました。連絡を絶やさないでくれ。心得ました、閣下。次の会話、内務大臣との話は違うものになりそうだった。現況報告で時間を無駄にしないでくれ、もう知ってるから。兵士の発砲についてはお聞きになってないでしょう。この先、発砲はない。そうですか。彼らには引き返してもらう必要がある。軍の手に負えなければ、ですね。武力ではだめだ、それは無理だし、防衛大臣に戦車の出動を命じさせたくないだろう。もちろんです、首相。いまからきみに指揮を命じる。この状況では警察は使えませんし、わたしには軍を動かす権限がありません。べつに警察力を期待してるわけでも、軍の参謀長に任命する気もない。申しわけないですが、首相、おっしゃることがわかりません。部下の有能なスピーチライターを叩き起こして、すぐに仕事をさせるんだ、そのあいだにメディアを動かし、内務大臣が午前六時にラジオで政府の方針を発表すると周知させろ、テレビと新聞は後まわしだ、重要なのはラジオだぞ。まもなく五時になります、首相。言われなくても、わたしにも腕時計があるよ。すみません、時間が少ないと言いたかったのです。きみのライターがちゃんとした文章を十五分で三十行も書けないなら、すぐに馘《くび》にするんだな。で、何を書かせるんです。その人たちを説得して家に帰らせる理屈なら何でもかまわない、彼らの愛国心に火をつけ、破壊分子の大群の手に首都をゆだねて去るのは国家に対する犯罪だ、とか、現在の政権を担当する政党に投票した者は、われわれの競争相手である中道党も含めて言わざるをえないが、民主主義制度を守る最前線にいる人びとだ、とか、無防備のまま残してきた家が反乱者どもに荒らされ略奪されるぞ、でもいい、ただし、必要ならばこちらから略奪する、とは言わないことだ。家に帰ると決めた市民全員を、年齢や社会的地位に関係なく、信頼できる合法性《レガリダーデ》の宣伝員《プロパガンディスタ》と政府が認定する、とつけ足してもいいかもしれません。プロパガンダはあまり適切な言葉とは思えない、かなり俗っぽいし、合法性もすでに宣伝されており、われわれがつねに話し合っているものだ。それなら、サポーター、使者、部隊《レジョナーリオ》というのは。部隊は悪くない、強そうだし勇敢そうだ、サポーターはプライド感に欠ける、ちょっと受け身でおとなしい印象だ、使者は中世の匂いがする、部隊という言葉はすぐに戦闘行為や攻撃的な精神を連想させるだろう、それにこの言葉は確固とした伝統がある。道にいる人びとがメッセージを聞けるといいですが。どうやら早起きしすぎて、きみの知覚力はにぶってるようだな、いま車にいる全員がラジオをつけていることに首相の座を賭けてもいい、重要なのは、現在国と交渉中だという知らせが、分刻みで繰り返し流れることだよ。わたしが恐れているのは、首相、この人たちに説得を受け入れる心構えがほぼなさそうなことです、彼らは政府から発表があると聞けば、きっと通過が許可されると考えますよ、騙されたとなったらひどく深刻な結果になるかもしれません。とても単純だ、きみのスピーチライターが、食べるパンとわれわれの支払う給料のすべてに見合う働きをするだろう、語彙《ごい》とレトリックを駆使して仕上げさせるさ。ふと浮かんだアイデアを申し上げてよろしいでしょうか。かまわんが、結構時間を無駄にしてる、もう五時五分過ぎだ。首相自身がお作りになれば、さらに説得力が増すと思います。それは間違いないね。ならば、どうしてしないのです。他の事態にそなえて温存してるんだ、これがわたしの基本姿勢だよ。ああ、わかるような気がします。言ってみればたんなる常識の問題だし、あるいは、階層組織にある地位の差でもある、たかだか数人のドライバーを道路から排除しろと最高裁判事が大統領に命じたら、国の司法の威厳が傷つくだけだ、だからこの首相という存在も、政府のリーダーとしての地位が軽んじられるすべての些末事から保護されなければならない。よくわかります。それはよかった、きみもすっかり目が覚めたようだ。はい、首相。さあ、仕事にかかってくれ、遅くとも八時までに道から車を排除しなければならない、テレビ局が地上からも空中からも報道できるようにな、国中に放映してニュースを流したい。はい、首相、なるべくそのように。なるべくじゃない、いまわたしが指示した結果が得られることをするんだ。内務大臣が答える暇もなく電話は切れていた。そういう話し方が聞きたかったの、と女が言った。鼻にマスタードをつけられたら、おれも苛立つんだ。で、彼に問題が解決できなければどうするの。荷造りをして、背中にガラクタを背負うのさ。防衛大臣みたいに。そのとおり。大臣たちはメイドみたいに首を切れないでしょう。彼らはメイドだ。そうだけど、別の人に替えなければならないわ。そこは冷静に考えるべき問題だな。何を考えるの。いまはいちいち話したくないよ。わたしは妻よ、だれも話を聞いてない、あなたの秘密はわたしの秘密なの。つまり、状況の重大さを考えれば、わたしが防衛大臣と内務大臣の職務を引き継いでも驚く者はいないだろうが、そうなれば国家の緊急事態が政府の構造と機能に反映されるだろう、つまり、絶対的な一致体制、絶対的な中央集権を標榜できるということだ。それはとんでもないリスクね、すべてを勝ちとるか、すべてを失うか。そうだ、でももしわたしが、どんな時代や場所でも類例のなかったこの破壊活動、議会代表制という制度のもっとも繊細な器官を攻撃する破壊活動に勝利できたら、歴史のなかで長続きする場所が保証されるだろう、民主主義を救った者として。そうなれば、わたしも誇り高い妻の一人になるわね、と女がささやき、突然めったに見られない肉欲と政治的興奮が混ざった官能の魔法の杖にさわられたように、蛇さながら体をすり寄せたが、夫は時の重大さを心得て、詩人の厳しい言葉をみずからのものにした。あなたがわたしの分厚いブーツの足元に　身を投げだすのはなぜ？　あなたが香る髪をほどいて垂らし、やわらかな両腕を　不実に開くのはなぜ？　わたしは無骨な手をした男、心が片側に向いた男　にすぎぬのに　必要ならあなたを踏みつけて、通りすぎてしまうのに。そうだ、とだしぬけにシーツをかなぐり捨て、書斎で状況に注意しているよ、おまえはまだ寝て休んでなさい、と言った。女の頭に考えがさっとよぎった。いまのような危機的状況では精神的な支えに千金の重みがあるのだ、広く受け入れられた夫婦の基本的義務を定めた規範の相互扶助の章では、さっそく起きだして、メイドを呼ばずに気分の安らぐお茶を、栄養のあるエネルギー補給にうってつけのドライケーキとともに出すように指示しているのだが、とはいえ生まれかけた官能の火はすでに細くなっており、彼女は嫌気がさし、失望し、反対側に向きを変えて、ささやかに秘めたエロティックな妄想を組み立てるため残滓《ざんし》を利用できるだろうかとかすかに期待しながら、きつく目を閉じたのだった。後に残した幻滅などすっかり忘れている首相は、縞柄のパジャマの上に、中国の寺院と金色の象というエキゾチックなモチーフをあしらった絹のガウンを着ながら書斎に入り、部屋の明かりをひとつ残らず点けると、ラジオとテレビのスイッチを入れた。まだ放送時間には早すぎて、テレビは画面にテストパターンを映しているだけだが、ラジオではすでにすべての局が各所で発生した巨大な交通渋滞について活発に話していた。広く流れている意見は、どう見ても首都が自身の頭の悪さから不幸な牢獄となり、結果的にそこから大量の住民が脱出を試みているのだという論調であり、さらにこうした巨大な規模の渋滞によって、毎日市に食料品を運びこむ大型トラックの車列が通行不能になるだろう、といった予測にも事欠かなかった。コメンテーターたちはトラックの群れが市境の三キロ手前で、軍の厳命によって待機させられていることを知らなかった。ラジオのリポーターは列をなした乗用車やヴァンの横をバイクで移動しながらインタビューをしてまわり、これが首都の反乱勢力に強いられる圧制《ティラニア》と息のつまる空気から逃れるために、すべての家族が結束し、頭から爪先まで組織化された集団行動だという事実を裏付けた。一部の家族の世帯主は遅れに不満をもらした。わたしたちはもう三時間もここにいるんだ、それなのに一ミリも進んでない、何の問題もなく通過できると保証されてた、それがご立派なもんだよ、政府は逃げだして休暇に入り、われわれを獣の手のなかに放りだした、ここから抜けだすチャンスを作ったわれわれの鼻先で、恥ずかしげもなくドアを閉めるとは。ヒステリックな感情の爆発、泣き叫ぶ子どもたち、疲労で蒼白になった不安な人びと、タバコを切らして興奮する男たち、絶望的な家族の混乱にどうにか秩序を与えようとする消耗した女たちがそこにいた。ある車が向きを変えて市街に戻ろうとしたが、降りそそぐ侮辱の声と侮蔑にみちた攻撃を浴びてあきらめるしかなかった。臆病者、面汚し《つらよごし》、白者《しろもの》、下司《げす》野郎、裏切り者、ろくでなし、おまえらがなぜ来たのかわかったよ、まともな住民の足を引っぱるためだ、でも、ここでおれたちが行かせると思うなら、正気に戻るほうが身のためだぞ、必要なら人の苦しみが身に沁みるようにタイヤに穴を空けてやる。首相の書斎で電話が鳴った。防衛大臣か、内務大臣か、大統領か。大統領だった。何が起こってるんだ、首都の出入り口の騒動を、なぜわたしに知らせてこなかった。閣下、政府は事態をコントロールしており、問題はやがて解決いたします。なるほど、だが耳に入れるべきだ、わたしには注意をする義務がある。閣下の眠りを妨げてまですることではないと考えまして、個人的に決めた責任はわたしにあります、いずれにせよ、あと二十分か三十分のうちにまたお電話します、繰り返しますが、すべてわたしが責任を負います、大統領。いいだろう、きみの気くばりには感謝するよ、しかし、うちの家内に健康的な早起きの習慣がなければ、国家元首は国が燃えても寝ていただろうな。火事ではございません、大統領、あらゆる適切な措置を取っているところです。まさか車列を爆破するんじゃないだろうね。もうご存じでしょうが、わたしのスタイルではありません。いまのはただの連想で、きみがそんな野蛮行為に及ぶとは思わんよ。ほどなくラジオで、六時から政府の方針が内務大臣によって全国向けに発表される、というアナウンスがあるでしょう、ほら、いまのがそれです、最初の予告です、まだこのあとも続きますし、すべて予定どおりです、大統領。まあ、よかろう。成功の始まりです、大統領、彼らを騒がせず、平和に帰宅させられると、それはもう強く確信しております。万一、そうならなかったら。その場合は内閣が総辞職します。わたしに常套《じょうとう》手段は使わないでくれ、国が現在置かれている状況はきみ同様わかっているし、たとえそうしたくても、きみの辞職を認められるはずがない。それはそうですが、言っておくべきかと。だんだんわたしも目が覚めてきたよ、現状の報告を忘れずに頼む。ラジオがアナウンスを続けた。もう一度、番組を中断しましてお知らせいたします。六時に内務大臣が全国に向け、政府の告知を発表します、繰り返します、内務大臣が全国に向け、告知を六時に発表します、繰り返します、六時に内務大臣が全国に向け、政府の告知を発表します、繰り返します、内務大臣が六時に国に向けて告知します、この最後のあいまいな言い違えを首相が無視するわけはなく、数秒ほど、内務大臣が国にどんな告知をするのだろうと笑みを浮かべて想像をめぐらせた。突然テレビの画面からテストパターンが消えて、いつもの旗竿《はたざお》からもの憂《う》げに揺れる、目覚めたばかりの人のような国旗に変わっていなければ、首相は将来に向けていくつかの有益な結論を得ていたかもしれない。テレビでは国歌が鳴り響いた。トロンボーンと太鼓が響く合間に、クラリネットの高音のトリルがユーフォニアムの説得力ある音とともにはさまれた。現れたアナウンサーのネクタイはななめに曲がっており、友達の少ない不機嫌な顔つきで、すぐには赦すことも忘れることもできない侮辱を受けたばかりの被害者のようなしかめつらをしていた。本日わたしたちは、政治的、社会的情勢の重みを考慮し、自由でさまざまな情報を手にする国民の神聖な権利を考えて、通常の時間より早く放送を開始します、放送をお聞きになっている多くのみなさんのように、わたしたちも直前に内務大臣が六時にラジオで告知を発表することを知りました、おそらく多くの住民が市《まち》から脱出する試みに対して、政府が方針を表明するものと思われます、わたしたちのテレビ局は故意に、また意図的に不公平な扱いをされたわけではなく、現政権の内閣府のメンバーという経験豊かな政治家たちの、予期せぬ、そして不可解な方向感覚の喪失によって、なぜか存在が見逃されたものと思われます、少なくとも、一見するとそのようです、告知が発表されるのが早朝だというのも一因かもしれませんが、この局の社員は、長い歴史を通じて、個人的な自制心、公共の理念への献身、ゆるぎない愛国心、などを持つ証拠を十分に積みかさねており、二番手の情報提供者に格下げされるいわれはありません、告知が発表される時間の前に、公共ラジオにいるわたしたちの仲間にすでに与えられたものを奪うことなく、このテレビ局がわが国のニュースメディアとして最高ランクにあるという正当な地位と責任を回復するよう、合意のプラットフォームが形成されることに自信を持っています、それを待つあいだ、いつでも最新状況をお伝えするべく、たったいまテレビ中継の報道ヘリが離陸して、視聴者のみなさまへ大規模な首都脱出を試みる車列の最初の映像をお届けするところです、わたしたちが確認したところでは、この撤退計画には示唆《しさ》に富む歴史的なクセノポンという名前が与えられており、実行に移されたものの、首都の出口で動けなくなっています、幸い、ひと晩中車列に打ちつけていた雨は一時間以上前にやみました、やがて地平線と暗い雲のあいだから朝日が差してくるのも時間の問題です、この太陽の出現とともに、わたしたちの理解できない理由によって、いまだに自由が手に入らない勇敢な同胞から障壁が取り除かれることを期待しましょう、祖国のために、よかれと願います。画面は空に浮かぶヘリコプターからの映像になり、空撮に切り替わって、飛びたったあとの小さなヘリポートと、最初の屋根の姿や近くの街路が映しだされた。政府のトップは電話に右手を置いた。一分も待たなかった。首相、と内務大臣が始めた。わかってる、それ以上言うな、われわれはミスをしたな。われわれ、と申しますと。そう、われわれはミスをしたんだ。片方がミスをし、相手が正さなかった、よって双方だ。わたしはあなたの権限も責任も持っていませんが、首相。だが、きみはわたしの信用を得ている。では、わたしにどうしろと。テレビで話せ、ラジオ局は同時に音声を流すだろう、それで一件落着だ。そして、テレビの紳士どもが政府を指弾した不謹慎な言葉と無礼な口ぶりには、何もふれずにですね。すぐに手を打つが、いまは言わずにおくんだ、あとで始末するよ。何よりです。告知はできたのか。はい、首相、読みましょうか。それには及ばない、生放送のために取っておこう。時間が来たので、そろそろ行きます。向こうはきみが行くとわかってるのか、と首相がふしぎそうに聞いた。はい、省の政務官に交渉させておいたので。わたしの承認を得ずにか。選択の余地が他になかったのは、あなたもよくご存じでしょう。わたしの許可もなく、と首相が重ねて言った。わたしはあなたの信用を得ています、これはご自分の言葉ですし、片方がミスをしても相手が正せば双方が正しくなります。すべてが八時までに解決しなければ、きみには即刻辞任してもらう。はい、首相。ヘリコプターは一本の車列の上空を飛んでおり、人びとが道路から手をふっていた。おそらくたがいに、あれはテレビだ、テレビだわ、と言いかわしているに違いない。旋回する巨大な鳥がテレビ局からやってきたなら、行き詰まりが解消されるはっきりした保証になる、人はみなそう思ったのである。テレビが来たのはいい兆候だ、と彼らは言った。そうではなかった。午前六時ちょうど、地平線がうっすらとピンクに染まりだした頃、カーラジオから内務大臣の声が流れはじめた。国民のみなさん、国民のみなさん、この何週間か、疑いなくわが国は建国の夜明け以来、民族の歴史上最大の深刻な危機を経験してきました、国の団結を守る必要性がこれほど高まったことは、いまだかつてありません、国家人口にくらべれば少数派である一部の人びとが、あやまった助言と、適切に機能している現行の民主主義制度とそれへの敬意に反する考えに影響され、この団結に対して宿敵のように行動してきたのです、そして今日《こんにち》、平和だったわたしたちの社会には、わが国の未来に予測できない結果をもたらす内乱の脅威が生まれています、政府はまっさきに理解しました、汚れなき水である愛国者と認められる人びとが首都を離れようとした試みは、自由への渇望なのだと、この人びとはもっとも過酷な状況下で、投票の際も、日々の暮らしにおいても、合法性を順守する真から公正な者として行動し、すばらしい古き軍団精神を再構築し、再生し、市民の利益に身を捧げ、伝統を尊重しながら、この現代において*ソドムとゴモラが結びついた首都へ断固として背を向けることによっ

* ともに旧約聖書の創世紀より。神に滅ぼされた享楽の都市。

て、賞賛に値する闘争精神を発揮してきました、政府はこれも認めるものであります、とは言いながら、また政府は信じます、国益を全体として考慮したとき、政府がとくにこの意味で呼びかける人びとに言いたいのは、国の命運をになう者たちの明確なメッセージを何時間も不安な気持ちで待ちつづけてきた何千もの男女の熟慮に訴えるのは、あなた方がただちに首都の生活を再建することこそ現時点でのもっとも妥当な闘争行動だと、そして合法性《レガリダーデ》の砦《とりで》であり、抵抗勢力の兵舎であり、子孫の仕事を見守る祖先への清らかな記憶の城である自宅へと、戻ることなのだと、繰り返します、政府は信じます、こうして心をこめ、偽りなく客観的にのべた理由の数々が、車で公式発表に耳を傾ける人びとによって重みを増すに違いないと、そして一方では、政府はこの機会にお知らせします、精神的価値だけが優位を占める計算のなかでは決して状況の物質的側面が最優先されないとしても、放置された空き家を襲い、物品を盗む計画があることを、最新の情報によれば計画はすでに実行に移され、手元に届いたメモでは、現在十七軒の住居において盗みと家捜しがおこなわれています、わが祖国の同志、男女のみなさん、ご注意ください、あなた方の敵は一刻も時間を無駄にしません、出発後、何時間もたっていないのに、すでに破壊行為が始まり、自宅のドアが破られています、すでに野蛮人や無作法者がみなさんの財産を略奪しています、これ以上の被害を防げるかどうかは、あなた方の手にゆだねられている、どうか良心と相談していただきたい、ご承知のように政府はみなさんを支持します、いまは、みなさんが政府を支持するか敵対するか、どちらかを決めるときです。内務大臣は画面から消える前に、カメラを一瞥《いちべつ》するひまがあった。その顔には不安の色はなく、むしろとても挑戦的だと感じさせたが、あのちらりと送った視線を解読するには、神々の秘密に精通していなければならないだろう。首相は間違っていなかった。首相にしてみれば、それは自分に向かって投げられたも同然だったのだ。戦術や戦略に精通するあんたでも、これ以上にはできなかったろう。認めざるをえなかったが、結果が出てみなければわからない。画面はふたたび中継ヘリからのものになり、市街と、延々と続く車列が映しだされた。そのあと十分ほどは何も動きがなかった。リポーターはその時間を埋めようとして、車のなかの家族会議を想像したり、大臣の弁舌をほめたり、家を荒らす泥棒どもを非難して、彼らにあらゆる法を厳格に適用するように要求したりしていたが、時間がたつにつれて不安が少しずつ沁みこんできた。政府の言葉が耳のない石だらけの大地に落ちたのははっきりしていた。リポーターは最後の奇跡を待ちながらも、口にすることはなかったが、視聴覚の情報解読に経験豊富な視聴者ならばこの気の毒なリポーターの苦しい胸のうちに気づいていたに違いない。そのとき待ち焦がれた待望の驚異が起きた。中継ヘリが一本の車列の最後尾の上空にさしかかったとき、最後の車がUターンを始め、ついでその前にいた車も、そして一台、また一台、また一台と続いていった。リポーターは興奮して叫んだ。視聴者のみなさん、わたしたちは歴史的な瞬間に立ち会っています、政府の呼びかけに模範的な規律をもって応じるという、これはまさに首都の年代記に金文字で刻まれる公民精神を見せるものでしょう、人びとは家に帰りはじめています、内務大臣からの賢明な言葉にもあったように、わが国の未来に予測できない結果をもたらす暴動になりかねない事態は、最高の形で収束することになりました。ここからは、ほんの数分間だったにしろ、その口調が決然とした叙事詩調になり、敗北した一万の群衆をワルキューレの勝利の騎行に見立て、クセノポンの代わりにワーグナーを当て、排気管から吐きだされる臭い煙をオリンポスとヴァルハラの神々に捧げる生け贄の昇天する香りに変えて、リポートされたのである。いまや道路にはラジオ局、新聞社などのリポーターの一団が繰りだしており、全員が一瞬でも動く車を止めて、強制的に帰宅させられる人びとの表情や感情といった直《じか》の、あるいは生の情報を集めようとしていた。予想どおりそこにはすべてがあった。憤懣《ふんまん》、落胆、怒り、復讐心、今回は出ていかないが次回は出ていくよ、高らかな愛国発言、高ぶる党への忠誠宣言、右派党ばんざい、中道党ばんざい、悪臭、一夜が完全徹夜となった苛立ち、カメラを引っこめろ、写真はやめてよ、政府が並べた理屈への同意、不同意、ちょっとした明日への疑い、報復される恐怖、各省庁の恥ずべき無関心への批判。省庁はもうここにはないんです、とリポーターが口をはさんだ。そこが問題だ、政府がないんだ。とはいえ、もっぱら見受けられたのは、空き家に残してきた家財の運命へのなみなみならぬ心配だった。車上の人びとは白者《しろもの》の反乱が完全に鎮圧されてから戻ることを考えていたのだが、この時刻となれば荒らされたのは確実に十七軒どころではなく、いったい何軒が最後の敷物、最後の水差しまで奪われているか知れたものではなかった。いま中継ヘリが上空から見せているのは、最後尾の車やヴァンが先頭になり、中心部に近い地区に侵入するにつれて枝分かれしていく様子だった。ある地点からは道路が混んで、どれが戻る車でどれが前からいた車か、区別がつかなくなった。首相は大統領に電話をして、急場しのぎのやりとりをし、たがいに簡単に祝い合った。あの人たちは血管にぬるいお湯が流れてるんじゃないかな、と国家元首である大統領は皮肉な笑いをもらした。わたしがあそこにいる車に乗っていたら、どれだけ障害物を前に置かれても、全部爆破しただろうよ。それならあなたが大統領で幸いでした、あそこにいなくて、と首相は笑顔で答えた。そうだな、だが、もしまた事態が複雑になったら、わたしの考えを実行に移すときがくる。それが何か、わたしにはまだわかりませんが。そのうち話そう。注意しておりますのでご安心を、ところで本日、状況を話し合うための閣議を開きますが、急ぎの用件がなければ大統領にはご臨席たまわれば幸いです。それは多少の調整が必要になる、場所はわからないが、テープカットをする予定があるんだ。心得ました、大統領、秘書室に連絡しておきます。首相は内務大臣に、演説で効果を挙げたことを祝福する優しい言葉をかける頃合いだと考えた。いくら気に入らない男でも、今回は解決すべき問題に対処したことは認めざるをえなかった。受話器に手を伸ばしたとき、テレビのリポーターの口調が突然変化したので画面に目をやった。中継ヘリは建物の屋上に近いところまで降下しており、いくつかのビルからばらばらと人が出てくるのが見えた。男たち女たちが舗道に立ち、まるでだれかを待っているかのようだった。連絡を受けたばかりですが、とリポーターが警戒心を露わにして言った。いまご覧のチャンネルの映像のとおり、ビルから人が出てきて舗道で待っているという光景が、市の全域で見られるということです、最悪の事態を考えたくはありません、しかし、どう見ても反政府勢力であるこうした建物の住民が、昨日までは隣人であり、その住居が間違いなく荒らされている人びとを追い払おうと準備しているように思われます、もしもそうならば、ここでこんなことを言うのは辛いのですが、首都から警察の撤退までも命じた政府は責任を問われなければなりません、もはや寸前に迫った流血の対立を、まだ避ける手段があるならば、いったいどうしたら回避できるのか、わたしたちは苦渋の思いで問いかけます、大統領、首相、相手がすでに無実の人びとへ加えようとしている野蛮な仕打ちから彼らを守る警察はどこにいるのか教えてください、ああ神よ、神よ、いったいどうなるのですか、とリポーターはほとんど泣き声になっていた。中継ヘリは移動せず、通りで起きていることがすべて見えた。二台の車がビルの前で止まった。すると舗道で待っていた人びとがそちらへ向かった。まさに、まさに、いま最悪の事態が、とリポーターが興奮するあまりかすれ声で叫んだ。そのとき聞きとれなかったが、集まった人びとが何か声をかけ、騒ぐこともなく車の荷物を降ろしはじめ、日の光のなかで建物へと運びはじめた。真っ暗な夜の雨天の下で運びだされた物を。くそ《メルダ》、と首相は声をあげ、テーブルを叩いた。

このスカトロ趣味の間投詞は、ごくわずかな文字数ながら国家の状態に関する一本の談話に匹敵するほどの表現力があり、政府の精神力を、とくに反乱を政治的に鎮圧する過程で職務の性質によって異なる局面により密接な関係を持つ大臣たちの心を、つぶすに至った落胆の深さを凝縮し、要約していた。つまり、防衛省と内務省の政策責任者はそれぞれの分野で、危機のあいだ国に立派な対策をいくつも提供しながら、次々にすべて失敗してきたのである。この日はずっと、閣議の始まるまで、そのあいだずっとではないとしても、考慮に沈む静かなときに汚い言葉がよくつぶやかれ、近くに聞く人がいなければ、大声で、あるいは小声で、抑えられない爆発のように口から飛びだしたのだ、くそ、くそ、くそ、と。防衛大臣と内務大臣の頭には思い浮かばず、そして、これは許せないことだが首相までもそうだったのだが、不幸な亡命者たちが帰宅したときに起こる可能性のある出来事を、厳密で私欲のない学術的な意味でさえ、彼らは一瞬たりとも考慮しなかった。ただ、かりにそうしていたとしても、たぶん先ほどわたしたちが記録しそこねた中継ヘリのリポーターの恐ろしい予言に似たようなものだったかもしれない。かわいそうに、と彼は泣きそうな声で言ったのだ。きっと虐殺されてしまう、きっと虐殺されてしまう。つまるところ、宗教上ならびに世俗上の両方において、隣人愛のもっとも高貴な歴史的事例に匹敵するこの驚くべき出来事が起きたのは、くだんの通りやその建物だけではなかった。中傷され、侮辱された白者《しろもの》たちは、敵対する派閥の打ち負かされた人びとを助けるために住まいから降りていった。それぞれが自分の良心にもとづいて一人で決めたことだ。上からの指示や、暗記しなければならないスローガンが書かれた通知はどこにもない。ただ全員が力のかぎり援助をしようと降りてきた、のが真相だった。その人たちはまたこんなふうに、ピアノに気をつけろ、ティー・セットに気をつけろ、銀の盆に気をつけろ、肖像画に気をつけろ、おじいさんに気をつけろ、とも言ったのである。だから大きな会議用のテーブルのまわりには多くの顰《しか》め面《つら》が集まっているのも納得できる。多くが眉根に皺を寄せ、怒りあるいは睡眠不足から赤い目をしており、たぶんほぼ全員が流血の事態のほうを好ましく思ったはずだ。テレビのリポーターが口にした大虐殺とまでは言わないが、首都の外側にいる住民の感性にショックを与えるような、これから何週間も国じゅうで話題になるような、見下げはてた反政府的行動をとる人びとを悪魔扱いする議論、口実、根拠を追加するほうを。いましがた、防衛大臣が口をすぼめて同僚の内務大臣の耳元にささやきかけたことも、この線から理解できるだろう。これからクソどうするんだ。この問いかけに気づいた人がいたとしても、わからないふりをしたのは賢明だった。なぜなら一同はまさにこれからクソどうするかを決めるために集まったのであり、手ぶらで部屋を出ることはないからだ。

　最初に口を開いたのは共和国大統領だった。諸君、と彼は言った。全員に異論はないと思うが、われわれはいま、最初の投票によって国の安全保障上これまで見過ごされてきた巨大な規模の反政府運動の存在が暴かれてからというもの、きわめて困難かつ複雑な局面を迎えている。これはわれわれが発見したものではなく、みずから素顔を見せるべく現れたものである、この点、その行動がつねにわたしの個人的かつ制度上の支援を受けてきた内務大臣は必ずや賛同してくれるだろうが、最悪なのはわれわれが問題解決への道筋を一歩たりとも有効に進んでおらず、さらに深刻なことに、わが党の支持者がガラクタを自宅に戻す手伝いをするという反政府勢力どもの見事な戦術を、こちらが指をくわえて傍観するしかないという事態だ、諸君、こんなことは、操り人形を思いのままに操るマキャベリ的な頭脳の黒幕の人物しか実現できないだろう、われわれは心苦しくも必要に迫られてあの人たちを送り返した、しかし、いまは新たな撤退を試みる行動に備えなくてはならない、家族単位ではなく、はなばなしい車列の行進でもなく、個々の人間や小さなグループが、道路ではなく野原を渡ってやってくるような、防衛大臣に言わせれば、地上では兵士がパトロールし、市境には電子センサーが設置されているという、こうした防御手段の有効性を疑うものではない、しかしながら、わたしの意見では、完全に封じこめるには首都の周囲に壁を立てるしかないと思う、コンクリート製で八メートルの高さに造り、言うまでもなく現行の電子センサーを作動させ、さらに必要と判断されるなら有刺鉄線で補強する、そうすれば人っ子ひとり通過できないと断言できる、ちょっとジョークを言わせてもらえば、ハエ一匹通れないものだが、普段の生態から推測すれば、ハエはそこまで高く飛ぶ理由がないのでやめておいた。大統領はいったん咳ばらいを入れて、締めくくった。首相はこの提案を知っており、まもなく閣議の議題に乗ることだろう、そこで当然責務として、その有効性と実現可能性が判定される、わたしとしては諸君がこの件に関してあらゆる知識を傾けて検討してくれれば十分である。テーブルのまわりを社交辞令のつぶやきがめぐり、共和国大統領はそれが暗黙の承認だと解釈したが、財務大臣が行間にもらしたものに気づいていれば、あきらかに考えは修正されたはずだ。そんなバカげた計画にかかる費用を、どこから持ってくるんだ。

　いつものように前にある書類を横に置きなおすと、首相は二人目の発言者となった。共和国大統領閣下には、われわれが長く親しんできた聡明さと厳しさをもって、現在政府が置かれている困難かつ複雑な状況を描いていただいた、ここにわたしの方から二、三細かい点を補足するのはまさに冗長なだけで、絵の陰影を濃くするくらいのものだろう、とはいえ、直近の事態を見ると、われわれは根本的な戦術の転換が必要だと信じる、とくに他のあらゆる要因のなかでも、首都に明白な連帯のきざしがあり、結果として社会的調和の気運が生まれ育っている可能性には、注意を払う必要がある、それがマキャベリ的な策略であり、政治的判断であることは間違いない、この数時間、全国民がそれを目撃し、各新聞社が出した号外のコメントも賞賛一色のありさまで、これを読めば十分だろう、したがって、まずわれわれは相手側《コンテスタターリオス》を正気に戻す試みが、ひとつずつ音をたてて失敗したと認識しなければならない、失敗の原因は、少なくともわたしの意見では、われわれが選択した厳しい抑圧的手段にあったように思われる、そして第二に、もしもこれまでの路線どおり弾圧の強化を継続し、それに対する相手側の反応が同じだったら、つまり何もなければ、われわれは独裁的な性質を持つ抜本策に頼らざるをえないだろう、たとえば、市民全員の公民権を無期限で停止する、これは思想的えこひいきを避けるためわが党の支持者も含めてのことだが、あるいは、感染の拡大をくいとめるため全国を対象として白票を無効票とする臨時選挙法を成立させ適用する、他の手はともかくとして、まずはそういったことだ。首相はひと息ついて水を飲み、また続けた。わたしは戦略の転換が必要だと言ったが、しかし、すぐに適用できるように整え、準備をしているとは言っていない、果物が熟し、熱気が衰えるように、時間を置くべきだろう、わたし個人としては、現れてきたように見えるわずかな協調の兆候を最大限に生かすため、しばらく小休止してみたいと思う。ここでまたひと息入れ、さらに続けるかと思われたが、次のように締めくくった。では、諸君の意見を聞かせていただこうか。

　内務大臣が手を挙げた。正直な話、わたしは首相がやつらをたんに相手側と呼んだことにびっくりしたと言わざるをえません、その連中の心にわが党の支持者たちが影響を及ぼし、説得力を発揮することに自信もお持ちのようですが、逆の可能性については、この破壊分子どもが有害な理論で法を尊重する市民たちを混乱させるという事態には言及されませんでした。そうだ、そんな事態をほのめかした憶えはない、と首相が答えた。だが、かりにそうなったと想像しても、白票を投票した人が最悪現在の八十パーセントから百パーセントになるだけで、量的に変化したとしても、もちろん全会一致になるという事実は別として、問題の質に影響することはない。では、どうします、と防衛大臣が問いかけた。それを分析し、よく考え、決定するためにわれわれは集まっているわけだ。そのなかに、わたしが熱く支持する共和国大統領の提案も入っているわけですね。大統領の提案については、作業の規模が大きく、関連するものが多様なところから、この目的のために特別委員会を招集して綿密な調査をする必要があるだろう、一方で、障壁を造営してもわれわれの難局はただちに解消するものではなく、むしろ別の問題が生まれるのも避けられない、大統領閣下はこの件に関するわたしの意見をご存じであり、個人的かつ制度上の忠誠心から、この閣議で見過ごすわけにはいかないが、それは決して、繰り返せば、決して、委員会が招集されたらすぐさま一週間以内に作業を開始しないということではありません。共和国大統領は見るからに腹を立てた。わたしは大統領だ、ローマ法王じゃない、だから無謬性《むびゅうせい》（絶対に誤りのないこと）はないが、提案は緊急案件として議論してもらいたい。ただいま申しましたように、大統領閣下、と首相が答えた。閣下が考えるより早く委員会が始動しますし必ずお知らせします。それまでは、われわれも手探りで、目が見えないまうろつくんだな、と大統領は不平を鳴らした。そこで落ちた沈黙は、もっとも鋭いナイフの刃を鈍らせるほど分厚いものだった。そうとも、目が見えないまま、と大統領は周囲の狼狽《ろうばい》に気づかないで繰り返した。部屋の奥から文化大臣の静かな声が聞こえた。ちょうど四年前のようです。まるで許しがたい野蛮な罵りを浴びたように顔を赤くして、防衛大臣が立ちあがりながら人さし指を突きだした。われわれ全員が受けいれた国との協定を、恥ずかしげもなく破りましたね。知るかぎりでは、国とのどころか協定そのものがありませんでしたよ、わたしは四年前もれっきとした成人でしたが、われわれ全員が何週間ものあいだ失明した事実をひとことも口にしないと約束し、国民が羊皮紙に署名するよう求められた記憶はありません。そのとおりだ、正式な協定はなかった、と首相が仲裁に入った。しかし、われわれはあえて合意して文書にするまでもなく、総意として考えたのだよ、体験した恐ろしい試練を、心の健康《メンタル・ヘルス》上、現実ではなく夢として存在したものと、ひとつの忌《い》まわしい悪夢とみなすべきだと。公《おおやけ》の場ではそれも可能でしょうが、首相もご自分の家であの出来事が一度も語られなかったとは、わたしを納得させられないですよね。話したかどうかは重要じゃない、家庭のプライバシーのなかでは四つの壁の外へ漏れないことがいろいろ起こるものだ、言わせてもらえば、四年前われわれのあいだで生じた未《いま》だに説明できない悲劇をほのめかすとは、文化大臣とも思えない悪趣味だ。首相、悪趣味の研究はカルト史のなかで一章分にもなるものです、とても発展性のあるおいしい部分で。そういう悪趣味の話じゃない、いわゆる気が利《き》かないやつのことだよ。首相が信じているのは、死が存在するのは死という名前があるからだ、とか、人が名づけなければ物は存在しない、といった考えに似ているようです。わたしが名前を知らない物は無数にある、動物、野菜、あらゆる形やサイズを持つ、あらゆる用途の道具や機械がね。でも、それにはすべて名前があるとあなたも知っており、だから安心していられるのです。話がそれているよ。ええ、首相、話がそれました、わたしはさっき四年前われわれは目が見えなかった、と言いましたが、いまも、たぶんまだ目が見えないままなのだと言ってるんです。ほぼいっせいに憤りが広がり、抗議の声が飛びかうとともに、だれもが介入したがって、ふだんは細い声であまり話さない運輸大臣さえも声帯を使い倒していた。発言を求める、発言を求める。首相は助け舟を求めて大統領を見たが、そこにあったのは純然たる演技であり、どういう意味で生まれたにせよその遠慮がちな動作は、政府のトップの挙手によって消された。このように感情的になり、熱が入れば議論は有益なものにならない、わたしがいったん話を引きとり閣僚のみなさんには控えていただく、というのも文化大臣の発言は、われわれが苦しんでいる伝染病《ブラーガ》を新たな形の失明と比較したとき、無意識にかもしれないが、まさに的中した、というか正鵠《せいこく》を射たからだ。わたしは比較したのではありませんよ、首相、ただ以前われわれは盲目だったが、たぶんいまも盲目をつづけていると言っただけです、元の意見に論理として含まれていないことを未知の事柄に当てはめるのは、ルール違反です。言葉の配置を変えれば意味が変わるのはよくあることだが、個々の言葉のひとつひとつは、こう言ってよければ、物理的には以前のものと同じでありつづけるんだよ。そうまで言われるなら、口をはさませてもらいますが、言葉の配置と元の意見からの意味の変化については、首相ひとりに責任があり、わたしは正鵠を射ていなかったことを明確にしておきたく思います。では、きみが材料を提供し、わたしが料理をしたと言っておこうか、おかげでこう言わせてもらうが、白票の投票はもうひとつの病と同じくらい破壊的な盲目《セゲイラ》の表れ《マニフェスタソン》なのだ。あるいは、見える目《ルシデス》（明晰さ、正気であること、の意もある）の、と司法大臣が言った。なんだって、と内務大臣は聞き違えたかと思って聞きかえした。白票の投票は、それを行使した側からすれば、見える目の表れとして評価できるかもしれないと言ったのです。よくも言えたものだ、閣議のどまんなかでそんな反民主主義的暴言を吐くとは、恥を知れ、司法大臣ともあろうものが、と防衛大臣が爆発した。実際、いまほど司法大臣らしい、あるいは正義《ジュスティーサ》の大臣らしいときはなかったと思いますよ。もう少し話せば、貴君が白票を投票したという確信が持てそうだ、と内務大臣が皮肉そうに言った。いや、白票は入れなかったが、次回は考えてみましょう。この発言から生じた怒りのざわめきが静まりかけたとき、首相から投げられた質問が騒ぎを完全に止めた。自分が何を言ったか、わかっているのか。はい、わたしの預かった地位をお返しし、辞表を提出します、とすでに大臣でも司法でもなくなった男が言った。共和国大統領は青ざめており、だれかがうっかり椅子の背に置き忘れ、そのまま失念されたボロきれのように見えた。まさか生きているうちに裏切り者の顔を見るとはな、と彼は言い、歴史がきっとこの言葉を記録する、万一の場合はそのおかげで思い出すだろう、と思った。いままで司法大臣だった男が立ちあがり、大統領と首相の方に会釈をすると部屋を出ていった。突然椅子が引かれて静寂が破られた。文化大臣が立ち、テーブルの端からはっきりと大きな声で告げた。わたしも辞任します。いや、まさか、たったいまお仲間が見上げた率直さで明言したが、きみも次回にそれを考えるとは言わないでくれよ、と政府のトップは皮肉を利かせようとした。その必要はないと思いますね、前回すでに考えましたので。というと。いま言ったとおりで、他には何もありません。どうぞ、退出してくれ。言われなくても歩いていますよ、首相、ふりむくのは別れの挨拶のときだけです。ドアが開き、また閉じた。テーブルのまわりに空っぽの椅子が二脚残された。おやまあ、だな、と共和国大統領が大声をあげた。最初のショックから立ちなおる前に、われわれはもう一発平手打ちをくらった。平手打ちではありません、大統領閣下、大臣というものは出入りするもので、人生にはよくあることです、と首相が言った。とにかく政府がここにフルメンバーで入ってきたら、出るときもフルメンバーで出ていくのです、司法関係の書類はわたしが引き継ぎ、公共事業大臣が文化事業を担当します。わたしにその能力がありますかどうか、と指名された男が言った。あるとも、文化は、くわしい人びとがつねに言うことだが、公共事業でもある、だからきみならお手のものだ。彼はベルを鳴らし、ドアに現れた事務官に命じた。この椅子を片づけてくれ、それから閣僚の面々をふりむくと、十五分か二十分の休憩をとることにする、大統領とわたしは隣の部屋にいる、と告げた。

　三十分後、大臣たちはテーブルのまわりに戻っていた。彼らの不在はとくに気にならなかった。共和国大統領が完全に理解の範囲を超えた知らせを受けとったばかりのような、とまどった顔つきで部屋に入ってきた。一方、首相は満足そうだった。その理由はほどなく判明した。この危機が始まってから計画され実行されたすべての対策が失敗に終わったことを受けて、戦術の転換が早急に必要だと諸君の注意をうながしたとき、と首相は始めた。まさか、もうここにはいない大臣から、勝利への大きな可能性に導く発想がやってくるとは予想もしていなかった、つまりそれは、すでに諸君もお察しのように前文化大臣のことだが、彼のおかげで、敵の考えを検証し、われわれの側から使えるものを発見することがとても有用だと、ふたたび証明された。防衛大臣と内務大臣は怒りの視線をかわした。忌むべき裏切り者の知性をほめたたえる言葉を聞くのはもうごめんだ。内務大臣はさっと紙にメモを走り書きして、同僚に渡した。わたしの勘は正しかった、この話の最初からこの男たちを疑っていた。これに防衛大臣は同じ方法で、同じ注意を払って答えた。われわれはやつらのなかに潜入しようとしたが、逆に潜入してきたのは相手の方だった。首相は引きつづき前文化大臣の、昨日は目が見えなかったが、今日も目が見えないままだ、という予言めいた発言を踏まえて到達した結論を披露した。われわれの失敗、結果的にいま報いを受けている大きな失敗は、まさに四年前の出来事を全員が憶えているように、記憶をではなく、前の同僚が指摘したように、言葉を、名前を、消し去ろうとしたからだ、つまり死の存在を消すには、われわれがそれを描写する言葉を発しなければよい、というように。なんだか議論のテーマが遠のいているんじゃないか、と共和国大統領が問いかけた。われわれは具体的で客観的な提案が必要だろう、この閣議では重要なことを決定しなければならんのだ。それどころか反対に、大統領閣下、これこそ閣議の主要テーマです、間違いでなければ、これまでわれわれがせいぜい小さな継ぎを当てるしかなく、しかもあっというまにほころびて、なんら事態を変えられなかった問題が、決定的に解決する機会をもたらすのです。何を言いたいのか、わたしにはわからんよ、説明してくれ。大統領閣下、諸君、前に一歩進むのです、沈黙を発言に置き換える、以前何も起こらなかったふりをする愚かなまねはやめる、オープンに話すことが肝心だ、盲目だったときを人生と呼べるとして、われわれの人生がどんなものだったかを、新聞に思い出させる、作家たちに書かせる、われわれが視力を取り戻した後の街の映像をテレビで流すようにする、耐えねばならなかったあらゆる悪事について人びとに話してもらう、死者のことを、行方不明者のことを、廃墟《はいきょ》、火事、ゴミ、腐敗のことを話してもらう、そして、われわれが傷を覆い隠そうとした偽りの正常性のぼろ切れを破り捨てたとき、あのときの失明が新しい形で帰ってきたと言える、四年前の白の盲目と、今回の白紙投票を並べれば、人びとがそこに注意を向けるだろう、そのように並べて比較するのは大ざっぱで人を惑わすものだと、このわたしが一番に気づいている、知性、論理、常識への侮辱だと言下に否定する人にも事欠かないはずだ、しかし多くの人が、すぐに圧倒的大多数になると期待しているが、これに共感する可能性がある、人びとは鏡の前で自分はまた盲目になったのではないかと問いかける、もしこれが失明だとしたら、あのもうひとつの盲目より恥ずべきもので、もしかしたら自分たちを正しい方向から逸らし、おそらく政治制度の決定的な崩壊となる究極の大惨事へ自分たちを押しやりはしないかと問いかけるかもしれない、われわれは脅威に気づかなかったが、当初からその重要な核のなかに、投票制度のなかに、みずからを滅ぼす種子を運んでいたのだ、あるいは、まさに一個の不穏な仮説だが、いまもっとも重要な資産のひとつだと気づかされたものを、何世代も、何世代も、隠していた選挙制度の影にわれわれが入っているあいだに、まったく新しい未知の何かへ、あまりに違いすぎてわれわれの居場所がたぶんどこにもない何かへと向かう、移行の種子が育っていたのだ。わたしは固く信じる、と首相は続けた。必要とする戦術の転換は目前にある、そう、政治体制の原状回復《スタトス・ク・アンテ》は手の届くところにあると、だが、わたしはこの国の首相であって、驚異を約束する安っぽいヘビ油売りではない、いずれにせよ、二十四時間以内に結果が出ないとしても、二十四日が過ぎるまでには結果が見えてくる自信がある、ただ、この闘争は長く、根気を要するものになるだろう、新しい白の感染症を無力化するには、時間と多大な労力が必要だ、そして忘れてはならない、絶対に忘れてはならない、呪われたサナダムシの頭が、吐き気をもよおす陰謀の内部でわれわれが発見するまで、光のなかへ、そいつにふさわしい罰へとわれわれが引きずりだすまで、どこかに必ず隠れているのだ、破壊的な寄生虫はその組織を再生し、国の力を弱めつづけていくだろうが、われわれは最終的な戦いに勝利するだろう、わたしの言葉と諸君の言葉は、今日、そして最後の勝利まで、その誓約とするものである。大臣たちはいっせいに椅子を引いて立ちあがり、熱烈な拍手を送った。不穏な要素を追放した内閣は、結局のところひとつに団結し、一人のリーダー、ひとつの意志、ひとつの計画、一本の道となった。共和国大統領はその地位の威厳にふさわしく肘掛け椅子にすわっており、拍手はしたものの指先だけで、厳しい表情とともに、首相の発言のなかでまったく無視されたことへの不快の念を表した。自分がだれを相手にしているのか、わきまえるべきなのだ。大きな拍手が収まりだすと、首相は右手をあげて静聴を求めた。どんな航海にも船長が必要だ、国が挑んできた危険な船旅のなかで、それは首相の役目であり、またそうでなければならないが、悲しいかなこの船には、広大な海をわたり、嵐のなかを案内できる羅針盤《ブッソラ》が装備されていない、そこで、このわたしと船とを案内する羅針盤が、つまりわれわれ一同を導く羅針盤が、諸君、われわれの傍《かたわ》らにいるのである、つねに膨大な経験でわれわれを先導し、つねに賢明な助言で励まし、つねに比類なき例を引いて教えてくれる、共和国大統領その人だ、どうぞ閣下に尽きせぬ拍手と尽きせぬ感謝を。拍手喝采は先ほどよりも心温まるものでさえあった。いっこうにやむ気配がなく、首相が手を打ち続けるかぎり、頭のなかの時計が、もう十分だ、止めてもいいだろう、これで彼の勝ちになった、と止めないかぎり終わりそうになかった。勝利を確認するのにもう二分ほどかかり、最後になると、共和国大統領は目に涙を浮かべて首相と抱き合っていた。政治家の人生には、完璧な瞬間、気高い瞬間が訪れることがある、と大統領はあふれる思いで声を詰まらせた。しかし明日何が起ころうとも、このことは記憶から決して消えないと誓おう、幸せなときには栄光の輝きを、辛いときには慰めをわたしにもたらすだろう、心から諸君に感謝する、心から諸君を抱きしめる。また拍手喝采が起こった。

完璧な瞬間、とりわけ至高の地点までのぼりつめた瞬間には、きわめて短命に終わるという重大な欠陥がある。これは、もっと重大な欠陥が、つまり終わったあと何をしていいかわからなくなるという事態がなければ、わざわざ言う必要もないのだが。この極《き》まりの悪い間《ま》は、しかし内務大臣なる者がいることで、ほぼ取るに足らないものとなった。閣僚たちがそれぞれの席にすわるとすぐに、公共事業兼文化大臣はまだこっそり涙をぬぐっていたが、内務大臣が発言を求めて手をあげた。どうぞ、と首相が言った。共和国大統領がとても感動的に強調されたように、人生には完璧な瞬間が、まことに気高い瞬間があり、われわれも大いにこれら、大統領の感謝の言葉と、満場一致で承認された首相の新戦略の提案を、享受する特権に浴しました、この首相の提案について少々発言しますと、賛意を撤回するわけではなく、それどころか逆に戦術の効果を増幅し、促進しようというものであります、大変勝手ながらこう言って許されるなら、首相は先ほど、二十四時間以内に結果が出ないとしても、二十四日が過ぎるまでには結果が見えてくる、と言われました、とはいうものの失礼を承知で申しますと、われわれは二十四日も待てる立場にあるとは思いません、二十日も、十五日も、十日もです、社会の構造にはひびが入り、壁は揺らぎ、土台は振動して、いつ崩壊してもおかしくありません。建物がいまにも壊れそうな様子を描いてみせる以外に、何か提案はないのかね、と首相がたずねた。あります、と内務大臣は皮肉に気づかなかったかのように無表情で答えた。では、どうぞ。始めにはっきりさせておきますと、首相、この提案はあなたが提示されわれわれが賛同した考えの補足にすぎません、修正でも、訂正でも、完成をめざすものでもなく、ただみなさんの関心を惹くのではないかと期待するだけのものです。いいからまわり道をしないで単刀直入に頼む。わたしが提案するのは、首相、ヘリによる迅速かつ衝撃的な行動です。市《まち》の爆撃を考えているなどと言わないでくれよ。いえ、紙の爆撃を考えています。紙のか。そのとおりです、首相、紙です、まず重要度の高い順に共和国大統領の署名入り声明をのせます、宛てる対象は首都の住民です、つぎに短めの効果的なメッセージを並べていきます、これは首相が推薦した、より緩やかな効果が予想される行動への地ならしであり、心を準備するためのもの、つまり、新聞記事、テレビ番組、われわれを盲目だったときの記憶、作家たちのルポなど、いろいろです、一方でわが省には、人を説得する技術がとてもよく仕込まれた独自の文案作成チームがおります、わたしの想定では、そこに任せれば精力的に作業して短時間のうちに結果を出せるでしょう。すぐれた案だと思えるね、と共和国大統領が口をはさんだ。文案はわたしの承認を得なければならないが、そこは適切に修正すればいいだろう、いずれにしても、悪くないんじゃないか、すばらしいアイデアだ、何よりも共和国大統領の姿を戦闘の最前線に置くという大きな政治的利点がある、いいぞ、これは。部屋で聞こえる承認のつぶやきから、首相はこの入札が内務大臣によって落札されたことを知った。ではそうしよう、必要な措置をとってくれ、と彼は言った。そして頭のなかで、政府の成績表の該当ページにまた内務大臣の否定的な評価マークを書き足した。

運命は必ず傲慢《ごうまん》さを打ち負かす、という心強い概念は、遅かれ早かれ、いやむしろ早かれ遅かれ、内務大臣が受けた屈辱的な仕打ちによって完全に裏付けられた。首相と戦ってきたボクシング・ゲームでは直近のラウンドで勝ったと信じていたのだが、土壇場で敵側につくと決めた思いがけない天からの介入のせいで、計画が頓挫することになったのだ。とはいえ、最終的な分析では、また同じく最初の瞬間から、きわめて注意深い有能な観測筋《オブセルバドリス》の意見によれば、遅れは共和国大統領が全面的に責めを負うべきものだった。首都の住民の道徳的啓発を目ざしてヘリコプターからばらまかれるはずだった、大統領の署名入り声明を承認する件のことである。閣議後の三日間、天はまるで継ぎ目のない滑らかで壮麗な青色の円蓋《えんがい》を世界に見せており、とくに風がなかったので、空からビラを撒《ま》き、どんな知らせが降ってくるのかと好奇心に駆られた街ゆく人や家から出てくる人に拾われるまで、妖精が踊るようにひらひらと紙が舞いおちるさまを見守るにはうってつけだった。この三日間、何度も人の手を経た文書が大統領の宮殿と内務省のあいだを行き来し、ときにはおびただしい理由をつけて、またあるときは考えを簡潔にするために、言葉が線で削除され、またすぐに同じ運命となる他の言葉に置き換えられ、前の部分や後ろに来るものと合わない表現が刈りとられたあげく、大量のインクが無駄にされ、何枚もの紙が破り捨てられた。これが書く仕事の労苦であり、創造の苦痛だとは知っておいていいだろう。四日目、待ちくたびれた空は、下界でまだ物事が結ばれたりほどかれたりしているのを見て、約束どおりに雨を降らせる低く黒い雲で夜明けを覆うことにした。午前中が終わりになるころ、まばらな霧雨が降りだした。ときおりやむかと思えば降りだして、苛立ちを誘う雨は、脅威を感じさせながらも、その程度でおさまりそうでもあった。午後の半ばまでは濡れないくらいの雨だったが、そのあと突然警告もなく、まるで感じているものを隠すのに飽きた人のように空が割れ、激しくはないものの、やむ気配のない、しっかりした単調な雨が降りだした。一週間くらい続けられそうな、一般的には農業で感謝されるような雨だった。内務省は違った。かりに空軍の最高司令部がヘリコプターの離陸を許可したとして、そのこと自体がすでに問題になるだろうが、こうした天候の下で空から紙を撒くのはばかげているとしか言えない。街の通りにあまり人が出ていないばかりか、まばらに人がいたとしてもなるべく濡れないようにと気ぜわしくしているからだ。最悪なのは大統領の声明が地面のぬかるみに落ち、側溝に呑みこまれ、車のタイヤが汚れた噴水を乱暴に巻きあげる水たまりのなかで柔らかく崩れてしまうことだ。ここだけの話だが、じつは合法性と上役への敬意を重んじる熱狂的な信者だけが、四年前の全面的な盲目と、現在の多数派のあいだに関係性があるという説を、不名誉なヘドロから、わざわざかがんでも救いだそうとするのである。内務大臣の受けた屈辱とは、指をくわえて事の推移を見ていなければならないことだった。首相は差し迫った国家の緊急事態を口実に共和国大統領の承認をむりやり取りつけると、あらゆるメディアを使い、新聞雑誌、ラジオ、テレビ、その他補助的表現も含む文字、聴覚、視覚を利用したものなどを、そこから発生したか派生したかによらず、不幸にも首都の住民はふたたび盲目になったのだと説得するべく動かしはじめた。何日かして雨はやみ、空がまた青の衣装をまとうと、いらいらと我慢してきた共和国大統領はただちに首相に、引き延ばされてい

た計画の第一段階の実施を頑固に要求した。わが親愛なる首相、と大統領が言った。わたしはまだ閣議で決まったことをあきらめていないし、そのつもりもないことを憶えておいてもらいたい、直接、国民に演説する義務を果たしたいのだ。大統領閣下、そこまでするには及びません、すでに啓発作戦は始まっており、すぐに結果が出てくると思います。それが明後日《あさって》に出てくるとしても、その前にわたしの声明は出しておきたい。もちろん、明後日というのは言葉のあやでしょうね。とにかく声明はすぐに撒いてくれ。大統領閣下、わたしを信じてください。きみがしないというなら、いまにもきみの責任でわれわれの個人的、そして政治的信頼が失われることになるぞ。お忘れなきように、わたしはまだ議会で大多数の支持を受けています、大統領閣下、信頼が失われると脅されますが、それは純粋に個人的なもので、政治的な影響は受けません。受けるんじゃないかな、わたしが国会に出向いて、共和国大統領の言葉が首相にもみ消されたと明言したら。お願いです、閣下、それはおやめください。国会だろうが外でだろうが、わたしが言えばそのとおり真実になる。いますぐ声明を撒けというのですか。声明、その他いろいろだよ。この時点で声明を撒くのは、意味がありません。それはきみの見方であって、わたしのではない。大統領閣下。きみがわたしを大統領と呼ぶなら、わたしをそういう人間だと思っているのだろう、言われたとおりにしたまえ。そこまでおっしゃるなら。そこまでおっしゃるだけじゃない、まだある、きみと内務大臣の争いを見るのはうんざりだ、彼と相性が悪いなら罷免しろ、そこまでしたくない、あるいは馘にはできない、というならこのまま我慢するんだ、大統領の署名入りの声明を出すアイデアが自分のものなら、きみはきっと戸別訪問してでも住民に配るだろうよ。あんまりな言い方です、閣下。そうだな、否定はしないが、人は怒ったり冷静さをなくしたりすると、思わぬことも口にするものなんだ。では、この一件は終わりにしてよろしいですね。うむ、終わりにしよう、だが明朝、ヘリコプターを飛ばしてくれよ。はい、閣下。

もしもこの熱い議論が起きなかったら、大統領の声明とその他の記事を載せたビラが不要とされて短い命をゴミ箱のなかで終えていたら、わたしたちの語るこの物語はここから大きく違ったものになったはずだ。何がどのようにかは想像できないが、まったく違うものになっていたことは確かである。あきらかに話の裏表に細かく注意を払う読者、すべてについてきちんとした説明を求める分析的な読者なら、首相と共和国大統領の会話は、発表された筋の転換をささえるために土壇場で投入されたのではないかと、間違いなく疑問を持つことだろう。あるいは、それがただ運命によって起こるべくして起こったことで、そこからやがてわかってくる結果が生まれるとしたら、語り手は温めていた筋を脇へ置き、突然航海図に描かれた新しいルートを追うしか選べなかったのだ。あれか、これか、という選択に、そうした読者を満足させる答えを出すのはむずかしい。白くなって生きると決めた市《まち》の前代未聞の物語をどうしたらうまく終結できるのかまるで自信がなかったと、語り手が無礼なほどあけすけに告白でもすれば別だが、共和国大統領と首相の激しい言葉の応酬が結果として至福にみちた終わり方をしたことは、語り手にしてみればスープが蜜に変わるのを見るようなものだった。そうでなければ彼が突然これまで紡いできた物語の糸を切ってまで、起こらなかったが起こった可能性があること、ではなく、起こったが起こらなかった可能性があること、について、あえて余計な脱線をした理由がわからない。言っているのは、これ以上遠まわりはしないが、ヘリコプターが色刷りのチラシを首都の街路、広場、公園、大通りに雨のように降らせた三日後、共和国大統領のもとに届いた手紙のことである。このチラシは内務省の文書作成チームが手がけた、四年前の悲劇的な集団盲目感染症と現在の選挙上の狂乱に関連があるというもっともらしい教訓を説き明かしたものだった。署名者にとって幸運だったのは、ひとまず手紙がとくに几帳面な事務官の手元で止まったことだろう。この事務官は大きな活字を読む前に小さなものを読み、生長してくるものが何かを知るためだけでも、すぐに水を与えるべき種子をずさんな語順のなかに見わける能力を持っていた。手紙はこんな内容だった。共和国大統領閣下、閣下が人民と特に首都の住民に宛ててお出しになった声明を、当然ながらそれにふさわしく注意深く読むことによって、わたしはこの国の市民としての義務を十分自覚し、そして祖国がおちいった危機がわれわれ全員に、目に見えるまたは見えていた見慣れないものすべてに対する継続的で厳格な監視を求めていると確信するものです、このたびわれわれに降りかかった苦難の原因をより深く理解する手助けとなるように、閣下のすばらしいご裁断を仰ぐべくあまり知られていない事実を少々申し上げるお許しを請うしだいです、わたしはたんなる平凡な人間にすぎませんが、こんなことを言うのは、閣下と同じく、白票を投票する最近の盲目症と、あの忘れがたい、われわれ全員を世界の外へ追いやった白の盲目症のあいだに関連性があると信じているからです、つまり共和国大統領閣下、たぶんこの盲目は最初のものによって説明でき、そしてたぶん一人の、同じ人物の存在によって、そればかりか、よくは知りませんが行動によって両方とも説明できると言いたいのです、しかしながら話を先に進める前に、わたしはだれにも疑われない市民精神からこうしているのであり、内部告発者でも、告訴人でも、情報屋でもなく、救いの道を照らす灯火もなく最近いつのまにか苦境に立たされたわが国に、ただ奉仕しようとしているだけだと明言します、いま書いている手紙が灯火をともすほど明るいかどうかは知りませんが、繰り返します、義務は義務であり、この瞬間わたしは自分を使命のために一歩踏みだした兵士であるとみなしています、そして、共和国大統領閣下、この使命は打ち明けることです、なぜその言葉を使うのかと言えば、人に話すのはこれが初めてだからです、四年前わたしは妻とともに、たまたま七人のグループの一員となり、他の多くの人びとと同じく必死で生き残るために闘いました、閣下は、これまでの経験から、わたしが閣下の知らないことは言わないだろうと思われるかもしれませんが、グループの一人、眼科医の妻が失明しなかったことはだれ一人知らないと思われます、夫の方はみんなと同様に目が見えなくなりましたが、彼女はならなかったのです、そのときわたしたちは、決してこれを口外しない、と厳粛に誓いました、彼女はあとで稀な現象として見られたくない、と言いました、われわれが全員が回復した現在、質問の対象になったり検査を受けたりしたくないと、一番いいのは何事もなかったように忘れることだと、わたしは今日まで誓いを尊重してきましたが、もう黙ってはいられません、共和国大統領閣下、この手紙が告発状として読まれたらわたしは気分を害すると言わせていただきますが、一方ではそうあるべきでもあるのです、なぜなら、このこともまた閣下のご存じないことですが、あの時期まさにお話ししている人物によって殺人が犯されたのですから、たしかにそれは法廷で裁くべき問題です、わたしとしては閣下の気高い関心がこれまで秘密にされてきた事実に向けられたら、一愛国者の義務が果たせたと満足するでしょう、この件はひとたび検証されれば、おそらく、現在政治体制が標的にされている無慈悲な攻撃の、そして閣下ご自身の言葉を謙虚に使わせていただくなら、まさに全体主義体制でもなしえなかった方法で民主主義制度の土台に打撃を与える新しい失明に、ひとつの説明を導くかもしれません、言うまでもないことですが、大統領閣下、わたしはあらゆる角度からこの手紙にある情報を、増やし、発展させ、完全にする調査を担当する当局に、全面的に協力します、また問題の人物に対して、わたしが悪意を持っていないことも誓いますが、とはいえもっとも価値ある代表者である閣下を戴《いただ》くこの国が、何にもましてわたしの法であり、義務を果たした人間の心のやすらぎとともに、唯一わたしが受けいれるものであります、敬白。そのあとに署名があり、下の左側に署名者のフルネーム、住所、電話番号、さらに身分証番号とEメールのアドレスがあった。

　共和国大統領はゆっくりその紙をデスクに置き、少しだけ間をおいて、補佐官にたずねた。このことを知ってるのは何人だね。手紙を開封して記録をとった事務官だけです。その男は信頼できるだろうか。信頼できると思います、閣下、党員ですので、しかしどのみち、軽はずみな下心を抱いたらひどい目に遭うという警告はしておくのがいいでしょう、言わせていただくなら直接的な方がよろしいかと。わたしが。いいえ、閣下、警察です、その方が効果的です、この男を警察本部に呼びだし、一番乱暴な警察官に取調室で尋問させて、たっぷり震えあがらせます。よい結果が得られるのは疑わないが、ひとつ重大な難点がある。それは何ですか、閣下。事件が警察に行くまでに二、三日かかる、そのあいだにそいつは口をすべらすぞ、妻に、友達に、場合によってはメディアの記者にも、要するに彼はわれわれにスープをぶちまけるんだ。おっしゃるとおりです、閣下、すぐに警察庁長官と話して手を打ちます、閣下がお望みならそう致しますが。政府の階層を無視して、首相の頭上を飛び越すわけか。これほど事態が深刻でなければ、そこまではしません、閣下。いやいや、それが通用するほどこの世は甘くないよ、すべては結局明るみに出てしまう、事務官が信頼できるというきみの言葉は信じるが、わたしは警察庁長官について同じことを言えない、彼が内務大臣に内通していると想像したまえ、仮説以上にありそうなことだ、そこから生じる問題は何か、内務大臣が首相に説明を求める、なぜならそれをわたしには聞けないからだ、首相はわたしが首相の権限と職務をすっ飛ばしたいのかと聞いてくるだろう、つまり数時間後には、われわれが秘密にしたかったことが暴露されるんだ。またしても、閣下、おっしゃるとおりです。わたしはだれかみたいに、絶対に間違わないとか、めったにとかは言わないが、ま、ほとんど、くらいにしておこう。では、いかが致しましょうか、閣下。その男をここへ連れてこい。事務官ですね。そう、手紙のことを知っている人間だ。いまですか。一時間後では手遅れになる。補佐官は内線電話で事務官を呼んだ。すぐに大統領執務室へ来てくれ、至急だ。通常ならさまざまな廊下や広間を通って少なくとも五分かかるところだが、事務官は三分でドアまでやってきた。息づかいは荒く、脚はがくがくしていた。走ることはなかった、と大統領は笑顔で優しく告げた。補佐官から至急と言われましたので、閣下、と男は息を切らしながら答えた。大変よろしい、来てもらったのはこの手紙のことだ。はい、閣下。もちろん、読んでるね。はい、閣下。何が書いてあるか憶えているか。ある程度は、閣下。そういう言葉をわたしに使わないでくれ、質問に答えるんだ。はい、閣下、たったいま読んだくらいに憶えています。中身を忘れるように努められるか。はい、閣下。考えてくれ、努力することと、忘れることは同じではない。はい、同じではありません。だから努力だけでは足りない、もっと他のことが必要になる。名誉をかけて答えております。そういう言葉を使うなと言いたくなるが、それがどういう意味か説明してもらうほうがよかろう、この場合、きみが名誉をかけるとは何をどうすることかな。はい、閣下、それは何があろうとゆるぎない厳粛な宣言であります、わたしは手紙の内容を絶対に漏らしません。きみは結婚しているのか。はい、閣下。ひとつ質問しよう。はい、お答えします。きみが妻に話したとする、手紙の性質を、彼女だけにだ、言葉の厳密な意味で言うと、きみは手紙を開示したことになると思うか、もちろんわたしが言うのは手紙についてであって、奥さんのことじゃない。そうは思いません、閣下、漏らすというのは広めること、公表することですので。認めよう、辞書がきみの役に立っていると知ってよかった。わたしは妻にも言いません。妻には何も言わないという意味かな。だれにもです、閣下。わたしにきみの名誉をかけてくれ。申しわけありません、閣下、いま誓います。想像してくれ、わたしはもうそれをきみに渡したことを忘れた、もしまた記憶に戻るとしたら、補佐官がわたしに注意喚起をうながすだろう。はい、閣下、と二人の声が同時に響いた。大統領は数秒ほど黙りこみ、それからたずねた。きみが記録簿に書いたものをわたしが見にいくと言ったら、わたしにわざわざ席を立たせず、そこで見られるものを教えられるか。単語がひとつだけです、閣下。あのような長い手紙をひと言に要約できるとは、驚くべき文章力だ。陳情《ペチソン》です、閣下。何だって。陳情です、記録簿に用いる言葉でして。そのものだ。そのものです。それでは、どういう手紙か知る手がかりがないな。わたしはそう思っておりました、閣下、人に知らせるのはよくないと、陳情ならどんな意味にもなります。大統領は満足そうに椅子にもたれ、慎重な事務官に歯を見せながら笑顔を向けた。最初からそう言うべきだったよ、なにも名誉を口にしないですんだ。用心するにしくはなし、と申しますので。悪くない考えだよ、悪くない、ただときどき記録簿を見返すことだ、だれかが何かを思い出して陳情という言葉に付記をするかもしれん。すでにその項目は一行で仕切っております、閣下。下がっていいぞ。おっしゃるとおりに、大統領閣下。ドアが閉まると、補佐官が言った。正直に言いますと、あの男にあのような会話をまわす能力があるとは思いませんでした、とりあえずわれわれの信頼を得るだけの証拠を最大限見せてくれました。たぶん、きみの信頼であって、わたしのではない、と大統領が言った。でも、そう思いましたが。きみがそう思ったのは正しいが、補佐官、同時に間違ってもいる、人間を分類するときに一番安全なのは、賢いか愚かかで分けることではない、賢いか賢すぎるかなんだ、愚かな人間相手ならわれわれは何でもやりたいことができる、賢い人間が相手ならわれわれに役立つ味方にすればいい、ところが賢すぎる人間は、味方にしても本来的に危険であって、それは避けられない、おもしろいことに彼らはつねに自分に注意しろとわれわれに知らせる行動をとるのだ、だが、こちらはたいがい警告を聞かず結果を耐えることになる。と言いますと、閣下。つまり、それがわれわれの慎重な事務官だよ、彼は今回のように心配な手紙をただの陳情書に変える能力のある記録係だ、ほどなくわれわれが約束した恐怖を味わうために警察に呼びだされるだろう、それは本人が言葉に含まれた未来をすべては想像せずにみずから言った、用心するにしくはない、ということなのだ。いつもながら閣下は正しいことを見抜いておられます、遠くまで目が届いて。そうだな、しかし人生最大の過ちは、政治家としてこの椅子に自分を着かせたことだろう、そのときはこの肘掛けが手錠だとは思いもしなかった。それは大統領制の内閣ではないからですか。そのとおり、おかげでテープカットと子どもたちへのキスしかさせてもらえない。でも、いま閣下は切り札を手にお持ちです。首相に渡したら、首相のものだ、わたしは郵便屋にすぎん。内務大臣に渡したら、その瞬間に警察のものになりますね、警察は組み立てラインの最後にありますから。よく勉強しているな。よい学校に通っておりますので、閣下。ひとつ言っておこうか。お聞かせください。哀れな悪魔は放っておくんだ、たぶんわたし自身、家にいるときは、あるいはシーツにもぐりこんでいるときは、あの手紙の中身を話すだろう、そしてきみ、補佐官君もたぶん同じことをする、きみの妻はうちの夫が国家の編む秘密と網を知っていて、内情に通じ、権力のどぶの悪臭をマスクなしで吸っているのだとヒーローのように見るんだ。お願いです、閣下。ああ、忘れてくれ、これでも最悪よりましな方だ、ただときどき突然これでは足りないと思うし、言いあらわせないほど胸が痛んでるのだよ。閣下、わたしの口はいまも、これからも閉じています。わたしのもそうだ、わたしのもね、だが、もしもわれわれが口を開いて、そのあいだも話しつづけていたら、世界はどうなるのかと思うことがある。そのあいだもとは何です、閣下。なんでもない、なんでもない、ここらで一人にしてくれ。

一時間もしないうちに、緊急の呼びだしを受けた首相が宮殿の大統領執務室に入ってきた。大統領はすわるように合図をして、手紙を差しだしながら言った。これを読んで、感想を言ってくれ。首相は椅子の背にもたれると読みはじめた。半分ほど進んだところだったろうか、いぶかしそうに顔をあげた。たったいま聞いた話が理解できない人のようだったが、また読みつづけて、あとは止まることも、動作をはさむこともなく読みおえた。善意にみちた愛国者です、と首相は言った。と同時に人間の屑ですね。なぜ人間の屑なんだ、と大統領がたずねた。ここに書いてあることが真実なら、もしもこの女が、実在するとして、本当に失明せず悲惨な状態の六人の世話をしていたなら、手紙の差出人が運よく生きのびたのは彼女のおかげだという可能性を除外できないでしょう、わたしの両親が運よく彼女を見つけていたら、今日もまだ元気で生きていたかもしれません。そこには彼女が人を殺したとあるが。閣下、当時何人の人が殺されたか、確実にわかる者はだれもいません、発見された死体はすべて事故死か自然死として処理され、その問題には石が置かれたのです。どんなに重い石でも動かすことはできる。そのとおりです、大統領閣下、でもこの石はそのまま置いておこう、というのがわたしの意見です、この犯罪には目撃者がいないはずです、その瞬間そこに盲目の人たちがいたとしても、だれもこの女の犯行を見ておらず、死体《コルポ・デ・デリート》（法律用語の罪体）すら存在しない犯罪で法廷へ連れだすのはばかばかしく無意味です。手紙を書いた男は彼女が殺したと断言している。ええ、でも殺人を目撃したとは書いていません、それに、閣下、もう一度言いますが、この男は人間の屑です。これはモラルを判定する問題じゃない。承知しております、閣下、しかし人はつねに不満を発散できますので。大統領は手紙を受けとり、見えないもののように手紙を見て言った。では、きみはどうするつもりだ。わたしは何もしません、と首相が答えた。この問題は追及する手がかりがありません。もちろんきみも気づいてるだろうが、差出人はこの女が盲目にならなかった事実と、最初にわれわれを混乱に陥れた大量の白票投票事件のあいだに、つながりがある可能性を示唆している。閣下、これまでもわたしたちはつねに意見が一致するとは限りませんでした。それは自然なことだ。ええ、わたしの尊敬する閣下の知性と常識に何の疑いもないことが自然なように、わたしもごく自然に、四年前その女が失明しなかったから、彼女の存在を聞いたこともない数十万の人が選挙で一斉に白票を投じた責任がある、という考えを受けいれられないのです。こういう言い方はどうだろう。言い方の問題ではありません、閣下、わたしとしてはその手紙を妄想の書類としてファイルし、問題を取り下げて、愚かしい妄想や悪意ではなく、われわれの難局を脱する本物の解決策を引きつづき探すことをお勧めします。言うとおりだな、どうやらひどく無意味なことを深刻に受けとめて、きみを呼びだすなど時間を無駄にしてしまったようだ。われわれが合意したことにくらべれば、閣下、おっしゃるようなわたしの時間など、たいしたものではありません。それを聞いてうれしいよ、感謝する。それでは、閣下はこのままお仕事に、わたしも仕事に戻ります。大統領が別れの握手をしようと手を伸ばしたとき、電話が鳴った。彼は受話器を取り、補佐官の言葉を聞いた。内務大臣からお話があるとのことです、大統領閣下。つないでくれ。電話は長くかかり、大統領は耳を傾けていたが、刻一刻とその表情が変わっていった。ときおり、うむ、とつぶやき、一度、それは検討すべきだ、と答え、最後に、首相に話してくれ、という言葉で締めくくった。彼は受話器を置いた。内務大臣だ。それで、あの素敵な男は何がほしいんですか。同じことが書かれた手紙を受けとり、捜査を始めることにした、と。悪いニュースです。きみに話すように言った。それは聞きましたが、それでも悪いニュースです。なぜだね。内務大臣をわたしのように知っている者はあまりいないと思いますが、よく知っているだけに、彼がすでに警察庁長官に指示しているのは間違いありません。止めさせろ。やってみます、でも無駄ではないかと。首相の権限を使いたまえ。わが国が深刻な危機にあるとき、国家の安全保障に影響を及ぼす事実への捜査を妨害したと非難されるために、ですか、と首相は聞きかえし、さらに言い足した。あなたはすぐにわたしへの支持を撤回し、先ほど結んだ合意はたんなる幻影となるでしょう、いや、何の役にも立たない以上すでにそうなっています。大統領はうなずき、それから言った。先ほど、わたしの補佐官がこの手紙に関して、なかなか役立つ言い方をした。どう言いました。警察は組み立てラインの最後にあると。おめでとうございます、閣下、優秀な補佐官をお持ちです、でも、口にすべきでない真実もあるのだと警告しておくことです。この部屋は防音仕様だ。それは盗聴マイクを隠していないという意味ではありません。調べさせよう。ともかく、閣下、かりに発見されてもそれはわたしの指示ではありません。うまいジョークだな。悲しいジョークです。状況のせいで、この袋小路にきみを押しこんだことが残念だ。抜けだす道はあるでしょう、いまは見えませんし、後戻りするのは不可能です。大統領は首相にドアのところまで付き添った。不思議だな、この差出人はきみのところに手紙を出さなかったのか。出したのでしょう、共和国大統領と内務省の事務官が、あきらかに首相の配下より勤勉で熱心だということです。いいジョークだ。いや、同じくらい悲しいジョークです、閣下。

首相宛ての手紙は、たしかにあったのだが、届くまでに二日かかった。首相はすぐに、それを記録する事務官が、共和国大統領の担当者よりも慎重さを欠いていることに気づき、二日前から流れていたうわさの信憑性《しんぴょうせい》を確認したのである。うわさは自分たちが上質なものを呑んでいる、つまり神々の秘密、最新事情に通じている、と誇示したがる中堅公務員の情報漏洩の結果か、あるいは、首相が警察捜査に反対する試みを、そして妨害する動きを、たとえ象徴的だとしても単純に芽から摘んでおこうとする内務省によって故意に流されたものか、どちらかだった。さらにまだ、そこにはいわゆる陰謀めいた仮説も残っている。すなわち、首相が共和国大統領に呼びだされた日の夕方、首相と内務大臣のあいだで交わされた密議は、何でも嗅ぎわけて追跡できる最高の血統をもつ電子の猟犬、つまり最新世代のマイクがいくつか分厚い防音壁に埋め込まれていたせいで、期待に反してそれほど秘密ではなかったかもしれないのだ。いずれにしても、悪につける薬はなく、国家の秘密は実際悲しみのときにあり、それを守る者は一人としていなかった。首相はこの残念な確信を強く意識し、秘密に価値がないことを深く悟っていたので、とりわけ秘密が秘密でなくなったとき、遥かな高みからこの世界を見守っている人のようなしぐさで、あたかも、みんな知ってるよ、気にするな、とでも言うように、ゆっくりと手紙を折りたたんで上着の内ポケットにしまった。これは四年前の盲目事件から直接やってきたんだ、わたしが持っていよう、と彼は言った。内閣補佐官のひと言ありそうな驚きの表情を見て、首相はほほえんだ。心配いらないよ、きみ、これとそっくりの手紙が少なくとも二通ある、すでに出まわっている大量のコピーは言うまでもなく。内閣補佐官の顔がさっと不愛想な無表情に変わった。いま聞いたことがまったく理解できないように、あるいは最近ではなく昔やった不正行為を責められて急に良心がうずいたように、強《こわ》ばっていた。下がっていい、必要があったら呼ぶから、と首相は言い、椅子から立ちあがって窓のひとつに近づいた。それを開ける音が、ドアの閉まる音に重なった。見えるのは低く連なる屋根くらいのものだ。彼は首都に郷愁をおぼえた。投票が統治に従順だった幸せな時代を、プチブルジョア的な首相公邸や国会議事堂で過ごした淡々とした日々や時間を、そして気持ちを高ぶらせた、たまには陽気に楽しめた政治的危機を懐かしんだ。あれは期間と強さが管理された予知できる噴火のようなもので、ほとんどいつも見せかけであり、そこから人は、真実を言わないだけではなく、それが役立つなら嘘をついて、裏側と表側がごく自然にいつも一緒に見えるように、ひとつひとつ合わせることを学ぶのである。すでに捜査は始まっているのだろうか、と首相は思った。そして、情報収集して報告を送る任務を遂行するため収穫もなく首都に残された情報部員を警察の捜査に駆りだすのだろうか、それとも内務大臣は目と手の届く範囲にいるもっとも信頼できる者に任務を与えて送りこむのだろうか、などと推測して立ちどまった。わからないが、たぶん包囲線を極秘で突破していく映画的冒険に誘惑されて、部員たちは有刺鉄線の下で短剣を身につけ、磁気をカットして恐ろしい電子センサーをだまし、向こう側の敵地に現れて、猫のような敏捷性《びんしょうせい》と暗視ゴーグルをそなえたモグラさながら目標に向かうのだ。首相が内務大臣の命じる作戦のタイプを想像できたのは、ドラキュラよりやや血に飢えたところが少なめで、ランボーよりかなり芝居がかっている人となりを、本人と同じくらいわかっていたからだ。それは間違っていなかった。封鎖された市境の近く、小さなこんもりとした森蔭《もりかげ》に隠れて、三人の男が夜の明けるのを待っていた。とはいえ、首相が執務室の窓辺で気ままに空想したことが、わたしたちの目の前ですべて現実になったわけではない。たとえばこの男たちはありきたりな平服姿だ。短いナイフも所持せず、ホルスターに入れた拳銃は普通の規制された心強い名前を持っている。恐ろしい電子センサーについては、さまざまな装備のなかに、そうした決定的な機能を持つものがあるようには見えないが、考えてみると、磁気をカットする装備が一見したところ見えないだけの話である。やがてわかることだが、準備段階でこの地点の電子センサーは五分間停止する手はずになっていた。それだけの時間があれば、三人の男が一人ずつあわてず急がず有刺鉄線の障壁を越えられる。もちろんその箇所ではズボンを破いたり、皮膚を傷つけたりしないように有刺鉄線が切断してあるのだ。夜明けのバラ色の指たちがふたたび鉄線を見せる前に、陸軍の土木工兵が修理しにやってくるから、その威嚇する牙も、また市境に沿って左右に延びていく巨大なロール状の全体も、無害なのはごく短時間にとどまるだろう。三人の男はすでに通り抜けていた。一番背の高いチーフが先頭に立ち、一列になって牧草地を横断しており、歩くたびに靴の下で湿気がうなるような音を響かせていた。そこから五百メートル先、市の郊外にある細めの道路で一台の車が待っている。彼らを乗せて夜のなかを首都の目的地に連れていくのだ。国内外を問わず顧客が不足しているのに倒産をまぬがれている、偽の保険再保険会社である。この男たちが内務大臣から直接口頭で受けた指令は、はっきりしており、かつ決定的なものだ。結果を持ってこい、どんな手段を用いてもかまわない。指令を書いたものは携行していない。だから想定より状況が悪化しても、彼らには防御手段がなく、身を守るため、あるいは正当化するために人に見せる書類はない。ということは、彼らのとった行動が、国の威信や、目的と過程の汚れなき純粋さを失わせでもしたら、内務省から切り捨てられる可能性も除外できないだろう。この三人は敵地にいる特殊部隊のようなものだ。命を危険にさらすと考えられる理由はないが、三人とも尋問の才覚、柔軟な戦術、スピーディーな処置、が要求される任務の繊細さに気づいていた。そのどれもが最大限に求められると。きみたちが人を殺す必要があるとは思わない、と内務大臣は言った。だが、かりに極限状況になったら、他に逃れるすべはないと考えたときは、ためらわないことだ、司法にかかわる面はわたしが面倒を見よう。最近首相が引き継いだ大臣職は何でしたか、とチーフが思いきってたずねた。内務大臣がとぼけた顔をして、出しゃばりな男を穴のあくほど見つめ、チーフは目をそらすしかなかった。車はすでに市街地に入っており、とある広場で運転者を代えるために止まり、最後に、いそうもない尾行をまくために三十回ほど交差点を曲がってから、保険再保険会社の本部であるオフィス・ビルの正面ドアで彼らを降ろした。オフィス・ビルでは、訪問者が日常ありえないこの時刻に、どういう人がやってきたのかを見届けるドアマンが出てくることもなかった。おそらく昨日の午後、話術の巧みな者がやってきて、ドアマンに明日は早くベッドに入るよう、なかなか寝つけずに目が閉じられなくても、シーツから離れないようにと説得したのだろう。三人はエレベーターで十四階まで上がり、廊下を左へ歩き、右に曲がって、つぎを左へ進み、ようやくプロビデンシャル保険再保険有限責任会社という表示のあるドアにやってきた。*だれもがはっきりと読めるように、くすんだ真鍮板に黒い文字で社名が入れてあり、それがピラミッド状に面取りされた同じ金属の鋲《びょう》で固定されていた。彼らはなかに入り、部下の一人が明かりを点けると、もう一人がドアを閉めて安全チェーンをかけた。そのあいだにチーフは施設内を歩きまわって、電話線やコンセントを確認し、機器を接続し、キッチン、寝室、バスルームに行き、ファイル・キャビネットを開き、なじみのある金属とオイルの匂いを嗅ぎながらさまざまな武器をすばやく目視《もくし》した。明日、すべて

＊　プロビデンシャルは、天が与えた、神意による、時機を得た、幸運な、の意味。

をひとつずつ、個々の弾薬に至るまで確認するつもりだ。彼は部下を呼び、腰を下ろしてから、彼らもすわるように命じた。今日は午前七時から容疑者の監視を始めてくれ、罪を犯してもいない男を容疑者と呼ぶのは、われわれのあいだの連絡を簡便にするだけでなく、少なくとも始動して数日間は、安全保障上、名前を口にできないからだ、もうひとつ付け足すと、この任務には一週間以上かけるべきではない、まず容疑者のこの市《まち》における行動を把握すること、どこで働き、どこに出かけ、だれと会っているのか、要するにじかに接触する前の基本的な調査と、予備知識を得るための偵察だ。監視を容疑者に気づかせるか、と第一の助手がたずねた。最初の四日間はやめておこう、だが、その後は気づかせる、そいつが心配になるか、不安に駆られるかどうか知りたい。あの手紙を書いたのです、だれかが捜しにくるのを待っているに違いありません。潮時を見て接触する、ここで肝心なのは、そいつに自分が糾弾した側から尾行されていると思いこませることだ。医者の妻から、ですね。いや、そうではなく、白票を投票した共犯者たちからだ。話が飛びすぎではないですか、と第二の助手がたずねた。調査を始めてもいないのに、もう共犯者の話を持ちだすのですか。われわれは任務のアウトラインを描いている、たんなるスケッチであって、それ以上のものじゃない、わたしは手紙を書いた男の視点に自分を置いて、何が見えるのか見てみたいんだ。でも、偵察に一週間かけるのは長すぎると思います、と第一の助手が言った。三日あれば、そいつを沸点まで追いつめられますよ。チーフは眉をひそめた。一週間だと言っただろう、一週間かければいいんだ、と決めつけたかったが、ふと内務大臣のことが頭に浮かんだ。大臣が迅速な結果をはっきり求めたかどうか記憶にないが、とかく担当者はこうした要求を口にしがちで、今回のケースが例外だと考える理由はなかった。命令する側が命令される者の理屈に折れるというのは大変まれなケースだが、チーフは通常の上司と部下の関係ではないとでもいうように、三日で終えるという主張にも難色を示さなかった。そのビルに住む成人の写真はすべて持っている、もちろん男のものだ、とチーフが蛇足《だそく》を承知で言い足した。その内の一人がわれわれの捜す男だ。同一人物だと確認するまでは偵察を始めません、と第一の助手が確認した。そうだな、とチーフは答えた。だが、いずれにしても、きみたちは戦略上、午前七時に男の住む通りに行って、手紙を書いた人物のタイプにもっとも近い二人をそれぞれ尾行する、つまりそこからが任務の始まりだ、直感と捜査勘を頼りにやってくれ。意見を言ってもよろしいでしょうか、と第二の助手が言った。かまわんよ。手紙の内容からすると、この男は完全にろくでなしです。それはつまり、と第一の助手がたずねた。われわれが尾行するやつは、外見上もろくでなしだということですかね。そしてつけ加えた。経験から言わせてもらえば、最悪のろくでなしは全然そう見えないやつらですが。実際、身分証明書の複写を手に入れる方が遥かに合理的でしたよ、時間と労力の節約になったはずです。チーフは切りあげることにした。きみたちは、まさか教区司祭に主の祈りを、女子修道院長にアヴェ・マリアを教えるつもりじゃないだろうな、彼らがそう命じないなら、任務を中止に追いこみかねない好奇の目を排除するために違いない。失礼が許されるなら、チーフ、反論させてください、この男はバッグを空っぽにしたがってるんです、実際、そいつがわれわれの居場所を知っていたら、いまにもあのドアにノックが聞こえるでしょう。そうかもしれない、とチーフは答えた。声には苛立ちがふくまれており、自分が持ちだした行動計画への批判を粉砕しそうだった。しかし、われわれとしては接触する前にできるだけ多くのことを知っておきたいんだ。ひとつ考えがあります、と第二の助手が言った。別の考えか、とチーフは不機嫌そうに答えた。いい案だと保証しますよ、われわれの片方が百科事典のセールスマンになるんです、そうすれば戸別訪問をしても大丈夫です。百科事典セールスマンの手は大昔に廃れてる、と第一の助手が言った。それに最近じゃドアで応対するのは妻の役目だ、そいつが独身者なら使えるとしても、手紙の文面をはっきり憶えてはいないが、結婚してるんじゃなかったか。だめか、と第二の助手が大声をあげた。三人は顔を見合わせながら黙っていた。部下たちはチーフがそれなりの考えを持っていれば待つ方が無難だと思った。原則として、上司がどんなに水をぶちまけようとも拍手喝采するつもりだった。チーフはこれまでの話をすべて秤《はかり》にかけ、さまざまな提案をうまく計画に当てはめようとした。パズルのピースを何げなく調整することで、ポアロのように、とても賢く、命令を聞く者が純粋に驚いて口を開けるくらいのものが出てくることを期待して。ふと、目から鱗《うろこ》が落ちるように道が見えた。人は、と彼は言った。体が不自由でないかぎり一日中家にいるわけではなく、仕事に行き、買い物に出かけ、散歩をする、だから、その男の留守中、無人の家に入るというのがわたしの考えだ、住所は手紙にあり、錠を破るのは簡単だ、家具の上にはかならず家族の写真が置いてあるから、男を確認するのはむずかしくないし、迷わず尾行できる、家の留守を確認するには電話を使えばいい、電話会社の番号案内から番号を聞きだすか、リストをひとつずつチェックすることもできる、手はいくらでもある。このあいまいな終わり方をしたとき、チーフはパズルがきれいにはまっていないことに気づいた。けれども、前にも書いたとおり、二人の部下はチーフの着想にどこまでも寛容な態度をとるつもりだったので、第一の助手はまず様子見をすべきだと感じ、相手の気持ちを傷つけないような口調で言った。わたしの思い違いでなければ、一番いい方法は、その男の住所がわかっているなら直接訪ねて、出てきた人間に、だれそれは住んでいるか、と聞くのです、もし相手が本人なら、ええ、わたしです、と答えるでしょうし、妻なら、その可能性が高そうですが、たぶん振り返りもせずに、おりますので呼びますよ、と答えるでしょう、これでやたらと藪《やぶ》を叩かないでも鳥を捕まえられます。チーフはテーブルを殴りつけるかのように握った拳をふりあげたが、すんでのところで激しい身ぶりをこらえ、ゆっくり腕を下ろし、一音一音、低くなっていく声で言った。その案は明日検討しよう、わたしはもう寝るよ、おやすみ。すでにチーフは捜査中に使う部屋のドアへ向かっていたが、そこに第二の助手が問いかけた。われわれはいつも七時に任務を始めるんですか。チーフはふり返らずに答えた。追って命じるまで、予定された行動は棚上げにする、きみたちは明日指示を受ける、わたしは省から受けとったガイドラインを検討し、スピードをあげる必要があれば、わたしが適切とみなす変更を制限なく加えるつもりだ。彼はまた、おやすみ、と言った。おやすみなさい、チーフ、と部下たちが応じると、チーフは部屋に入った。ドアが閉まったとたん、第二の助手が話を続けようとしたので、もう一人がすばやく口に人さし指をあてて首をふり、黙ってろ、と合図を送った。彼は先に椅子に移動して、言った。おれももう寝るよ、まだ起きてるなら、そっと部屋に入ってこい、起こすなよ。二人の男は部下という立場なので、チーフとは違い個室が与えられなかった。そこは小さい寄宿舎のようなベッドが三台ある大部屋で、ベッドがふさがることもまれだった。真ん中のベッドはつねにほとんど使われていない。今回のように捜査官が二人の場合、彼らは必ず両側のベッドを使用するし、一人の場合も確実にどちらかのベッドを好み、決して真ん中のベッドは使わない。おそらく、真ん中で寝ると、囲まれているような、あるいは逮捕されているような気分になるからだろう。どんなにタフでいかつい捜査官でも、そしてこの二人はまだそれを証明する機会がないのだが、壁のそばで守られている感覚が必要なのである。注意を受けた第二の助手は立ちあがって言った。いえ、わたしも起きていません、寝ます。二人は階級を尊重して、第一の方から順番に、当然のように必要な物がすべて用意されたバスルームを使い、体をきれいにした。この物語のどの時点でも三人の捜査官が、着替え、歯ブラシ、シェーバーを入れた小さなバッグ、あるいは簡単なバックパックを持ちこんだという記述はないからだ。プロビデンシャルという幸せな名前で洗礼を受けた会社が、一時的に雨風をしのぐ宿を提供した人たちに、彼らが託された任務を快適かつ順調に遂行するのに不可欠な物品や衛生用品を提供することを考えなかったとしたら、むしろ驚くべきことかもしれない。三十分後、助手たちはともに心臓のあたりに警察の標章のある支給品のパジャマを着て、それぞれのベッドに寝ていた。結局、省の計画には立案者《プラニフィカドル》がいなかったんですね、と第二の助手が言った。経験者の意見を聞くという初歩的な用心をおこたると、いつもこうなる、と第一の助手が答えた。あのチーフに経験が足りないわけじゃないですよね、と第二の助手が言った。そうだとしたら、こんなところにいませんから。意思決定の中心に近すぎると、近視になって視野が狭くなりがちだ、と第一の助手が答えた。われわれがチーフのように本物の権力を握る日がやってきたとしても、同じことが起こるんですかね、と第二の助手が問いかけた。将来が現在と必ず違うとかぎったわけではないからな、と第一の助手が答えた。十五分後、二人は眠りこんだ。一人はいびきをかき、もう一人はかかなかった。

　朝の八時前だった。チーフはすでに髭を剃《そ》り、着替えをすませて部屋に入ってきたが、そこは、省の行動計画が、あるいは正確に言うなら、内務大臣からすぐに警察庁上層部の忍耐強い背中へ丸投げされたものが、二人の部下たちによって、たしかに見事な思慮深さとかなりの敬意が払われ、かすかに巧みな弁証法の優雅ささえあったとしても、ずたずたに引き裂かれた場所だった。チーフはあっさりとそれを認め、部下たちにはほんのわずかな怒りも抱いておらず、むしろ、見るからに安堵している様子だった。ベッドで輾転反側を強いられた不眠症のとば口を克服するのに使ったのと同じエネルギッシュな意志をもって、彼はカエサルが否定できなかったことを寛大に不問にし、しかし結局神に、そしてその別名である権力に、遅かれ早かれすべての利益が戻ることをはっきりさせるべく、作戦のすべての指揮を自分一人で引き受けることに決めた。だから、数分後にまだ眠そうな二人の助手が順番に、警察の標章のついたガウンにパジャマ姿で寝室用スリッパを引きずりながら居間に入ってきたとき、そこには冷静で、自信にあふれた男が待っていたのである。チーフは計算済みだった。スコアボードにはすでに点が入っており、先取点は彼のものだった。やあ、おはよう、と彼は励ますように迎えた。よく眠れたか。はい、チーフ、と一人が言った。はい、チーフ、ともう一人も言った。朝食にしよう、それから準備だ、いまなら男をベッドで捕まえられるし、それも一興だ、ところで今日が何曜日かと言えば、そう、土曜日だ、土曜にはだれも早起きをしない、いまのきみらのように、ガウン姿でパジャマを着て足を引きずりながら廊下をやってくる、いきおいガードは低く、心理的にも落ちているからな、どうした、どうした、朝食の支度を始める強《つわ》者《もの》はどっちだ。わたしです、と二番手が三番手のいないことを悟って答えた。状況が違っていたら、つまり省の計画がつぶされずに反論もなく受け入れられていたら、第一の助手がチーフと残り、たとえ実際に不必要であっても、これから進める行動について了解したり、細かい仕上げをしたりしただろうが、こちらも寝室用のスリッパでかなりの引け目をおぼえていたので、大きな身ぶりを添えて仲間意識を強調した。手伝うよ。チーフは、彼も助かるだろう、とうなずいた。そして寝る前に走り書きしたメモを読み返そうと腰をおろした。十五分もしないうちに、二人の助手はトレイにのせて、コーヒーポット、ミルク入れ、パック入りドライケーキ、オレンジ・ジュース、ヨーグルト、ジャムを運んできた。ここでもまた公安警察のケータリング・サービスが長年の活動で得た名声を汚していないことは疑う余地がなかった。二人の助手はコーヒーに冷たいミルクを入れたり、温めなおしたりするのをあきらめて言った。支度をして、すぐに戻ります。できるだけ早く。実際、上司が背広にネクタイをして着席しているのに、彼らが無精《ぶしょう》ひげをはやし、眠そうな目をし、洗っていない体から寝汗の臭いを漂わせているのは、あまりに敬意を欠いていると思われた。彼らがそれを十分にわかっていることは、言葉が足りなくても十分に伝わった。当然ながら雰囲気はなごやかで、助手たちは動かずにおり、チーフは何の遠慮もなく彼らに着席をうながして、遠慮なくパンと塩をとるように言った。われわれはチームだ、同じボートの乗組員だよ、上司によってはつねに上下関係をうるさく言う者もいるが、わたしを知る人はそうじゃないことを知っているんだ、さあ、すわってくれ、すわってくれ。助手たちは何を言っても不適切な状況だと気づいて、少しきまりわるそうに腰をおろした。比較すれば、おしゃれな男と二人の浮浪者がいっしょに朝食をとるようなものだった。彼らは早めにベッドから這《は》いだすべきであり、さらにはチーフが部屋から出てきたときに食卓が整い、朝食が始められるようにしておくべきだった。上司は自分さえかまわなければバスローブでもパジャマでもかまわないが、彼らの方はまずいのだ。部下は神が命じるように、着替えて、髪をとかしておかなければならなかった。これはいわゆる日常の行動の塗装に入った小さなひび割れであり、ゆっくりと、着実に、繰り返されることで、はなばなしい革命でもないのに、最後には堅固きわまりない社会の巨大建造物を崩壊させるのである。賢明な昔のことわざは教えてくれる、人から尊敬されたければ、彼らに自信を持たせるな、と。よい仕事ができるように、わたしたちもこのチーフが後悔せずにすむことを願っている。いまのところはチーフも自分の責任に自信を持っており、そうした言葉を聞かずにすむだろう。われわれの調査には目的が二点ある、ひとつは主目的であり、もうひとつは副次的なものだ、副次的なものは時間を無駄にしないためにわたしが当たるが、手紙にあった六人の盲人グループを導いた女が犯したという罪について、手間をかけずにできるかぎり調べることだ、主目的は、われわれがすべての体力と能力を注ぎこみ、そのためならあらゆる手段を使う案件で、この、われわれ全員が盲目になり、手さぐりでつまずき歩いていたとき視力を保っていたと言われるこの女が、白票を投票する新たな感染症と関係しているのかどうかを見つけだすことだ。それを見つけるのはむずかしいですね、と第一の助手が言った。だからわれわれがここにいるんだ、投票ボイコットの根源を探りだそうとこれまで試された手段はことごとく失敗した、告発した男の手紙もそれほど有望じゃないかもしれないが、少なくとも新たな捜査線は開いてくれた。その女が数十万人規模の運動の背後にいるなんて信じられません、つぼみのうちに悪の芽を摘まなければ、明日にはそれが百万以上にふくれあがるなんて、と第二の助手が言った。両方ともありえないようだが、一方が起こったことなら、もう一方も起こる可能性がある、とチーフは答えた。そして、その言葉が真実になる状況があることを想像もせず、口外が許されていないことが他にあるという顔つきで締めくくった。ありえないことは単独ではやってこないんだ。この十四行詩《ソネット》の完璧な黄金の鍵ともいえる幸せな締めの一文で、朝食も終わりとなった。助手たちは食卓を片づけ、皿と食べ物の残りをキッチンに運んだ。では、準備をします、それほど時間はかかりません、と彼らが言った。待て、とチーフがさえぎった。そして第一の助手をふりむき、きみはわたしのバスルームを使えばいい、さもないと、われわれは永久に出発できないぞ。招待された男は満足そうに顔を赤らめた。彼のキャリアはすでに一歩前進していたのだ。上司のトイレで小便をすることになるだろう。

　地下のガレージで一台の車が待っていた。キーは前日、チーフの使うナイトスタンドに何者かが置いていった。そこには簡単なメモがついており、車種、色、ナンバープレートと、車両のある場所が記されていた。エレベーターで直接降りるのでドアマンと会うこともなく、彼らはすぐに車を発見した。時刻はすでに午前十時近かった。チーフは彼のために後ろのドアを開けた第二の助手に告げた。きみが運転しろ。第一の助手はドライバーの隣にすわった。気持ちのよい朝で、日差しはたっぷり降りそそいでおり、この光はその昔あれほど豊富な罰の源だった天が、何世紀もの時がたつにつれて力を失ってきたことへの満足感を見せているのだ。それは善良で公平な時代のこと、聖書に出てくるいくつかの都市は神の命令に単純に何げなく背いた結果、内側にいた住民もろとも壊滅させられた。ここにあるのも権力に背いて白票を投票した都市だが、ひらめく稲妻が天から落ちて灰になるまで焼き尽くされることはなかった。*それよりはるかに軽い典型的な悪徳の報いとして、ソドムとゴモラはそうなったし、アドマとゼボイムもそうで、後者は前者よりあまり語られないが、その名前がたまらなく音楽的なせいで人びとの耳に永遠に残っている。今日《こんにち》では、神の命令に盲目

＊　ともに旧約聖書の創世記より。神によって破壊された都市の名。

的に従うのをやめた稲妻は好きな場所にだけ落ちており、すでに白票投票をした罪深い市《まち》を正しい道に戻せないことは明白である。その代役として、内務省が派遣した三人の大天使というのが、ここにいる警察官たち、チーフとその助手なのだが、ここからはその正式な階級に則して上から順に、警視、警部、巡査部長と呼ぶことにする。上官の二人は街路を歩く人びとを観察した。どの人も無実ではなく、どの人も何かしら罪を犯している。あの弱々しそうな老人は、たとえば最後の暗闇にいる首魁《しゅかい》ではないだろうか、とか、恋人と抱きあう女は邪悪な蛇の生まれ変わりではないのか、とか、うなだれて歩くあの男は街の精神を毒する薬を蒸留中の謎の穴倉へと向かうところではないか、などと想像しながら。巡査部長の関心は、下位の部下という立場から、とくに高尚な考えを持ったり、物事のうわべの奥に潜むものを疑ったりする義務感には縛られない、どちらかと言えば野暮ったく、この男のように上司たちの思考を邪魔するようなものになるだろう。こんな天気だから、あの男は田舎で一日のんびりしてるかもしれませんね。どんな田舎に、と警部が皮肉そうにたずねた。どんな田舎って、どういう意味です。本物の田舎は市境の外側だよ、こちら側はすべて市街地だ。そうでした。巡査部長は黙っていられる最高のチャンスをふいにしたが、ひとつ教訓を得た。こんなことをしていたらずっと下っ端のままだぞ、と。彼は運転に集中し、聞かれたことに答える以外は黙っていようと胸に誓った。そのとき警視が指示した。われわれは厳しく無情に事にあたる古くて時代遅れの、威嚇する不良警官や、説得する感じのいい警官といった古典的な手法はとらない、われわれは一種の特殊部隊であり、ここでは感情を封印し、自分たちをある任務を達成するために製造された機械だと思い、ふり返らず、それを単純に遂行するところを想像するんだ。はい、チーフ、と警部が言った。はい、チーフ、と巡査部長も誓いを破った。車は手紙を書いた男が住んでいる通りに入った。前方にあるあのビルの三階だ。彼らは少し先に停車し、巡査部長が警視のドアを開け、警部が反対側のドアから降りた。指令が出され、射撃手は勢ぞろいした。こぶしを握りしめ、行動開始だ。

　いま、わたしたちは踊り場にいる彼らを見ている。警視が巡査部長をうながし、ドアホンが鳴らされた。内側は静まり返っている。巡査部長は考えた。あいつがほんとに田舎に行ってるかどうか、おれが正しかったかどうか、二人とも知りたいだろう。またうながされ、また鳴らされた。数秒後に声が聞こえ、ドアの向こうで男がたずねた。だれですか。警視が上位の部下を見ると、部下は大きめの声で言った。警察だ。ちょっと待ってください、と男が言った。着替えてこないと。四分が過ぎた。警視がまたうながし、巡査部長がまたドアホンを、こんどは押しつづけた。もうちょっと、もうちょっと、お願いです、いま行きます、起きたばかりなんで。最後の言葉はすでにドアを開けた男が話していた。ズボンにシャツを着て、スリッパをつっかけている。今日はスリッパの日だ、と巡査部長は思った。男は怖がる様子もなく、待っていた訪問者がついに来たという表情だったが、驚いたとすれば、そこにいる人数だったに違いない。警部が名前をたずね、男は答えてから、言い足した。どうぞ、なかへ、散らかっているんですみません、こんなに早く来るなんて想像もしなかった、まず電話が来るかと思いこんでいて、でも、結局来てもらったわけですから、きっと手紙の件ですよね。そうだ、手紙の件だ、と警部は肯定するのみで、あとは無言だった。どうぞ、入って。場合によって階級は逆の順序になることがあり、先に巡査部長が、次に警部、それから最後を警視がとった。男は足を引きずるように廊下を進んだ。こっちです、さあ、彼は小さな居間のドアを開けながら言った。どうぞ、すわってください、失礼して、靴に履きかえてきます、これじゃお客さんに失礼だから。われわれはきみのいうお客さんじゃない、と警部が正した。もちろんです、ちょっとした言葉のあやで。靴を履いてもかまわないが、ぐずぐずしないでもらいたい、われわれも忙しいんだ。いや、急いではいないよ、全然急いではいない、と、それまではひと言も発しなかった警視が否定した。男はそちらを見て、少しおびえた様子になり、警視の口調が合意してきたものから外れたとでもいうように、言うべきことが他に思いつかなかった。全面的に協力しますので大丈夫です、ええと。警視だ、と巡査部長が言った。警視、と男が復唱した。それで、あなたは。わたしはただの警察官だから気にするな。男は三人目の客に顔を向けて、たずねるように眉を上げたが、返事は警視からやってきた。こちらは警部、わたしの一等航海士《イメディアート》（副官の意）だよ。そして言い足した。さあ、靴を履いてきてくれ、待っている。男はいなくなった。他に人の気配がしない、この家は一人住まいのようです、と巡査部長がささやいた。妻は田舎へ出かけたんだろうな、と警部が頬をゆるめた。警視が静かにするように合図をし、最初はわたしが聞く、と低い声で告げた。男が居間に戻って、腰かけながら言った。失礼しました。まるでここが自宅ではないような態度だ。もう大丈夫です、何なりと聞いてください。警視は情けぶかくうなずいて、切りだした。あなたの手紙は、というか、あなたの三通の手紙だ、たしか三通あったね。はい、その方が安全かと思いまして、迷子になるかもしれないし、と男が説明した。邪魔をしないでくれ、わたしが聞く質問にただ答えてくれないか。はい、警視。繰り返すが、あなたの手紙はそれぞれの宛先で大変興味深く読まれた、とくにあなたの言う、四年前に殺人を犯した正体不明の女に関して。そこに質問はなく、たんなる内容の反復だったので男は黙っていた。その表情には混乱、とまどいといったものが浮かんでいたが、それはなぜ警視が怪しげな人間により暗い翳《かげ》をまとわせるだけのエピソードに時間を無駄に費やして、すぐに問題の核心へと斬りこんでこないのか理解できなかったからだ。警視は気づかないふりをして、その犯罪について知っていることを話してくれ、と言った。男は警視に指摘したかった。手紙で一番重要なのはそこではない、国の置かれた状況にくらべれば殺人の話はすごく小さなことだ、と。しかし、やめておこう、という用心深い心の声がした。向こうが踊れと誘ってきた音楽に乗るべきだ、後できっとレコードを取り替えてくるから。彼女がある男を殺したことは知ってます。見たのかね、現場で、と警視がたずねた。いいえ、でも彼女自身が自白しました。あなたに。

わたしと、他の人たちに。あなたは自白という言葉の意味を正確に知ってるのかな。だいたいですが、警視。だいたい、では答えにならない、知っているのか知らないのか。そういう意味では、知りません。自白とは、本人が自身の過ちを宣言するものだ、同時に、有罪であること、ならびに告発者のいる告発が間違いないことを、警察や司法の前で認めるという意味でもある、こうした定義が厳密に言って本件に適合するのか。いえ、厳密に言えば違います、警視。けっこう、では続けてくれ。妻が現場にいました、妻が男の死の証人です。場所は。わたしたちが隔離された古い精神病院です。あなたの妻も失明していたのだろう。お話ししたように、盲目じゃないのは彼女だけでした。彼女とは。殺人を犯した女です。なるほど。わたしたちは病棟の大部屋にいました。犯罪はそこでおこなわれた。いいえ、警視、別の大部屋です。つまり同じ部屋にいた者は、だれも犯行現場にいなかったわけだ。女たちはいました。なぜ女たちだけなんだね。それは説明しにくいです、警視。心配いらない、時間は十分ある。病棟では数名の者が力を握り、恐怖によって威嚇していました。恐怖で。はい、警視、恐怖です。どのようにして。食糧を独占して、食べ物が欲しければ対価を支払えと。それで彼らは代価として女たちを要求したんだな。はい、警視。そして、この女が男を殺した。はい、警視。方法は。ハサミです。その男はどういう人間だね。彼は他のグループのボスでした。間違いなく、勇敢な女だ。はい、警視。なのに、どうしてあなたは彼女を密告したのだ。密告ではありませんよ、こんなことになったから持ちだしただけです。よくわからないね。わたしが手紙で言いたかったのは、あることをした人間は、他のこともできるだろうということです。警視は他のことが何なのかは聞かず、先ほど海軍用語で一等航海士《イメディアート》と呼んだ男に目をやり、事情聴取を続けるようにうながした。警部は何秒か間をおいて、奥さんを呼べますか、とたずねた。話を聞きたいのですが。妻はここにいないんです。いつ戻ってきますか。戻ってはきません、離婚したので。どれくらい前に。三年前です。なぜ離婚をしたのか、問題がなければ理由を聞かせてください。

個人的な理由です。もちろん個人的なものでしょう。男女間のことで。離婚はすべてそうです。男は前にいる謎めく顔をした面々を見て、向こうが望むことを話すまで解放されないのだと悟った。彼は咳ばらいをすると、脚を組み、また脚を戻した。わたしは原理原則を重んじる人間です。それはわれわれも心得てます、と巡査部長が自分を止められずに割りこんだ、いや、わたしも同感ですよ、特権で手紙を読みましたので。警視と警部はこの一撃も悪くないとほほえんだ。男はそちらから矢が飛んでくるとは思いもしなかったようにとまどいの目を向け、視線を落として続けた。すべてはあの盲目の男どものせいです、わたしは妻が盗賊の下に身を置きにいった事実に耐えられなかった、一年間は屈辱を抱えながら我慢しましたが、結局こらえきれなかった、別居して、離婚したんです。おもしろいですね、たしか、敵対する盲目の男たちは女たちに食糧で支払ったと聞きましたが、と警部が言った。そうです。すると、あなたの断固とした表現を借りれば、奥さんが盗賊の下に身を置いた後で持ってきた食べ物に、原理原則を重んじるあなたは手をふれなかったでしょう。男はうなだれて返事をしなかった。あなたの思慮深さはわかります、と警部は言った。実際これは見知らぬ人の前でするには私的すぎる話です、すみません、べつにあなたの気持ちを傷つけるつもりはありません。男は助けを求めるように警視を見た。少なくとも、ペンチによる拷問を止血帯の罰くらいにはしてくれるだろう。警視は願いをかなえて、止血帯を使った。あなたは手紙で、七人のグループにいたと言ってたね。はい、警視。どんな人がいたのかな。もう一組の妻と夫。どういう妻だ。盲目じゃなかった方です。グループを導いた人だね。はい、警視。仲間の復讐を果たすため、盗賊の首領をハサミで殺した女だ。はい、警視。続けてくれ。夫は眼科医でした。それはわかってる。娼婦が一人。彼女が自分は娼婦だと言ったのか。それは記憶にないです、警視。では、どうして娼婦だとわかった。女の作法ですかね、ああいうものは騙せません。ああ、なるほど、作法は騙せないか、続けて。あとは片目が盲目で黒い眼帯をした老人です、後になって彼女と一緒に暮らすようになりましたよ。だれとだって。娼婦と。それなら、二人は幸せになったわけだ。それは知りません。知らないわけがないだろう。あの年、わたしたちが一緒にいるあいだは幸せだったと思います。警視は指を折って数えた。まだ一人足りない、と彼は言った。そうです、混乱のなかで両親とはぐれた斜視の少年がいました。この人びととは病棟の大部屋で出会ったのか。いいえ、警視、その前に出会ってます。どこで。目医者のクリニックです、わたしが失明したとき前妻が連れていったんです、最初に盲目になったのはわたしだと思います。それが他の人に感染した、市の全体に、今日お宅にやってきた客も含めて。わたしは何も悪くありません、警視。その人たちの名前を知っているか。はい、警視。全員を。少年をのぞいて、あの子のことは憶えていたとしても、思い出せません。しかし、他の人はわかるんだな。はい、警視。住所は。この三年間、引っ越していなければ。当然、この三年間、引っ越していなければの話だ。警視は小さな部屋を見まわし、ひらめきを待つかのようにテレビに目をとめて言った。巡査部長、この人にきみの手帳を渡して、たったいま大変協力的に話してもらった人たちの名前と住所が書けるように、ボールペンを貸してやれ、斜視の少年はどのみち価値がないから、それ以外のメンバーを。ボールペンと手帳を受けとった男の手はがたがたと震えており、書くあいだもそれは止まらず、びくびくする必要はないのだ、ある意味で警察官がここにいるのは彼自身が派遣したからだ、と自分に言い聞かせていた。わからないのは、なぜ彼が手紙を書いた唯一の動機である、白票投票、国への反抗、陰謀について彼らが話さないのか、だ。あまりに手が震えるので、書いた文字が読めないものになった。もう一ページ使ってもかまいませんか、と男がたずねた。どれだけ使ってもいいですよ、と巡査部長は答えた。手書きの文字がだんだんしっかりしはじめ、もう恥ずかしい字ではなくなった。巡査部長がボールペンをとり、警視に手帳を渡した。男はどんな身ぶりをし、どんな言葉を口にすれば、終わるまでに警察官たちの支持や善意や黙認をとりつけられるのか、と考えていた。突然、彼は思い出した。写真がある、と男は叫んだ。そうだ、まだ持ってるぞ。何の写真ですか、と警部がたずねた。グループですよ、視力が戻った直後に撮ったもので、うちの妻が彼女は複写をもらうから、わたしが忘れないように持っていればいいと、持っていかなかったんです。前妻がそう言ったのですね、と警部が聞いたが、男は返事をせずに立ちあがり、部屋を出ていこうとした。すると警視が命じた。巡査部長、この人に同行しろ、見つけられなければ捜すのを手伝うんだ、手ぶらでは戻るな。数分を要した。これです、と男が言った。警視はよく見えるように窓辺へ行った。六人の大人が、カップル同士は隣りあって横一列に並んでいた。右端がこの家の持ち主で、すぐにわかる。左には前妻、左端にいるのは、これも一目瞭然の黒い眼帯をした老人と娼婦。となると真ん中の二人は、消去法によって、医者の妻と夫に違いない。前にはサッカー選手のように片膝をついた斜視の少年がいる。医者の妻の隣には、大きな犬がいてまっすぐこちらを見ていた。警視はそばに来いと男を手まねきした。これが彼女かね、と彼は指を差しながらたずねた。はい、警視、彼女です。この犬は。お聞きになりたければ、ちょっとした話がありますが、警視。それにはおよばない、彼女から聞こう。警視は先に部屋から出ていき、警部、そして巡査部長が続いた。手紙を書いた男は彼らが階段を降りる姿を見送った。ビルにはエレベーターがなく、いつの日か設置されるあてもない。

三人の警察官はしばらく街を車で走り、ランチまでの時間をつぶしたが、一緒に食べるつもりはなかった。いずれレストランが集まっている地域に駐車し、それぞれ別の店へ散ると、一時間半後に遠く離れた広場で合流することになるだろう。そのときは警視がハンドルを握り、部下をそこで拾うつもりだ。もちろんここでは彼らが何者か、だれにも知られていないし、ひたいに大文字で警察《ポリシア》のPが書いてあるわけでもない。とはいえ、多くの敵がいる市の中心部をそろって歩きまわるのは、常識と慎重さから言えばとても勧められない。実際、街には三人連れの男もいて、それも一組ではないはずだが、彼らは一瞥するだけで普通の人たちだとわかるだろう。ごく普通の通行人であり、どんな疑いもかけられず、法を執行する者からも、あるいは法から追われる者からも守られている人たちだと。車で時間をかせぐあいだ、警視は二人の部下が手紙の男との会話から受けた印象を聞こうとした。ただし、道徳的な判定には興味がないと、はっきり言った。この男がひどいろくでなしなのはすでにわかっている、だから他の特徴をあげつらって時間を浪費する意味はない。警部が最初に口を開いて、まずは警視がすぐれた手腕で事情聴取を進めたと賞賛した。手紙にふくまれた悪意あるほのめかし、つまり四年前に盲目が感染したときに医者の妻がひそかに明かした例外を、首都の住民に白票を投票させる陰謀めいた行動の原因、もしくは何らかの関係性と結びつける暗示を排除した点で。男は見るからにとまどってましたね、と警部は言った。警察がそこにしか興味を持つはずがないと期待していたのでしょうが、まるで当てがはずれた。警部は、気の毒なくらいでしたよ、と締めくくった。巡査部長も警部の感想に同調し、さらに、警視と警部がかわるがわる聴取を進めて、中立人の防御をみごとに崩したとのべた。彼はひと呼吸おいてから低い声で言った。警視、義務として報告しますが、警視から男と一緒に部屋を出るように命じられたとき、彼に拳銃を使いました。どう使ったんだ、と警視がたずねた。脇腹に押しつけて、たぶん痕《あと》が残ったと思います。理由は。写真を捜すのに時間がかかるかと思いまして、男があの中断を利用し、調査を一時的に止めるための策を、向こうに都合よく警視の尋問の流れを変える何かを考えだすんじゃないか、と。それで、きみは何が欲しいんだ、胸に勲章でもつけたいのか、と警視はからかうように言った。時間が節約できました、警視、写真はすぐに出てきました。わたしはきみをすぐに消したくなったよ。申しわけありません、警視。この件を赦すときには、きみに知らせるのを忘れないようにしよう。はい、警視。ひとつ聞きたい。何なりと、警視。拳銃の安全装置はかけておいたのか。はい、警視、外しておりません。外すのを忘れていたのか。いいえ、警視、誓います、拳銃は男を脅かすためのものでしたので。脅かす目的は果たした、と。はい、そうです。きみには勲章をやらざるを得ないかもしれないな、おい、いまは緊張をといて、あのおばあさんを轢《ひ》いたり、信号無視をしたりしないように頼む、どこかの警官に自分がだれだと説明するのだけは避けたい。街に警察はいません、警視、市を封鎖すると宣言して以来、と警部が言った。ああ、なるほど、わかったよ、どうしてこんなに静かなのかと首をひねっていたんだ。車は子どもたちが遊ぶ公園に沿って走っていた。警視は心ここにあらずといった様子で彼らを眺め、突然、いかにも別の時代や、別の場所について思いを馳《は》せていたような溜息をついた。ランチの後で、わたしを本部まで送ってくれ。

はい、警視、と巡査部長が言った。われわれへの指示は何かありますか、と警部がたずねた。歩きまわってくれ、街中を、あちらこちら、カフェとか、店とか、適当に入りながら、目を開け、耳をすませて、夕食の時間に帰還するんだ。今夜出かける予定はない、キッチンに缶入りの食糧があるだろう。はい、警視、と巡査部長が言った。それから明日のことだが、われわれは別個に行動することになる、怖いもの知らずのドライバーであり、拳銃を持った警察官は手紙の男の前妻から話を聞く、死人の場所《ルガル・ド・モルト》（助手席のこと）にすわる者は黒い眼帯の老人と娼婦を訪ねる、わたしは医者の妻とその夫を予定している、戦術としては今日用いたものを忠実に踏襲する、白票投票の問題にはふれない、政治に関する議論はしない、犯罪が起きた状況と、犯人と思われる容疑者の人間性にかかわる質問にとどめる、またグループについて話を聞く、どのように形成されたのか、以前からの知り合いか、現在の関係はどうかなどについて話をさせる、おそらく彼らは友人同士で、たがいを守りたいと思うだろうが、何を言い何を黙っているべきか、合意ができていなければ当然話にほころびが生まれる、われわれの任務はこうしたミスを犯すように仕向けることだ、ここまで、たわ言がすでに長くなったが、一番重要なことを忘れないでほしい、われわれが明日の午前中それぞれの家に現れるのは、十時半ちょうどとする、アクション映画でしか使われないから時計を合わせておけとは言わないが、容疑者たちに連絡させないこと、たがいに警告させないことがポイントだ、さあ、それではランチにしよう、ああ、本部に戻るときはガレージから入ってくれ、月曜日にドアマンが信用できるかどうかわたしが探りだすよ。一時間四十五分後、警視は広場で待っていた助手たちを拾い、そのあと順番に、まず巡査部長を、次に警部を、指示したことをさせるために市内の違う地域で落とした。街中を歩きまわり、カフェや店舗に入り、目を開け、耳をすませて、要するに犯罪の匂いを嗅ぎわけてくるのだ。そのあと、予告されたように保存食の夕食をとるため、眠るために本部へ戻っていくだろう。警視が新たな収穫はあるかと聞くと、彼らは見本に出せるようなものはひとつもない、と認めるはずだ。この街の住民はたしかに他の土地の住民と同じくらいおしゃべりだが、こちらが聞きたい肝心な話題となると話さない、と。それは希望が持てる、と警視は言う。だれも話さない、沈黙しているなら、それが陰謀の存在する証拠であり、この事件と矛盾せず、裏付けるものになる。その理屈は彼のものではなく内務大臣のものだ。プロビデンシャル保険再保険会社に着いた後、電話でかわした大臣との短い会話は、ルートとしても安全でありながら、基本的な公務上の機密に関する法律の原則をすべてみたしていた。以下は会話の大筋をまとめたものである。

こんにちは、《ボーアス・タルジス》こちらはツノメドリ《パパガイオ・ド・マール》。こんにちは、ツノメドリ、とアホウドリ《アルバトロース》が答えた。地元の鳥類と最初の接触、敵意なく歓迎され、カモメとアジサシとともに効果的な尋問をして、成果があがりました。実質的にか、ツノメドリ。とても実質的です、アホウドリ、鳥たちの上質な集合写真を入手しました、明日は個別に種の確認をします。おめでとう、ツノメドリ。ありがとうございます、アホウドリ。よく聞きたまえ、ツノメドリ。聞いております、アホウドリ。ときどき黙りこまれても騙されるな、ツノメドリ、鳥たちが静かだからといって巣にいるとは限らない、静かな天気には嵐が隠れている、その逆はない、人間の陰謀でも同じことが起こる、彼らが話さない事実は彼らが存在しないことの証しにはならない、わかるか、ツノメドリ。はい、アホウドリ、完全に理解しています。明日、きみは何をする、ツノメドリ。ミサゴを攻撃します。ミサゴとはだれだ、ツノメドリ、教えてくれ。この海岸に一羽しかいません、アホウドリ、他にはいない鳥です。ああ、なるほど。他にご指示がありますか、アホウドリ。きみが出発するときに与えた指示を厳正に遂行しろ、ツノメドリ。厳正に従います、アホウドリ。連絡を絶やすな、ツノメドリ。そうします、アホウドリ。すべてのマイクがオフになっているのを確認して、警視はつぶやいた。なんてバカげた冗談だろう、ああ、警察とスパイの神々よ、わたしはツノメドリで、あっちはアホウドリだ、そのうちキーキー、ガーガーと鳴いて話をするしかなくなるぞ、ともかく嵐が来るのはわかったが。ようやく街を歩き疲れた部下たちが戻ってくると、警視は新たに何かわかったかとたずねた。二人はいいえと答えた。見ること、聞くことに全神経を集中していたものの、残念ながら収穫はなかった。人びとはいかにも隠し事をしていない口調で話していたと二人が言ったので、警視は出どころを明かさずに、陰謀とその隠し方について内務大臣のした話を口にした。

　翌朝、朝食を終えると、三人はそれぞれが向かう通りの位置を市街地図で調べた。プロビデンシャル保険再保険会社に一番近いのは、かつては最初の失明者と呼ばれた、手紙を書いた男の前妻の家だった。つぎに近いのは医者の妻と夫が暮らす家、もっとも遠いのが黒い眼帯の老人と娼婦の住むところだった。全員が家にいるといいのだが。前日のように彼らはエレベーターでガレージに降りたが、実際、極秘で行動する者にとって最善策ではない。これまでは、このスズメたちはだれかな、いままで見たことがないぞ、と胸でつぶやくドアマンのお節介をかわしてきたものの、駐車場係の好奇心から逃れるわけにはいかないのだ。その結果どんなことが起こるのか、わたしたちはすぐに知ることになるだろう。今回は一番遠くにおもむく警部が車のハンドルを握っていた。巡査部長が警視に何か特別な指示はないかとたずね、指示はすべて一般的なもので、特別なものはないという返事をもらった。ただ、面倒を起こさない、拳銃をホルスターに入れておけばそれでいい。女を拳銃で脅したりはしません、警視。話は後で聞くよ、十時半より前にドアをノックするのは厳禁だということを忘れるな。はい、警視。散歩して、カフェがあればコーヒーを飲み、新聞を買い、店のショーウィンドウを眺めるんだ、警察学校で教わった教訓をまだ忘れてないと思うが。はい、警視。それでいい、では着いたようだ、行ってこい。聴取を終えたらどこで落ち合いますか、と巡査部長がたずねた。集合場所を決める必要がありますが、プロビデンシャル社にキーがひとつしかないのが問題で、わたしが最初に尋問を終えても本部には入れません。わたしもそうです、と警部が言った。だから携帯電話が支給されなかったんですね、と巡査部長が自分の推理を確信し、朝の美しさが上官を優しくすると信じて言った。警視は同意した。当分はこれでやっていかざるを得ないが、捜査で必要になったら、わたしが別の方法で要求しよう、キーについては内務省の方で経費が認められたら、明日にでもそれぞれに持たせるよ。認められなければ。何か手はある。集合場所を決める問題はどうしますか、と警部が聞いた。この事案に関するこれまでの情報からすれば、わたしの聴取が一番時間をとるだろうから、そこで合流しよう、道案内をメモしておいてくれ、予告なく後から二人の捜査官がやってきたら、聴取される側の反応も見ることができる。すばらしい案です、警視、と警部が言った。巡査部長はただうなずいて肯定するだけで満足した。というのも、そのプランはかなり間接的に、また遠まわりだとしても自分に利点があるので、口にできなかったからだ。彼は捜査手帳に行き方をメモして、車を降りた。警部は車を発進させると同時に言った。あいつは頑張ってますね、かわいそうに、報いてやりたいものです、わたしも最初はあんなでした、正しくやりたいと一生懸命で、じつは無意味なことばかりしてましたよ、なぜ警部に昇進できたのかと自問したくらいです。それでわたしの今日がある。あなたもですか、警視。わたしもそうさ、警官の集団はみんな同じで、あとはまあまあ運があるかどうかだ。運と、あとは知識ですか。知識だけだとうまく行くとはかぎらない、一方で運はほとんどすべてに物を言う、運とは何かと聞かないでくれよ、わたしにも答えようがない、ただ言えるのは、しかるべき場所に友人がいたり、ちょっとした便宜をはかったりするだけで、人の望みは達成されるものなんだ。だれもが警視に生まれつくわけではありません。それはそうだ。実際、警視しかいない警察は機能しないでしょう。将軍しかいない軍隊もそうだな。車は眼科医の住む通りに入った。ここで落としてくれ、と警視が言った。残りは歩いていく。幸運を、警視。きみにも。この一件は早くケリがついてほしいですよ、なんだか地雷原で迷子になったように感じるので。まあ、落ち着け、心配することはない、ここら辺の通りを見てみろ、この市《まち》がじつに静かで、平和だと気づくだろう。それこそ心配になるじゃないですか、警視、こんなふうに官庁もない、政府もない、監視もされない、警察もいない、それでいて、だれも気にしてないようです、わたしなどには理解できない謎めいたものが、この街にはあるんです。われわれは理解するためにここへ派遣された、知識は得ているから、残りが欠けてないことを願うね。運ですか。そう、運だ。それでは幸運を、警視。幸運を、警部、もし娼婦と呼ばれる女がきみを誘惑する目で射ぬくとか、太腿《ふともも》を半分見せるとかしたら、わからないふりをして、捜査の利害や、われわれが勤めている組織のすぐれた品格に神経を集中するんだ。黒い眼帯の老人もいるでしょう、事情通に言わせれば、老人というのがまた恐ろしいとか、と警部が言った。警視はほほえんだ。わたしももうすぐ老人だよ、自分が恐ろしくなるほど長生きするかどうか考えてしまうな。それから腕時計を見た。十時十五分になった、そろそろ行かないときみが間に合わなくなる。警視と巡査部長が時間通りに始められれば、わたしは遅れても問題ありません、と警部が言った。警視は、ではな、と言って車を降りたが、足を地面につけたとたん、まるでそこで自分の論理の欠陥に出合う予約がしてあったような気がした。それぞれの捜査官がそこまで厳密に同時に容疑者宅のドアをノックしても意味はないのだ。なぜなら、家のなかに警官がいる以上しらばっくれて知り合いに電話をかけ、危険が迫っている可能性があると警告するチャンスはないのである。さらに言えば、かりに彼らが洞察力のある人たちなら、政治的にマークされて知り合いが同じ扱いを受けることも想像しているはずだ。しかも、と警視は苛立ちながら考えた。もちろん彼らの知り合いは他にもいる、この場合、電話をするにしても相手は何人なのか、どれだけ人数がいるのか。彼はもう黙って考えるだけではいられずに、非難、悪態、侮蔑の言葉をつぶやいていた。こんな間抜けがいったいどうして警視などになれたのか、だれかこの間抜けにきちんと教えてやれ、国家の命運がかからないとも言えない捜査の責任を、政府はなんでこの間抜けに託したのか、この間抜けが部下たちに与えた愚かな指示をどこから思いついたのか、だれか教えてやるんだ、まさにいま、あの二人がわたしを笑ってないといいのだが、巡査部長はしていないとしても、警部は頭のいいやつだ、一見そうは見えないか、あるいはたぶん隠すのがうまいのか、もちろんそうだとしたら危険度は二倍になる、そうだ、あいつにはよくよく注意しなければ、扱いにも気をくばろう、事が起こらないようにしなければ、似たような状況で壊滅的な結果を招いた者たちを見てきた、だれかは忘れたが、かつてだれかが言った、一瞬の冷笑が一生の経歴をだいなしにする、と。容赦ない自責の念が警視のよい方に働いた。足で踏みつけにされ、地面に倒れる自分を見て、冷静な省察が、あの指示はまったく逆に愚かなものではなかった、と声をあげた。かりにああいう指示を出さず、警部と巡査部長が、たとえば片方が午前に、もう一方が午後にと好きな時間に訪ねていったら、必然的な結果を予見できない完全な間抜けそのものになっていただろう、午前中に事情聴取を受けた者たちは、午後に受ける者に急いで警告しただろうから、そして午後になり、捜査官が聴取を担当する容疑者宅のドアをノックしたときには、すでに防御線が張られており、それを崩す手立てはなくなっている、だから、おまえは警視なのであり、やはり警視でありつづけるだろう、自分の仕事に精通しているだけでなく、わたし、つまり冷静な省察をここで呼びだして、物事をそれぞれの場所に片づけ、整理するという運にも恵まれている、まずは警部だが、おまえはもう先ほど考えたように、こんな言い方をしてもかまわなければ、びくびくしながら彼を熱いポテトのように扱う必要もないのだ。警視はもう気にしていなかった。こうして行ったり来たり、考えたり考えなおしたりするうちに、壁のボタンを押したときには自分の指示を守るには遅れており、時刻は十一時十五分前になっていた。すでにエレベーターで四階に上がり、いまはドアの前にいる。

　警視は、どなたですか、という応答が来るものと思っていたが、ドアはただ開いて、現れた女が言った。なんでしょう。警視はポケットに手を入れて身分証を見せ、警察です、と言った。この家に住む人に、警察がどういう用で見えたのかしら、と女がたずねた。質問に答えてもらうために。

何について。階段室は尋問を始めるのに適切な場所とは思いませんね。これは尋問ですか、と女がたずねた。奥さん、あなたへの質問がたとえ二問しかなくても、それは尋問です。あなたは言葉の正確さを重んじるのね。とくに人から返ってきた答えには。あら、それはいい答えだわ。難問ではありません、奥さん、奥さんが皿にのせて出してくれたので。他の答えもお出ししますよ、あなたが真実をお探しなら。真実を求めるのは、どんな警官にとっても基本的な目的です。それを強調されたのを聞いてうれしいわ、さあこちらへ、夫はいま新聞を買いに通りへ出てますけど、じきに戻ります。その方がよければ、そちらのご都合次第ですが、ここで待ちますよ。何を言ってるの、どうぞ、どうぞ、警察の方の手より人を安心させるものって何でしょう、と女がたずねた。警視が入ると、女は先を歩いていってドアを開けた。そこは親しげで生きいきと感じられる、心地よさそうな居間だった。さあ、警視さん、お掛けください。女はそう言って、たずねた。コーヒーはいかが。けっこうです、勤務中は何もいただきません。もちろん、大きな腐敗はいつもこんなことから始まるのね、今日はコーヒー一杯、明日もコーヒー一杯、三度目ですべてが終わる。これはわれわれの行動規範なんです。ちょっとした好奇心から、おたずねしたいんですけど。どんな好奇心から。あなたは警察から来たと言って、警視だと証明する身分証を見せたけど、わたしの知るかぎりでは、数週間前に警察は首都から撤退しました、あちこちにはびこる暴力と犯罪の支配の下にわたしたちを置き去りにして、だからあなたがここにいるなら、わたしたちの警察が家に帰ったことを意味すると理解していいのかしら。いいえ、奥さん、あなたの言葉を借りて言うなら、家に帰ったわけじゃありません、まだ市境の向こう側です。だったら、あなたには境界線を越えてきた強い理由がある、ということね。ええ、とても強いものです。あなたがしにきた質問は、当然その動機に関係があると。当然です。だから、わたしはそれを覚悟すべきだ。そうです。三分後、ドアの開く音がした。女は部屋を出て、入ってきた人に言った。ちょっと聞いて、お客さんなのよ、警察の警視さん。いつから警察の警視が無実の人に興味を持つようになったんだ。言葉の最後を口にしたときには、すでに部屋のなかであり、女より先にいた医者は警視にたずねており、警視はすわっていた椅子から立ちあがって答えていた。実際に罪を犯していなくても、無実の人はいないのです、人はかならず過ちを犯すという罪がある。それで、わたしたちはどういう罪、もしくは過ちを犯したのか、あるいは告発されたのですか。ゆっくりやりましょう、ドクター、まずすわってから始めませんか、その方が話もしやすい。医者とその妻はソファに腰を下ろして、待っていた。警視は数秒ほど黙っていた。突然、どういう戦術をとるのが一番よいのかと疑問が湧いたのだ。つまり警部と巡査部長に与えた指示によれば、ウサギを早くスタートさせないように盲目の男の殺害に関する聴取だけに限っておく、というのが一番望ましいが、警視としてはさらに野心的な目標を視野に入れており、それは前にいる女が、何の気負いもなく恐れるものもなく夫の隣にすわっているこの女が、殺人者であるばかりか、現在膝を屈して頭を下げるという屈辱的な状況に政府を追いこんだ悪魔的陰謀の一部でもあるのかどうかを探りだすことだった。政府機関の暗号部署であのツノメドリというグロテスクなあだ名を警視に与えたのがだれかは知らないが、間違いなくそれは個人的な敵だったろう。というのも、一番正しく謝罪にふさわしい彼のあだ名は、偉大なチェスのチャンピオンであり、残念ながらすでにこの世のランキングから去っているアレキン（アレヒン、アリョーヒンとも呼ばれる）だからである。生まれていた疑いは煙のように消え、ゆるぎない確信に入れ替わった。彼が最終的なチェックメイトを想定してこれから動かしていく手の、卓越した組み合わせの芸術を見てみよう。警視はうっすら笑みを浮かべて言った。先ほど親切に言っていただいたコーヒーをもらえますか。勤務中は何もいただかないと言ってたように思いますけど、とゲームをしているのに気づいた医者の妻が答えた。警視になると、臨機応変にルールから逸れてよいのです。つまり、その方が捜査の利益になるならば。そういう表現もできますね。それであなたは、運ばれてくるコーヒーが腐敗の一歩になることを恐れていない。三度目のコーヒーからそうなると聞いた気がしますが。いいえ、わたしが言ったのは、三度目のコーヒーで腐敗が決定的になるということよ、一杯目でドアが開き、二杯目で腐敗志望の人がつまずかないで通れるようにドアが開いたままになる、そして三杯目がしっかりドアを閉める。警告をありがとう、助言としてうけたまわっておきましょう、一杯目のコーヒーをいただけるかな。すぐにお持ちします、と女は答えて部屋を出ていった。警視は腕時計を見た。急いでるんですか、と医者がわざとのように問いかけた。いいえ、ドクター、急いではいない、ただあなた方のランチを邪魔するんじゃないかと考えてました。まだランチの時間じゃないですが。わたしの欲しい返事をもらって帰るのに、どれくらい時間がかかるかとも考えていました。それは自分が欲しい返事を、あなたがすでに知っているという意味なのか、それとも、あなたの質問に対する返事が得られるまでという意味なのか、どちらでしょう、と医者はたずねて、つけ加えた。この二つは同じものじゃありません。そのとおり、同じじゃないです、先ほど奥さんと二人で少し話しましたが、彼女はわたしが言葉の正確さを重んじるのに気づきました、これは先生にも言えますね。職業柄、言葉を不正確に使うだけで単純な診断ミスが生じることも珍しくないですから。わたしは最初からあなたをドクターと呼んでいます、なのに、なぜ医者であることをわたしが知っているのか、先生は聞きません。それは警官が知っていること、もしくは知っていると主張することを、どこから知ったのか、と聞くのは時間の無駄だからですよ。いい答えです、そう、だれもが神には、どのように全知全能になり、遍在しているのか、とは聞きませんしね。警官は神だと言ってるんじゃないでしょうね。われわれはこの世における神のつつましい代理人なのです。それは、教会と司祭のことだと思ってましたよ。教会と司祭はあくまでも予備軍にすぎません。

　女はトレイにコーヒーのカップを三つと、ドライ・ケーキをいくつか載せてきた。この世界ではすべてがおのずと繰り返す運命にあるようだ、と警視は思った。プロビデンシャル保険再保険会社でとった朝食の味がよみがえった。コーヒーだけいただきます、と彼は言った。ありがとうございます。トレイにカップを置くと、警視はまた女に礼を言い、わかっているというように頬をゆるめた。おいしいコーヒーです、奥さん、二杯目をいただかないという決心を考えなおすかもしれません。医者とその妻は飲みおえていた。二人ともケーキには手をつけなかった。警視は上着の外ポケットから手帳を取りだし、ボールペンを手にすると、さりげなく、無表情な口調で、まるで答えには全然興味を持っていないように切りだした。四年前、感染症が流行したときに、奥さん、あなたが失明しなかった事実について、どんな説明をしてもらえますか。医者とその妻は驚いて顔を見合わせると、女がたずねた。どうしてわたしが四年前、失明しなかったことを知ってるの。つい先ほど、と警視が言った。大変知性のある旦那さんは、警官が知っていること、もしくは知っていると主張することを、どこから知ったのかと聞くのは時間の無駄だ、と考えておいででした。わたしは夫ではありません。こちらは、あなたにも彼にも、職業上の秘密は明かしません、あなたが盲目でなかったことを知っている、それだけのことです。医者が口をはさもうとする仕草を見せたが、妻はその腕に手を置いた。けっこうです、では、このことは公《おおやけ》になるでしょうけど、四年前わたしが盲目だったかどうかのどこに警察が興味を持っているのか、教えてください。あなたが他の全員と同様に失明していたら、あなたがわたしのように盲目になっていたら、いまわたしがここにいないのは確かです。盲目でなかったことは犯罪ですか、と彼女はたずねた。盲目でなかったことは犯罪ではないし、これからも犯罪ではありえません、そちらが持ちだした話で言えば、あなたが盲目でなかったゆえに犯した罪がありましたね。犯罪が。殺人です。女は助言を求めるような目で夫を見ると、すぐに警視に顔を戻して言った。はい、そのとおりです、わたしは男を一人殺しました。彼女は先を続けず、見つめる視線をそのままにして待っていた。警視は次の一手を考える時間をとろうと、手帳にメモをとる仕草をした。女の反応に動揺したのは、殺人を自白したからというより、その件には他に何も話すことがないと言うように、すぐ黙りこんだからだった。じつは、と警視は思った。わたしもその犯行には興味がないのだ。あなたには十分に正当化する理由があるでしょうね、と彼が水を向けた。何について、と女はたずねた。犯罪についてです。あれは犯罪ではなかった。では、何ですか。正義の行為。正義を執行するのは法廷です。でも、それはほとんど望めなかった、訴える警察も、ご自分で認めたように当時はあなたも盲目だった、みんなと同じ全員が。あなた以外は。そう、わたし以外は。だれを殺したんです。強姦者、唾棄すべきけだもの。あなたをレイプしている男を殺した。いいえ、わたしではなく仲間よ。盲目ですか。ええ、盲目。その男も盲目だった。ええ。どうやって殺しました。ハサミで。心臓に突き刺した。いいえ、喉に。あなたを見ていると、とても殺人者の顔とは思えません。わたしは殺人者じゃないわ。一人の人間を殺してる。あれは人間じゃありません、警視、ただのシラミです。警視は手帳にメモをとり、医者に顔を向けた。で、先生、あなたは奥さんがシラミを殺しているとき、どこにいましたか。古い精神病院の病棟です、政府は最初に盲目になったわたしたちをそこへ隔離すれば、失明の感染を防げるとまだ考えていたのです。あなたは、眼科医だと思いますが。ええ、そう言えるなら、最初に失明した人を自分のところで診察できたのは特権と言ってもかまいません。男ですか、女ですか。男です。彼は同じ病棟にいたのですね。ええ、わたしの眼科医院にやってきた他の数名と一緒に。奥さんが強姦者を殺したのはよいことだと思えた、と。必要だと思いました。なぜ、そう思ったのですか。あなたがあそこにいたら、そんな質問はしません。そうかもしれないが、わたしはそこにいなかった、もう一度聞きますが、なぜ奥さんがシラミ、つまり彼女の仲間をレイプした男、を殺したのが必要なことだと思ったのでしょうか。だれかがしなければならなかった、そして目が見えるのは妻だけでした。シラミが強姦者だったからですか。彼だけじゃない、同じ病棟には食糧と引き換えに女を要求する男たちが大勢いた、その男がボスでした。あなたの奥さんもレイプされたと。ええ。

奥さんの仲間の前ですか、後ですか。前です。警視はまた手帳にメモをして、たずねた。眼科医として、奥さんが失明しなかった事実を何か説明できますか。眼科医として見ても、まったく説明がつきません。先生、あなたにはとても特別な妻がいるわけですね。そのとおりです、理由はそれだけじゃありませんけど。古い精神病院に入れられた人たちは、どうなりました。病院が火事になりました、多くの人が焼死したか、崩れた石造建築の下敷きになって亡くなったに違いありません。どうして石造の建物が崩れたとわかったのですか。単純なことです、わたしたちが外に出たときに音がしましたから。あなたと奥さんはどうやって脱出したのでしょう。かろうじて間に合いました。とても幸運でしたね。ええ、妻がわたしたちを先導してくれたので。わたしたちとは、だれですか。わたしと、何人か、医院で一緒だった人たちです。具体的には。最初に失明した男、先ほど言いましたね、その妻、結膜炎を治療中の女、白内障の老人、母親と一緒に来た斜視の少年です。奥さんが火事から助けだした人は、それですべてですか。少年の母親以外はそれで全員です、彼女は病院には来ませんでした、少年と離ればなれになり、わたしたちが視力を回復したあと何週間かして再会しました。そのあいだ子どもの世話はだれがしましたか。わたしたちで。あなたの妻とご自身が。ええ、妻は目が見えるし、他の人たちもできるかぎり手助けをして。つまりあなた方は奥さんに導かれながら、協力しあって共同生活をした、と。妻は案内役でもあり、調達役でもありました。あなた方はとても幸運でしたね、警視はまた言った。そう言えると思います。状況が平常に戻ったあとも、グループの人たちは連絡を取りあいましたか。ええ、自然とそうなりましたね。いまも。ええ、最初に失明した男をのぞいては。なぜその人は。必ずしもよい人ではなかったので。どういうふうに。すべてにおいて。漠然としすぎてます。それでいいと思いますね。細かくは言いたくないと。ご自分で彼と話して、判断してください。二人がどこに住んでるか知ってますか。二人とは。最初に失明した男と妻ですよ。彼らは別れました、離婚です。奥さんとは連絡が取れますか。ええ、彼女になら。でも、男とは。取っていません。なぜですか。言ったように、よい人ではないので。警視は手帳に目を戻し、こんなに長い聴取をしながら収穫がないことを悟られないように自分の名前を書いた。ゲームのもっとも解決のむずかしい、もっとも危険な次の一手に移ろうとしていた。警視が顔をあげ、医者の妻を見て口を開きかけたとき、向こうに先を越された。あなたは警察の警視ですね、ここに来て、自分はこういう者だと身分を明かし、さまざまな質問をしてきたけど、それはすべてわたしが周到に考えて犯した殺人に関することでした、それはさておき、わたしは自白しましたが、これは証人のいない事件です、証人がいたとしても死んでおり、生きていても盲目でした、言うまでもなく四年前の、あらゆる法律が死文となった混沌《こんとん》きわまる状況下で起きたことに、いまはだれ一人興味を持っていません、わたしたちはまだあなたがここに来た理由を話すのを待っているのです、そろそろお持ちのカードをテーブルに並べるときが来たんじゃないかしら、遠まわりはやめて、本題に、あなたをこの家に送りこんできた人たちが本当に興味を持っている話に入りませんか。警視はこの瞬間まで、内務大臣から受けた任務の目的をはっきり頭に浮かべていた。何よりも、白票投票現象と目の前にいる女とのあいだに何かつながりを見つけだすことだ。だが、彼女の的を射たそっけない問いかけの前に、彼は武装を解かれていた。さらにまずいのは、問いかけたときに相手の顔をまともに見る勇気が持てず伏し目がちに聞いたなら、とんでもないお笑い種《ぐさ》だと突然気づいたことである。たとえば、ひょっとしてあなたは、民主主義を致命的ではないとしても誇張でなく危機的状況に置きかねない反体制運動組織のリーダー、あるいは、まとめ役じゃないですか、とたずねる。となると彼女は、どういう反体制運動の、と聞くだろう。白票投票行為です。あなたは白票の投票が反体制的だと言うの、と彼女はまた聞くだろう。それが大量ならば、そうなります。それは、どこに書いてあるのかしら、憲法、選挙法、十戒、道路交通法、咳止め薬の瓶に、と彼女は突いてくる。たしかに書かれてはいないが、価値観や常識の範囲のごく単純な問題であることはだれにでもわかります、まず意図のはっきりした票があり、次に白票があり、無効票、最後に棄権がある、この二次的なカテゴリーのものが主体になれば民主主義は危うくなるでしょう、ですから投票は慎重に扱うことが求められるのです。そうなったのは、わたしのせいだと言うのですか。それを見つけだそうというんですよ。いったいどうやってわたしが首都の大半の住民に白票を投票させたのでしょう、パンフレットを各戸のドアの下から入れるとか、真夜中に祈りや呪文をとなえるとか、水道に化学薬品を投げこむ、全員に宝くじの一等が当たると約束する、それとも、夫が医院で診察をして得た報酬で票を買うとでも。あなたは他の人びとが視力を失くしたときも目が見えていたが、その理由を説明できないか、あるいは説明したがらない。だからわたしは、世界の民主主義に敵対する陰謀をはかった罪になると。それを見つけだそうというのです。それなら、どうぞ見つけてきて、そして捜査が終わったら、ここに戻ってきて教えてください、それまでは何も言わないわ。結局のところ、以上のような展開は警視の望まない成りゆきだった。現時点ではこれ以上たずねることはないが、明日またお邪魔して事情聴取を続ける、と言いかけたとき、ドアホンが鳴った。医者が立ちあがり、だれが来たのか見にいった。彼は警部とともに居間に戻ってきた。この人は警察の警部で、警視の命令を受けてここに来たというのですが。そのとおり、と警視は言った。しかし、今日の仕事は終わりだ、われわれは明日同じ時刻にこれを続けよう。警視、先ほどの話では、巡査部長とわたしに、と警部が口をはさんだが、そこで警視がさえぎった。わたしが言ったかどうかはもう問題じゃない。では、明日は三人で来るのですね。警部、出過ぎた質問だ、わたしの決定したものがつねに適切な場所、適切な時間になる、と警視は腹立たしげに答えた。彼は医者の妻をふりむいて言った。明日は、あなたの要望どおり、遠まわりして時間を無駄にはしません、まっすぐ本題に入りますよ、あなたに聞くことは、四年前に白い盲目が広範囲に感染したときあなたが失明しなかった事実にくらべれば、それほど異常と思えないものだと思います、あのときはわたしも盲目、警部も盲目、あなたの夫も盲目でしたが、あなたはそうじゃなかった、古いことわざの、鍋を作った人が蓋を作った（意味は火のないところに煙は立たない）、が正しいのかどうか見届けにきます。では、鍋の話をするんですね、警視さん、と医者の妻が皮肉な口調でたずねた。蓋ですよ、奥さん、蓋です、と警視は出ていきながら答え、敵が多少でも優雅に退場させてくれたことにほっとした。かすかに頭痛を感じていた。

彼らはランチを一緒にとらなかった。警視は管理した分散戦術にこだわり、警部と巡査部長に、それぞれが別れたときは昨日行ったレストランを避けること、そして自分が部下ならそうするように、与えられた指示を厳密に守るようにと伝えた。また、結局彼は三ツ星料理を出すレストランにしたのだが、選んだ料理はごく質素な一ツ星のものにすぎず、それは犠牲的精神からでもあった。今回は集合場所をひとつではなく二カ所にして、まず巡査部長、次に警部が待つところへまわった。部下たちはすぐに、上官が話したい気分ではないことに気づいた。眼科医とその妻への聴取がうまく運ばなかったのは確かだ。彼らのほうも担当した事情聴取では目ざましい成果を得られなかったので、プロビデンシャル保険再保険会社での報告、情報交換、戦術検討会議も順調な航海にはならないと予想された。さらに車をガレージに入れたとき、駐車場係から思いがけなく、また問題が起こりそうな声をかけられて、彼らの職業上の緊張はいやがうえにも高まった。みなさんはどちらの方ですか。警視の肩書と経験はだてではなく、彼は平然としていた。われわれはプロビデンシャル社の者だ、と鋭く答え、さらに強く続けた、いつも駐車しているわが社専用の場所に停めるつもりだ、きみの質問は出過ぎているばかりか失礼だ。たしかに出過ぎて失礼だったかもしれませんが、以前見かけたことのない方々ですので。それは、と警視が言った。きみが失礼なだけじゃなく、貧弱な記憶力の持ち主だからだ、同僚は新任だからこれが初めてだが、わたしは以前来ていたことがある、さあ、どいてくれないか、ドライバーがちょっと怒りだしてる、下手をするときみを轢きかねない。彼らは駐車を終えてエレベーターに乗った。巡査部長は軽率のそしりを受ける可能性を考えず、全然怒っていなかったと説明しようとした。彼はそもそも警察に入るときに試験で冷静沈着と分類された男だったが、警視はそっけない身ぶりで黙らせた。さて、いまプロビデンシャル社の補強され防音処理がほどこされた壁と天井に囲まれて、彼は情け容赦なく爆発していた。エレベーターにマイクが仕掛けてあると思いもしなかったのか、このバカ者め。警視、申しわけありません、考えていませんでした、としょげた男は口ごもった。明日はここに残っていいぞ、守衛をしながら、わたしはバカですと五百回書いて暇をつぶしてろ。警視、お願いします。心配するな、大げさに言ってみただけだ、しかしガレージの男は面倒だな、人目に立たないように玄関を避けてきたのに、つまらん横槍が入ったものだ。たぶんうちの省からあいつ宛てにメモを届けさせるべきです、われわれが到着したときドアマンにそうしてあったみたいに、と警部が提案した。逆効果だろう、われわれはだれにも気づかれたくないのだ。すでに手遅れじゃないでしょうか、警視、もし他に拠点があるなら、そこへ移るのがベストです。あることはあるが、わたしの知るかぎり、いまはどこも機能していない。行ってみますか。いや、そんな時間はないし、省がその案を歓迎するとは思えない、これは最大の緊急事案だ、すぐに結果を出さねばならない。率直な話をさせてもらっていいでしょうか、と警部がたずねた。かまわんよ。われわれは袋小路に追いこまれてる感じがします、もっとまずいスズメバチの巣かもしれません。どうしてそう思う。説明できません、でも、正直な話、自分が導火線に火のついた火薬樽に乗っていて、いつ爆発するかわからないような感じなんです。警視はまるで自分の考えを聞かされたようだと思ったが、地位と任務の責任からまっすぐに延びる義務の道を逸れるわけにはいかなかった。その意見はとらない、と短い言葉でこの問題は片づけられた。

いま彼らは朝食をとったテーブルを囲んで、ノートを開き、意見交換をするところだった。きみからやってくれ、と警視が巡査部長に指示した。家に入るとすぐに、と彼は言った。女はだれからも警告を受けていないことがわかりました。もちろん彼らにはできなかっただろう、三人とも十時半に訪ねたんだ。わたしは少し遅れたんです、ドアをノックしたのは十時三十七分でした、と巡査部長が打ち明けた。それはもう問題じゃない、先に行ってくれ、時間が無駄になる。女はわたしを招きいれ、コーヒーを出してもいいかとたずねました、いいですよ、問題ないです、と答えました、普通の用事で訪ねた感じがしたんです、それから、うかがったのは四年前に精神病院で起こったことを捜査しているからだと女に言いました、ただ、殺された盲目の男にはふれないほうがいいと思い、火事になった原因について話をそらすことにしたのです、女はなぜみんなが忘れたがっている四年前の出来事をわざわざ掘り返すのか、と奇妙に思ったようでした、そこでわたしは、国の歴史のなかであの数週間をいつまでも空白にしてはおけないので、起きたことを集めてできるだけ多くの事実を記録するためだ、と言いました、しかし女はバカじゃありませんでしたよ、すぐに、これは彼女の言葉ですが、違和感があると指摘しました、つまり現在われわれが置かれた状況でそんな考えが出てくることがです、白票投票のせいで首都は包囲され、孤立しているのに、そのなかで盲目のパンデミックに襲われた時期に起きたことを捜査するのはと、警視、正直に言えば、わたしはどう答えようかと心底困りましたが、どうにか説明をしぼりだしました、この捜査は白票投票行動が起こる前に決定していたが、煩雑な官僚主義的手続きによって遅れ、いまになって実行に移せるようになったのだと、すると女が火事の原因はわからない、いつでも起こりうる偶発的なものだったに違いない、と言いました、そこでどうやって逃げのびたのか、と聞きました、女は医者の妻について話しだしました、すべての点において彼女をほめ、これまでの全人生でも出会ったことのないような並はずれた人だというのです、絶対に、と女は言いました、彼女がいなければわたしはここであなたと話をしていない、彼女はわたしたち全員を救ったのよ、しかもただ救っただけじゃなく、守ってくれた、養ってくれた、身のまわりの世話をしてくれた、と、そこでこちらが、わたしたち全員とはだれのことか、と聞きました、女はわれわれが知っている人びとを一人ずつ説明したのです、当時は夫だった男もグループの一員だったと最後に言いました、ただ、離婚して三年になるので話したくなかったのだと、警視、以上が女から引きだした話のすべてです、それから受けた印象だと医者の妻はある意味、英雄《エロイナ》であり、すばらしい魂《アルマ・グランズ》の持ち主に違いありませんね。警視は最後の数語が聞こえなかったふりをした。そうすれば、現状では国家に対する反逆罪という最悪の犯罪の関与が疑われる女を、英雄とか、すばらしい魂の持ち主と呼んだことを叱責せずにすむからだ。彼は疲労をおぼえた。そして、低くそっけない声で、娼婦と黒い眼帯の老人の家で得た情報の報告を警部に求めた。まず、彼女が娼婦だったとしても、いまは違います。そのわけは、と警視がたずねた。作法やふるまい、話し方などが、娼婦のものではなかったので。きみは娼婦にくわしいんだな。そうではありません、警視、細かいことと個人的経験くらいですが、ようするにさまざまな予備知識による判断です。続けてくれ。彼らはとても礼儀正しくわたしを迎えましたが、コーヒーの申し出はありませんでした。結婚してるのか。とりあえず、二人とも結婚指輪をしていました。年寄りの方だが、きみの印象は。老人ですよ、というか、それがすべてです。それは違うな、老人というのも千差万別だ、ただ、だれも年寄りに何も聞かない、だから彼らは静かに黙っている。といっても、この男はそうじゃありませんでした。何よりだ、続けてくれ。わたしもここにいる同僚と同じで火事の話から始めましたが、それでは行き詰まるとすぐに気づいたので正面攻撃を仕掛けました、警察はある手紙を受けとったが、それは精神病院で火事の前に起きたある犯罪行為について書かれたものだった、たとえば殺人とか、これについて何か知らないか、とたずねたわけです、すると女が、ええ、知ってますと答えました、だれよりもよく知ってます、なぜなら彼女自身が殺したからだと。それで、凶器は何かと聞いたのか、と警視が言った。ええ、ハサミです。心臓に突きたてたと。いいえ、警視、喉ですよ。その他には何を。じつを言えば、わたしは動揺しきっていました。想像はつくね。突然、同じ犯罪で犯人が二人になったのですから。それでどうした。次に来たのは恐ろしい光景でした。火事か。いいえ、警視、彼女は盲目の男たちの病棟でレイプされた女たちの惨《むご》い様子を細かく赤裸々に語ったのです。女がその話をするあいだ老人は何をしていた。彼は残った片方の目でわたしを見つめるだけでしたよ、まるで心をのぞきこむように。それはきみの妄想だな。いいえ、警視、あれでわかりました、二つの目より片目の方がよく見えるのです、なぜなら、もう一方の目が助けてくれないので、すべてを単独で働かせる必要があるからです。だからおそらく、盲人の国では片目の者が王様だ、というのだろうな。たぶんそうです、警視。先を続けてくれ。女が黙りこむと、老人がわたしの来た理由を信じていないと言いました、彼は実際にそういう表現を使ったのですが、何も痕跡が残っていない火事の原因を確かめるとか、証明のできない殺人をめぐる状況を捜査するといった理由だとは思えない、これ以上実のある話がないならお引き取り願いたい、と言うのです。それできみは何と。警察官としての職権を行使しました、ここに来たのは任務があるからだ、どんな犠牲を払ってもそれを遂行すると言いました。老人はどうした。こんなことを言いましたよ、それならあなたは首都にいるただ一人の警察官に違いない、何週間前かも忘れたが、ここから警察は消えたのだから、彼ら二人の安全を心配してくれてありがたく思うし、他の人たちのこともそうしてもらえればありがたい、なぜなら、そこにいるたった二人のために一人の警察官が派遣されるとは信じられないからだ、と。それからどうなった。状況はむずかしくなっており、こちらは先に進みにくくなりました、退却をまぬがれるにはこう言うしかありません、彼らが法廷で戦うには準備しなければならない、絶対的に信用できる情報によれば、病棟にいた盲目の悪党どもの首領を殺したのは彼女ではなく、他の人であり、すでにその女の身元は判明しているのだと。二人の反応はどうだった。最初は彼らを怯《おび》えさせたように思いましたが、老人はすぐに立ち直り、この家でも、あるいはどこに行ったとしても、警察より法律にくわしい弁護士と同席することにすると言いました。本当に彼らは怯えたと思うか、と警視がたずねた。そう思いましたが、確信は持てません。その二人は怖くなったかもしれないが、それは彼ら自身のためじゃないかもしれない。では、だれのためです、警視。本物の殺人者だ、医者の妻だよ。でも、娼婦もいます。その呼び名を使い続けていいものかな、警部。しかし、黒い眼帯の老人の妻は、殺したのは自分だと言ってます、たしかに手紙の男が告発したのは彼女じゃなく、医者の妻ですが。彼女こそ犯罪の実作者だよ、わたしに自白したし、裏付けもした。この時点で警部と巡査部長が、上官が自分の事情聴取についてふれたのだから、次はそこで見つけたことをとりあえずすべて報告するだろうと期待したのは当然の道理だった。しかし警視は、明日もう一度容疑者の家を訪ねて聴取をし、その後で今後の方針を決めるつもりだと言うにとどめた。われわれは、明日何をするのですか、と警部がたずねた。継続的な見張り捜査だ、それしかない、きみは手紙を書いた男の前妻をやってくれ、きみの顔は割れてないから問題はない。ということは、自動的にわたしは残りですね、と巡査部長が言った。老人と娼婦に張りつきますよ。娼婦という呼び名は、実際にそうか、以前の状態のままでいるか、きみが証明しないかぎりわれわれの会話から除外している。はい、警視。たとえ彼女がそうだとしても、別の呼称を考えろ。はい、警視、名前で呼ぶことにします。名前はわたしの手帳に移されたから、きみの手帳にはない。警視が教えてくだされば、娼婦と呼ばずにすみます。きみには教えない、この情報は当分明かさないことにする。彼女の名前をですか、それとも全員の、と巡査部長が聞いた。全員だ。では、どう呼べばいいのかわかりません。そうだな、たとえば黒いサングラスの女でもいいじゃないか。でも、サングラスはしていませんでした、誓えます。だれもが人生で一度くらいはサングラスをかけるものだよ、警視はそう言うと立ちあがった。そして背をまるめて、彼の個室にしているオフィスの一角へ歩いていき、ドアを閉めた。きっと内務省と連絡を取って、指示をあおぐんじゃないかな、と警部が言った。どこか具合が悪いんでしょうか、と巡査部長が問いかけた。われわれと同じ気分だろう、動揺してるんだ。自分のしていることに確信が持てないみたいです。そういうきみは持てるのか。わたしは指示に従うだけです、でも警視は上官です、われわれに迷っている姿は見せられませんし、そうなったらわれわれにも影響が出ます、波が岩で砕けたら、つけを払うのはいつもムール貝です。そのたとえが適切かどうか、かなり疑わしい。なぜです。ムール貝は水をかぶれば喜ぶんじゃないか。さあ、どうでしょう、でもムール貝が笑うのは聞いたことがありません。笑うだけじゃない、くすくす笑いだってするんだぞ、波の音で聞こえないだけで、耳をつけて聞けばわかる。でたらめばかり、部下をつかまえて冗談のおかずにしてますよね。害のない暇つぶしさ、怒るな。もっといい手があります。どんな。眠るんです、疲れてしまいました、もう寝ます。警視に呼ばれるかもしれないぞ。え、かなわないな、また壁に頭をぶつけに行くなんて。たぶんきみの言うとおりだ、と警部が言った。わたしもきみに倣ってしばらく休むよ、ただし警視宛てにメモを残して、用があればいつでも起こしてくださいと書いておこう。いい考えですね。

　警視は靴をぬいで、ベッドに横になっていた。あおむけになり、両手を頭の後ろで組んで、上から助言が降りてこないかと期待するように天井を眺めていた。たいしたものでなくても、わたしたちがよく言う妥協の産物でもいいから何か案が浮かばないかと。たぶん防音壁のせいで音がなく、したがって聞こえもせず、天井も長時間孤独に過ごしていたせいで話す力を失っており、彼に告げることを持ち合わせていなかった。警視は医者の妻とその夫と交わした会話を再現した。一方の顔ともう一人の顔も、それと彼が家に入ったとき唸《うな》り声《ごえ》をあげながら立ちあがり、飼い主の声で寝床に戻った犬も。三つのノズルのある琥珀色《こはくいろ》をした真鍮のランプは両親の家にあったものを思い出させた。あれはだれも知らないうちに、どこかへ消えてしまった。彼はこうした記憶に、警部と巡査部長から聞いたばかりの話を混ぜ、自分はあそこで何をしていたのかと自問した。彼はまさに純粋な映画の捜査官のスタイルで市境線を越え、祖国を死の危険から救うためだと自分に信じこませて、その信念のもと、部下にばかげた指示を出し、それを彼らが大目に見て好意的に遂行し、自分はといえば刻一刻と彼の方へ崩れかかる疑惑の不安定な集団をどうにか阻止しようとつとめてきたのだった。いま警視は鳩尾《みぞおち》をしめつける漠然とした不安に驚きながら、いったいツノメドリである自分は、なぜこんなに連絡が遅いのかと苛立って問いかけるアホウドリに、多少でも信頼される情報をひねりだせるだろうか、と考えていた。わたしは何を話せばいいのだ、と警視は胸にたずねた。ミサゴにかけた容疑が固まれば、夫や他の人たちは陰謀の一部になります、すると向こうは、他の人たちとはだれか、と聞くだろう、黒い眼帯の老人がいますが彼の暗号名はオオカミウオ《ベイシ・ロボ》がぴったりですし、黒いサングラスの女がいましてこれはナマズ《ベイシ・ガト》（猫魚の意）と呼べます、また手紙を書いた男の前妻はダツ《ベイシ・アグーリャ》（針魚の意）がいいでしょう、これらの呼び名に同意していただけるなら、アホウドリ。警視はすでにベッドから立ちあがり、赤い電話で話していた。はい、アホウドリ、いま言いましたのは大物ではありません、彼らは運よく保護してくれるミサゴと出会えたのです。きみはこのミサゴをどう思った、ツノメドリ。彼女は品のある女です、正常で、知性があります、アホウドリ、他の人たちの話がすべて正しければ、わたしもそのとおりだと思います、間違いなく並はずれた人物だと。ハサミで人を殺せるというのは普通じゃないな、ツノメドリ。証人たちの話では、殺された男というのが忌まわしい強姦者《ヴィオラドール》なのです、どこを見ても不快な存在でした、アホウドリ。だまされるんじゃない、ツノメドリ、わたしにははっきり見えるよ、そいつらはいずれ尋問される場合に備えて、口裏を合わせるようにひとつの話を出しているんだ、四年も準備期間があったんだぞ、きみの持ってきた情報と、わたしの推理と直観から見えるのは、そっちの好きな物を何でも賭けていいが、その五人が一個の組織的な細胞になっているということだ、たぶん、このあいだわれわれが話したサナダムシの頭でもあるだろうよ。わたしの同僚たちもそういう印象は持ちませんでした、アホウドリ。おやおや、ツノメドリ、きみたちには選択の余地がないんだ、そういう印象を持つしかない。証拠が必要です、証拠がなければ何もできません、アホウドリ。見つけろ、ツノメドリ、隅から隅まで家捜ししろ。捜索も裁判所の令状がないとできません、アホウドリ。言っておくが、その市《まち》は現在包囲されており、住民のあらゆる権利や保障は停止されているのだ、ツノメドリ。何も証拠が見つからない場合はどうしますか、アホウドリ。その可能性を認めるのは断る、ツノメドリ、警視にしてはバカ正直すぎるんじゃないか、わたしが内務大臣であるかぎり、そこにない証拠はどんな物でも最後には現れる。あなたがわたしに求めているものは、簡単ではないし、気持ちのよいものでもありません、アホウドリ。求めてなどいない、命じているんだ、ツノメドリ。はい、アホウドリ、いずれにしても、ここまでわれわれは犯罪の証拠を何も見つけておらず、われわれが容疑者とみなすことに決めた人が容疑者である証拠もなく、あらゆる接触と、おこなった事情聴取のすべてが、逆にその人の無実を指していることを指摘しておきたいと思います。抑留者を撮影した写真は、ツノメドリ、つねに無実と推定されるが、後になるとそこに犯罪者がいたことが判明するものだ。ひとつ聞いてもかまいませんか、アホウドリ。聞いてくれ、答えてやるよ、ツノメドリ、わたしはいつも答えるのがうまいのでね。もし有罪の証拠が出ない場合、いったい何が起こるのでしょうか。無実の証拠が出ない場合に起こることと同じだ。それをどう解釈すべきですか、アホウドリ。判決が犯罪より前に書かれた事件がある、ということだ。その場合、もしあなたの言わんとすることをそのまま信じるなら、アホウドリ、わたしを任務から外してもらえないでしょうか。きみは任務から外されるだろう、ツノメドリ、約束する、しかしいまではなく、きみの要望に応えるわけでもない、事件が終了したとき任を解かれるのだ、そして本件はきみと助手たちによる立派な尽力なしには落着とはならない、わたしの話をよく聞くんだ、きみには五日の猶予をやる、よく頭に入れておけよ、五日間だ、一日も増やせない、それまでに細胞全員を縛りあげてこちらに引き渡せ、きみのミサゴとその夫、新たに現われた三匹の小さな魚、オオカミ《ロボ》とネコ《ガト》とハリ《アグーリャ》をな、わたしは彼らが否定できず、側面を守れず、反論できない、それほど重い犯罪の証拠で押しつぶしてやりたいのだ、それがわたしの望みだ、ツノメドリ。わたしにできることをします、アホウドリ。いま言ったことをそのままそっくりやればいい、とは言ってもわたしを悪く思わないように、そもそもわたしは合理的な人間だから、きみが仕事を遂行するにはある程度援助が必要だということもわかっている。もう一人警部を派遣するのですか、アホウドリ。違う、ツノメドリ、わたしの援助は違った性質のものだが、同じく効果的であり、あるいはそれ以上かもしれない、ここからわたしの命令で警察全体を派遣するくらいだな。話がよくわかりません、アホウドリ。ゴングが鳴れば、きみは真っ先にわかるはずだ。ゴングですか。最終ラウンドのゴングだ、ツノメドリ。電話は切れていた。

　時計が六時二十分になったとき警視は部屋を出た。警部がテーブルに残したメモを読み、その下に書いた。しなければならないことがある、わたしを待つように。彼はガレージに降り、車に乗りこむとエンジンをかけ、出口への斜路《ランパ》に向かった。警視はそこで止まり、駐車場係を手招きした。プロビデンシャル保険再保険会社の社員から受けたひどい扱いと交わしたやりとりをいまだに腹立たしく思っていた男は、怖がるように車の窓に近づいて、いつもの決まり文句を口にした。ご用ですか。さっきは少し乱暴な言い方をしたよ。何でもありません、ここじゃ慣れっこですから。べつにきみを責めたわけじゃないんだ。そんなこと思いもしませんでしたよ、お客様。警視だ、警察の、ここに身分証がある。すみません、警視さん、まさかそうとは知らずに、では他のお二人も。若い方は巡査部長で、もう一人は警部だ。承知しました、警視さん、もう二度とお手間はかけません、あのときは職務上悪気はなかったものですから。われわれはここで捜査をしているんだが、それも終わったところだ、だから他の人となんら変わりはない、休暇中のようなものだ、しかしきみの安心のために助言するが、せいぜい分別をはたらかせることだ、憶えておきたまえ、休暇中でも警察官は警察官のまま変わらない、いわば血にそれが流れているんだよ。よくわかります、警視さん、でもその場合、正直に言わせてもらえば、わたしには何も言わないほうがよかったんじゃないですか、見ない目、感じない心、知らない人は見ない人と同じです。わたしはだれかに話す必要があってね、とりあえず身近にいるのがきみだったんだ。車はすでに斜路を上りだしていたが、警視はまだ勧めたいことがあった。口は閉じておいてくれ、きみに話したことを後悔したくない。ふりむいていたら警視は後悔しただろう。というのも、駐車場係が秘密を打ち明けるように電話で話す姿が見えたはずだから。たぶん、たったいま警察の警視と出会ったんだぞと妻に告げているか、三人のダークスーツ姿の男がガレージから直接プロビデンシャル保険再保険会社に上がっていったとドアマンに連絡しているか、ああか、こうか、と言ったところで一番ありそうなのは、この電話に関する真実が決して明かされないということである。数メートル先の舗道で車を停め、彼は上着の外ポケットから手帳をとりだすと、ぱらぱらとめくって、裏切りの手紙を書いた男が以前一緒だった集団の個別の名前、住所を書きとったページを開いた。それから地図と街案内を参照しながら裏切り者の前妻が住む場所を調べた。そこが一番近かったからだ。黒い眼帯の男と黒いサングラスの女が住むところもメモした。警視はほほえんだが、それは、これが黒い眼帯の男の妻につける完璧な呼び名だと言ったとき、巡査部長が見せたとまどいを思い出したからだ。でも、黒いサングラスなんかかけてませんでしたよ、とかわいそうな巡査部長は弱りきって答えたものだ。ちょっと誠意を欠いたか、と警視は思った。グループの写真を見せていれば、女が両腕を脇につけており、右手に黒いサングラスを持っているのがわかったはずだ、初歩だよ、ワトソンくん、だがそうしたことに気づくには警視の目を持たなくてはならない。彼は車をスタートさせた。衝動からプロビデンシャル社を出て、衝動からガレージの駐車場係に身分を明かし、いまは衝動から離婚した女の家に向かい、そのあと衝動から黒い眼帯の老人の家に行くだろうし、もし明日の同じ時刻にまた事情聴取の続きをしにくると言っていなければ、同じ衝動から医者の妻とその夫の家にも向かうところだ。いったいどう話を続けるというのか、と彼は考えた。たとえば、あなたは民主主義制度を深刻な危機におとしいれる反政府運動のまとめ役であり、責任者であり、中心人物だという容疑をかけられています、わたしが言うのは白票投票運動のことですよ、潔白だと見せかけるのはやめなさい、証拠があるのかと聞いて時間を無駄にするのも、無実を証明しなければならないのはあなたの方なのです、おわかりでしょうが、奥さん、有罪の証拠など必要なときにいつでも出てくるんですよ、反論できないものをひとつか二つ創作すればいいだけの話で、たとえ完全な証拠でなくても、状況証拠でも、どんなに時間が経ったものでも、われわれにとっては十分です、四年前にこの市《まち》の全員が盲目になり、あぶなっかしく歩いたり街灯に鼻をぶつけたりしているときに、あなたが失明しなかった、という理解しがたいようなものでも証拠にされるのです、そしてあなたが、二つの事象はまったく無関係だと答える前に、わたしはこう言います、鍋を作った人が蓋を作るのだと、これはとにかく、元は違う言葉で表現されたとしても、わたしの仕える大臣の意見です、たとえ心が痛んでも、わたしにはそちらを尊重する義務があります、あなたは警視の心は痛むはずがないと言い、警視という人種にくわしいと思っているかもしれないが、この警視のことは何も知らないと保証します、たしかにわたしは真実を確認するという公正な目的でここに来たのではありません、あなたが裁きを受ける前から有罪なのも確かです、でもこのツノメドリの、大臣からそう呼ばれているのですが、心は痛んでいます、どうすればそれが消せるのかわからずにいます、わたしの助言を聞きなさい、あなたが無実であっても自白しなさい、政府はきっと住民が前例のない集団催眠事件の犠牲者だったと言うでしょう、あなたは術をかける天才なのだと、たぶん人びとはそれをおもしろいとさえ思い、生活は普段どおりに戻るのです、あなたは刑務所で数年を送り、われわれがそう決めればあなたの友達もそこに収容されるでしょう、そのあいだに選挙法が改正されて白票は無効扱いとなるか、有効票の得票割合に応じて各政党に分配されるようになります、それなら各政党の得票割合も変わりません、奥さん、重要なのは割合ですから、また、棄権する有権者、医師の診断書を提示しない者は新聞で氏名を公表するのも一案です、かつて犯罪者が広場でさらし台《ペロリーニョ》に固定されてさらし者になったように、こんなふうに話をするのはあなたに共感しているからです、その思いがどれほど深いものか、こんな話をすればわかってもらえるでしょうか、四年前、あの悲劇のさなかに、わたしは不運にも家族の一部をなくしました、でも、それはそれとして、おそらく自分があなたの保護したグループの一員になっていたら、人生がもたらす最大の幸せを得ていたと思えるのです、当時わたしは警視ではなく、盲目の警部でした、そのただの盲目の警部が、視力が回復したのち、あなたが火事から救いだした人びとと写っている写真のなかにいたはずです、あなたの犬も現れたわたしを唸り声で脅さなかったでしょう、かりにすべてが想像どおりだったら、さらに多くのことが起こっていたら、名誉にかけて内務大臣に間違っていると、そうした経験、そして四年間の友情があれば一人の人間を深く知るのに十分だと宣言できる、考えてみれば、わたしは敵としてあなたの家に入り、どうやって出ていけばよいのかわからなくなっている、ただ大臣に任務を失敗したと打ち明けるのか、それとも、あなたを連れて刑務所に向かえばいいのか。最後のさまざまな思いは、もはや警視から生まれたものではなく、いま彼の頭のなかは、容疑者と彼自身の運命がどう決まるか予測することより、車の駐車場所を探すことでいっぱいだった。警視はまた手帳を確認して、手紙を書いた男の前妻の家のドアホンを鳴らした。何度も鳴らしたが、ドアは開かなかった。もう一度押そうと手をのばしたとき、一階の窓があいて、髪全体にカーラーを巻いた部屋着姿の年配の女が顔を出した。だれを捜してるの、と女がたずねた。二階の右側に住んでる女性です、と警視は答えた。それならここにはいないよ、この目で出ていくところを見たからね。いつ戻るかわかりますか。さあ、どうだかね、伝言を残すなら、わたしが受けるけど、と女が申し出た。ありがとうございます、それには及びませんよ、また出直しますので。カーラー頭の女が二階の右側に住む隣人の離婚女はあきらかに男たちの訪問を受けている、今朝も一人やってきたし、この男は彼女の父親ともいえるほど老けているじゃないか、と考えたかもしれないことなど、警視の頭をよぎりもしなかった。警視は助手席に広げた地図をちらりと見て、車のギヤを入れ、二番目の目標へ向かった。こんどは窓に現れる隣人はいなかった。通りに面したドアはあいていたので、彼はまっすぐ三階に上がることができた。ここが黒い眼帯の老人と黒いサングラスの女の住むところだが、なんと奇妙なパートナー関係だろう。二人が盲目の無力さから一緒になったのはわかるとしても、四年が過ぎたのだ、若い女の四年間はなんでもないが、老人にとっては二倍分に匹敵するはずだ。なのに二人はまだ別れていない、と警視は思った。ドアホンを鳴らして待った。だれも答えなかった。彼はドアに耳を押しあてて、じっと聴いた。向こう側は静まり返っていた。もう一度鳴らしたのは、返事を期待してではなく習慣のなせるわざだ。警視は階段を降り、車に乗りこむとつぶやいた。みんながどこにいるか、わかったぞ。車に直通電話があれば、大臣にこれから向かう先を告げ、向こうからこんな返事があるのだろう。いいぞ、ツノメドリ、仕事がわかってるじゃないか、そいつらは一網打尽に生け捕りだ、だが注意しろよ、応援を呼ぶ方がいい、何をするかわからん五人の悪党にたった一人で立ち向かうのは映画のなかだけだ、それにきみはカラテの心得もないだろう、きみの出番じゃない。心配無用です、アホウドリ、カラテの心得はないですが、やり方は心得ていますので。拳銃を構えていけ、そいつらを威嚇してビビらせるんだ。はい、アホウドリ。すぐにどの勲章を授与するか選びはじめるよ。急ぐ必要はありません、アホウドリ、まだわたしがこの事案から生きて抜けだせるかどうか、われわれにはわかりませんから。終わったようなものだよ、ツノメドリ、きみには全幅の信頼を置いている、わたしがこの任務に起用したのだから間違いない。はい、アホウドリ。

　街灯がつき、すでに夕闇が空の斜路をすべり落ちて、まもなく夜になろうとしていた。警視はドアベルを鳴らした。驚くほどでもないが、警察官もほとんどの場合ベルを鳴らし、足で蹴りあけたりしないのである。医者の妻が現れた。警視さん、明日お見えになると思ってました、と彼女が言った。いまはお迎えできません、来客中ですので。客がだれか承知してますよ、面識のない人たちですが、どういう人かは。だからと言って、お通しする理由にはならないわ。そこをどうにか。あなたが持ちこんだ問題とわたしの友人は無関係ですから。わたしが来た理由をまだ知らないでしょう、その話をしませんか。お入りなさい。

警察の警視の良心は、職業上も原理原則においても、概してじつに融通がきくことが理論的にも実際的にも証明されており、そうでなければならないものは決して譲らず、しかも必要な力はすべて持っている、という見方が一般に広くいきわたっている。とはいえ、たしかに正直な話あまり見かけないとしても、立派な公務員のなかには、運悪く、また思いがけなく十字架と大釜のあいだにはさまれる、つまりするべきことと、したくないことの板ばさみになる者がいることもあるのだ。

プロビデンシャル保険再保険会社の警視にもその日がやってきた。彼が医者の妻の家にいたのはせいぜい三十分ほどだったが、そこに集まった驚くべきグループによって彼の任務の濁った深みが照らしだされるには十分だった。警視は、この場所とこの人びとを政府上層部の不穏な標的からできるかぎり遠ざけるように尽力するが、うまくいくかどうかは保証できない、と説明した。捜査を終結させるまでに彼に与えられた時間はわずか五日間であり、それには彼らが有罪判決を受け入れるしかないこともわかっている、とも言った。そしてさらに医者の妻に向かって、このように不適切な表現をして申しわけないのですが、彼らが生け贄にしたいのは、奥さん、あなたなのです、とのべた。それと、あなたの夫も共犯となる可能性があるでしょう、他の方々については、いまのところ具体的な危険性はないと思います、奥さん、あなたの罪はあの男を殺したことではありません、わたしたち全員が盲目になったとき、あなたが盲目にならなかったことが大きな罪なのです、理解しがたいものはたんなる軽蔑の対象になるくらいですみますが、口実として使い道があれば、それではすみません。午前三時、警視は寝返りを打つばかりで眠れなかった。彼はこれからの一日の予定を思い浮かべて考え、何度も最初に戻って執拗にくりかえした。警部と巡査部長には、予定どおり、彼が医者の家に行き、妻の事情聴取を続ける、彼らの方は指示どおり他の人たちの監視をするようにと話すが、現時点ではどれも意味をなさない。いま彼がすべきことは、妨害することだ、出来事を遅らせ、捜査が進んだり後退したりする場面をつくりだし、それによって大臣の計画を勢いづかせたり妨げたりして、それが露骨にならないように配慮しながら、大臣の約束した援助が最終的にどういうものかを待ち受けることだろう。午前三時半近くに赤い電話が鳴った。警視は跳ね起きて、警察の標章のついたスリッパをつっかけると、よろめきながら机にある受話器へと走った。椅子にすわる前に受話器をとりあげて、たずねた。もしもし。こちらはアホウドリだ、と向こう側から声がした。こんばんは、アホウドリ、こちらはツノメドリです。きみに指示がある、ツノメドリ、よく聞くんだ。了解です、アホウドリ。本日九時、夜ではなく午前だ、市境の北六番検問所で人がきみを待っている、軍には通知済みだ、よって何も問題は起こらない。その者とわたしが交替すると理解してよろしいでしょうか、アホウドリ。そう考える理由は何もない、ツノメドリ、ここまでのきみの仕事ぶりはよく、引き続き事案が終わるまでそうであることを期待している。ありがとうございます、アホウドリ、それで指示とは何でしょうか。言ったように、午前九時に市境の北六番検問所で人が待っている。はい、アホウドリ、了解しております。きみはその者に、わたしに話した写真を渡せ、主犯の写っているグループの写真だ、それときみが入手し、管理している住所と名前のリストも一緒に渡せ。警視は突然、さむけを背骨に感じた。しかし、その写真は進行中の捜査に必要です、と思いきって言った。それほどじゃないだろう、ツノメドリ、きみに必要だとはまったく思わない、なぜならきみ自身が直接、あるいは部下を通じて、一味の構成員とは全員接触ずみだからな。グループのことですか、アホウドリ。一味はグループだ。はい、アホウドリ、でも必ずしもグループは一味ではありません。なぜだね、ツノメドリ、きみがそれほど定義の正確さに関心があるとは知らなかった、ずいぶん辞書を引く人間なんだね。申しわけありません、細かいことを言いまして、アホウドリ、まだ頭がもうろうとしているのです。熟睡中だったか。いいえ、アホウドリ、今日の行動を考えておりました。言っておくが、北六番検問所で待っている男はきみと同じような年恰好《としかっこう》で、白い水玉模様の青いネクタイをしている、そういう人間は、市境の検問所では多くないと思う。わたしの顔見知りでしょうか、アホウドリ。いや、知らないだろう、所属が軍だから。そうですか。彼はきみの合言葉に、いいや、時間はいつも足りない、と答えるだろう。わたしの合言葉は何ですか。時間はいつもやってくる。わかりました、アホウドリ、指示は遂行されるでしょう、九時に市境で面会します。ベッドに戻って、朝までぐっすり眠るんだ、ツノメドリ、わたしも同じくそうしよう、ずっと働いていたからな。ひとつ、質問してもよろしいでしょうか、アホウドリ。どうぞ、だが短くしてくれ。写真の件はおっしゃっていた追加の支援と関係がありますか。たいした洞察力だ、ツノメドリ、きみの目は何も見逃さない。それでは、見るべきものがある、関係があると。そう、一目瞭然だ、方法まで話すとは思うな、そんなことをしたらサプライズ効果がなくなるだろう。わたしが直接の捜査責任者であっても、ですか。そのとおり。わたしに信頼が置けないということですね、アホウドリ。地面に四角形を描いて、そのなかに自分を入れてみるんだ、ツノメドリ、四角形に仕切られた内側の空間ではきみを信じているよ、だが、外側にいるときはわたし自身しか信じない、きみの捜査はその四角形だ、だから四角と捜査で満足してくれ。はい、アホウドリ。よく眠りたまえ、ツノメドリ、今週のうちにわたしから連絡する。ここでお待ちしています、アホウドリ。おやすみ、ツノメドリ。おやすみなさい、アホウドリ。大臣の慣例にのっとった就寝の挨拶にもかかわらず、このほとんど残っていない夜は、警視にとって使えない時間だった。脳の扉や通路はすべて閉ざされ、内側では不眠の絶対的な女王と女主人が支配しており、眠りは訪れることもなかった。なぜ大臣は写真を要求したのか、彼は何度も何度も心に問いかけた。なぜ今週中に向こうから連絡すると脅しをかけたのか、ひとつひとつの言葉はべつに脅しでも何でもない、だがあの声音《こわね》だ、そうあの声音が脅していた。あらゆる種類の人間を尋問して人生を過ごしてきた警視ならば、迷路のように絡みあった音節から、出口に導く細道を見わけるすべくらいは体得している。また、それぞれの言葉が発音されるとき必ずその裏で生まれ、もたらされる翳《ゾナス・デ・》の部分《ペヌンブラ》に気づく力も完璧に持ちあわせている。今週のうちにわたしから連絡する、と声に出してみれば、そこに陰湿な不安のしずくを、恐怖の不快な臭いを、父親の亡霊の権威主義的な音色を、移しこむことがいかに簡単かがわかるだろう。警視は気持ちが落ち着くようなことを考えた。でも、わたしには恐れる理由などない、自分の仕事をし、与えられる指示を実行しているのだ、とはいえ良心の奥底ではわかっていた、自分は仕事をしなかった、指示を実行しなかった、理由は、医者の妻が四年前に失明しなかったがゆえに首都の住人の八十三パーセントが白票を投票した責任を問われることに納得しないからだ、それではひとつ目の特異性が、ふたつ目の特異性の責任を自動的に負わせるようではないか。そもそもあの男だって信じていない、と彼は思った。あの男はただ標的を狙うしか興味がないのだ、これが失敗したら、別の標的を探す、そして別の、また別の、というふうに、命中するまで必要ならば何度でも果てしなく。あるいは、繰り返すことによって、あの男の利益に同意させたい人びとが、最後には使われた方法や過程を不問にしようと思うまでやり続けるのだ。どっちにしろゲームは勝利で終わる。とりとめもなく空想のロックピッキングをしたおかげで、どうにか眠りが扉を開けた。しのび足で通路を進んでいき、続けて動いていると警視は夢を見はじめた。内務大臣が医者の妻の目に針を刺そうとして、彼に写真をよこせと言っていた、と同時に魔術の呪文もとなえている、おまえは盲目じゃなかった、おまえは盲目になる、おまえは白を着ていた、おまえは黒を見るだろう、この針でおまえを刺すぞ、前から後ろから。警視はうなされ、汗で濡れそぼち、心臓をどくどく打たせながら、医師の妻の悲鳴と、大臣の高笑いで目をさました。恐ろしい夢だ、と警視は明かりを点けて声をあげた、脳はここまで怪物を生みだせるのか。時計は七時半をさしていた。北六番検問所に到着するまでに必要な時間を計算して、起こしてくれた悪夢に感謝したくなった。苦労して起きだしたが、頭は鉛のように重く、脚はそれよりも重く、どうにか歩いて自分をバスルームに引きずりこんだ。二十分後、警視はシャワーと髭剃りでいくらか生気をとりもどし、仕事の準備ができていた。清潔なシャツを着て、着替えもすませた。その男は白い水玉模様の青いネクタイをしているという、そう思いながら、キッチンに入り、前日の残りのコーヒーを一杯分温めた。警部と巡査部長はたぶんまだ寝ているのだろう、ともかく起きている気配がなかった。彼は面倒くさそうにビスケットをかみ、もう一枚食べて、歯をみがくためバスルームに戻った。寝室に行き、写真と、名前と住所のリストを封筒に入れた。リストは別紙に書き写してある。居間に戻ったとき、部下の寝ている部屋の方で物音がするのに気づいた。彼らを待ちもせず、ドアをノックして呼びかけもしなかった。走り書きのメモだ。もう出なければならない、車はわたしが使う、指示どおり張り込みをしろ、女たちの尾行が優先だ、黒い眼帯の男の妻、手紙を書いた男の前妻だ、チャンスがあればランチをとってくれ、夜にはここに戻る、成果を期待する。明確な指示、正しい情報、それがこの警視の困難な人生のすべてかもしれない。警視はプロビデンシャル社を出ると、ガレージまで降りた。駐車場係はすでにいた。警視は、おはようと挨拶をし、返礼を受けながら、この男は駐車場に寝泊まりしているのだろうかと考えた。ガレージではとくに仕事もないようだが。八時半になろうとしていた。時間はある、と彼は思った。あそこまでは三十分もかからないし、わたしが先に到着すべきではない、アホウドリはまぎれのないとても明快な男だ、男は九時にわたしを待っているという、だから一分、二分、三分後に行けばいい、そうしたければ正午でもかまわないが、そこまでは延ばせないこともわかっている、ただ男より先に到着してはならないのだ。おそらく市境の内側の停止線に車が止まるのを見たら、北六番検問所の兵士たちが緊張するだろう、と警視は思った。月曜日の朝だったが、渋滞もなく、二十分たらずで北六番検問所に着けるはずだ。北六番検問所はどこにある、と突然彼は声をあげた。北だ、もちろん、だが六番とは、まいったぞ、六番とはどこなんだ。大臣はこの世で一番自然なことのように北六番と言っていた。まるで首都にある有名な記念碑のように、あるいは爆弾で破壊された地下鉄駅のように、知らない者のいない市の特別な場所のように。愚かにも、つい聞こうともしなかった。それはどこにあるのですか、アホウドリ、と。一瞬にして砂時計の小さな砂粒がわれ先に穴へと殺到し、上にある砂の量がみるみるうちに減っていく。時間は人間にそっくりだ。ときには足を引きずるほど遅いが、ときにはシカのように走り、若いヤギのように飛び跳ねることがある。考えてみると、これは適切なたとえではないのだが、すべての動物のなかで一番速く走るのはチーターだとしても、人になぞらえて、チーターのように走り、ジャンプする、とは言わない。それはおそらく先にのべたたとえが、まだ騎士《カヴアレイロ》が馬で走りまわり、チーターが、走るところはおろか存在さえも知られていない中世後期の誉れ高い時代に生まれたものだからだろう。言語とは保守的なもので、つねにアーカイブを背負って持ちはこび、アップデートにうんざりしている。ともかく警視は車を停めて、市の地図をハンドルの上に広げると、首都の北東部の外縁に沿って北六番検問所のある場所を探しはじめた。アホウドリが冷淡にのべたように、市が警視にふさわしい信頼の量を内包した空間として、ひし形、あるいは平行四辺形といった四角形をしているなら、見つけるのは比較的簡単だろう。だが、その輪郭は不規則で、外周のどちらの側も、どこまでが北なのか、どこから東や西が始まるのかわからない。警視は腕時計を見て、上官の叱責を待つ巡査部長のように恐ろしくなった。これでは間に合わない、行けっこない。彼は気持ちを落ち着けて、順序だてて考えようとした。論理的に。だが、いつから論理が人の決定を支配するようになったのか。わたしなら北部の西の端から時計まわりに順番に番号をふっていく。たぶんその推理は間違っている。しかし、いつから論理が人の決定を支配するようになったのか、とは答えるのがむずかしい問題だとしても、何も持たないより一本でもオールがある方がつねにましなのだ。さらに、止まった船は航海ができない、と書かれたものもある。そこで警視はここが六番検問所に違いないと推定した場所に×印をつけて、車をスタートさせた。道はすいており、警官の姿はなく、赤信号に出くわすたびに無視する誘惑にかられて、それに抗えなかった。車は走るというより飛んでいた。足はほとんどアクセルから離れなかった。ブレーキをかけざるをえないときは、コントロールをきかせてドリフトさせた。手に汗にぎる観客たちを椅子から跳びあがらせるカーチェイスが売り物の映画のように、アクロバットめいた技でハンドルをあやつった。こんなふうに運転するのは警視も初めてで、二度とすることはないだろう。ようやく北六番検問所に到着したとき、時刻は九時をまわっていた。必死の形相のドライバーが何をしたいのかとやってきた兵士が、ここは北五番検問所だと告げた。警視は大声で毒づき、ふりむいて行こうとしたが、ふとあわてた動きをこらえて、六番にはどう行けばいいのかとたずねた。兵士は東を指さし、間違いがないように、できるだけ短く告げた。あっちだ。運よく市境とつかず離れず平行に走る道があり、距離もわずか三キロで、見通しはよく信号さえなかった。車はスタートし、ぐんぐん加速し、ブレーキをかけ、賞に値する勢いでカーブにつっこみ、タイヤをきしらせて停まった。あやうく道路の黄色いラインを越えそうになった。あったぞ、北六番検問所が。三十メートルほど先に設置された障害物のそばで、中年の男が待っていた。わたしよりはかなり若いじゃないか、と警視は思った。彼は封筒を上着に入れて車から降りた。兵士の姿がまったく見えないのは、面会と引き渡しの儀式のあいだ、持ち場を離れ、目をそむけるように命じられているからだろう。警視は歩きだした。彼は封筒を手にしながら考えた。遅刻した言いわけをする必要はない、かりに、やあ、おはよう、遅れてすまない、ちょっと地図で困ったことになったんだ、アホウドリが北六番検問所の場所を教え忘れるなんてね、などと言ったら、この長ったらしい下手な台詞を偽の合言葉と受けとられる恐れがあるのは、さほど利口な男でなくても気づくだろう。その場合は、男が兵士を呼んで、偽の工作員として拘束させるか、拳銃を引き抜いてその場で、打倒白票投票、つぶせ暴動、裏切り者に死をと、略式の処刑をやってのけるか、どちらかになる。警視は市境の障害物に到着していた。男は動きもせずに彼を見ている。左手の親指をベルトにかけ、右手はレインコートのポケットに入れており、本物にしてはすべてがあまりに自然すぎた。武装している、拳銃を持っている、と警視は思った。時間はいつもやってくる。男はにこりともせず、まばたきもせず、いいや、時間はいつも足りない、と言い、警視は封筒を渡した。たぶんここで、おはよう、とたがいに挨拶をかわし、数分ほど気持ちのよい月曜日の朝についておしゃべりをするところだ、しかし相手はただ、いいだろう、帰ってかまわない、これはしかるべき人の手に届けよう、とだけ言った。警視は車に乗りこみ、Ｕターンして街へと向かった。苦々しく、やりきれない不満を抱えながら、あの男に空っぽの封筒を渡してやったら傑作なジョークになったかもしれない、と妄想して心をなぐさめた。大臣は怒りの光線と、憤怒の火花を放ちながら、ただちに電話で説明を求め、彼はすべての聖人が居並ぶ天の法廷で、いまだに地上で聖人になるのを待っている者たちもいるところで、封筒には写真と、名前と住所のリストを、指示どおりに入れたと誓うだろう。わたしの責任は、アホウドリ、あなたの使者が拳銃を落とし、レインコートのポケットから右手を出して封筒を受けとったときに終わりました。だが、封筒は空っぽだった、わたしが開けたのだ、と大臣が叫ぶ。わたしの知ったことではありません、アホウドリ、彼は良心を守った人らしく静かに答える。狙いはわかってるぞ、と大臣はまた叫ぶだろう、おまえの囲い女《プロテジーダ》の髪に指一本ふれさせたくないのだ。彼女は囲い女なんかじゃない、あの人は告発された犯罪が何であっても潔白ですよ、アホウドリ。わたしをアホウドリと呼ぶな、アホウドリはお前の父親だ、アホウドリはおまえの母親だ、わたしは内務大臣だ。内務大臣がもうアホウドリじゃないなら、警視もツノメドリではありませんね。ツノメドリが警視じゃなくなるんだよ。つまり、何があってもおかしくない、と。とにかく今日別の写真を送ってこい、聞こえたか。別の写真はありません。いや、あるだろう、必要なら一枚だけじゃなく何枚か。どうやって。たやすいことだ、彼らのいる場所、おまえの囲い女の家や、他の二軒の家に行けばいい、まさか消えた写真に焼き増しが一枚もないなどとわたしを説得する気じゃないだろう。警視は首をふった。大臣はバカじゃない、空の封筒を渡したところで、いいことはなかったのだ。いつのまにか彼は市の中心部を走っており、街は当然のことに活気があったが、過剰ではなく騒がしすぎるわけでもなかった。通りすぎていくと、ゆきかう人びとはそれぞれ悩みがあるのが見てとれたが、同時に気持ちが落ち着いているようにも見えた。警視はこの明白な矛盾を意識しなかった。警視が見て気づきながらそれを言葉で説明できなかったのは、彼が感じなかった、つまり感覚として知覚しなかった、という意味ではない。そこを行く男と女は、たとえば、たがいを好きで、たがいを求め、たがいに愛しあい、ともに幸せで、ともにいまは笑っているが、それでも二人には不安の種があり、それでいて、こう言ってよければ、わたしは彼らがそれを落ち着いて明快《トランクイリ・クラーラ》に意識しているという感覚を持つのだ。警視にも不安の種があるのは、あなたにもわかるだろう。たぶんそのせいで、これはまた別の矛盾になるだろうが、彼はこのカフェに入り本物の朝食をとることで、プロビデンシャル保険再保険会社の温めなおしのコーヒーと、乾いた固いビスケットを忘れて気晴らしをしようと思ったのである。彼はいま新鮮な生のオレンジ・ジュースと、トースト、本物のミルク入りコーヒーを注文していた。なんじを生んだ者に神の恵みを、警視はウェイターが伝統的な方法で冷めないようにナプキンで包んだトーストの皿を置いたとき、信心深くそうつぶやいた。新聞を頼むと、一面には海外のニュース記事しかなく、国内については、外務大臣による声明の発表以外は何もなかった。それによれば、政府は旧首都の異常な状況について、国際連合からハーグの国際司法機関までさまざまな国際機関と協議する準備をしている、という。さまざまというのは、欧州連合（ＥＵ）、経済協力開発機構（ＯＥＣＤ）、石油輸出国機構（ＯＰＥＣ）、北大西洋条約機構（ＮＡＴＯ）、世界銀行（ＷＢ）、国際通貨基金（ＩＭＦ）、世界貿易機関（ＷＴＯ）、国際原子力機関（ＩＡＥＡ）、国際労働機関（ＩＬＯ）、世界気象機関（ＷＭＯ）などであり、この他のいくつかの機関は二次的なものか、あるいは検討中ということで名前は挙がっていなかった。アホウドリはさぞかし機嫌が悪いに違いない。たとえれば、口に入れたチョコレートを取りだされかけたところだ、と警視は思った。彼は突然遠くを見る必要にかられたように新聞から目をあげ、たぶんこのニュースが理由で、予想外に急いで写真が要求されたのだ、と胸のうちで声をあげた。そして、あの男はけっして人に先を越される人間じゃない、たぶん、次の一手を準備してる、しかもそれは汚い、とんでもなく卑劣なものになる、とつぶやいた。ふと警視は思った、今日はまるまる自分一人のものだ、何でも好きなことができる。任務の指示を出しておいたから、無駄な任務になるにしても、いまごろ警部と巡査部長はどこかのドアの陰か、木の後ろにいて、最初に家から出てくる人を待っているはずだ。警部はサングラスの女をとり、巡査部長は、他にいないから、手紙の男の前妻で満足するしかない。警部にとって最悪なのは黒い眼帯の老人が出てくることだが、その理由はあなたが考えるように老人を尾行するより美しい女の方が魅力的だからではなく、片目の人は二倍見えるからなのだ。彼らには気を散らしたり、別の物を見たがったりするもうひとつの目がない、というのはすでに一度言ったことだが、哀れにも真実というものは忘却の淵に落ちないように何度も繰り返してしまうのである。で、何をすればいい、と警視は自問した。店員を呼んで新聞を返し、代金を支払って立ち去った。運転席にすわると腕時計に目をやった。十時半は悪くない、と思った。二度目の事情聴取を予定していた時刻だ。いい頃合いだ、とは思ったが、なぜかは、あるいは具体的に何のためになのかは言えなかった。そうしたければプロビデンシャル保険再保険会社に戻り、大臣とのつらい会話とアホウドリが彼女の目に針を刺したときにあげた医者の妻の悲鳴で苦しんだ、ひどい一夜で失われた睡眠を埋めあわせるべくランチタイムまで少し寝て体を休めてもいいのだ。だが、あの陰気な壁に囲まれるのかと思うと胸がむかむかした。あそこでは何もすることがない。最初に到着したときには、しておこうとした武器と弾薬の点検をするのも気が進まなかった。それも、報告書を書くように確固とした警視としての義務なのだが。朝はまだ夜明けの輝きをいくらか残しており、空気はさわやかで、散歩にはもってこいの天気だった。警視は車から降りて歩きはじめた。通りのつきあたりで左に曲がり、とある広場に出た。それをよこぎり、別の通りを歩いていくと、また別の広場に行きついた。彼は四年前、そこにいたことを思い出した。盲目の人びとに囲まれて、目が見えない彼も、同じく目の見えない人の話す言葉を聞いていた。そこにまだ残る最後の響きは、いまも聞こえるとしたら、こうした場所で開かれていたごく最近の街頭演説の応酬のなかにあったのだろう。右派党は最初の広場で、中道党は二番目の広場で、左派党はその歴史的運命に似て、市の端にある空き地に立つしか選ぶ余地はなかった。警視は歩いて、歩いて、突然どのようにたどり着いたのかわからないが、医者とその妻が住んでいる通りにいた。ここは医者の家のある通りだ。足どりをゆるめて、反対側に渡って歩いていくと、二十メートルほど先のビルのドアが開いて、医者の妻が犬とともに現れた。警視はすぐさま背を向け、店のショーウィンドウに接近して目をこらした。彼女がこちらに歩いてきたら、ガラスに映る姿が見えるはずだ。彼女は来なかった。警視が慎重に反対側を眺めると、医者の妻はすでに先を行っており、リードをつけていない犬が彼女の隣を歩いていた。そのとき警視は尾行すべきだと思った。いま警部と巡査部長がしていることを彼がしても彼らに害が及ぶわけではない。部下たちが他の容疑者の後ろから街を苦労しながらついていくなら、警視の彼も同じことをする義務がある。彼女がどこへ向かうのか、それは神のみぞ知ること、犬は隠れみので連れているのかもしれないし、犬の首輪は秘密のメッセージを運ぶためのものかもしれない。幸せな時代には雪の深いアルプスで遭難者の救助に向かうセント・バーナード犬が首輪にブランデー入りの樽をぶらさげていき、そのわずかな量でも手遅れだと思われた人命をどれだけたくさん救ったことか。容疑者の、もしも彼女をそう呼び続けたいのならだが、尾行はあまり遠い距離にならなかった。市の真ん中にある、人けのない忘れられた村めいた一角に、やはりなんとなく放置された公園があり、大きな樹陰を宿す木々と、小砂利の遊歩道と、花壇、緑色に塗られた錆《さ》びたベンチなどが並んでいて、中央には空っぽの水差しを水面に向けて傾けた女性の彫像の立つ池があった。医者の妻は腰をおろし、持っていたバッグから本をとりだした。犬は彼女がそれを開いて読みはじめるまで、そこから動こうとしなかった。女はページから目をあげて命じた。行きなさい、すると犬は走りだし、行かざるをえない場所へ、おくゆかしい時代には、代わってやれないこと、と呼んだことをしに行った。警視は遠くから見まもりながら、朝食後に浮かんだ疑問を思い出した。で、何をすればいい。五分ほど彼は繁みの陰に身をひそめていた。犬がこちらに来なかったのは幸運だった。そうでなければ彼に気づいたはずだし、こんどは唸るだけでは済まなかっただろう。医者の妻はだれかを待っているのではなく、多くの人がするように、ただ犬を街へ連れだしただけだった。警視は砂利の踏み音をたてながらまっすぐ彼女に向かって歩き、数歩離れたところで立ちどまった。彼女は読書から自分を引き離すのがつらそうに顔をあげて、目を向けた。最初、彼女は彼のことがわからなかったようだ。出会うとは思わない場所だったから。少しすると言った。わたしたち、待ってましたけど、お見えにならないし、犬が散歩に行きたがるので、わたしが連れだすことにしたんです、家には夫がいますから、とくにお急ぎでないなら、わたしが帰るまで彼が応対できます。急いではいません。それなら、先に行ってください、後からわたしも参ります、犬にも少し時間をください、人びとが白票を入れたのは犬の落ち度じゃありません。あなたさえ気にならなければ、こんな偶然の状況の助けも借りてここでお話ししたいですね、人目もありませんから。わたしの思い違いでなければ、これを引きつづき事情聴取と呼ぶとしたら、初回のように夫の同席が必要ではないですか。これは事情聴取ではありません、ポケットから手帳も出てきません、テープレコーダーも隠し持たず、そのうえ打ち明けますと、わたしの記憶力は以前と違ってすぐに忘れる傾向にあります、とりわけ聞いたことを記録しろと指示しなければ。まあ、記憶に耳があるとは知りませんでした。第二の心の耳です、外にある耳は音を内側に運ぶためだけにあるのです。それで、あなたは何がしたいのですか。言ったように、あなたとお話がしたい。何について。この市《まち》で起きていることについて。警視さん、あなたにはとても感謝しています、昨日の午後わたしの家に来て、わたしたち夫婦と友達に、政府のなかに医者の妻の現象にとても高い関心を持つ人たちがいる、と話してくれました、その理由というのが、四年前盲目にならず、いまは国家に反逆する陰謀の明白な首謀者だから、というのです、そこで、正直に言いますけど、この件について他に話がなければ、あなたとのあいだでこれ以上話すことはないと思います。内務大臣があなた方夫婦とご友人が一緒に写っている写真を持ってくるように言い、今朝、市境の検問所で引き渡しました。やっぱり他の話題をお持ちでしたね、いずれにしても、わざわざわたしを尾行などせずに、家を直接訪ねてくだされば、場所はご存じでしょう。尾行はしていません、木の陰に隠れていたわけでも、後を追うために新聞を読みながら出てくるあなたを待っていたわけでもない、一緒に捜査をしている警部と巡査部長は、いま頃あなたのご友人にそんなことをしていますが、それも忙しくさせておくためで、とくに意味はないのです。いまここにいるのは偶然だと言うのね。そうです、たまたまあの通りを歩いていたら、あなたが出てくるのを見かけました。偶然わたしの家のある通りを歩いていたなんて、信じるのはむずかしいわ。お好きに受けとってください。ともかく、あなたが好むかどうかは別として、うれしい偶然よ、そうでなければそちらの大臣の手にあの写真があることを知らずにいたわけだから。いずれお話ししていましたよ。なぜあれを欲しがったのかしら、詮索《せんさく》しすぎかもしれないけど。向こうは何も言いませんが、よい動機じゃないのは確かです。それでは、あなたが来たのは二回目の事情聴取のためじゃないのね、と医者の妻がたずねた。今日は違います、明日も、その先もずっと、わたしに関するかぎり、この件について知るべきことはすでに知りました。あなたはご自分のことをもっと話した方がいいわ、おかけなさい、空っぽの水差しを持つ女みたいに立ってないで。犬がいきなり繁みの陰から跳びはねて現れたと思うと、吠えながら警視に向かってまっしぐらに走ってきた。彼は反射的に二歩さがった。怖がらないで、と医者の妻が犬の首輪を持ちながら言った。咬みついたりしないから。犬が苦手なのを知ってるんですね。べつに魔女じゃないわよ、あなたがうちのアパートに来たときに、様子を観察していただけ。そんなに目立ちましたか。ほどほどにね、静かに《トランクイロ》、最後の言葉は犬に向けた言葉だった。犬は吠えるのをやめていたものの、喉の奥からごろごろと低い唸り声を出しつづけており、まるで下手に調律されたオルガンの低音に似た恐ろしげな音を響かせていた。すわった方がいい、あなたがわたしに危害をくわえないと犬にわかるから。警視は近づかないように注意深く腰かけた。トランクイロという名前ですか。いいえ、コンスタンテ（忠実な、誠実なの意）よ、でもわたしたちと友達のあいだでは、涙の犬《カオン・ダス・ラグリマーシュ》なの、呼びやすくするために短くコンスタンテという名前にしたんだけど。どうして涙の犬なんです。四年前、わたしが泣いていると、この動物が顔を舐《な》めにきたから。白の盲目のときですね。そう、白の盲目のときに、ここであなたが見ている犬はあの悲惨な日々のなかで二番目の驚異《プロディージオ》だった、最初は失明せざるをえないようなときでも失明しなかった女、そして彼女の涙を飲みにきた心やさしい犬。これは現実に起こっていることなのか、それとも夢を見ているのか。わたしたちが夢を見ていることは実際に起こっていることなのよ、警視さん。すべてではないといいですが。そう言うからには何か理由があるのね。いや、そうじゃなく、話のための話です。警視は嘘をついていた。口から出せなかった一文はまったく違うものだ。アホウドリがあなたの目を刺しにこなければいいのだが。犬が近寄ってきており、鼻が警視の膝にふれそうなほどだった。犬は彼を見て、目で言っていた。痛くしません、怖がらないで、あの日も彼女は怖がらなかった。すると、警視はゆっくり手を差しだして、その頭にさわった。彼は泣いているような気がした。涙が顔をつたい落ちるにまかせた。おそらく、驚異はまた繰り返されたのだ。医者の妻は本をバッグにしまい、行きましょう、と言った。どこへ、と警視がたずねた。とくに用事がないなら、わたしたちと一緒にランチをいかがかしら。いいんですか。何が。わたしが同席してもかまわないと。もちろん、かまいません。わたしが罠《わな》にかけることを恐れていないと。その目の涙を見れば、思わない。

警視が午後七時過ぎにプロビデンシャル保険再保険会社に帰ると、部下たちが待っていた。二人は見るからに不満そうだった。諸君はどうだった、何か新情報はあるかな、と警視はほとんど陽気ともとれる口調で明るくたずねた。いかにも興味がありそうだったが、わたしたちがだれよりもよく知っているように、そんなものがあるわけはなかった。今日という日については最悪です、情報についてはもっと駄目です、と警部が答えた。ベッドで寝ている方がましでした、と巡査部長が言った。それぞれ報告してくれ。これまでの人生で、これほどバカげた意味のない捜査をしたことは記憶にありません、と警部が話しはじめた。警視は同意しかねて、きみはまだ半分も知らないんだ、と思ったが、黙っていることにした。警部は続けた。わたしは十時に手紙を書いた男の元の女が住む通りに到着しました。すみません、この場合、元の女と呼ぶのは正しくありません、と巡査部長が口早に訂正した。どうして。元の女はただ関係が切れた女という意味ですから。でも、そういうことだろう、と警部が言った。いえ、あくまでも女じゃなく元の配偶者です。では、言いなおすと、わたしは十時に手紙を書いた男の元配偶者が住む通りに到着しました。正確です。配偶者と呼ぶのは、なんだか大げさで違和感があるな、きみだって人に紹介するとき、配偶者とは言わずに妻と呼ぶだろう。警視は議論を終わらせた。それは別のときにやってくれ、仕事に戻せ。問題は、と警部が続けた。到着したのが正午近くだったことです、彼女は家から出てきませんでしたが、ある意味、それはとくに変でもないと思います、市の組織は動揺してますし、企業によっては休んだり、半日だけ業務をするなどしています、人びとは早起きする必要がありません。うらやましいです、と巡査部長が言った。で、彼女は外出したのか、しなかったのか、と警視が焦れだしてたずねた。十二時十五分ちょうどに家を出ました。そんなに正確に言うのはとくに理由があるからか。いいえ、警視、普段どおりに時計を見たのです、十二時十五分です。続けてくれ。ずっと通りすぎるタクシーに目を配りながら尾行しましたよ、女がタクシーを拾ってわたしをバカみたいに街の真ん中で置き去りにしないようにですが、彼女がどこへ行くにも徒歩だとはピンとこなかったんです。どこに行った。言えば笑うと思いますよ、警視。どうかな。三十分以上、まるで運動してるみたいな早足で、こっちはついていくのが大変なほどでしたが、突然思いがけなく、黒い眼帯の老人と黒いサングラスの女、あの娼婦の住む通りに出ていました。彼女は娼婦じゃないんだ、警部。いまはそうでなくても、以前そうなら同じことです。きみの頭のなかでは同じだが、わたしの頭では違う、きみが話す相手はわたしであり上司だから、わたしにわかる言葉で話してくれ。それなら元娼婦ということに。黒い眼帯の老人の妻と言ってくれ、さっきの議論で、手紙を書いた男の元の配偶者を妻としたように。はい、警視。で、きみはその通りにやってきたと、その後はどうした。彼女は仲間の住む建物に入り、出てきませんでした。きみの方はどうしてた、と警視は巡査部長に聞いた。隠れていましたが、女が入っていった後は警部と合流しました、戦術を相談するために。それから。可能なあいだは共に行動することに決めました、と警部が言った。それと、また別れるとしたらどうするかも打ち合わせました。その後は。ランチタイムになったので、これを利用して休むことにしました。食べに行ったのか。いいえ、警視、巡査部長がサンドイッチを二つ買ってきて、ひとつをわたしに、それがランチです。警視はようやく笑みを浮かべた。きみは勲章に値する、と巡査部長に言うと、こちらも信頼された気分で大胆に答えた。もっとつまらないことで貰う人もいますね。それがどれほど正しいか、きみも想像がつかんだろう。では、わたしも授与リストに入れてください。三人とも笑顔になったが、それも一瞬のことで、警視の表情はふたたび曇《くも》った。次はどうなった、と彼はたずねた。午後二時半に全員が出てきました、おそらく家で一緒に昼食をとったのでしょう、と警部が言った。われわれはすぐに危機感を持ちましたよ、老人が車を持ってるかどうか情報がなかったので、しかし、ともかく使いませんでした、たぶんガソリンを節約したんじゃないですか、尾行については、一人でも簡単なところを二人でしたのですからご想像ください。行き先はどこだった。映画です、彼らは映画に行ったんです。きみらに気づかれずに抜けだせる裏口がないか調べたのか。一ヵ所ありましたが、閉め切りでした、とりあえず三十分ほど彼に見張らせましたがね。出てくる者はいませんでした、と巡査部長が言った。警視はこのコメディに疲れをおぼえた。残りをやってしまおう、簡単にまとめてくれ、彼はびりびりした声で言った。警部が驚いて警視を見た。残りは、警視、何もありません、映画が終わると一緒に出てきてタクシーに乗り、わたしたちも別のをつかまえて、運転手に昔ながらに命じました、警察だ、あの車を追えと、帰りもまっすぐでした、手紙を書いた男の妻が最初に降りました。どこで。彼女の家のある通りです、初めに言ったとおり、警視、新しい情報は何もありません、タクシーは他の二人を家へ運んでいきました。それで、きみの方は。ええ、わたしは最初の通りに残りました、と巡査部長が言った。わたしは二番目の通りに残りました、と警部が言った。それで。何もありません、だれも二度と出てきませんでした、一時間ほど張り込んでからタクシーを拾い、最初の通りに立ち寄って同僚を乗せ、ここに帰ってきました。無駄撃ちの任務だったというわけか、と警視は言った。そうみたいです、と警部が言った。でも、この一件のとてもおもしろいところは、出だしは全然悪くなかったという点です、たとえばですが、手紙の男の事情聴取は収穫がありましたよ、傑作でさえあったあの哀れな悪人は、自分がどう立ちまわればいいのかわからず、結局脚のあいだに尻尾《しっぽ》を巻いてしまいました、しかし、よくわからないのですが、それから行き詰まりました、われわれ自身が行き詰まっています、警視はもっと何かご存じでしょう、主要な容疑者に二度も聴取できたのですから。主要な容疑者とはだれのことかな、と警視はたずねた。医者の妻、そしてその夫です、わたしには明白ですよ、ベッドで一緒に寝ていれば、罪も一緒に問われます。何の罪で。警視もご存じのはずです。わたしにはわからない、きみから説明してくれ。われわれが置かれた状況の責任です。どういう状況の。白票、包囲された市《まち》、地下鉄駅爆破の。きみは自分の言葉を本気で信じているのか。われわれがここに来たのは、そのためです、容疑者を捜査し、逮捕するために。医者の妻をか。はい、警視、自分としては内務大臣の命令はこの点に関してまぎれがありません。内務大臣は医者の妻が有罪だとは言わなかった。警視、わたしは一介の警部で終わるかもしれない人間ですが、警察官としての経験から、全部が言えないために匂わす言い方があることくらい承知しています。ポストに最初の空きが出たら警視に昇進するようにきみを援助しよう、しかし、それまでは真実の声に従って、匂わせる言い方ではなく、医者の妻が無実だという言葉をきみに伝えておくよ。警部は助けを求めて横にいる巡査部長をちらりと見たが、たったいま催眠術にかけられたように虚《うつ》ろな表情をしており、助け舟はあてにできなかった。そこで慎重にたずねた。警視の考えでは、われわれは手ぶらでここから帰るのでしょうか。両手をポケットに入れて帰るとも言えるね、この表現の方がよければ。その恰好で大臣の前に行くのですか。罪を犯した集団がいない以上、われわれがでっち上げるわけにはいかない。その言葉は警視のものか、それとも大臣のものか、言ってもらえますか。大臣のものじゃないと思うよ、少なくともわたしは聞いた憶えがない。わたしは警察に入って以来、警視、そんな言葉を聞いたことは一度もありませんでした、これをもって、わたしは口を閉じ、以後も口を開けないことにします。警視は立ちあがり、腕時計を見て、諸君はレストランで食事をしてきたまえ、実際ランチは抜いたようなものだろう、腹がへっているはずだ、決裁するから請求書を忘れずにな。警視は、と巡査部長がたずねた。わたしは十分いただいたし、何かが欲しくなったら、とりあえずお茶とビスケットがある。警部が言った。これは敬意からですが、警視、あなたが心配だと申し上げないわけにはいきません。理由は。われわれは部下です、悪くてもせいぜい譴責《けんせき》処分ですむでしょう、でも、あなたにはこの任務を成功させる責任があります、それを失敗したと宣言する決意があるように見受けます。容疑者は無実だと宣言すれば、任務を失敗したことになるのか。はい、任務が無実の人に責めを負わせることを意図しているならば。少し前、きみは医者の妻が有罪だと断定的に言っていたが、いまは無実だと聖なる福音書に誓いそうじゃないか。福音書には誓うかもしれませんが、内務大臣の前では絶対に誓いません。わかるよ、きみには家族もいれば、キャリアもある、人生がね。そうです、警視、お好みならそこに勇気の欠如を加えてもかまいません。わたしもきみのように人間だ、そこまで深みにはまれないんだ、ただ助言をするなら、今後は巡査部長を守ってやることだ、これから諸君はたがいを非常に必要とするような気がする。警部と巡査部長が言った。それでは、これで失礼します。それに警視が答えた。腹いっぱい食べて、ゆっくりしてくればいい。ドアが閉まった。

　警視はキッチンに行って水を飲み、それから寝室に入った。ベッドは整えられておらず、床には靴下が、あっちにも、こっちにも脱ぎ捨てたままになっており、椅子には汚れたシャツがだらしなく投げてあった。バスルームの様子は行ってみなくてもわかった。これはプロビデンシャル保険再保険会社が遅かれ早かれ解決しなければならない問題だ。ここにやってくる捜査官に経理と料理と家事を担当する女性アシスタントをつけることが、秘密に関わる仕事に当然ついてくる自由裁量と両立するかどうかである。警視はシーツとベッドカバーを手ばやく直し、枕をぽんぽんとたたき、シャツと靴下を丸めて引き出しにしまった。わびしい部屋がいくらかましになったが、それでも女性《フェミニーナ》が手をかける方がもっと良くなるはずだった。腕時計を見た。ちょうど都合のいい時刻だ。結果がそうなるかどうか、やがてわかるだろう。彼はすわり、テーブル・ランプを点けて、電話をかけた。四回目のコールで相手が出た。はい。こちらはツノメドリです。こちらアホウドリ、どうぞ。本日の報告です、アホウドリ。満足できる結果が聞けるだろうと期待しているよ、ツノメドリ。何で満足するかによります、アホウドリ。微妙なニュアンスを聞いている暇はないんだ、ツノメドリ、すぐに本題に入ってくれ。その前にうかがいたいことがあります、アホウドリ、荷物は届いたでしょうか。何の荷物だ。九時の荷物です、北六番の。ああ、無事に届いた、あれはとても役に立つだろう、そのうちどんな形で役立ったか、きみにもわかるはずだが、いまはまずきみと部下が何をしたか話してくれ。じつはあまり話すことがないのです、アホウドリ、監視が二件と事情聴取が一件です。ひとつずつ頼む、ツノメドリ、まず監視の結果はどうだった。事実上、何も出ませんでした、アホウドリ。なぜ。この監視は共犯の容疑者が対象で、彼らはいたって普通の生活を送っていました。では、最重要容疑者の尋問だ、これはきみの担当だったと記憶するが、ツノメドリ。どこまでも正直に言えば。何だって。どこまでも正直に言えば、アホウドリ。どこまでも正直とは何が言いたいんだ、ツノメドリ。ただの前口上です、アホウドリ。ならば、どこまでも正直になるのをやめて、きみが言うべき立場にあるならば単純に言ってくれ、持ってまわった言い方や回り道をせずに、このわたしの手元にある写真に写る医者の妻は有罪だと。彼女は殺人を犯した罪を認めました、アホウドリ。すでに罪体《コルポ・ジ・デリート》がないことも含めてきみも承知していたことだ、われわれの関心は別のところにある。はい、アホウドリ。では、本題についてのみ答えろ、医者の妻には白票集団投票の組織的行動に関与した責任があると言えるかどうか、おそらく彼女が全組織を束ねる首謀者だろう。いいえ、アホウドリ、それは認定できません。なぜだ、ツノメドリ。それは世界中の警察官が、わたしもその最後の一人ですが、アホウドリ、そうした告発を支える証拠を何ひとつ見つけられないからです。きみは忘れているな、ツノメドリ、必要な証拠があればきみが提供するとわれわれは合意したのだ。この場合はどんな証拠でしょうか、アホウドリ、おたずねしてもよければ。それは以前からわたしの仕事ではない、裁量権はきみにあったのだ、まだこの任務を信頼して任せられると自信を持っていたときには。敬意をもって言わせていただきますが、アホウドリ、告発した犯罪で容疑者を無実だと結論するのは、警察の任務における最高の結果のように思えます。いまから暗号名は終わりにする、きみは警視、わたしは内務大臣である。はい、大臣。たがいが最終的に理解したかどうか知るために、これから違う方法できみに質問をしようと思う。はい、大臣。きみの個人的な確信は別として、きみは医者の妻は有罪だと言うつもりがある、イエスかノーか。ノーです、大臣。きみはいまの返事がどういう結果をもたらすか検討したのか。はい、大臣。よろしい、それではたったいまわたしが下した決定を伝える。うかがいます、大臣。警部と巡査部長は明朝の帰還を命じる、九時に北六番検問所に来るように、そこで同行する人間が待っている、白い水玉模様の青いネクタイをしたきみくらいの年配の男だ、彼らは任務のために使用した車に乗ってくればいい、そちらではもう不要だろう。はい、大臣。それから、きみについてだ。わたしについてですね、大臣。追って指示があるまで首都に残れ、長くは待たないだろうが。捜査の方は。きみ自身が言ったことだ、捜査する対象はない、容疑を受けた人間は無実だと。心からそう信じています、大臣。それではきみの担当事件は解決した、不服はあるまい。わたしはここで何をするのですか。何もしない、何にもだ、散歩しろ、気晴らしをしろ、映画でも、劇場でも、博物館でも、気が向いたら行けばいい、新しい友人たちを夕食に招け、経費は内務省が支払う。理解できません、大臣。捜査に与えた五日間はまだ終わっていない、おそらく残りの時間できみの頭のなかに違う光が点くだろう。そうは思えません、大臣。ともかく五日は五日だ、わたしは約束を違《たが》えない男だよ。

はい、大臣。おやすみ、よく寝てくれ、警視。おやすみなさい、大臣。

　警視は受話器を置いた。椅子から立ちあがり、バスルームに行った。即決で解任された男の顔を見ておく必要があった。実際にその言葉は出なかったが、口にされる一語一語に、はしばしに、よく眠れという挨拶にさえ表れていた。驚きはなかった。内務大臣のことは十分知っており、指示に従わない代償を払うことになると覚悟はしていた。表現されて伝えられるもの、とくに暗黙の了解のようなものは、結局他の命令と同じくらい明確なのだ。だが、警視は鏡のなかの顔が穏やかなのに驚いた。皺が消えたように見え、目は澄んで輝いており、警視という警察の地位にある五十七歳の男の、たったいま厳しい試練をくぐりぬけ、輝かしいシャワーから出てきたばかりの顔だった。そうだ、シャワーを浴びるのは悪くない。彼は服を脱いで、シャワーの下に立った。好きなだけ水を流した。気にすることはない、料金は省が支払ってくれる。ゆっくり体を石鹸《せっけん》の泡だらけにし、また水で体から汚れの残りを洗いながした。すると、記憶が四年前に連れていった。だれもが盲目になり、汚れた体で腹をすかせ、カビがはえた固いパンの余りでも、いや食べられる物なら何でもいい、噛めるだけだって汁を吸えば飢えをごまかせるのだ、それが手に入るなら何でもしようと必死で思いながら、街をさまよっていたときへと。彼は医者の妻が雨のそぼ降る街の通りで、不幸な人びとの小さなグループを導いている場面を想像した。それは彼女の六頭の迷った羊であり、巣から落ちた六羽の雛《ひな》であり、生まれたばかりの目の見えない六匹の子猫だったのだ。おそらく当時の恐怖から彼も彼らをはねつけた。あのときは、だれもが自分個人しかいなかった。盗まれる前に盗み、殴られる前に殴る、盲目の世界の法律によれば、最悪の敵はつねに一番近くにいる者なのだ。しかし、どこに向かっているかわからないのは、目がないときだけではない、と警視は思った。熱い湯が騒がしく頭や肩に降りそそぎ、体を流れおちて、排水口にごぼごぼと呑まれていった。彼はシャワーから出て、警察の標章のついたバスタオルで体をふき、フックに掛けておいた服を持って寝室に戻った。持っていた最後の清潔な下着を身につけた。それが最後だというのは、わずか五日間の任務だったのでそれ以上必要ないと思っていたからだ。時計を見ると、九時近くになっていた。警視はキッチンに行って、お茶のために湯を沸かし、悲しいティーバッグを説明書きの時間だけひたして待った。ビスケットはやはり砂糖をまぶした花《か》崗岩《こうがん》に似ていた。それを小さく割って食べやすくしてから、ゆっくり噛みくだいた。お茶はちびちび飲んだ。彼は緑茶が好みだったが、風味のないひどく古くなった紅茶で我慢するしかなかった。プロビデンシャル保険再保険会社はすでに一時的な客に贅沢《ぜいたく》すぎるものを与えていた。大臣の言葉が耳のなかで皮肉に反響した。捜査に与えた五日間はまだ終わっていない、それまでは散歩でもしろ、気晴らしをしろ、映画にも行けばいい、経費は内務省が支払う。それから何が起こるのだろう。本部に召還され、捜査活動不適格の烙印《らくいん》をおされ、警視から低い地位に降格となって袖をてかてかにしながら書類を整理する事務仕事でもするのか、あるとしてもそんな未来か、あるいは強制的に退職させられ、忘れられ、死んだときにだけ名前が口にされて、在籍記録から抹消されてしまうのか。警視は食べおえて、冷たく湿ったティーバッグをゴミ箱に放り、カップを洗い、手のひらを丸めてテーブルからビスケットの屑をすくいとった。こうした動作に神経を集中させて、思考から距離を置こうとした。考えるにしても、ひとつずつ、まずは中身に何があるのかと自問しながらがいい。さまざまな考えを扱うのに注意しすぎることはない。あるものは猫をかぶった無邪気さを漂わせているし、また手遅れになってからとんでもなく意地の悪い素顔を見せるものもいる。彼はまた時計を見た。十時十五分前だ。時間はこんなふうに過ぎるものだ。キッチンから居間に戻り、ソファにすわって待った。鍵のまわる音で目が覚めた。警部と巡査部長が入ってきた。二人ともよく食べ、酒をよく飲んできたのがひと目でわかったが、非難されるほど度が過ぎてはいなかった。二人は、ただいま帰りました、と言い、警部が代表して、少し遅くなったことを詫びた。警視が腕時計を見ると、十一時過ぎだった。それほど遅くはない、と彼は言った。ただ諸君が思うより、明朝は早い出発になる。別の仕事ですか、と警部が包みをテーブルに置きながらたずねた。そうとも言える。警視はいったん黙り、また腕時計を見て続けた。朝九時にきみたちは所持品を全部持って、北六番検問所に行かなければならない。何のために、と巡査部長が聞いた。諸君はここでの捜査から離れるんだ。それはあなたの決定ですか、警視、と警部が真剣な顔つきでたずねた。大臣の決定だ。なぜです。理由はのべなかったが、心配はいらない、きみたちに落ち度があったとは思っていないよ、大臣からはたくさん質問を受けるだろうし、諸君もどう答えればいいか心得ているはずだ。つまり警視は一緒に来ないということですか、と巡査部長がたずねた。そうだ、わたしは残る。警視が一人で捜査を続けるのですか。捜査は終了した。具体的な結果を出さずに。具体的にも抽象的にも、結果はない。では、なぜ同行されないのか理由がわかりません、と警部が言った。大臣命令だよ、わたしは与えられた五日間が終わるまで残ることになる、木曜日まで。そのあとは。たぶん大臣が諸君を尋問するときに言うだろう。何について尋問されるのですか。捜査がどう進んだか、わたしがどんな指示を出したか。しかし、警視がいま言われたように、捜査自体は終わっているのですね。そのとおり、だが大臣が別の方法により、わたし抜きで続ける可能性はある。わたしには何がなんだか全然わかりません。警視は立ちあがり、書斎に入ると一枚の地図を持って戻ってきた。それをテーブルに広げるため、包みを少し脇にずらした。北六番検問所はここだ、と彼は指でさした。間違えるな、そこでわたしに似た年配の男が待っていると大臣は言うが、かなり若い、白い水玉模様の青いネクタイをしているからわかるだろう、わたしが会ったときは合言葉をかわす必要があったが、明日はいらないと思う、少なくとも大臣は何も言わなかった。さっぱりわけがわかりません、と警部が言った。明白ですよ、と巡査部長が助け舟を出した。われわれは北六番検問所に行くのです。理解できないのはそこじゃない、わからないのは、なぜわれわれは召還されるのに、警視が残るのかだ。大臣には考えがあるのでしょう。大臣とはつねにそういうものだ。でも明かすわけがありません。警視が割って入った。議論をしても意味はない、諸君にとって一番望ましいのは説明を求めないことだ、そしてめったにないことだが説明されたとしても、信じないことだ、彼らはほとんどいつも嘘をつくから。警視は慎重に地図をたたむと、ふと頭に浮かんだように言った。車で行ってくれ。警視は車も持たないのですか、と警部がたずねた。市内にはバスやタクシーがあるし、歩くのは体にいいんだ。ますます理解できなくなる一方です。理解することはないよ、わたしは命令を受け、それを遂行した、諸君も同じことだ、どんなに分析して考察しても現実は一ミリも変わらない。警部が包みを前に押しだした。これを持ち帰りました、と彼は言った。それはなんだね。ここに用意されている朝食があまりにひどかったので、ちょっと違うものを、新しいビスケットと、チーズと、高級バター、ハム、それにサンドイッチ用のパンを買うことにしまして。諸君が持ち帰るのか、それとも残していくのかな、と警視はほほえんだ。どうでしょう、明日一緒に朝食をし、残ったら置いていくというのは、と警部も笑顔になった。三人とも笑っていた。巡査部長も他の二人につきあったのだ。しかし三人はすぐに真顔に戻り、だれの口からも言葉が出てこなかった。最後に警視がけりをつけた。寝ることにするよ、昨夜はよく眠れなかったし、今日はえらく忙しかった、北六番検問所から始まったからな。どういうことです、警視、われわれはまだ北六番検問所に行かれた理由を知りませんが。ああ、諸君には話さなかった、機会がなくてね、大臣命令でグループの写真を渡しにいき、白い水玉模様の青いネクタイをした男に会った、きみたちが明日会うことになる男だろう。どうして大臣は写真がほしいと。彼自身の言葉で言えば、そのうちわかるそうだ。あやしい臭いがしますね。警視は同意するようにうなずいて続けた。そのあと、わたしは偶然医者の妻と街の通りで出くわした。彼らの家でランチをとり、いま話した大臣との会話で一日を終わりにした。われわれは心からあなたに敬意を払っていますが、と警部が言った。ひとつだけ赦せないことがあります、すでに二人で打ち合わせているので、わたしが代表して話します。それは何だね。われわれにあの女のアパートへ行かせませんでした。きみは行っただろう、警部。ええ、すぐに放りだされました。たしかに、と警視は認めた。なぜですか。恐れたからだ。何を恐れたんです、われわれは獣じゃありません。何がなんでも犯罪者を見つけようという強迫観念が妨害して、きみたちは前にいる人を間違えずに見ることができないんじゃないか、と恐れたのだ。われわれはこれっぽっちも信用されていなかったわけですね、警視。信用の問題じゃない、信頼しているかどうかでもない、むしろ宝物を見つけて自分が独占したかったような、いや、そうじゃない、感情の問題でもないな、おそらくそんなことは考えていなかった、ただ彼女の安全を恐れた、というのが実際だったろう、聴取する人間を少なくすれば、より安全かもしれないと。それを簡単に言えば、単純な言葉にすれば、厚かましい言い方ですが、警視、と巡査部長が言った。あなたはわれわれを信用しなかったのです。うん、そのとおりだ、正直に認めよう、信用していなかった。あやまる必要はありません、と警部が言った。とくにあなたの恐れが正しかった可能性を否定できない以上、もう赦されています、われわれは陶器屋を通りぬける二頭のゾウのように前進して、すべてを破壊していたかもしれません。警視は包みを開け、スライスしたパンを二枚取りだすとハムを二枚はさんで、言いわけをするように笑みを浮かべた。じつは腹がへってたんだ、お茶と、歯が砕けそうな恐ろしいビスケットしか食べてないので。巡査部長がキッチンに行き、缶ビールとグラスを持ってきた。どうぞ、警視、これでパンが食べやすくなります。警視は椅子にすわって、ハムサンドを機嫌よくむしゃむしゃと食べ、魂を洗うようにビールを飲み、食べおえると言った。さて、これで寝るとしよう、きみらもよく休んでくれ、夕食をありがとう。彼は寝室のドアへと向かい、そこでふりむいた。別れるのが残念だ、と言い、黙ってから付け足した。きみたちが夕食に出かけたときにかけた言葉を忘れるな。どんな言葉でしたか、警視、と警部がたずねた。これから諸君はたがいを非常に必要とするような気がする、甘いささやき、あるいは急な昇進話にだまされるな、この捜査の結果に責任を負う人間はわたし以外のだれでもない、きみたちは真実を話すかぎりわたしを裏切らないが、きみたちのものではない真実の名のもとの嘘は、どんなものでも受けいれるな。はい、警視、警部が約束した。たがいに助け合うんだ、と警視は告げた。それがわたしの望むすべてだよ、きみたちに頼むすべてだ。

警視は内務大臣の気前のよい言葉に便乗したくはなかった。劇場や映画館で気晴らしの種を探したり、美術館に行ったりもしなかった。プロビデンシャル保険再保険会社を出るのも、ランチと夕食をとりにいくときだけで、レストランでも請求書をもらわず、テーブルには自前でチップとともに代金を置いていった。医者の妻の家を再訪することもなく、正式な固有名詞ではコンスタンテという涙の犬に心の平和をもらった公園に戻る理由もなかった。そこは彼が犬を連れた女と目と目を合わせ、精神と精神をふれあわせて、罪と無実について話をした場所だった。黒いサングラスの女と黒い眼帯の老人が何をしているか、あるいは、最初に盲目になった男と離婚した女、を見にいくこともなかった。かりに不快きわまる手紙の差出人で不幸をまき散らした男を通りで見かけたら、警視は道の反対側へ渡っただろう。それ以外の時間はずっと、朝から晩まで電話のそばにすわって待っていた。眠るときも、耳だけは起きて見張っていた。最終的には内務大臣が電話をしてくるだろうと思っていた。そうでなければ、なぜ捜査を予定していた五日間をきっちりと、より適切に言うなら最後の一滴まで使い切ろうとするのかわからない。自然なのは彼を召還し、あらゆる未処理の清算をすませてから降格か辞職を強いるあたりで決着するところだが、内務大臣のねじ曲がった気質を考えれば、どんなに当然の処分であろうとそれでは単純すぎることが経験から見えていた。警部の平凡だが意味ありげな言葉が思い出された。あやしい臭いがしますね。北六番検問所で白い水玉模様の青いネクタイをした男に写真を渡したことを話したときに、そう言っていた。問題の核心は実際にそこにある、と思った。どのようにか、またどういう目的かは想像できないのだが、あの写真にあるのだ。終わりが見えているこののろのろとした待機時間は、話を盛りたい人に言わせれば、果てしなく続きはしないだろうという思いとともにこらえきれず頻繁に襲われ、ときおりハッと驚いて半分警戒した意識を取り戻す途切れない眠気にすぎなかった。日数が終わるまでに残された三日間は、火曜日、水曜日、木曜日とあり、その三枚のカレンダーの紙は真夜中の縫い目からうまく破りとれず、彼の指にくっついて、形のないねばねばした時間のかたまりへと、そして、彼に抵抗しながら同時に内側に彼を吸いこむ柔らかい壁へと変形していった。水曜日の夜の十一時半、ようやく内務大臣が電話をかけてきた。もしもし、こんばんはも抜きで、警視に健康かどうか、孤独をどう乗り越えたかもたずねず、警部と巡査部長を尋問したかどうかも、個別か一緒か、穏やかな会話か厳しい脅しを使ったかも言わず、ただ目的もなくやってきて、通りすがりにひょいと言葉を放っただけのように告げた。明日の朝刊を見れば、きみは興味を持つぞ。新聞は毎日読んでいます、大臣。それはよかった、きみは情報通なんだな、ともかく明日の朝刊は見逃さないように強く推奨する、きっと鑑賞に値するだろう。見てみます、大臣。テレビのニュースも見るといい、何をするにしても必ずな。プロビデンシャル保険再保険会社にはテレビがありません、閣下。それは残念だ、しかしそれも悪くなかろう、むしろいいことだ、担当する辛い捜査の問題から気を散らさずにすむ、どっちにしろきみは最近親しくなった友人を訪ねて、みんなを集めてニュースを楽しもうと声をかけるんだな。警視は答えなかった。木曜日以降の懲罰的立場がどうなるのか聞くこともできたが、むしろ沈黙していたかった。運命が内務大臣の手に握られているならば、向こうから宣告させればいい、あわてるな、明日になればわかる、といったそっけない言葉を受けとるのは確かだった。突然、警視は沈黙が自然な連絡より長いことに気づいた。通常このコミュニケーション方法の場合、言葉を切ったり、休めたりしても、間はごく短いものだ。彼は内務大臣の悪意ある勧めに反応しなかった。さして重要とは思わず、相手に返事を考える時間を与えるかのように黙っていたのだ。警視は用心深く声を出した。大臣。その言葉は電気信号となって電線で運ばれたが、向こうからは生命の気配さえ返ってこなかった。アホウドリは電話を切っていた。警視は受話器を戻すと、部屋を出ていった。キッチンに行き、グラスから水を飲んだ。内務大臣と話していて苦しいほど喉が渇くのは初めてではない。それにしても会話中ずっと内側で彼自身が燃えていたように思われて、急いで自分の火を消さなければならなかった。居間に行ってソファに腰をおろしたが、長くはすわっていなかった。この三日間続いていた無気力状態は、大臣の最初の言葉でかき消されたかのようだ。いまや事態は、普通わたしたちが説明したり、ただ定義するときに気を抜いて総称的に名づけたりするあいまいな物事ではなく、急に勢いよく走りだし、最後に向かって、いつ、どこで、どのように迎えるかわからない最後へと止まらなくなっていた。ひとつだけ警視は確信していた。明日、新聞各紙が載せる記事が何か、メグレやポアロやシャーロック・ホームズを呼ばなくてもわかる。待機時間は終わった。内務大臣はもう電話をしてこない。発出される指示があるとしても、事務官か、警視総監から直接やってくるだろう。五回の昼夜、それだけあれば、困難な捜査を課した一人の警視を、あやつり糸の切れた、ゴミ箱に打ち捨てられる人形にするには十分だった。そのとき彼は、まだ果たすべき義務がある、と思った。電話帳で名前を調べ、頭のなかで住所を確認しながら電話をかけた。医者の妻が出た。もしもし。こんばんは、わたしです、と警視は言った。夜のこんな時間にお電話してすみません。かまいませんよ、わたしたち、寝る時間は遅い方なので。公園で話したときに、内務大臣からグループの写真を求められたと話したのを憶えていますか。憶えてます。それが、明日の新聞とテレビのニュース番組に、あの写真が出ると確信する根拠がありまして。どうしてかは聞きません、でもあなたが、大臣はよい動機を持ってないと言ったことは憶えてるわ。そのとおりです、いずれにしてもこんな使い方をするとは予想しませんでした。彼は何がしたいの。新聞が写真の他にどういう記事をつけるのか明日になればわかります、でも、彼らは世論に向けてあなた方に汚名を着せるのでしょう。わたしが四年前に失明しなかったから。だれもが視力を失ったとき、あなただけが盲目にならなかった、大臣にとってはそれが非常に怪しむべきことなんです、そしていま、その見方から、全体か部分かはともかく現在の出来事を引き起こした責任があるという立派な根拠になる、としたのですよ。それは白票の投票のことね。ええ、白票投票です。ばかげてる《アブスルド》、完全にばかげてる。この仕事から教わったことですが、この事案を担当する者たちはこちらがばかげてると呼ぶものを止めるどころか、良心を麻痺させ、理性を滅ぼすために使うのです。わたしたちは、どうしたらいいのかしら。身を隠してください、消えるのです、でもお友達の家はやめたほうがいい、安全じゃない、すぐに彼らは監視をつけます、もしかしたらすでに張り込んでるかもしれません。そうね、でも、とにかくわたしたちを匿《かくま》うと決心した人の安全を脅かすことはできない、たとえば、いまは電話をくれたあなたが過ちを犯してるんじゃないかと。心配無用です、この電話は安全ですよ、実際これより安全な回線は国内でもわずかしかありません。警視さん。なんでしょう。お聞きしたいことがあるんだけど、たずねていいのかどうか。どうぞ聞いてください。なぜわたしたちにこんなことをするの、なぜ助けてくれるのかしら。何年も前に、ある本で見つけた小さな言葉のためですかね、すっかり忘れていたのですが、最近ふと思い出しました。どういう言葉でしょう。わたしたちは生まれる、そしてその瞬間、まるで自分の人生の契約に署名したかのようだ、しかし、いつか自分にたずねるときが来るかもしれない、いったいだれがわたしのために署名したのかと。とても美しい言葉ね、考えさせられる、その本の名前は。打ち明けるのが恥ずかしいのですが、思い出せません。気にしないで、題名を含めて、他のものもすべて思い出せなくても。著者の名前まで。その言葉、たぶん少なくともあの形では、以前だれも言っていないことなのよ、そこに並んだとおりに言葉がたがいを見失わなかったのは、言葉を集める人がいたのは、とても幸運なことだった、もしかしたら、彷徨《さまよ》っている野放しの言葉をいくつか一緒にするすべをわたしたちが知っていたら、世界はもう少し良心的《デセンテ》になるんじゃないかしら。冷笑された哀れな者たちが、たがいを見つけあうか疑問ですが。それはそう、でも夢を見るのは安いものよ、お金はかからない。明日、新聞が何を言うのか見てみましょう。そうね、最悪のものを覚悟するわ。そこから何が出てくるにしろ、さっき言ったことを考えてください、隠れろ、消えろ。夫に話します。あなたを説得してもらいたい。おやすみなさい、いろいろありがとうございます。礼を言われることは、ひとつもしていません。気をつけて。受話器を置いた後で、警視はばかだったかと考えた。まるで自分の所有物のように、電話は安全だと、この国ではこれより安全な電話はわずかしかない、などと言ってしまった。彼は肩をすくめてつぶやいた。まあ、いいさ、安全なものなどない、安全な人間もいない。

　警視はよく眠れなかった。夢のなかでは、言葉の大群が散らばって飛んでおり、彼は捕虫網を持ってそれを追いかけながら、止まれ、頼むから動くな、そこで待っていてくれと嘆願していた。そのうち、突然言葉が静止した。寄りあつまって、ひとつずつ積み重なり、入っていける巣を待つミツバチの群れのように塊になった。そこで彼は歓喜の叫び声をあげて網をふった。捕れたのは新聞だった。悪夢だったが、アホウドリが医者の妻の目を刺しに戻ってくるよりはましだ。彼は早朝に目覚めた。手ばやく着替えて下へ降りていった。もうガレージから、社員用出入り口からは出ず、歩行者専用口ともいえる正面玄関から出ていった。ドアマンには休憩時間に会うときの会釈までした。外でなら言葉もかけただろうが、その必要まではない、というのも彼は、つまりドアマンではなく警視はただの出向にすぎないからだ。街灯はまだ点いており、店が開店するまでに二時間以上あった。見まわして、一軒のキオスクを見つけた。新聞を全種類そろえた大きな売店なので、そこで待つことにした。幸いにも雨は降っていない。街灯が消え、街はしばらく最後の短い暗闇に包まれた。目が変化に慣れるとすぐにそれが散り、通りには青みがかった夜明けの透明感が降りてきた。配送トラックが到着し、梱包された荷物をいくつか下ろして次の店へと走り去った。キオスクの店員が荷を開けはじめ、受けとった各紙を部数ごとに大新聞から小新聞まで、順番に左から右へと並べはじめた。警視は店員に近づいた。おはよう、これをみんな一部ずつくれ。男がビニール袋にすべての新聞を入れるあいだ、警視は並んだ刷りたての新聞を眺めた。最後の二紙をのぞいてすべての新聞の一面には巨大な見出しがあり、下に彼らの写真が載っていた。キオスクにとってこの朝は、好奇心旺盛で金離れのよい客から始まるという願ってもない滑りだしであり、わたしたちの予想では、今日はこの後も、こんな調子が変わらず続き、普段どおりの数しか減らない右端の二紙の山をのぞいて、全紙が売り切れるだろう。警視はすでにその場にいなかった。彼は向こうの街角に現れたタクシーをつかまえようと走りだし、プロビデンシャル保険再保険会社と行き先を告げると、近くてすまないと緊張した口調であやまった。彼はビニール袋から新聞を取りだして広げた。グループ写真だけでなく、矢印で医者の妻をさし示しており、隣にある円のなかにその顔が拡大されていた。見出しは黒と赤で刷られていた。ついに暴かれた陰謀の顔。四年前失明しなかった女。白票事件の謎が解ける。警察の捜査で初の成果。朝まだきの薄明かりと、舗石を走る車が小刻みに振動するせいで、記事の細かい活字は読めなかった。五分もしないうちにタクシーはビルの入口で停車した。警視は料金を支払い、お釣りを運転手の手に残して小走りで建物に入った。彼はドアマンの横を風のように無言で通りすぎ、エレベーターに乗った。興奮するあまり、警視はあやうく足を踏み鳴らしそうになった、速く上がれ、速く上がれ、だが生まれてからずっと人びとを運び、会話に耳を傾け、終わりのない独り言や、調子のはずれた歌の切れはしや、不満げな溜息や、困りはてたつぶやき声を聴いてきた機械は、そんなものなど知ったことではない、運命のように、それなりの速度で上がり、それなりの速度で下がるのだから、そんなに急ぐなら階段を使えばいいと言いたげだった。警視はようやくプロビデンシャル保険再保険会社のドアに鍵を差しこみ、明かりを点けて、自分が市の地図を広げ、すでにいない助手たちと最後の朝食をとったテーブルへと急いだ。あわてるな、と胸に言い聞かせながら、行を読み飛ばさないように、一語一語、写真を掲載した四つの新聞の記事を一紙ずつ読んだ。文体にわずかな変化が、語彙に少し違いがあるものの、情報はだれに対しても同じであり、算数で言う平均値が計算できそうなものだったが、それはおそらく内務省の文案ライターによって書かれた元の原稿を手直ししたものだからだろう。主要な部分は以下のとおり。この国の首都で、突然前ぶれもなく大量の、それも民主主義制度下の政党の得票数の合計をはるかに超えた数の集団白票投票という、異常な形をとりながら成長した治癒しがたい悪性腫瘍を隔離し、干上がらせる処置について、政府はどうやら、すべてを衰えさせ変形させる時間の経過の効能にまかせると決めたらしいが、それでは手をこまぬいているのではないか、とわれわれが思ったそのとき、じつに予想外の喜ばしいニュースが舞いこんできた、警察の、その名前は安全上の配慮から公表が許されないが、ある警視、警部、巡査部長の天才的捜査能力、および粘り強さによって、寄生虫《サナダムシ》の首謀者に光を当てることに成功したのである、その寄生虫の鳴らす音は、かなり高い確率で、この市《まち》の住人で選挙権を持つ年齢の大多数の人びとを麻痺させ、危険なほど萎縮《いしゅく》させた、眼科医の妻であるこの女は、信頼できる複数の証人によれば、四年前わが国を盲人の国に変えたあの恐ろしい感染症をまぬがれた唯一の人間である、今回は幸いにも旧首都に限られているが、現在警察は彼女を、日常の政治と民主主義制度にきわめて危険な曲解と道義的不正をまねく種子を持ちこんだ新たな盲目症の真犯人とみなしている、人類史上最大の犯罪者たちが過去そうだったように、悪魔の頭脳のみが思いつけるものであり、信頼できる情報源によれば、共和国大統領閣下はそれを、民主主義の堂々たる旗艦に向けて喫水線下で発射された魚雷だと表現された、まさにそのとおり、かりに一点の疑いもなく、あらゆる点でこの医者の妻が有罪だとなれば、法と秩序に敬意を払う市民は彼女の頭上に最大限の厳しい正義が下されることを求めるだろう、事の成りゆきを見るがいい、四年前、この女はわれわれの医学界で重要な研究対象となる特異性を持ちながら、それを考えると眼科専門の臨床史で重要な位置を占める人間である可能性があったにもかかわらず、いまは国家と国民の敵として公衆の非難にさらされる立場となったのだ、失明していた方がよかったと思える理由である。

最後の一文はあきらかに脅迫的で、おまえは生まれない方がよかった、と指弾したような罪の宣告に聞こえた。警視はまず医者の妻に電話をかけようという衝動に駆られた。新聞を読んだかとたずね、できることはないに等しいがそれでも精一杯なぐさめるために。だが、彼女の電話が一夜にして盗聴対象になった可能性は百パーセントだと考えて、思いなおした。プロビデンシャル保険再保険会社の電話にしても、赤、あるいは灰色のものは、言うまでもなく政府機関に直接つながる非公開の回線だ。彼は残る二紙に目を通したが、この件については何ひとつふれていなかった。いまは何をすべきだろう、と声に出して言ってみた。警視はもう一度記事に戻って読みかえし、写真の人びとの身元が書かれていないのは変だと思った。とくに医者の妻と夫について。写真のキャプションに気づいたのはそのときだ。こんなふうに書いてある。矢印で示したのが容疑者。まだ完全な確証はないが、盲目の感染症が流行したとき、医者の妻はこのグループを保護下に置いたと思われる。当局筋によると、メンバーの身元調査は進行中であり、明日には公表される予定。警視はつぶやいた。たぶん少年の住所を探してるんだな、念には念を入れて。それから少し考えた。一見すると、他の手段もなく写真だけを公表するのは意味がないように思える、なぜならすべての人が、わたしが助言したように、隠れるチャンスをつかんだようなものだからだ、しかしあの大臣は芝居がかったことに目がない、犯人を追跡して捕らえることに成功すれば政治家としての重みが増し、政府や党内で影響力が強まるだろう、他の手段についてだが、たぶんグループの人たちの家はすでに二十四時間態勢で監視されている、内務省が市内に捜査官を潜入させて、それぞれに計画を立てる時間は十分あったのだ。とはいえ、そうしたことを警視が確信していたとしても、いま自分が何をするべきか、という問いの答えが浮かぶわけではなかった。日付は木曜日になっており、自分の懲罰的処遇がどのように決定したのか問い合わせる口実で内務省に電話してもいいが、それも無駄だろう、大臣は彼と話す気はなく、せいぜい事務官が電話に出て警察本部の長官に連絡するように告げられるのが関の山だ、アホウドリとツノメドリの日々は終わったのです、警視さん。何をしよう、と警視はまた自問した。わたしを憶えている人が遺体を収容する指示を出すまで、ここで腐るにまかせるのか、市境の検問所にわたしを通すなという厳命が出される可能性は大いにあるとしても、それに逆らって市《まち》から出ようと試みるのか、どうするか。彼は写真に目を戻した。真ん中に医者とその妻、左側に黒いサングラスの女と黒い眼帯の老人、右側に手紙を書いた男とその妻、斜視の少年はサッカー選手のように片膝をついており、女主人のそばには犬がすわっている。またキャプションを読んだ。明日、氏名と住所が公表される、公表される、明日、明日、明日。その瞬間、決心がついた。が、とたんに警戒心が彼を押しとどめた、いくら何でも無茶だと。眠れるドラゴンを起こすんじゃない、目覚めているときに近づくのは愚かだ。警視は椅子から立ちあがると、部屋を二回ぐるぐると歩いて、新聞を置いたテーブルに戻り、すでに縄を強く巻きつけたような白い円のなかにある医者の妻の顔を見た。この時刻なら、街の住人の半数は朝刊を読んでいる。残りの半数はテレビの前にすわって、アナウンサーの話すトップニュースに耳を傾け、あるいはラジオが報じるこの女の名前が明日公表されるという音声を聴いているだろう、名前だけでなく住所までも、となれば悪が巣窟をかまえる場所は住民全員が知ることになるのだ。警視はタイプライターを取りにいき、それをテーブルに持ってきた。新聞を折りたたんで脇へ押しやると、すわって作業を始めた。使う紙はプロビデンシャル保険再保険会社のロゴ入りだった。これは、明日ではないとしても明後日には確実に検察当局によって、第二の犯罪の、つまり公務用の文房具を私用目的で使い、しかも作成した文書の内容が陰謀に関わる機密的性質を持つというはなはだまずい状況も加味されて、証拠として提出される可能性があった。警視が書いたのは、この五日間に起こった出来事の詳細な記録だった。土曜日の早朝、極秘裏に二人の助手と封鎖された市境を越えたときから今日に至り、いま書いている瞬間までのことを。プロビデンシャル保険再保険会社には当然コピー機があるが、現代の複写技術からすれば鷹の目をもってしても両者の違いを見わけるのがむずかしいとしても、ある人にはオリジナルを渡し、別の人には複写を渡すというのが、礼儀正しいやり方とは思えなかった。警視はこの世界でまだパンを食べている人の二番目に古い世代に属しているため形式への敬意が残っており、最初の手紙を書きあげると、新しい紙に注意深く同じ文をタイプしはじめた。たしかにこれも複写だが、まったく同じではないのである。作業が終わるとそれぞれの手紙を折り、同じようにロゴが印刷された封筒に入れて、それぞれの宛先を書いた。手渡しで直接配達されるとしても、受けとった人はその控えめな品のよさだけでなく、プロビデンシャル保険再保険会社から彼らに届く手紙が、あらゆるニュース媒体の注目する重要問題を扱っていることがわかるだろう。

　警視はふたたび出かけようとしていた。二通の手紙は上着の内ポケットに入れ、レインコートを着ている。窓を開ければ、ゆっくりと頭上を流れるまばらな白い雲が見えて、この時期に人が願うような穏やかな天気であることが目で確かめられるのだが。レインコートといえば、また別の強い理由があるかもしれない。なかでもベルトを締めるトレンチコート・スタイルのそれは古典的な時代の探偵に特徴的な一種のシンボルであり、少なくともレイモンド・チャンドラーがマーロウという人物を創作してから広がったその影響は、中折れ帽のつばを深めにしてかぶり、レインコートの襟を立てる男を見れば、すぐにハンフリー・ボガートだ、ああして襟のあいだと帽子の端から斜めに鋭い視線を投げながら行くのは、と宣言するほどの、いわば私的な死と警官と強盗を扱った本の読者が簡単に手をのぼせる知識なのである。この警視は帽子をかぶっていない。頭を隠さないのは、絵のような美意識を嫌う現代のファッション感覚に合わせているからであり、いわばまだ生きているかと聞く前に射殺する、つまり問答無用にそうしているのだ。彼はエレベーターで降り、陰で会釈するドアマンの前を通りすぎた。いま街頭に出ているのは、この朝の目的を三つ達成するためだった。まず遅くなった朝食をとること、つぎに医者の妻の住む通りまで歩いていくこと、そして手紙を宛先の住所まで届けること。最初の目的はこのカフェで果たした。ミルク入りのコーヒー、バター・トースト二枚、前回食べたものほど柔らかく厚くはなかったが、驚くほどでもない、人生はそんなものだ、勝つこともあれば負けることもあり、このバター・トーストには作る人も食べる人もほとんど熱意を持たないのだ。ポケットに爆弾を入れた男の、こんなありふれた食通談義をゆるしてほしい。警視は食べおえて、代金を支払い、第二の目的に向かって大股で歩いていた。そこには二十分ほどで到着した。通りに入ると、散歩をしてでもいるように歩みをゆるめた。複数の捜査官が張り込んでいたら気づかれる可能性は高いが、大きな問題ではない。一人が彼を見て、見たものを直接の上官に報告すると、その男はその情報を直属の上司に伝え、上司は警視総監に報告し、そこから内務大臣に届けられる。するとアホウドリは確実にキーキー声でけたたましく叫ぶだろう。わかりきったことを話すな、わたしが知っておくべきことを言え、その役立たずの警視が何をたくらんでいるのかを。通りはいつもより混んでいた。医者の妻の家があるビルの前には、小人数のグループがいくつかできている。彼らは近所に住む人びとで、うわさ話に心惹かれ、ある者は無邪気な気分を、ある者は不吉な気配を漂わせて、告発された女の住む場所に新聞を手にしてやってきたのだ。彼らは多かれ少なかれその女を見かけたり、たまには少し言葉をかわしたり、なかには眼科医の夫に目を診察してもらうという避けがたい遭遇をした者もいるだろう。警視はすでに張り込んでいる捜査官たちを見つけていた。一人は人数の多いグループのひとつに加わっており、一人は怠惰そうなふりをして壁にもたれ、活字の世界にこれほど重要なものは存在しないとでも言いたげにスポーツ雑誌を読みふけっている。新聞ではなく雑誌を読む理由は簡単に説明できる。雑誌なら防具になる、と同時に場所をとらないので見張る視界が確保でき、突然だれかを追跡することになってもすぐにポケットにねじこめるからだ。警察官はこういうことを幼稚園の頃から教えられて知っている。ここの捜査官たちは、歩いてきた警視と彼らの所属する内務省が不穏な関係にあるとも知らず、たんなる作戦の一環として、計画が順調かどうか確認にきたのだと思っているようだ。そうであっても不思議はない。組織のなかのある階層では、大臣が警視の仕事ぶりに不満があるといううわさが流れはじめており、その証拠として副官たちが召還され、警視は担当をはずされて、待機中だという者もいるが、ここにいる捜査官のような低いランクにはまだ届いていないのだ。とはいえ忘れる前に指摘しておきたいのは、うわさを流す者も、警視が何をしに首都へやってきたのか正確には知らず、それはつまりあの警部と巡査部長が現在どこにいるとしても、口を閉ざし続けているということである。興味深いのは、といっても全然楽しめるものでもないのだが、捜査官たちが警視に近づいて、いかにも秘密めかしたように口の端でささやく光景が見られたことである。異常なし。警視はうなずくと、四階の窓を眺めて、考えながら立ち去った。明日、名前と住所が公表されたら、ここに来る人の数はかなり増えるだろう。少し離れたところに空《から》のタクシーが通りかかったので、彼は呼びとめた。車に乗りこみ、おはよう、と言いながら、ポケットから取りだした封筒の住所を読んで、運転手にたずねた。どっちが近い。二つ目の方です。じゃあ、そっちにやってくれ。助手席には、あの記事を載せた新聞が折りたたんで置かれていた。赤い文字のショッキングな見出しが見えた。ついに暴かれた陰謀の顔。今日の新聞の世間を驚かせるニュースをどう思うか、警視は運転手に聞きたくなったが、ひどく詮索好きそうな声から職業が知られるのを恐れて考えを捨てた。いわゆる自分の職業の歪《ゆが》みを意識しすぎる悩みか、と彼は思った。その話題を持ちだしたのは運転手の方だった。お客さんがどう思うか知りませんが、失明しなかったって女の話は新聞を売るために作ったホラ話じゃないですかね、わたしだって目が見えなくなったし、だれもが失明したっていうのに、どうしてこの女だけが見え続けていたんですか、だれにも理解できないたわ言ですよ。彼女が白票集団投票の原因だって書いてあるね。それだってそうです、女は女だ、ああいうものには首をつっこみません、男ならありえますけど、女じゃだめです、ふっふっふ。なるほど、今後どうなるか注目だな。こういうのって、新鮮味がなくなると別のホラ話を作るわけでしょ、いつもそうだ、こうやってハンドル握ってると、信じられないほど世間の勉強になるんです、ひとついいことを教えましょうか。おお、聞かせてくれ。みんなが思うのと違って、バックミラーってのは後ろの車を見るだけじゃないんです、お客さんの魂《アルマ》を覗くためにも使われるんですよ、想像もしなかったでしょうが。驚いたね、思いもしなかった。だから、このハンドルがたくさん教えてくれると言うんです。そんなことを言われたら会話をとりやめる方が無難だ、と警視は思った。あとは運転手が車を停めたときだけになった。着きました。彼は思いきって、バックミラーと魂の話はすべての車とドライバーについて言えるのか、とたずねたが、運転手はきっぱりと答えた。タクシーだけですよ、お客さん、タクシーだけです。

　警視はビルに入り、受付に行って、こう言った。おはようございます、わたしはプロビデンシャル保険再保険会社の者ですが、こちらの社長にお目にかかりたいのです。保険に関するご用件でしたら、総務部長にお話しになる方がよろしいかと思います。原則としては、ええ、おっしゃるとおりですが、本日の用件はたんなる保険の話ではなく、ぜひとも社長ご本人に直接お話ししたいのです。社長は現在こちらにおりません、午後の半ばまでは出社されないでしょう。では、どなたと話をすれば、一番ふさわしい方はどなたでしょうか。編集長がよろしいかと。でしたら、あなたから紹介してもらえるとありがたいのです、プロビデンシャル保険再保険会社の者がここに来ていると。お名前を教えていただけますか。プロビデンシャルでかまいません。ああ、なるほど、会社があなたのお名前で。そのとおりです。受付係が内線電話をかけて、用件を説明し、受話器を置いてから言った。プロビデンシャルさん、こちらに参ります。数分後、女が現れた。わたしは編集長の秘書です、どうぞご案内しますので。彼は彼女の後ろについて、静かに、冷静に、廊下を歩いたが、ふと前ぶれもなく、恐れ知らずの一歩を踏みだしたのだと意識して、息が止まりそうになった。まるで横隔膜をしたたかに殴られたように。まだ引き返せる、何か言いわけをする時間はある、ああ、しまった、重要な書類を忘れた、あれがなければ編集長に話ができないんです、しかしそれは嘘で、書類はこの上着の内ポケットにあるのだ。ワインは注がれた、警視、あとは飲むしかない、とでも言うように。秘書は質素な家具をそなえた小さな部屋に彼を通した。そこには長い生命の終わりを妥当な安らぎのなかで迎えるために運ばれてきた傷んだソファがいくつか置かれ、中央には新聞を数部ほどのせたテーブルと、乱雑に本を並べた本棚がひとつあった。おかけください、さしつかえなければ編集長は少しお待ちいただきたいとのことです、少し忙しいものですから。かまいません、お待ちします、と警視は答えた。ここで二回目のチャンスがやってきた。いまここから出ていけば、罠に落ちるこの道を断ちきれば、彼の身は安全だ。たとえばバックミラーのなかに自分自身の魂を見て、愚かだと思う人のように。そして魂が最悪の災いに人びとを引きずりこもうと動きまわるのではなく、逆に、それから彼らを安全に守り、うまくふるまうべきだと思う人のように。おとなしくしていろ。なぜなら魂は、肉体から離れるとどこに行っていいかわからず、ほとんどいつも迷子になるからだ、こうしたことは何もタクシーのハンドルを握っていなくても学べるだろう。警視は立ち去らなかった、もうワインは注がれたのだ、などと思いながら。編集長が入ってきた。長いことお待たせしてすみません、ちょっと仕事の途中で手が離せなくて。あやまることは何もありません、会ってくださってありがとうございます。では、プロビデンシャルさん、ご用件は何でしょう、受付の話では総務部が扱う案件より大事なものだそうですが。警視は手をポケットに上げると、ひとつ目の封筒を取りだした。このなかの手紙を読んでいただきたいのです。いまですか、と編集長がたずねた。ええ、お願いします、ただその前に、わたしの名前がプロビデンシャルではないことを告げておくべきでしょう。しかし、お名前は。読んでくだされればわかるはずです。編集長は封を破り、紙を広げて読みはじめた。最初の一行で読むのをやめ、とまどったように前にいる男を見たが、その様はすぐに席を立つ方が賢明ではないかと考えているかのようだった。警視は身ぶりで続けるようにうながした。編集長は最後まで顔を上げず、逆にすべての単語ごとに沈んでいき、深海に棲《す》む恐ろしげな生き物を見た後で同じ編集長の顔では水面に浮かんでこられない、といった様子だった。ようやく警視の方に向かって顔を上げたのは、動揺した男だった。ぶしつけな質問になりますが、あなたは何者なんですか。名前は手紙の署名のとおりです。ええ、その名前は見えてます、でも名前はただの言葉にすぎません、その人がどういう人間かを説明するものじゃないですから。言わずにすませたいですが、知る必要があるのはよくわかります。それならば話してください。この手紙を掲載すると確約されるまでは、お断りします。社長が不在ですので、わたしの一存では決められませんよ。受付係の話では、午後にならないと出社されないとか。実際問題、社長が来るのは午後四時頃なんです。それでは、その頃にまた来ます、ただ言っておきますが、もう一通これとそっくり同じ手紙を持っていて、こちらが興味のない場合、別の住所に持ちこむつもりです。別の新聞社に宛てた手紙、というわけですね。ええ、でもそれはあの写真を載せた新聞各社じゃありません。わかりました、いずれにしても、あなたが書いた事実の公表から生じる避けがたい危険《リスコス》を、もうひとつの新聞が進んで引き受けるかどうか、確信はないのですね。現時点では何ひとつ確信していません、わたしは二頭の馬に賭けますが、両方とも負ける危険があります。もしも勝ったら、あなたの危険は遥かに増すでしょう。掲載に踏みきれば、あなた方もです。警視は立ちあがった。四時十五分にまた来ます。あなたの手紙はお持ちください、合意ができていない以上、預かるわけにはいきません。こちらから催促する手間をはぶいてくださって感謝します。編集長が会議室の電話で秘書を呼んだ。お客様をお送りしてくれ、と彼は言い、四時過ぎにまた来社するから、お待ちして重役室に案内を頼む。かしこまりました。警視は言った。それでは、またのちほど。相手が答えた。後でまた。彼らは握手をかわした。秘書がドアを開けて、警視を通した。こちらです、プロビデンシャルさん、と彼女は言い、もう廊下に出ていた。お気になさらなければいいですけど、その名字の方に生まれて初めてお目にかかりました、そんなお名前があるとは思いもしませんでした。これで知ったわけですね。プロビデンシャルと呼ばれるのは素敵なことじゃないですか。どうして。だってその名のとおり、幸運な、ですもの。それは最高の答えですね。二人は受付にやってきた。うかがった時間に、ここでお待ちしています。ありがとう。ではのちほど、プロビデンシャルさん。ではまた。

　警視は腕時計を見た。まだ午後一時にもならない。ランチにするには早すぎるし、そのうえ食欲もなかった。バター・トーストとコーヒーがまだ胃袋に残っていた。タクシーを拾って、月曜日に医者の妻と会った公園まで走らせた。最初に思いついた考えを、かならず実行する必要はない。公園に戻る気はなかったが、こうして来ている。これから彼は警察の一警視のように静かに歩きまわり、人がたくさん出ている通りの様子を見たり、たぶん張り込む二人の捜査官と職務上の感想を少しかわしたりするのだろう。彼は公園をよこぎり、空の水差しを持つ女の彫像を眺めようと足をとめた。ここに置き去りにされたのよ、と女が言っているような気がした。いまは、死んだ水を眺める以外だれの役にも立ってないけど、むかしわたしを彫った石がまだ白く、水差しから昼も夜も噴水の水が流れていたときには、そんなに豊富な水がどこからやってくるのか、だれも教えてくれなかった、わたしはただ水差しを傾けるだけのためにここにいるのに、もう水は一滴も落ちてこないし、なぜ止まったのか、だれも理由を教えにこなかった。警視はつぶやいた。これは人生みたいなものだよ、お嬢さん、何のために始まり、なぜ終わるのか、人は知らないんだ。彼は右手の指先をたまった水に浸けて、唇に持っていった。本人はそんな仕草に意味があるとも思わなかったが、脇から見ている人がいたら、彼はきれいでもないどろどろした緑色の、水たまりの底に残った、人生のように汚れた水にキスをしていたと断言することだろう。時計の針はなかなか進まなかった。どこかの陰にすわって時間をつぶしてもよかったが、それはやめた。医者の妻とともに歩いた帰り道をもう一度たどって、家のある通りにやってきた。すると景色は一変しており、警視はほとんど前へ進めなくなった。集まった人びとはもう小人数のグループではなく、車の流れを妨害するほどの群衆になっていた。まるで近所に住む人が全員家を留守にして、報じられた人の姿を一目見ようと出てきたようだった。警視は二人の捜査官をとあるビルの玄関に呼びよせて、不在のあいだに新たな動きがあったかと聞いた。二人は何もなかったと答えた、だれも出てこず、窓は閉めっぱなしで、二人の見知らぬ男女が四階まで上がって必要な物はないかとたずねたが、家のなかから、何もない、心配してくれてありがとう、という返事があったという。他にはないか、と警視はたずねた。われわれとしては何も、と一人が答えた。報告書にすれば簡単に書けます。捜査官の声がかろうじてすでに広げていた警視の想像の翼を切りとったが、警視は頭のなかで階段を昇り、ベルを鳴らして、わたしです、と声をかけていた。そのまま家に入ると、書いた手紙のこと、新聞社の編集長との会話など、直近の出来事について話している。医者の妻は、一緒にランチをいかが、とたずね、ランチをともにして、世界は平和にみたされるだろう。はい、平和なものです、そして捜査官は報告書にこう書くのだ。われわれのところに現れた警視は四階まで上がり、一時間後に下りてきましたが、そこで何があったかまでは話しませんでした、われわれの印象ではランチをとってきたのだと思われます、と。警視は別の場所でランチをとったが、あまり食べず、前に置かれた皿にも興味を見せなかった。午後三時になるとふたたび公園に戻り、奇跡的に新しい水が流れだすのを待つように、水差しを傾けた女の彫像を眺めた。すわっていたベンチから三時半に立ちあがり、新聞社へと歩いていった。時間があるのでタクシーを使う必要はなかったが、乗っていたら気がすすまなくても、ついバックミラーを覗いていたに違いない。自分の魂のことは十分知っているとはいえ、好きになれないものがミラーから出てこないという自信もなかった。まだ四時十五分にならなかったが、警視は新聞社に入っていった。秘書はすでに受付にいた。社長がお待ちしております、と彼女が言った。プロビデンシャルさん、とは付け足さなかった。おそらく名前ではないと聞き、誠意が裏切られたことに腹を立てたのだろう。彼らは前と同じ廊下を進んだが、こんどは突き当たって曲がり、右側の二番目のドアに案内された。社長室という小さな表示があった。秘書が控えめにノックすると、なかから、入ってくれという返事があった。彼女が先に入り、ドアを押さえて警視を通した。ありがとう、とりあえず外してもらうよ、と編集長が秘書に告げ、すぐに彼女はいなくなった。面会に応じてくださり、ありがとうございます、社長、と警視が切りだした。さっそくだが率直に言おう、編集長から大筋を聞かせてもらったが、この情報を効果的に広めるにはとんでもない困難が予想される、が、しかしだ、ぜひともその文書全文を読ませてもらいたい。これです、と封筒を渡しながら警視は言った。まあ、すわるとしよう、と社長が言った。二分ほど時間をくれないか。彼は編集長と違ってうつむかずに読んだが、目を上げたときには間違いなく混乱し、心配した男になっていた。きみは何者だね、編集長が同じ質問をしたことを知らずに社長がたずねた。あなたの新聞がこの文書の公表に同意したら、わたしがだれかわかるでしょう、同意しないなら手紙を返してもらって無言で立ち去ります、もちろん時間を使って検討してもらった礼は言いますが。社長にはあなたが同じ手紙をもう一通、別の新聞社用に持っていることは伝えてあります、と編集長が言った。そうです、と警視はつけくわえた。合意しなければ、今日そちらを訪ねます、これはどうしても明日公表されなければなりません。どうして。明日なら、これから犯される不当行為を回避するのに間に合うかもしれない。医者の妻のことかな。そうです、社長、国が直面している政治的危機の首謀者として、政府は彼女を生け贄にしたいのです。しかし、あれはめちゃくちゃな話だぞ。わたしにじゃなく、政府に、内務大臣に言ってください、政府の言いなりに記事を書くあなたの同業者たちに言ってください。社長は編集長と視線をかわして言った。お気づきだとは思うが、われわれはあなたが書いた文章をそのまま、細かいことまですべてを公表することはできない。どうしてですか。包囲状態で暮らしてるのを忘れないでくれ、報道出版物は検閲されてるんだ、とくにうちの新聞なんかは。公表したら即日発行禁止処分になるでしょう、と編集長が言った。では、わたしたちには打つ手がないと、と警視はたずねた。手がないことはない、が、成功するかどうかわからんな。どうするんですか、と警視はまた聞いた。社長はもう一度編集長とすばやく視線をかわして言った。あなたが何者かを話してもらう潮時じゃないか、たしかに文書に署名はあるが、偽名じゃないという保証はない、われわれを試し、嫌がらせをするために警察が送りこんできた囮《おとり》の可能性がある、あなたがそうだとは言わないが、そちらが身分を明かさなければ、話が続けられないことをはっきりさせておきたいのだ。警視はポケットから財布を取りだした。これをどうぞ、と社長に警視の身分証を手渡した。社長の表情が一瞬にして、控えめから呆然としたものに変わった。なんと警察の警視とは。警察の警視ですか、と身分証を受けとった編集長が驚きをこめて言った。ええ、と落ち着いた反応があった。これで話が続けられると思いますが。知りたがりで申しわけないが、と社長がたずねた。どうしてこんな行動に出たのかな。個人的理由です。これは夢じゃないと自分を納得させるために、ひとつだけでも動機を教えてくれないか。わたしたちが生まれたとき、この世界に出てきたとき、それはまるで人生の契約に署名したかのようだ、しかし、いつか自分にたずねるときが来るかもしれない、いったいだれがわたしのために署名したのかと、まあ、わたしはこの質問を自分にしたのです、その答えがこの紙なんですよ。自分の身がどうなるか気づいている、と。ええ、それを考える時間は十分ありました。沈黙が落ちて、それを警視が破った。手がないことはない、と言いましたね。ちょっとしたトリックを考えた、と社長が言い、編集長に後をうながした。今日各紙が出したものと同じ内容の記事を、あんなに下品な表現を使わず、見るからに違う言葉で載せるのです、その最後にあなたが持ちこんだ情報を入れます、簡単にはいかないでしょうが、いずれにしても不可能ではありません、あとは腕と運まかせですかね。検閲官の注意散漫と怠慢にかけるわけだ、と社長がつけくわえた。すでに知っているニュースだから最後まで読む価値はないと考えてくれと祈ってね。成功する確率はどれくらいだと思いますか、と警視がたずねた。あけすけに言えば、大きくはありません、と編集長が言った。可能性があるくらいで満足すべきでしょう。で、内務省が情報源を聞いてきたら。まずは職業上の秘密を盾にします、しかし、この包囲下ではそれがどこまで通用するかどうか。彼らが圧力をかけてきたら、脅してきたら、どうなります。そうなると、われわれの意志には反するが、情報源を明かすしか方法はない、むろんわれわれも処罰されるが、あなたには最悪の結果が降りかかるだろう、と社長が言った。かまいません、と警視は言った。これで何が起こるか予測がつきました、やりましょう、祈りが足しになるなら祈ります、それからわれわれが検閲に望むことを読者がしないように祈ります、つまり最後まで読みとおすことを。そうなりますように《アーメン》、社長と編集長が声をそろえて言った。

　警視が立ち去ったのは五時少し過ぎだった。ちょうど新聞社の玄関先でタクシーが人を降ろしたのでそのまま拾うこともできたが、歩く方を選んだ。彼は奇妙なほど軽くなった気がした。体内で少しずつ自分をがりがりとかじっていた異物が、たとえば喉のなかの骨や、胃袋にある釘や、肝臓の毒が、生命にかかわる臓器から取り除かれたように、すっきりしていた。明日は彼の手持ちのカードがすべてテーブルに載るだろう。かくれんぼのゲームは終わるのだ。記事が日の目を見るとして、あるいはたとえ公表されなくても、ニュースは大臣の耳に入り、疑いの余地なく一瞬にしてだれを指弾すべきか悟るに違いない。想像はさらにふくらみかけて、最初の不穏な一歩を踏みだしていたが、警視はその首根っこをつかんで止めた。今日は今日だ、明日はまだわからない、と彼はつぶやいた。プロビデンシャル保険再保険会社に戻ろうと決めていたが、急に脚が重くなり、神経は伸ばしつづけたゴムバンドのようで、すぐにでも目を閉じて眠りたいという強い欲求をおぼえた。タクシーが来たら拾おう、と思った。まだ道のりは遠く、やってくるタクシーはどれも客を乗せていた。呼んでも通り過ぎる車さえあった。ついにもう限界だ、一歩も歩けないと思われたとき、一台の救命ボートが溺れた男を助けあげた。エレベーターは慈悲深く十四階まで彼を乗せて上がり、ドアは抵抗なく開き、ソファは親しい友達のように受けとめて、数分のうちに警視は脚を投げだして眠りに落ちていた。あるいは、まだそんなものが存在すると思われていた時代に人が言ったように正しい眠り《オ・ソノ・ドス・ジュスティス》（熟睡の意）に。その静けさはプロビデンシャル保険再保険会社という贈られた名前と特性にふさわしく、警視は同社の母なる膝枕に身をゆだねて、一時間たっぷり深く眠りこみ、それが終わるときには新たなエネルギーとともに目覚めたような気がしたのだった。彼は伸びをして、内ポケットにあるもうひとつの封筒を感じた。おそらく一頭の馬にすべてを賭けたのは失敗だった、と思った。だがすぐに、同じ会話を二度はできなかった、と思いなおした。ある新聞から別の新聞へと同じ話を繰り返すあいだに、信憑性はすりきれるのだ。済んだことは済んだこと、後ろを振り返っても意味はない。寝室に入ると、留守番電話のライトが点滅していた。だれかが電話をしてきてメッセージを残していた。ボタンを押して聞こえたのは、最初にオペレーターの声、そして警視総監の声だった。連絡事項、明日の九時に、繰り返す、九時だ、二十一時ではない、きみの同僚だった警部と巡査部長が北六番検問所できみを待っている、内務大臣とわたしは、きみの任務が担当責任者の技術的かつ科学的な無能力から失敗しただけでなく、首都にいるきみの存在が不適切だと考えるに至ったと告げざるをえない、なお、警部と巡査部長は公務としてきみをわたしの前まで連行する責任を負い、抵抗された場合は逮捕する権限を与えられている。警視はそこに立ったまま留守番電話のテープレコーダーを見つめ、長い旅に立つ人へ別れを告げるように、ゆっくり手を伸ばして消去ボタンを押した。それからキッチンに行き、ポケットから封筒を取りだしてアルコールで濡らし、それを二つ折りにして逆V字形にシンクへ置くと、火をつけた。水が勢いよく灰を排水管へと流した。後始末が終わると居間に戻り、照明をすべて点けて、新聞各紙をていねいに熟読した。とくに、ある意味で彼が運命を託した相手に、あるいはそれがどんなものだったのかに注意を払った。時間になったので、冷蔵庫に行き、夕食になりそうなものが何かないかと覗いた。が、あきらめたのは、希少性が鮮度や品質の同義語ではないからだ。ここには新しい冷蔵庫を入れるべきだ、と彼は思った。これはもう与えるべきものを与え終えている。警視は外出し、一番近いレストランで簡単に食べてプロビデンシャル社に戻った。明日は早起きをしなければならない。

警視は電話の鳴る音で目を覚ました。取るために起きようとはしなかった。警察庁から、九時に出頭する命令を忘れるなという注意喚起に違いない。九時だ、二十一時ではなく、北六番検問所に。たぶん二度目はかけてこない、というのも理由は単純で、警察官というものは職場でも私生活でも、いわゆる推理と呼ばれる思考回路、言いかえれば論理的思考による推定、を働かせるのに慣れているからである。電話に出ないなら出頭する途中なのだろう、と。誤解するにもほどがある。実際にはすでにベッドから起きだして、バスルームに行き、するべきことをすませ、体を洗って着替えをし、外へ出かけようとするところだ。だが、やってくる最初のタクシーを止めるためではない。その運転手が期待をこめて彼をバックミラーから見つめて、北六番までやってくれ、北六番ですか、すみません、どこにあるかわかりませんが、新しい通りの名ですか、軍が設置した検問所だ、地図があればわたしが教えられるよ、といった会話はかわされない、いまも、この先もずっと。警視の目的は新聞を買うことだった。それが頭にあったから昨夜は早く寝たわけで、必要な休息をとるためでも、北六番検問所へ時間どおりに着くためでもない。街灯の明かりはまだ点いており、キオスクの店員は売店のシャッターを上げ、週刊誌を並べはじめている。それが終わったとき、合図のように街灯が消え、配送トラックが姿をあらわした。警視が近づくと、店員はすでに見慣れた形に並べているところだったが、今回は一番売れない新聞が、いつもたくさん売れる新聞と同じ部数なのが見てとれた。警視はそれを良い兆しだと感じたが、この心地よい希望の興奮の後にすぐさま激しいショックが襲いかかった。ずらりと並んだ見出しは、悪意にみちた、不安をかきたてるもので、すべてどぎつい赤インクで印刷されていた。女殺人者、この女が殺した、容疑の女による別の犯罪、四年前の殺人。そして並べた新聞の列の最後に、警視が昨日、会社を訪ねた一紙があった。他に知っておくべきこと。見出しはあいまいで、額面どおりにも、正反対にも受けとれるものだったが、警視は苦しんで歩む陰の谷の出口に置かれた小さな灯りを見るような気がした。全部くれ、と彼は言った。キオスクの店員は将来にわたる上客がついたと思いながら、笑顔で新聞を入れたビニール袋を手渡した。警視はあたりを見まわしてタクシーを探した。五分近く無駄にしたあとプロビデンシャル社まで歩くことにした。ご存じのようにそれほど遠くはないのだが、言葉ではちきれそうなビニール袋という重い荷物を持っており、それなら世界を背負った方が楽というくらいのものだった。だが、警視は幸運にめぐまれた。近道をしようと細い道に入り、地味な古いスタイルのカフェにでくわしたのだ。早朝に開いていたのは、主人が他にすることもなく、顧客たちが、いつもの場所にすべてがあり、朝食のマフィンの味が永遠に同じかどうかを確認するためにやってくるからだった。彼はテーブルを前にしてすわり、ミルク入りコーヒーを頼んで、バター・トーストができるかとたずねた。もちろんマーガリンではなく。ミルク・コーヒーがやってきて、これはまあまあだったが、バター・トーストは腐敗の段階を越えられずに惜しくも賢者の石を発見できなかった錬金術師の手で直接運ばれてきた。彼はすでに今日一番気になる新聞を開いていた。すわると同時にそうしており、ちらりと見るだけでトリックが成功したことに気づいた。検閲官はすでに知っていることだけを確認して済ませたのだ。知っていることの裏には果てしない未知の連鎖が隠されており、おそらくその最後には何も解明されないから、人は知っていると思うことほど注意が必要なのに違いないのだが、男はそこに気づかなかったのだろう。ただし、いずれにしても大きな幻影に安住することはできなかった。新聞は一日中、売店に並んでいるわけではない。警視は内務大臣が新聞をふりまわして、激怒し、叫んでいる光景が目に浮かんだ。いますぐあのクソを取り締まれ、だれがこの情報を漏らしたのか見つけだせ、と。台詞の後ろ半分は自動的に口にされたにすぎない。大臣はこの陰謀と裏切りの元凶が一人しかありえないことを完全に承知している。そのとき警視は心を決めた。できるかぎり数多くキオスクをめぐり、新聞の売れ行きが多いのか少ないのか、買った人びとの顔を見て、すぐに記事を読むのか、それともつまらないことに気をとられて終わるのかを調べよう。彼はざっと四つの大きな新聞を見た。基本的にはおおざっぱな記事だが、効果的で、大衆を陶酔させる作業は続いており、二たす二は四であって、昨日計算しても今日計算しても必ず四になるのだと、あることが絶対的に別のことにつながるなど疑わしいと口にする大胆な人はすべて法と秩序に反することになっていた。助かったよ、警視は感謝して勘定をすませ、店を出た。まず先ほど新聞を買ったキオスクから始めて、気になる新聞の山がかなり減っているのを見て満足した。おもしろいじゃないか、と彼は店員にたずねた。これがよく売れるなんて。どこかのラジオ局でそういう記事が出ると言ってたみたいなんです。片手がもうひとつの手を洗い、両手で顔を洗うというわけか、と警視は謎めかして言った。ええ、そうですよね、男は何のことやらわからずに答えた。キオスクを探す手間をはぶくために、彼は店ごとに店員から一番近い店を聞いてまわった。きちんとした身なりのせいか、いつも情報は得られたが、どの店の店員も、ここになくてそっちにあるものって何だ、と聞きたげだった。数時間が過ぎ、北六番検問所にいる警部と巡査部長は待ちくたびれて警察庁に指示を求めた。警視総監は大臣に報告し、大臣は状況を首相に伝え、首相が答えた。それはわたしの問題じゃない、きみのだ、そちらで解決してくれ。それから予期していたことが起こった。十軒目のキオスクにはその新聞がなかったのだ。警視は求める客のふりをしてたずねたが、店員が言った。遅かったね、つい五分前にみんな持っていかれましたよ。みんな持っていかれた、なぜ。あちこちで全部回収してるんで。回収だと。体《てい》のいい押収ってやつですね。でも、どうして、あの新聞の何が引っかかったんだろう。陰謀の女に関係してるんじゃないですか、ほら、こっちの新聞を見てくださいよ、どうも男を殺したみたいじゃないですか。一部、どうにか手に入らないかな、そうしてくれたら恩に着るが。うちにはないですね、持ってたとしても売りません。どうして。あんたが警察の人じゃないって保証はないからです、罠に引っかかるかどうか見てるんじゃないですか。まったくそのとおりだ、この世界ではもっと悪いことが目にされてきたからね、と言って警視は歩み去った。プロビデンシャル保険再保険会社には戻りたくなかった。電話にはモーニング・コールの他にも、どこにいるのか、なぜ電話に出ないのか、なぜ九時に北六番検問所に出頭するという命令に従わないのか、と問いただす連絡が入っているだろう。だが、実際彼には行く場所がなかった。いまごろ医者の妻の家の前には大勢の人が押し寄せて、みんなが口々に叫んでいるに違いない。賛成する声もあれば、反対する声もあるだろう。おそらく賛成する者がほとんどで、そうでない者は少数派だ。彼らは侮辱されたり、もっと悪いことになったりしたくないのだ。彼が持ちこんだ情報を載せた新聞社にも行けないだろう。社の玄関に民間人のふりをした警察官が、かりにいないとしても近くに張り込んでいるだろうし、確実に盗聴されているから電話もかけられない。最後にプロビデンシャル保険再保険会社を思い浮かべたが、やはり間違いなく監視されており、すべてのホテルに前もって警告が送られ、たとえその気があったとしても、この市《まち》で彼を受けいれる人は一人もいないのだ。新聞社が警察に捜索されている光景を思い浮かべた。社長が圧力をかけられて、自発的か強制的かによらず、掲載した反政府的情報を提供した人間の身元を明かしたところも想像した。おそらく罠にはめられて、逃亡中の警視による手書きの宛名が残ったプロビデンシャル保険再保険会社のロゴ入りの手紙を見せてさえいるだろう。彼は疲れを感じ、歩く足が重くなった。気温は高くないのに、全身が汗にまみれていた。一日中、何の目的もなく街の通りを歩きまわるわけにはいかない。ふと、水差しを傾けた女のいる公園へ行きたいという強い衝動に駆られた。池の端にすわり、緑色の濁り水に指先をふれて口へと持っていくために。でも、それから何をしよう、と彼はたずねた。何もすることがない、ただ迷路のような街路に戻って、方向がわからなくなり、迷って、また引き返し、歩いて、歩いて、ただ体を前に運ぶだけのために、空腹でなくても食べ、映画館に入り、まだ小さな緑色の男たちがいる時代の火星へ探検におもむく冒険の数々を見て二時間ほど気をまぎらわせ、まぶしい午後の光にまばたきをしながら、また別の映画館でネモ艦長の潜水艦のなかで二万マイルを航行して二時間をつぶすのかと思ったが、そこでこうした考えをすべて捨てることにした。というのも、あきらかに街では何か奇妙な出来事が起こっているからだ。男たち、女たちが、道ゆく人びとに小さな紙を配っており、渡された人は足を止めて読んだり、ポケットに入れたりしている。いま、その一枚が警視にも手渡されたのだが、見ると押収されたあの新聞記事のコピーで、見出しの、他に知っておくべきこと、というタイトルがついている。そこには五日間の真実が遠まわしに再現されているのだ。もう警視はこらえきれずに、子どものように、その場で発作的にむせび泣いていた。同年配の女が近づいてきて、具合でも悪いのか、何かしてほしいことがあれば、とたずねたが、彼はただ、いいやと首をふり、身ぶりで、何でもない、心配しないで、ありがとうと伝えた。そしてタイミングよく何かが起こる場合もあって、だれかがこのビルの高い階からビラのように、ひとつかみのコピーをばら撒いた。もう一回、そしてもう一回。地上では人びとが大きく腕を広げて紙を取ろうとしている。紙はひらひらと舞いながら、ハトのように滑空し、その一枚が一瞬警視の肩にも乗ったかと思うと地面にすべり落ちた。ともかく、まだ何も失われていないのだ。市《まち》は自分の手で問題に対応しており、何百台ものコピー機が稼働して、元気のよい娘や青年のグループが紙を住人の郵便受けに入れたり、直接ドアへ配達したりしている。これは広告か何かとたずねる人に、彼らはそうですと答える。ほんとに最高の広告なんです、と。こうした幸せな成功は、まるで魔法のように警視に新たな魂を、黒ではない白の魂を持ちこみ、疲れを吹き飛ばした。通りを歩いていくのは違う男であり、違う頭で考える男だった。以前は暗かった景色が晴れ、以前は鉄のように思えた結論を、いまはもう指のあいだを砕けて零《こぼ》れおちるもののように修正して考えた。たとえば、隠れ蓑《みの》の基地であるプロビデンシャル保険再保険会社が監視されているとは思えない、警察が張り込んでいたら、意味のある重要な場所として疑いの目が向けられる可能性が生じるからだ。一方で、ただ政府がプロビデンシャル社をどこかに移転すれば、問題は解決し、そこまで深刻に手間をかけることもない。この新たな否定的結論は警視の気持ちに暗い嵐の影を投げかけたが、完全に安心したとは言えないとしても、宿泊事情の重大な悩み、言いかえれば今夜どこで眠るのかという疑問を少なくとも解決してくれた。この場合はわずかな言葉で説明できる。内務省と警察庁が公式の連絡経路を警視の方から一方的に切ったことを正当ながらひどく不快に思ったのであれば、緊急事態にそなえて彼の所在地と現在地を把握しておくのは必須となる。警視がこの都市で行方をくらまそうと決心し、落伍《らくご》者《しゃ》や逃亡者のようにどこかの薄暗い裏通りに隠れてしまったら、実際に見つけるのは困難をきわめる。とりわけ複数の反体制グループが共犯者ネットワークの構築に成功すれば、その複雑さのせいで、捕獲作戦に要する期間は六日かけても始動するのに足りないくらいで、それさえ警視がここで過ごした日数よりも多いのだ。したがって、プロビデンシャル社の二カ所の入口を警備で固めることなく、逆に自然の本能を頼みに道を空けておけば、従順な牡《お》牛《うし》だけでなくオオカミも巣穴に帰るし、ツノメドリも岩穴に戻ってきやすいだろう。というわけで、真夜中にドアの鍵穴をピッキングで開けられ、三丁の拳銃を突きつけられて脅しに屈伏しないかぎり、警視はまだ馴染んだ居心地のよいベッドで寝られるはずだ。前にも何度か言ったことだが、人生には一方で雨が降り、もう一方では強風が吹いているのに、どちらかを選ばなければならない悲惨な場面がある。いま警視がいるのは、まさにその状況だった。公園の木の下で水差しを持つ女に見られながら浮浪者のように居心地悪い一夜を送るのか、それともプロビデンシャル保険再保険会社の汗臭い毛布としわくちゃのシーツに包まれて快適に過ごすのか。結局、説明は先ほど豪語したほど簡潔にはできなかったが、とはいえ、わたしたちが安全と危険という矛盾した要素と変化を偏りなく細部までくわしく突きつめて、最初からわかっていたはずの結論に到達するためではあったとしても、気になるさまざまな可能性を考慮せずに通過できなかったことを理解していただければと思う。すなわち、サマーラに設定された会合を避けるためにバグダッドへ逃げる価値はない、のだと。重さを量りながら、すべてを考慮し、最後の可能性、最後の仮説、最後の一ミリグラムまで、いろいろな重さを調べるのは時間の無駄だとあきらめたとき、警視はタクシーを拾ってプロビデンシャル社に向かった。すでに午後も遅く、物影が行く手の舗道を新鮮に塗りかえ、水たまりに水の落ちる音に通行人が驚くのが突然感じられる時刻だった。街の通りには紙がもう一枚も落ちていない。こうした状況にもかかわらず、警視はかすかに不安をおぼえており、実際それには理由がないわけでもない。彼自身の論理と、長年にわたって得た警察の策略に関する知識から、プロビデンシャル保険再保険会社には危険が潜んでおらず、深夜に襲われはしないという結論に達したとしても、それはサマーラがそうした場所ではないことを意味しない。考察した結果、警視は拳銃に手をかけて思った。念のため、エレベーターで上がるあいだは安全装置を外しておこう。タクシーが止まった。着きましたよ、と運転手が言ったとき、警視はフロントガラスにテープで貼ってある紙に気づいた。記事のコピーだ。恐怖にもかかわらず、彼の苦悩と不安は報われたのだ。ビルのロビーはがらんとしており、ドアマンの姿もなかった。この場所は完全犯罪にうってつけだ。まっすぐに心臓をつらぬく刃、タイルの床に倒れる死体の大音響、閉まるドア、偽のナンバープレートをつけた車がやってきて殺人者を連れ去る。殺し、殺されるほど単純なものはない。エレベーターは降りていたので、待つこともなかった。いまは上昇している。十四階に着けば箱は空になるだろうが、内側でははっきりと撃鉄を起こす音が聞こえて、拳銃がすぐに発砲できるよう準備されていることがわかる。廊下には人影がなく、この時刻だと他のオフィスも閉まっている。鍵が鍵穴にやさしく滑りこみ、ドアはほとんど音をたてずに開く。警視は背中で押しあけ、照明を点けた。いまはすべての部屋に入ってまわり、人が潜んでいられそうな物入れや、ベッドの下を覗き、片っ端からカーテンを引きあける。だれもいない。彼はなんとなくばかばかしくなった。何もないところに拳銃を突きつけて動く男のようではないか。とはいえ、ことわざにいわく、保険をかければ歳をとって死ぬ、と。そのことをプロビデンシャル社はよく知っているに違いない。保険だけでなく再保険まで扱っているくらいだ。寝室では留守番電話のライトが点滅しており、ディスプレイには二件の電話が表示されている。たぶん一件は警部からの、注意を呼びかけるもの、もう一件はアホウドリ配下の事務官からだろう。あるいは、二件とも警視総監からで、信頼していた部下の裏切りに失望し、任命責任はないとしても、自分の将来を心配しているかもしれない。警視はグループの氏名と住所のリストを書いた紙を前に置いた。それには医者の妻の電話番号が追加してあり、そこに電話をかけた。だれも出ない。また、かけた。三度目も試し、合図のように三回目のコールで切った。四度目、ようやく相手が出た。はい、と医者の妻がそっけなく答えた。わたしです、警視です。ああ、こんばんは、あなたの電話を待っていた。そちらはどんな様子ですか。ひどいものよ、わたしたちは二十四時間で公衆の敵《イニミーゴ・プーブリコ》、ナンバーワン《ヌメロ・ウム》になってしまった。今回のことでわたしが果たした役割を謝ります。あなたが新聞記事を書いたわけじゃないわ。ええ、そこまではしていませんが。このばかげた騒ぎの真相を今日報じた一紙が、何千部か売られて助かったけれど。そうならいいですが。あまり期待してないような口ぶりね。期待してますよ、もちろん、でも時間がかかるでしょう、状況は一夜で変わるものじゃないですから。こうなると普通の暮らしはできない、この家は閉め切りよ、刑務所に入れられたみたいに。わたしは自分にできることをした、それしか言えません。では、もうわが家には来ないのね。与えられた任務は終わり、出頭命令を受けています。いつかまたお会いできるといいけど、もっと幸せなときに、まだそういう日があれば。途中で道に迷うんじゃないですか。だれが。幸せなときが。あなたはいま以上に、わたしをがっかりさせるのね。打ちのめされてもまだ立っている人たちがいますよ、あなた《ア・セニョーラ》という人はその一人なんです。いまはあなたに立ちあがらせてもらいたいわ。残念ですが、わたしが手を差しだせる状況じゃありません。あなたは自分で思うより、ずいぶん助けてきたんじゃないかしら。ただの印象にすぎませんよ、忘れないでください、警察官と話していることを。忘れてない、でももうあなたを警官だとは思ってない。そう言ってくれてありがとうございます、あとはお別れだけです、ではこれで。ではまた。気をつけてください。それはあなたも。おやすみなさい。おやすみなさい。警視は受話器を置いた。これから長い夜が待っており、それを切り抜けるには眠るしかなかった、不眠症がベッドにやってこなければ。明日は彼らが捕らえにくるだろう。北六番検問所への出頭を命じられながら行かなかった、となると彼は捕らえられるのだ。おそらく消した留守電のひとつが、そうした警告だったのだ、朝七時に逮捕しにいく、抵抗すれば取り返しのつかない痛手を負うだけだというような。もちろんここに来るのに特殊な道具はいらず、合い鍵を持ってくればいい。警視は夢想にふけった。彼にはいつでも使える武器庫があり、最後の一発まで撃ちつくせるのだ、少なくとも最初に催涙ガス弾が要塞のなかに投げこまれるまでは。警視は夢想にふけった。ベッドに腰を下ろし、後ろへあおむけに倒れて目をつぶり、眠りがやってくるように願った。夜が始まったばかりなのは知っている。空にはまだ光の名残りがいくらかあるが、石が眠るような眠りに落ちたい。夢の数々にだまされずに、黒い石の塊のなかへ永遠に閉じこめられて。とにかくお願いだ、とにかく朝まで、彼らが朝七時に起こしにくるまでは。この荒涼とした呼びかけを聞きつけ、眠りが駆けてきて、そこで少し立ちどまった。それから彼が服をぬぎ、ベッドに入るまで後退したが、すぐにほとんど一秒も間を置かずに戻るとその後は一晩中彼のそばにいて、どんな夢がやってきても、火と水がまざりあって幻影が生まれ増殖する国へと追いはらってくれたのだ。

　警視が目覚めたとき、時刻は九時になっていた。泣いていない、ということは侵入者が催涙ガスを使わなかった証拠だ。手首には手錠がかかっておらず、頭に拳銃を突きつけられてもいない。恐怖はなんとたびたびわたしたちの人生を苦くし、結局そこには土台がなく、存在する根拠もないのだと告げにやってくることか。彼は起きだして、いつものように髭を剃り、髪をととのえ、昨日朝食をとったカフェへ行こうと決めて出ていった。警視は途中で新聞を買った。今日は来ないなと思ってましたよ、とキオスクの店員が知り合いのように親しげに歓迎した。一紙、足りないが、と警視は言った。今日は入らなかったんです、取次業者もいつ発行が再開されるかわからないって、たぶん来週じゃないですか、どうやらえらい額の課徴金を食らったらしいです。なぜだね。記事のせいですよ、みんながコピーをとった例の。ああ、そうなのか。はい、また袋に入れました、今日は五部ですから、お客さんも読む手間が少しはぶけますね。警視は礼をのべ、カフェを探しにいった。どこの通りにあったか思い出せず、なおさら一歩あるくたびに空腹が増した。トーストを思い浮かべるだけで口につばが湧いた。この歳の男で立場を考えれば、一見したところ見苦しく嘆かわしい大食漢に映るかもしれないが、そこは大目に見てやるべきだろう。というのも昨日彼は胃袋が空っぽの状態で眠りについたのだ。警視はようやく通りとカフェを発見して、いまテーブルの前にすわっている。待つあいだに新聞をざっと眺めると、黒と赤の見出しが目に飛びこんでくる。各紙の記事の内容がだいたい推測できるようにそれを並べてみると、祖国の敵の新たな反政府行動、だれがコピー機を動かしたのか、間違った情報の危険、コピー代の資金はどこから。警視はゆっくりと最後のかけらを飲みこむまで、ひと口ずつ丁寧に味わった。コーヒーでさえ昨日よりおいしく、食事が終わったときには体も回復していた。すると昨日からやってきた精神《エスピリト》が、あの公園の池と、緑色の水と、水差しを傾けた女に借りがあることを思い出させた。あれほど行きたかったのに、おまえは行かなかった。そうだ、これから行こう、と警視は答えた。代金を支払い、新聞を集めて店を出た。タクシーを拾うこともできたが、歩く方を選んだ。これといって他にすることもなく、ある意味でひまつぶしだった。公園に着くと、ベンチに向かった。医者の妻とともにすごし、ほんとうの意味で涙の犬と出会った場所だ。そこからは池と水差しを傾けた女が見えた。木陰はまだ涼しかった。彼はレインコートの裾を脚に巻きつけながら、満足そうに溜息をついてすわった。白の水玉模様の青いネクタイをした男が後ろから現れて、その頭を撃った。

二時間後、内務大臣が記者会見をおこなった。白いシャツに黒いネクタイを締め、その顔は深い悲しみをたたえていた。テーブルにはマイクが隙間なく並び、飾りといえば水を入れたグラスだけだった。背景には、いつもながら、祖国の国旗が瞑想《めいそう》にふけるように下がっていた。みなさん、こんにちは、本日お集まりいただいたのは、他でもなくこのほど首謀者が明かされた陰謀集団ネットワークの捜査を担当した警視の、忌まわしい死をお伝えするためです。残念ながら自然死ではなく、事前によく練られた計画的犯行によるものでした。最悪の犯罪性を持つプロの仕事だということは、一発の銃弾で彼をしとめた効率のよさを見ればわかります。この事件が、われわれの古き不幸な首都を巻きこんで、正しく機能する民主主義体制の安定性を卑劣に攻撃し、したがって、冷血にもわが国の政治的、社会的、道徳的完全性に逆らいつづける反政府的要素に起因し、そこから起こされた新たな犯罪行動であるのだと、すべてにおいて即座に指し示していることは論を俟《ま》つまでもありません。暗殺された警視が示した至高の威厳は、いつまでもずっと、われわれの無条件の尊敬のみならず、もっとも深い崇敬の対象の例となることは強調するまでもないでしょう。なぜなら彼の犠牲こそ、あらゆる面で運命的な本日から先々まで、つねに彼方《かなた》の高みからわたしたちを見守ってくれる祖国の殉教者の殿堂に、名誉ある座をさずけるからです。わたしがここに代表するわが国の政府は、われわれが失った傑出した人物をよく知る人びとの悲しみ、お悔やみを共にします。また同時に、わが国の全市民に対して、陰謀をたくらむ者の悪意と無責任な彼らの支援者との戦いを決して放棄しないことも断言します。さらに二点、申しあげます。ひとつは殺害された警視とともに捜査を担当した警部と巡査部長ですが、彼らは警視の求めにより生命を守るべく任務から撤退しております。もうひとつは、政府として警視に対し、祖国が名誉とする息子や娘を称えるための最高の勲章を、死後の特例として緊急に授与できるよう、あらゆる法制度に照らして検討することをお伝えします。みなさん、本日は善良な人びとにとって悲しい日であります。しかし、わたしたちは声を大にする責任があります、スルスム・コルダ、心を高く上げましょう（ミサで使われるラテン語の唱和短句。元気を出そうの意）。ある記者が質問しようと手を挙げた。だが、すでに内務大臣は立ち去っており、テーブルには水のグラスだけが残っていた。マイクが記録したのは、死者と、疲れしらずで瞑想を続ける背後の国旗に敬意をはらう沈黙だった。それからの二時間は、大臣と側近の参謀によって、基本的に警察部隊の大半を秘密裏に首都へ戻すことからなる緊急行動計画の策定についやされた。当面、警察官は私服で、所属する組織を示すものを外につけずに職務にあたることになるだろう。こうして、旧首都を監視もせずに放置したのが重大な過ちだったことを暗黙のうちに認めたのだ。修正するのに遅すぎることはない、と大臣が言った。ちょうどそのとき雑用担当の事務官がやってきて、首相がいますぐ内務大臣と話したいので執務室に来るように、との指示をつたえた。大臣は、何もこんなときに呼ばなくても、とつぶやいたが、命令に従うしかなかった。彼は計画策定の最後になった後方支援部門の仕上げを参謀にまかせて出ていった。車は護衛を前後に乗せて、内閣府のオフィスが集まるビルまで大臣を運んだ。これに要したのは十分ほどで、さらに五分後、彼は首相の執務室に入っていった。失礼します、首相。待っていたよ、かけてくれ。呼ばれたとき、ちょうど首都から警察を撤退させた決定を修正する計画を策定中でした、明日にはお持ちできます。持ってこなくてもいい。なぜですか、首相。きみには時間がないからだ。計画は事実上、完成しており、あとは少々仕上げをするだけですが。どうやらわかっていないね、時間がないというのは、明日きみはもう内務大臣ではないということだ。なんだと、この間投詞は思わず口走ったもので、あまり丁重とは言えなかった。よく聞こえたようだから、繰り返す必要はないだろう。でも、首相。意味のない会話はやめておこうじゃないか、きみの職務はこの瞬間から停止する。これはあまりに不当な暴力です、首相、言わせてもらえば一身を国に捧げてきたわたしの尽力を埋め合わせるには気まぐれすぎます、おかしいです、何か理由があるでしょう、教えてください、この残酷な解任のわけを、そうだ残酷です、ええ、この言葉は撤回しません。今回の危機におけるきみの尽力とやらはミスの連続だった、ここで数えあげるまでもない、必要は法律の母であり、目的が手段を正当化することはわたしも理解しているが、それはつねに目的が達成される、あるいは必要な法律に従う、かぎりにおいてという条件がつく、しかしきみは法律にも従わず、何ひとつ達成していない、こんどは警視が死んだ。彼はわれわれの敵に殺されたのです。オペラのアリアはもう勘弁してくれよ、延々とおとぎ話を信じてきたんだ、きみが口にする敵には、逆にその警視をヒーローにする理由が山ほどあり、殺す動機はひとつもなかった。首相、あれしか道はありません、あの男は危険な要素になっていました。彼の問題は後で清算するつもりだ、いまじゃなく、この死は言いわけ無用の愚かな一件だ、しかも困ったことに街ではデモがあちこちで起きている。わたしの情報では、首相、たいした騒動じゃありません。きみの情報には価値がない、すでに市民の半数が街の通りに出ており、残りがそこに加わるのも時間の問題だ。将来、わたしが正しかったことが間違いなく証明されますよ、首相。現在がそれを否定している以上、望み薄だろう、さあ、もう引き下がってくれ、話は終わりだ。職務を後任に引き継がなくてはなりません。それは別の者を送ってさせる。でも、後任はどうなるんです。わたしだ、すでに司法大臣を兼ねているが、さらに内務大臣も兼ねることにする、すべてをこのままにして、あとはわたしが面倒を見るよ。

同じ日の朝十時、二人の私服警察官が四階へ上がってベルを鳴らした。医者の妻がドアを開けに出てきてたずねた。どなたですか。警察だ、あなたの夫を尋問のため連行する命令を受けてきた、留守だなどと言って手間をかけないでもらいたい、この家は監視されており、ここにいるのはわかっている。夫を尋問するべき理由はないわ、とにかくこれまでに告発されたすべての犯罪の容疑者はわたしよ。われわれには無用の話だ、医者の妻ではなく、医者を連行しろとの厳命を受けている、だから力ずくで踏み込まれたくなければ夫を呼んでこい、その犬を押さえてろ、そいつに何かが起こらないように。女はドアを閉めた。少ししてまたドアを開けたが、こんどは夫が一緒にいた。どういうことですか。尋問のため連行する、奥さんにはもう話した、何度も繰り返してわれわれを一日中ここに引きとめるな。身分証はありますか、令状は。令状は必要ない、この市《まち》は包囲下にあるのだ、身分証ならここにある、これでいいか。着替えなければなりません。監視を一人つける。わたしが逃亡するとか、自殺するとでも。われわれは命令に従っているだけだ。警察官が一人、家に入ってきたが、二人はそれほど手間どらなかった。わたしも行きます、夫が行くところにはどこでも一緒に行くことにしているの、と女が言った。言っただろう、おまえじゃないと、この家にいろ、わたしを不愉快にさせるんじゃない。これ以上なれないほど不愉快だけど。へえ、そんなことはないぞ、こんなものじゃない、想像もつかないくらいだ、お医者さんに対してもな。手錠をかけるから両手を差しだせ。それだけはやめてください、お願いです、絶対に逃げないと名誉にかけて誓います。いいから手を出すんだ、名誉だとかそういう言葉は口にするな、よし、それでいい、ずっと安全になった。女は夫を抱き、泣きながらキスをした。一緒に行かせてくれないの。心配しないで、大丈夫だから、夜になる前には帰る。ぐずぐずするな。帰ってくるよ、きみ、帰ってくるから。エレベーターが降りはじめた。

　十一時に白い水玉模様の青いネクタイをした男が、医者の妻とその夫が住む家のほぼ裏手に面したビルの平屋根に上がってきた。ニス塗仕上げの長方形の木箱を持っていた。これには光学式照準器付きのスナイパー・ライフルが分解して収めてあるが、こうした狙撃手が標的を外すはずのない距離では、照準器も使われないだろう。またサイレンサーも使う気はないが、それは倫理的な理由からで、白い水玉模様の青いネクタイをした男はこの手の装置を使うと犠牲者にひどく失礼になるとつねに考えている。武器が組み立てられ、弾薬も装填された。それぞれが所定の場所にはまると、意図した目的にかなう完璧な道具だ。白い水玉模様の青いネクタイをした男は発砲する場所を選び、そこで準備をととのえた。がまん強い男だった。この仕事を長年してきて、つねにうまくやり遂げてきた。遅かれ早かれ医者の妻はベランダに出てくるだろう。とはいえ、あまりに長く待たされたときのために、白い水玉模様の青いネクタイをした男は別の武器を持ってきている。パチンコだ。これで石を飛ばして、ガラスを割るための専用の。ガラスの割れる音を聞く者も、子どもじみた破壊行為を見に走ってくる者もいない。一時間が過ぎた。医者の妻はまだ現れない。彼女は泣いていたのだ。かわいそうに。だが、いま外の空気を吸いにくるところだ。表通り側の窓は人びとがずっと見ているから開けられない。ならば、テレビのおかげでさらに静かになった裏を選ぶはずだ。女が鉄の手すりに近づいて、両手をそこに置き、金属の冷たさを感じている。彼女が連続した二発の銃声を聞いたかどうか、わたしたちはたずねることができない。女は死んで床に横たわり、その血がすべるように流れて下のベランダにぽとぽとと垂れる。犬が家のなかから走ってきて、匂いをかぎ、飼い主の顔を舐め、首を高くのばすと、ひと声、遠吠えを放ったが、すぐさまもう一発の銃声がそれを断ち切った。そのとき、目の見えない男がたずねた。何か音がしたかい。銃声が三発したよ、ともう一人が答えた。でも、犬の遠吠えもしたよな。鳴きやんだ、たぶんそれが三発目だったのさ。よかったよ、おれは犬どもの遠吠えが大嫌いなんだ。

訳者あとがき

まるで台風のような大雨の日、ある国の首都で総選挙の投票がおこなわれている。そこは四年前、視界が白く閉ざされる原因不明の盲目病が大流行した都市だ。すでに当時の痕跡はなく、人びとはごく普通に普段どおりの生活をいとなんでいる。地区の投票所の所長は荒れた吹き降りの雨を眺めながら、いっこうにやってこない有権者の動向が気になりだしていた……。

この出だしから、話は仰天《ぎょうてん》するような選挙結果に混乱する政府、保守政権内部へと移ります。どうしたら異常事態を収拾できるのかと、閣僚など政治家たちの右往左往が始まるのです。やがて彼らの衣の下から鎧《よろい》がのぞきますが、ある緊張と危機感が露わになるまで、読み手はしばらくのあいだ、盲目病の過去がまったく感じられないこの話のどこが『白の闇』の続編にあたるのかと、首をひねるかもしれません。

本書は『白の闇』の九年後の二〇〇四年、世界的に広く読まれた作品と対《つい》をなす物語として刊行されました。作者が八十一歳のときです。対であることは原題のポルトガル語を見ればひと目でわかりました*。ただ、間には現実の九年という時間がはさまれ、三冊の長編と一冊の掌編が送りだされており、当初は書かれる構想がなかったことを示唆《しさ》していました。

同じ国の同じ都市を舞台にした四年後の話。そう聞くと、人は反射的に続編という言葉を思い浮かべます。しかし、このように『白の闇』とは題材も雰囲気もかなり異なり、同じ登場人物が出てくるのが話の押しつまった後半から、また主人公も別にいる、となると、外見上は一種のスピンオフ作品と言えなくもないのです。そして『白の闇』を読んでいなくても（衝撃度は薄れるものの）、この物語は作品として独立していますし、賢者にふさわしい金言をちりばめたサラマーゴ空間が味わえる、波乱に満ちた物語であることも間違いありません。

とはいえ、読み終えた方ならおわかりのように、また作者の意図したとおり、本書が書かれたことで『白の闇』は表裏一体のコインとも言うべき作品を持つことになりました。サラマーゴが『白の闇』を援用したのは、しないよりはるかに明快なメッセージが伝えられるからでしょう。ここでサラマーゴが描いた事件は「白の盲目病」の大流行から確実に一歩先へと進んだものでした。本書を読み解くため、まずはその一歩先へ進んだものが何なのか、という疑問を手に、一枚のコインになった二冊の森へ分けいろうと思います。

二〇二二年の晩秋に刊行されたアーシュラ・K・ル＝グウィン著『私と言葉たち』（谷垣暁美訳・河出書房新社）は、ル＝グウィンの読者のみならずサラマーゴを愛する者にとってもうれしい知らせでした。このなかに約二十ページからなる小論と一冊の書評が収められていたからです。この米国の作家とサラマーゴとの親近性については措《お》くとしますが、晩年のル＝グウィンは彼の良き読者となり、折りにふれてガーディアン紙に書評を書いてきました。この小論「矜持《きょうじ》の模範――ジョゼ・サラマーゴの作品についての考察」はそれをまとめて書き直したもので、サラマーゴ作品との出会い、作家の特質について、そして『修道院回想録』（一九八二年）から『象の旅』（二〇〇八年）まで英訳で読んだ各作品の簡潔な解説を組み合わせています。その語り口は彼女らしく体験的です。さらに言えば実直、論理的であり、評論家の使いがちなカテゴライズする言葉を避けた、つまり作家ならではの言葉の選択から成る、要するに傾聴に値するとても腑《ふ》に落ちるものなのです。もちろん本書も『白の闇』も含まれています。

そこで、この優れたサラマーゴ論を紹介しながら、彼女がどう二作品を比較したのかを見ていきます。理想を言えば必要なすべてを引用したいのですが、ここは単なる案内と考えていただいて一部にとどめます。少し長めになるのと、多少ル＝グウィンとは異なる言葉を使い、ニュアンスが変わるかもしれないことをお断りします。

ル＝グウィンの小論は基本的に『白の闇』から始まったサラマーゴ作品の読書遍歴を綴ったものです。当初詩人の友人からこの作品を強く勧められた彼女は、読みはじめて、その奇妙な句読法――読点だらけで句点の少ない――と、段落さえ乏しい、みっちりと書きこまれた文章にうんざりして一度挫折します。二度目には我慢して読みすすめましたが、元精神科病棟に隔離された人びとの凄惨《せいさん》な描写――弱いもののいじめ、奴隷化、無意味な残酷さ、レイプなど――が耐えがたく、ふたたび読めなくなって挫折しました。ル＝グウィンが考えたのは、「この作家が耐えてでも聴く値打ちのある物語にしてくれるかどうか」、保証を得ることでした。そこで彼女は英訳で入手できるサラマーゴ作品をすべて読み、その結果信頼できる誠実な作家であることを知ります。

＊（285頁）『白の闇』の原題 *Ensaio Sobre a Cegueira* に対して、本書は *Ensaio Sobre a Lucidez* という一語違い。Ensaio は英語の Essay にあたり、ここでは木下眞穂氏による指摘から「随想」を表す「エッセイ」としています。直訳の仮題はそれぞれ「盲目についてのエッセイ」「正気についてのエッセイ」。Lucidez の訳語については後で少しふれますが、英訳書ではそれぞれ、*Blindness*、*Seeing*、と二部作のように名づけられ、見えないことと見えること、見ないことと見ること、の対比としています。

読んだのは『修道院回想録』『リカルド・レイスの死の年』『石の筏』『洞窟』などで、それから『白の闇』に戻り、結論としてこんなふうにのべます。「『白の闇』の暗い物語の中で、微《かす》かに見える一筋の光は、正しいことをしようと努力する孤独な人間の魂の輝きだ。（中略）過去五十年間に書かれた倫理にかかわる小説の中で、その迫力において、ほかのどれにもひけをとらない作品にしあげた。『白の闇』は私にとって、ほとんど耐えがたいほどに心を揺り動かす、真実に満ちた二十世紀のたとえ話だ」と。

そのあとル＝グウィンはサラマーゴの作家としての特徴を十二分に描き、つぎに『修道院回想録』から年代順に一冊ずつ作品解説をしていきます。そして二〇〇四年作の本書にたどり着いたとき、まず「これはパンチの利いた政治的風刺で、とても暗い——結末と含意において、逆説的な言い方になるが、『白の闇』よりはるかに暗い」と始めました。

冒頭でものべたように、一見そうは見えないのです。『白の闇』がいくら明るい白色しか見えない盲目病に全員が感染すると言っても、そこで描かれるのは暗鬱《あんうつ》で残酷な、人間性が破壊された暗い世界であるのに対して、本書では晴れた空の下、目の見える首都の人びとが自由に選挙で白票を投じていくだけです。そこをル＝グウィンはサラマーゴ自身が『白の闇』について語った言葉を証言にして読み解きます。

盲目。弟子は考えました。「わたしたちは盲目だ」、そして彼は腰をおろし、「白の闇」を書きました。それを読むかもしれない人たちが、次のことを思い出すように。わたしたちが命を貶《おと》めるときには理性を悪用することを、人の尊厳がわたしたちの世界の権力者から毎日侮辱されていることを、普遍的な嘘《うそ》が複数の真実に取って代わったことを、そして、人が仲間の生き物たちへの敬意を失ったとき自分自身を尊敬しなくなったことを。（一九九八年、ノーベル賞受賞スピーチ、「どのように登場人物が師匠となり、作者が弟子になったか」より）

ここから、ル＝グウィンは二作の違いを指摘します。「私たちの世界でほんとうに力の強い者は、『白の闇』には姿を現しさえしない。一方『見ること』はすべて彼ら——理性を悪用する者、普遍的な嘘つき——について書かれたものだ」と。

今回登場する同じ都市の人びとは、一度盲目になっています。その市民たちに何が見えているのか、それはまだ描かれていません。しかし、視力とはまったく関係ないかもしれませんが、四年後の総選挙で八十三パーセントの人が白票を投じ、政権が信任されなかった政府は非常事態宣言を発出するのです。そればかりか政治家たちは、権利を行使したにすぎない市民の行動が民主主義を破壊する反政府運動だとして、首都の包囲と封鎖を選び、軍隊、警察ともども、政府を移転してしまいます。残されたのは空白の都市です。さらに権力者は、孤立無援になった都市で駅を爆破し、言論統制をして、そこに暮らす市民によるテロリズムだ、とメディアに宣伝させました。

一方、無言をつらぬく数十万の市民たちは、だれかの指示によるのでもなく、爆破事件に巻き込まれた多数の死者を悼《いた》み、それぞれに白い旗を掲げて市街を埋めました。そして静かにデモ行進をし、何ひとつ破壊せずにただ解散します。この権力者の力と、それを受けとめる無名の人びととの対比が本書の構図なのです。

ここからの粗筋《あらすじ》は未読の方のために省きますが、この対比の狭間で『白の闇』に登場した医者の妻と彼女が率いたグループの人たちがある容疑を受け、秘密捜査の対象となる、とだけは言っておきましょう。物語の後半はある意味で探偵小説《ディテクティヴ・フィクション》のパロディのようです。そして、ル＝グウィンは本書を次のようにまとめました。「私たちは彼（警察官）が目にするものを見始める。彼は私たちを盲目にならなかった女性のところに連れていく。一冊目の本で、みんなを勇気づけていた、あの優しい女性だ。だが、あの物語が恐ろしい暗闇で始まり、だんだん光に向かっていくのに対して、この物語は暗闇の中に落ちていく。『見ること』は私たちが生きている時代について、私がこれまで読んだいかなる小説よりも多くのことを語ってくれる」

ここでル＝グウィンに感謝しながら彼女と別れ、もう一人の証言者に出てもらいます。サラマーゴ本人です。

本書の刊行直後におこなわれた作者インタビューでこんなやりとりがありました。（二〇〇四年三月二十二日付、ブラジルの日刊紙フォリャ・デ・サン・パウロ、「サラマーゴは白票で盲目と戦う」より）。

記者がある言葉についてたずねます。その印象的な言葉は二五〇ページ、警視と医者の妻の会話中に出てきました。なぜ助けてくれるのかと医者の妻に問われた警視は、ある本で見つけた小さな言葉のためだと答えます。そして、恥ずかしそうに題名も著者も忘れてしまった、と言い足しました。

フォリャ紙――「わたしたちは生まれる、そしてその瞬間、まるで自分の人生の契約に署名したかのようだ、しかしいつか自分にたずねるときが来るかもしれない、いったいだれがわたしのために署名したのかと」これはだれの言葉でしょうか。

サラマーゴ――わたしのです。それとも、こうした文を生みだす能力があると思われていないのでしょうか。さらに言えば、この文は本全体を要約しています。エピグラフを忘れないように。「遠吠えをしろ、と犬が言った」犬はわたしたちです。遠吠えを始めるときが来ました。

作者の答えの深さはすでに本書を最後の行まで読んだ方にはおわかりだと思います。同じインタビューからもうひとつ引用します。

> フォリャ紙――なぜ『見ること』があなたの遺言だとおっしゃったのですか。
> サラマーゴ――わたしはここ数日で死ぬとは思っていませんよ。遺言と呼んだのは、これまで言わなかったことを書いたからです。『白の闇』を書き終えたとき、これで死ねる、と言ったことも憶えています。ご覧のとおり、わたしは死にませんでした。でも。

老人ならば口癖のように吐露しそうな感慨ではあるものの、『白の闇』を書き終えたときすでに「思い残すことはない」という達成感をおぼえ、さらに九年後、たとえ遠慮深く幾分かは軽口だったとしても、作者はこのような覚悟を示しています。「これまで言わなかったこと」が何か、ここでは明かされていませんし、素直に受けとれば初めてフィクションで直接的に踏みこんだ政治と社会制度についての正直な思索のことだろうと想像できます。ただ、結果として、それが作者の頭に生まれたあの小さな言葉であり、エピグラフだったとしても驚きではありません。

ここまで、本書が『白の闇』から一歩進んだとはどういうことか、について資料から見てきました。ひとまず的《まと》に近い解が得られたことにして、つぎに一冊目の『白の闇』が作者にとってどんな立ち位置にあるのか、に移りたいと思います。本書の意味をサラマーゴの作品の変遷という別の角度から探ってみます。

二〇二〇年からのコロナ・ウイルス・パンデミックのせいで得体の知れない失明病が大流行する

都市を描いた『白の闇』が多少でも再注目され（ただし文庫化は偶然時期が一致しただけだったのですが）、あらためてジョゼ・サラマーゴに光があたったのは、作家を愛する読者にとって禍《わざわい》のなかのささやかな幸運でした。その前から少しずつ翻訳が増え、没後十年をきっかけに最晩年の『象の旅』も味わい深く読めるようになったものの、紹介されるのはノーベル賞受賞後の、いわば近年の作品が主で、『白の闇』以前のものではありません。サラマーゴは自作を語った小文のなかで、同書はひとつの転機だった、とのべています。（引用は「彫像から石へ――作者が自身を語る」一九九七年、サラマーゴ財団ＨＰ掲載、括弧内は訳者の補遺）

> この本で彫像が終わりました。『イエス・キリストによる福音書』（一九九一年・未訳）から、時が経ち、作家としてのわたしの人生に別の時期が始まっていました。いまわかるのは、そこに新たな文学的地平をもつ新たな仕事を展開したことです。というのも、自分の書く技術に重要な変化があり、自信をもってそう言える十分な判断材料がそこにあったのです。これは品質についてではなく、視点についての話です。『絵画と書の案内書』（一九七七年・未訳）から『イエス・キリストによる福音書』までの十四年間、わたしは彫像を描写することに専心してきたのだと思います。彫像とは何でしょうか。彫像とは、比喩的に言えば石の表面であり、石から石を取り除いた結果です。顔、ポーズ、衣服、姿、という具合に彫像を描写することは、石の外観を描くことであり、先ほど挙げた（十四年間の複数の）小説に見られるものです。『福音書』を書き終えたときは、まだ彫像を描写していることがわかっていませんでした。石の表面を離れ、内部に入ったときにおのずと現れる新しい世界を理解しなければならず、それが『白の闇』（一九九五年）とともに起こったのです。一作家としてわたしの人生で何かが終わり、何か違うものが始まっていることに気づきました。

サラマーゴがそれを実感したのは、『あらゆる名前』（一九九七年）を書いたときでした。同じ小文で、つぎのように表現しています。

> 『白の闇』を発表したとき、わたしは新しい文学の段階が始まったことを十分に認識していなかったと言わなければなりません。『あらゆる名前』を書いていてこのことに気づきました。（中略）正直なところ、『イエス・キリストによる福音書』を書いた時点では、『白の闇』を書くには若すぎたと思います。「エッセイ」（『白の闇』のこと）を書いたとき、わたしは若すぎて『あらゆる名前』を書くことができなかったでしょう。

これはサラマーゴの創作に対する姿勢をよく表わした言葉です。本人は各作品の創作のきっかけを偶然だとして「無計画に思いつく」とさまざまに言いますが、実際はとても強固で確かな時代の観察、時間の観念と経験といったものをもとに構想され、練りあげられてきた、と言えそうです。この小文の冒頭で、くりかえし『白の闇』から九年とのべたのは、その間に世界情勢が変化したことと無縁ではありません。発表の前年に作品が仕上がったとして、もう一度、一九九四年から二〇〇三年のあいだに世界で何が起きていたのか思い出してみてください。

さて、自作を分析したサラマーゴは比喩《ひゆ》として、『白の闇』以前の創作は石像を描写する作業だったが、以降は「石のなかへ入っていく」ものになった、と語ります。「品質の問題ではなく、視点の問題だ」と。これを分水嶺として、かりに以前を壮年期、以降を晩年期と名づけ、さらに、晩年期の各作品の「石のなかへ入っていく」視点を大ざっぱにまとめれば、題材こそ異なりますが、ある状況下で生きる普遍的な人間としての現代人の心と姿を掘りさげたもの、のように思えます。

この評言の検証はまた別の機会に残しておきます。

今回サラマーゴがとりあげた題材は政治と社会制度です。ここまで、本書が持つ本質的、精神的なテーマについて解説してきましたが、もうひとつの柱であるこの具体的な題材についても見過ごすわけにはいきません。これは民主主義と権力の問題と言いかえられます。

白紙投票が有効にならない日本の法制下では、白票の大量投票で立法府が機能不全に陥るという状況に現実味はありません。ただ、日本の場合、かりに首都の住民全員を対象にした世論調査をしたらと置き換えれば、同じではないとしても多少は想像しやすいような気がします。たとえば世論調査のたびに、都民の八十三パーセントがどの政党も支持しない白紙回答をした、と。

それはともかく、本書の設定自体には日本の読者も一定の共感を持つのではないでしょうか。議会制民主主義制度を採用する国で、競う政党には右派党、中道党、左派党があり、右派党が中道党に追いあげられながらも保守政権をになっています。また、左派党がかなり退潮傾向にあるという状況は、ヨーロッパの西側諸国にとってなじみ深いものです。サラマーゴは政治と制度が民主主義を謳《うた》いながら、じつは民主主義になっていない在《あ》り様《よう》を問題視します。そうあってはならないと。絶対的な権力が何をすれば民主主義ではなくなるのか、という問いがあるとしたら、ル＝グウィンが指摘したように、理性を悪用すれば、がその答えです。

サラマーゴは長年無神論者であり社会主義者でした。そのため保守層や、とくに英米の知識人には好意的に見られません。しかし、ポルトガルの戦後史を眺め、彼の対立軸に厳しい独裁政治があったことを考えると、サラマーゴが人の尊厳や自由を守ろうとし、かつ合理主義と素朴な原則に立ち返るラディカリズムから、そうした思想を貫いたことがわかってきます。「民主主義の真実と幻想」という小論で、サラマーゴは政治学が倫理学に内包されていたギリシャ都市国家時代に郷愁をおぼえ、アリストテレスの『政治学』から説き起こしています。「(アリストテレスは)『民主主義では金持ちを除く貧乏人が主権者である。なぜなら彼らが最大数だからであり、大多数の意志が法だからだ』と言いながら、一方で、『貧乏人が金持ちより権力を持ってはならず、すべての者が主権者であることを要求する、これが国家に平等と自由を効果的に保証する』という矛盾した主張をしているとしても」と続け、古代ギリシャでは「国家が道徳の優れた形態だったことを、思い出さずにはいられない」と言っています。また現代の選挙について、「より注意深く観察すると、投票という行為は、少なくとも国の人口の大半において、彼らの永続的であるべき政治活動を放棄するものだ」と逆説的に指摘し、「原則的に、まともな社会で武器や麻薬の密売人、あるいは腐敗し堕落した人物を議会や政府の代表として選ぶことは考えられない。しかし、日々の苦い経験は、国の内外を問わず、こうした犯罪者などが直接的、間接的に政治家の手中にあることを教えてくれる」とも言い、市場経済優先の世界が民主的ではないことをのべた箇所では、「事実を見れば、これまで民主主義としてきた社会制度はますます金持ちによる支配《プルトクラシー》になっている」として、「わたしたちが民主主義を、あるのが当たり前として考えもせず、議論せず、再発明する方法を発見しなければ、この不幸な地球で人権が尊重されるという希望も失われるだろう」と締めくくっています。社会に向きあうサラマーゴの姿勢を、またしてもですが、ル＝グウィンに締めくくってもらいましょう。彼女は「非常に政治的・社会的・精神的な含意がある」と形容して彼の言葉を引いています。「自分より弱い人びとを痛めつけるのは間違っている」

　わたしたちがサラマーゴの作品を読んで、嫌悪、恐怖、絶望、不安などさまざまな負の感情を抱いたとき、それでもどこからか慰めが降ってくるように感じられるのは、そうした姿勢によるものかもしれません。

このあとは注釈など、お伝えすべきことをいくつか書いておきます。

一三〇ページで、首相が妻とのやりとりの最中に思い出す、「あなたがわたしの分厚いブーツの足元に　身を投げだすのはなぜ?……」以下四行ほどの詩の作者は、サラマーゴと同世代の画家、詩人、評論家のマリオ・ディオニジオ（Mário Dionísio）。日本では無名ですが、芸術家として戦後のネオレアリズモ運動に傾倒しました。詩句は第一詩集『誘いと待ち伏せ』（一九四五年）より、詩の題名は「肉体は強し」。

一四六ページ。閣議のやりとりが描かれる場面です。ここに本書と『白の闇』の原題で使われた単語、盲目《セゲイラ》と正気《ルシデス》の対比があります。本文では見える目《ルシデス》としてありますが、この言葉も正しい訳なのです。ちなみに、Lucidez（ルシデス）の英語直訳はLucidity、英訳者はclear-sightednessと解釈しています。関連して、続く一四八から一四九ページにかけて首相が打《ぶ》った演説でも、白票大量投票事件の性格が白の盲目症パンデミックとの対比によって描かれています。

献辞について。ピラールは、もうおなじみかもしれませんが、サラマーゴの晩年を共にした妻ピラール・デル・リオのこと。創立にも関わったジョゼ・サラマーゴ財団の代表を務めています。マヌエル・ヴァスケス・モンタルバンはスペインを代表する推理小説家。二〇〇三年十月に亡くなりました。一九八〇年代以降、私立探偵ペペ・カルバイヨを主人公にしたシリーズが人気を博しましたが、このカルバイヨの経歴が元共産党員でフランコ独裁政権中はアメリカに亡命、CIAのスパイでもあったというもの。ハードボイルド小説の始祖にもあたるダシール・ハメットがコミュニストだった親近性もあり、視野が広く社会批評もしたモンタルバンはサラマーゴとも親交があったと推測されます。ちなみにサラマーゴは晩年期の作品に探偵小説の味つけをときどき取り入れています。本書では後半の主人公が警視であり、ちょっとした息抜きでしょうか、パロディのように私立探偵の定番であるトレンチコートまで着せています。そもそも彼を人気作家に押しあげた『修道院回想録』がファンタジーめいた冒険恋愛小説だったことを思うと、ここでもサラマーゴの娯楽性をないがしろにしない笑いの感覚と懐の深さが伝わります。

白について。あらためて書くまでもないことですが、『白の闇』の視界を遮断するミルク色の壁に対して、本書で感染したのは白紙でした。白い紙は大量の白票となっただけでなく、コピー紙としてビルの上層階からも撒かれ、また数十万の市民たちが死者を追悼するデモ行進でそれぞれにかかげたのは何本もの白旗でした。白の紙は、あるいは白の色は、何を象徴しているのでしょうか。ひとまず作者からの提示としておきますが、本書翻訳中の昨年から今年にかけて中国で起こった、政府が推進する厳しいゼロコロナ政策への集団抗議行動が、白い紙をかかげる白紙運動や白旗をふるデモに発展したニュースを見たとき、思わず共時性を覚えたことを付け足しておきます。

犬について。一冊目でたぶん多くの方の共感を誘った涙の犬が本書にも登場し、この無名の世界でなんと名前が与えられました（二三〇ページ）。前述のインタビューでそのわけを聞かれたサラマーゴは、こう答えています。「犬は『大地より立ちて』（一九八〇年）以来、登場するようになりました。コンスタンテという名前は、人から犬へのオマージュなのです」たしかに彼の犬は、『石の筏』でも『洞窟』でも『だれも死なない日』でも、出てくれば必ず誠実にふるまう慰めの代名詞です。

警句について。蛇足と知りながら、これはサラマーゴと初めて出会う方のために。本書にも数々の忘れがたい賢明な言葉が書きこまれており、その豊饒《ほうじょう》さは宝庫と呼びたいくらいです。母国でもそれが読みたい、という読者が多くいるようで、作家自身の発言にしろ、作品からの引用にしろ、ネット上でさまざまに読むことができます。一例として、本書から「西部戦線異状なし。もちろん、死にゆく兵士を除いては」、「わたしたちはよく『また明日』と言って別れるが、相手がいなくなったり、あるいは本人がいなくなったりする」、「希望は塩のようなものだ。栄養にはならないがパンに味をつけてくれる」、ネットから「わたしたちは真実を言うときにいつも嘘をつきつづけ、嘘をついているときに真実を話しつづける」「わたしは悲観主義者なのではなく、悲観的な世界に住んでいるだけだ」といったものがあります。それこそ枚挙にいとまがなく、彼の森の果実はすぐそこに生《な》っています。

長くなりましたが、最後に翻訳について。

今回テキストとして、*Ensaio Sobre a Lucidez*（2004, Editorial Caminho）と英訳書 *Seeing*（2006, Harvill Secker. 2017, Vintage）を使用し、全文両方を参照して、ポルトガル語優先の翻訳としました。英訳者はいつものようにマーガレット・ジュル・コスタです。彼女がさまざまな動機から変更した箇所は、基本的にすべてポルトガル語の元の表現に戻してあります。例外はサラマーゴの語りが難解なためコスタが言葉を足して手直しを加えた部分で、数は少ないながら一部では英訳の解釈を信じることにしました。逆に言えば、英訳の語数が増えていない箇所は、ポルトガル語の意味にまぎれがないということです。精力的に文学作品を英訳しているコスタは『翻訳のなかの声』という著作の「余白に心して」という章で、本書の数カ所を例にサラマーゴの掛詞《しゃれ》やことわざを英語に置き換える際におこなった工夫とその苦労をいくつか挙げています。どんな言語であれ文芸翻訳者のすることは、不可能な仕事への不可能な言いわけのようなものです。

多くのすぐれたフィクションの例にもれず、サラマーゴの作品はどれも類を見ない物語です。普遍的なテーマ、新たな題材と発見、個性的な語り。わたしたちが『白の闇』で味わった闇に突き落とされる感覚を、ここでも作者は再現してみせました。それは『白の闇』の収縮した微視的なディストピアに対して、まるでそこから飛び立ったドローンで撮影したような、拡張する巨視的なディストピアです。その在り様はマスメディアやネットを通じて世界を眺めるわたしたち現代人にとって、隣にある、ごく身近なものだとも言えるでしょう。結末に登場する無名の二人のやりとりは、未来に向けた作者のメッセージであり、これが始まりだと告げているかのようです。

二〇二三年六月

雨沢泰

主要作品（未訳は＊）

『罪の土地』（一九四七年）＊
『天窓』（一九五三年）＊　二〇一一年初刊
『絵画と書の案内書』（一九七七年）＊
『大地より立ちて』（一九八〇年）＊
『修道院回想録――バルタザルとプリムンダ』（一九八二年）
『リカルド・レイスの死の年』（一九八四年）
『石の筏』（一九八六年）＊
『リスボン包囲物語』（一九八九年）＊
『イエス・キリストによる福音書』（一九九一年）＊
『白の闇』（一九九五年）
『あらゆる名前』（一九九七年）
『見知らぬ島への扉』（一九九七年）

『洞窟』（二〇〇〇年）＊
『複製された男』（二〇〇二年）
『見ること』（二〇〇四年）本書
『だれも死なない日』（二〇〇五年）
『象の旅』（二〇〇八年）
『カイン』（二〇〇九年）＊

著者略歴

ジョゼ・サラマーゴ

José Saramago

1922年ポルトガル生まれ。現代ヨーロッパを代表する作家。一労働者からジャーナリズムの世界に身を投じ、社会時評や詩を執筆。75年、政権からの圧力で職を追われ、専業作家の道を選ぶ。長篇『修道院回想録』（82）と『リカルド・レイスの死の年』（84）がヨーロッパ各国で高い評価を得る。『石の筏』（86）と『イエス・キリストによる福音書』（91）で物議をかもしたあとスペインに移住。95年、突然の失明が人々を襲う衝撃的な長篇『白の闇』が世界的ベストセラーとなる。ほかに、『あらゆる名前』（97）、『複製された男』（2002）、『見ること』（04、本書）、『だれも死なない日』（05）、『ちっちゃな回想録』（06）、『象の旅』（08）、『カイン』（09）など。1998年にはポルトガル語圏で初めてノーベル文学賞を受賞。2010年没。

訳者略歴

雨沢泰（あめさわ・やすし）

1953年東京生まれ。早稲田大学文学部卒業。翻訳家。おもな訳書に、J・サラマーゴ『白の闇』『だれも死なない日』、P・ハミル『マンハッタンを歩く』、N・スパークス『きみに読む物語』、H・G・ウェルズ『宇宙戦争』など。

見ること

2023年7月20日　初版印刷
2023年7月30日　初版発行

著　者　ジョゼ・サラマーゴ
訳　者　雨沢泰
装　丁　鈴木成一デザイン室
発行者　小野寺優
発行所　株式会社河出書房新社
〒151-0051　東京都渋谷区千駄ヶ谷2-32-2
電話　(03) 3404-1201〔営業〕(03) 3404-8611〔編集〕
https://www.kawade.co.jp/
組版　株式会社創都
印刷・製本　三松堂株式会社

ISBN978-4-309-20886-2